婆婆媳妇那些事 二

徐徐 著

鹭江出版社

图书在版编目（CIP）数据

婆婆媳妇那些事（二）/徐徐著. —厦门：鹭江出版社，2009.3
ISBN 978－7－5459－0027－9

Ⅰ．婆… Ⅱ．徐… Ⅲ．长篇小说—中国—当代 Ⅳ．I247.5

中国版本图书馆 CIP 数据核字（2009）第 021545 号

婆婆媳妇那些事（二）
徐徐 著

责任编辑／杨葳
特约编辑／杜雅萍
出　　版／鹭江出版社
地　　址／厦门市湖明路 22 号
邮　　编／361004
电　　话／0592－5046666　0591－87539330　010－62376499
印　　刷／北京富生印刷厂
规　　格／787 毫米×1092 毫米　1/16
印　　张／17.25
字　　数／270 千字
印　　次／2009 年 4 月第 1 版第 1 次印刷
书　　号／ISBN 978－7－5459－0027－9/I·4
定　　价／28.00 元

（如有印装错误，请寄印刷厂调换或致电鹭江出版社）

引子

李小诺说,她的青春,在她26岁那年戛然而止。

2005年的春节,李小诺一家是在医院里过的。

过年前两周发生的一场车祸,改变了这个家庭的命运。

在发生车祸前的那个晚上,小诺与婆婆许安淑吵了一架,小诺说婆婆的爱太自私,打着"爱"的幌子,要求儿子儿媳时时听长辈的话,与其说是爱孩子,不如说是爱自己。小诺还说,长辈的话难道一定要听从吗?长辈的话一定都对吗?长辈的意愿就必须要被尊重被执行吗?可若是一个不能与时俱进的长辈,怎么能要求别人处处顺从呢?小诺又说,长辈对晚辈说的"一切都是为你们好",是真的为晚辈好吗?若真的是为晚辈好,为什么不听听晚辈的想法呢?一句"我们所做的一切都是为你们好"就那么有说服力吗?小诺还说,婆婆根本不是好妈妈,也不是好奶奶,那么强烈的控制欲,实在让人无法忍受,自己怎么也不可能把两岁的阳阳放心交给她这个奶奶……

婆婆在愤怒之下,打了小诺一个耳光,让她滚,说她是个暖不了心的儿媳妇,婆婆一家对她那么好,都感动不了她。

小诺长那么大没被人甩过耳光。说滚就滚,才不稀罕你们呢。大冬天的深夜,小诺摔门出去,含着泪要回杭州自个的家。家琪,那个被称为新好男人的老公,那个夹在老妈和老婆中间当夹心饼干的男人,或许是身心疲惫,在开车回杭州的路上,发生了车祸。

车祸的结果,家琪因内伤不得不切除了一个脾,一个肾。

小诺右腿骨折,3个月内都要支个拐杖。

小诺失神地半躺在病床上，一动不动。这段时间，她常这样，犹如魂不在身上，眼神迷离，然后不知不觉地淌下眼泪。

小诺妈给小诺喂燕窝羹。小诺不想吃。

妈，今天家琪好吗？终于，小诺扭头，低声问。

小诺妈赶紧说，还好还好。

小诺与家琪在不同的病房。车祸后家琪的情况比小诺严重得多，那时，她害怕得要命，有一瞬间，她觉得家琪真的要死了……不过，当时那种惊心动魄的场面，小诺实在不愿多去想。

小诺，妈同你说个事，你的腿动了手术后，医生说其实可以回家休养，眼下春节快到了，你是想回家休养呢，还是……

家琪呢？

家琪，家琪还需要在医院里观察……

那就一起呆在医院里吧，我不想一个人回家，我怕。

好的好的。小诺妈赶紧说。

小诺半躺着，望着窗外，窗外是阴沉的天，似乎要下雪。

连天气都这么让人绝望。

妈，我的后半辈子怎么办？小诺突然说，然后爆出哭泣声。

小诺，会好的，你的腿会好的，一切都会好的……小诺妈拍着女儿的肩。

妈，我不是担心我的腿，我的腿会恢复的，但是，家琪……切掉了，脾没了，肾没了，切掉的，就不可能再恢复了……他只有一个肾了，万一再出点问题，那该怎么办啊？我怎么办啊？阳阳怎么办啊？

小诺，别想得太多，先把身体养好。小诺妈心疼地去擦女儿的眼泪。

妈，我好害怕啊，我不知道后半辈子怎么过……

先别去想，好吧？

你可以不想，我不能不想啊，家琪是我的老公，他出事了，最害怕的是我啊，他的后半生是我陪他过啊……若他残了的话……现在，我想都不敢想……小诺越说越痛苦，随着眼泪止不住地滚淌，整个身子都在战栗。

小诺妈抓住女儿的手,暗暗地叹气:唉,当初小诺婆婆不甩小诺耳光,小诺何至于会深夜出走,小诺不出走,家琪又怎么会出事?都是小诺婆婆,祸害呀……

家琪病房。

因为在车祸中内脏受损,家琪不得不被摘除脾和肾。前几天刚刚从重症监护病房出来,现在,家琪正躺在病床上休息,身体看上去很虚弱。

家琪已经知道了自己的情况,他有两天时间没说一句话。

家琪爸担心地看着儿子:儿子30岁都不到,就永远地失去一个脾一个肾,这是多么残酷的事实。当初他曾问过医生,是不是可以把自己的一个肾给儿子,他说他已经老了,少一个肾没关系,但是,儿子还那么年轻啊!

可医生说,家琪的另一侧肾完全正常,对身体不会有什么影响,因为有一个肾就完全能维持一个人的肾脏排泄和分泌功能,只是需要特别小心地保护剩余的一个肾,需定期检查尿常规和肾功能情况,加强营养,增强体质……医生话这么说,可是,家琪爸还是在洗手间里偷偷地大哭了一场。年近花甲的老人,哭得鼻涕眼泪分不清,偷偷哭完后,还得强装笑颜对儿子说不怕,一切都会好起来的。

家琪爸给儿子喂皮蛋瘦肉粥,儿子眼神迷茫,机械地吞食着稀饭。

爸,小诺好吗?终于,家琪说话了。

好的好的,她的手术很顺利,接下来休养休养就没事了。

那就好。家琪说完,把脸转向一侧,不想再吃东西。

病房的门被推开,家琪妈带着刚炖好的鸡汤进来,把保温壶放在床头柜上。然后问要不要喝点鸡汤,是老家亲戚特地带来的本鸡。

家琪摇头。

家琪妈说喝一小碗,现在营养要跟进。说着要去盛。

家琪不想闻那味道,也不想父母在他面前晃,说,你们都出去吧,让我静静。

家琪妈看了儿子一眼。家琪爸赶紧去拉她的手:我们出去走走吧,买点东西,让家琪睡一觉,别影响他休息。

病房的门被轻轻带上。

家琪用手捂住脸。就一个晚上的时间,一切都改变了。一点心理准备也没有,身体,家庭,事业……一转眼工夫全跌入了低谷。泪水悄然从他的手指间滑落。

002

家琪爸妈走进医院对面的那家超市。

家琪爸搀着家琪妈,蹒跚地穿过医院大厅。儿子的车祸给俩老人很大的打击,似乎一夜之间,他们的腰佝偻了好几分,头发也白了不少。

医院大厅里一如既往地熙熙攘攘。划价,买单,问询,热闹犹如集市,但不是个让人心情轻松愉快的集市,大多数人脸上都写满心事,昏暗而凝涩。

该买些什么呢?矿泉水要买,卷纸用完了也要买,儿子躺在病床上无聊,应该给他买个小小按摩器,再买两份报纸,可以念给他听……还要买什么呢?似乎不止这些啊。家琪爸在心中念叨,这些天脑子乱糟糟,记也记不住,真该写在小纸片上……哦,想起来了,还要买两双厚袜子,家琪刚完成那么大的手术,怕他身体弱,脚冷。

快春节了,超市里到处是喜气洋洋购物的人,大多是一家人集体出动,女人偎着男人,大人扛着小孩,配着喜庆的音乐,还有挂得满堂红红火火的灯笼装饰,把家琪妈看得既眼红又伤感:人家都那么幸福,可我们为什么这么不顺?若不是小诺脾气犟,家琪会这样惨吗?这儿媳害人啊……

一想到儿媳,家琪妈就一股气上来,怎么压也压不住。昨天晚上睡觉前她对家琪爸说起她心中的怨气,家琪爸还说她不该把气转到小诺头上,要不是因为那时阳阳就睡在他们身旁,她真要同自己的老公理论理论:冤有头债有主,家琪的残病,不是因为小诺那还因为谁?

回想起昨晚的事,家琪妈突然恼火起来,狠狠甩掉了一旁搀扶着她的老公的手,愤懑地说:为什么你们都维护李小诺,我就是不能原谅她!

家琪爸叹口气:你这样的情绪,对家琪有好处吗?就是为家琪着想,你也该对小诺好点吧,现在家琪很依赖小诺的。

家琪妈哼了一声,对自己的丈夫继续没有好脸色。

家琪爸觉得自己身边都是些阴郁的脸,家琪,小诺,小诺妈,自己老婆……他感到无穷的苦闷和无助。怎么会这样呢?怎么会这样呢?

他觉得生活真是累啊。可是,没办法,再累,生活也得继续。

家琪爸在超市里的货架上看到了一种阳阳爱喝的酸奶,想起这段时间全家乱糟糟的,也几乎照顾不上阳阳,很长时间都没给他买酸奶了,待会得给家里阿姨打个电话,让她记着买这种牌子的酸奶。

不知道阿姨一个人在家是不是能带得好阳阳。家琪爸似乎在自言自语。随着家琪小诺两个人转到杭州医院,两个老人连同孩子以及临时被请来帮忙的亲戚阿姨安营扎寨在杭州那套大房子里。幸好那房子没卖掉,还有个安身之地。白天两个老人跑医院,阳阳只能托付给阿姨。

当家琪爸妈在超市里挑挑选选时,小诺坐在轮椅上,直着一条缠满绷带的腿,轻轻摇进家琪的病房。

家琪。她轻声呼唤。

家琪睁开眼睛。

四目相对。望着对方伤残的身体,两人一时黯然无语。

这场灾难究竟是谁引起是谁制造的呢?

过了会儿,小诺想起什么似的从一个袋袋里掏出一叠打印着东西的A4纸,递给家琪看:老公,这是瑶瑶找出来的资料,关于切除脾肾病人的护理……你放心,家琪,全国各地的医生都说了,一个肾完全可以好好地生活,人生下来有两个肾,就是为了万一有个三长两短而预备着的……

家琪望着她,没说话。

家琪,我心疼你,真的心疼你……你要恨,就恨我吧。小诺吃力地弯下腰,去搂家琪的脖子,声音悲切,眼泪盈眶。

过了好一会儿,家琪伸出一只手,从小诺的背后揽过她:小诺,我不怨你,也不怨我妈……一个是我老婆,一个是我老妈,没法怨。我只是在想,为什么?究竟是为什么?这就是命运吗?

家琪,别那么想,没有一个人会一帆风顺的,我们会好起来的,一切都会好起来的……小诺把她妈妈劝她的话搬到这里来。尽管她也觉得这种鼓励一点力量也没有。

但愿吧。家琪回答。声音里没有丝毫热度。

好起来？怎么可能好起来？切掉了，永远失去了，也就是终生少了一个脾一个肾，而他还不到30！这叫他怎么能够相信会好起来？

家琪……小诺捏着一叠纸，仰起脸，似乎还想说什么。

别说，什么都别说，我们静一静。家琪对小诺说。

小诺温顺地把头靠在家琪胸口，闭上眼睛。眼泪又滑出来了。

家琪爸妈推门进来时，看见小诺和家琪头碰头偎依着。

家琪爸轻手轻脚地把买来的东西搁在床头柜上，家琪妈看到小诺，扭头就出门了。

○○3

小诺望着窗外。连接几天都是阴沉细雨的天气，老天也不想给人好心情。

怎么是这般的虚空感觉啊！毫无欲望了。脑袋里是片黑洞，或者空白。一天的时间被拉得很长。什么都不想做，可又发疯地想做些事情打发时间。很孤单，但是又不想有人在身边烦……

有时候也会回忆起那个夜晚，想努力弄清楚究竟是怎么回事。拿一句话说，死也要死个明白，不然自己的腿就是白断了，家琪的脾和肾就是白摘了。她要搞清楚罪魁祸首是谁，可是，真要靠近一点点那一晚的记忆边缘，她又痛得不得了……不能想，一想就会伤心地流泪。

这段时间里小诺流的眼泪已经超出了以往26年的总和。小诺妈妈心疼地说：你再哭下去，眼睛要哭瞎的！

小诺觉得眼睛是快瞎了，她现在看东西，都是朦朦胧胧的。她以为是洗脸没洗干净，叫妈妈拿干净毛巾仔细擦擦眼睛，再看依旧是朦胧的。小诺妈一听，吓得当天就带着小诺去看眼科，一查，眼压升高，视力下降，角膜发炎。医生给配了眼药水，然后说要多休息。

休息……休息有用吗？

躺在病床上，给家琪发短信。现在他们两个人是残病交加，同病相怜。

老公，今天去看了眼科医生，医生说要特别注意保护眼睛。

你不要再出事了，老婆，我不想你再出事。

我知道的。

我还好，今天喝了鸡汤，待会叫爸给你送些过来。

我不用，我妈给我熬了，在外面饭店熬的。

我知道，你只是不想见我妈而已，我叫爸送来。

你多想了。家琪，我心疼你，非常心疼你，你知道吗？

我能感受到的。

你另一个肾再出问题的话，我一定会把我的一个切给你。

谢谢你，老婆。不过我不会出问题的。

所以你不用怕，我是你的后备。

我不怕，老婆。

很想念你。

我也是。

从没这样想你过。

因为我们从没这么无助过。

要我来看你吗？

不用了，你坐轮椅摇来摇去也不方便，万一再出点事，我会受不了的。我现在的承受力已经到了极限了。

嗯。不出事的话多好。过年了呀。

我们以后再补过年吧。

好的。我们以后好好活。不要再出事。一直这样到老。

好的。只要不出事就好了。

嗯，现在，我们对生活的要求就是不出事。不出事多美好呀！

老婆，你不要再哭了。

好的。

老婆你不要发短信了，眼睛要累了。

好的。你多休息。抱抱你。

也抱抱你。

……

病房新搬来一位女病人，30来岁的样子，也是摔伤腿的，也要手术，只是没小诺那般严重。

小诺没心思过问别人的事情，没心思，没力气，没欲望。

但是那病人生性热情，主动问及小诺的情况，小诺出于礼貌简短地回答。

若不是两天后的春节，女病人的热心给了她感动，小诺都差点要烦厌她。

004

除夕了，家琪爸和小诺妈商量怎么过。其实没什么可选择的方案：小诺不想去大婚房同家琪爸妈过，家琪妈不想去小诺他们的小福利房同小诺母女过，这样的话虽然没明说，但彼此心知肚明。于是，春节就在病房过。

当天上午，同病房的女病人要被家人带回家，临走时小诺问，可不可以让自己也住院的老公在她病床上留宿一夜。女病人爽快地说，没问题啊。

下午，家琪打完吊针后就来到小诺的病房，再接下来，家琪爸妈从家里带了很多吃的东西来，还有一瓶酒，把两个小小的床头柜占得满满的。小诺瞟了眼家琪妈，她穿了件普通的黑色大衣，神情憔悴，眼睛没光泽。小诺看着她，但她没正眼看小诺。估计她心里并不情愿来，是家琪爸劝着来的。

小诺妈勉强笑着与家琪爸搭腔，说带了这么多东西啊。她说话时也没正眼看一眼家琪妈。两个女人，不，三个女人，各有各的委屈，各有各的怨恨。

阳阳也被带来了，他是第一次来医院，大大的眼睛四处打转，当看到妈妈时就欢笑着扑上前，说：妈妈，妈妈！

小诺搂过阳阳，那一瞬间，又想哭。

阳阳看到妈妈腿上的绷带，指一指，问：痛？

小诺忍着泪说：不痛。

孩子不知道忧伤为何物，与爸爸妈妈玩耍了一阵后很快为自己找到了一个玩具：床头挂着的病历卡，然后在床上爬来爬去地玩。

外面的鞭炮声陆续响起。家琪爸说：不管怎样，辞旧迎新，来，我们要忘记往事，为崭新的一年而干杯！

几个人端着一次性杯子碰了碰，纯粹是出于礼貌，眼睛里毫无激情，嘴巴里也毫无响应。

只有阳阳，乐此不疲地不停喊干杯，然后要一个个地碰过去。

几个大人不咸不淡地聊了一阵天，之后，家琪爸小心地问起两个孩子出院后的打算和安排。

其实这个问题小诺和小诺妈也商量过，只是还没商量出个最佳方案来。这是个有点棘手的问题，因为出院后两个大人还有小孩都还需要照顾，尤其是家琪，很虚弱，而照顾的人手，除了家琪爸妈外，就没什么其他人了。一来正月里的保姆很难找，二来小诺妈还没退休。小诺的伤病恢复是很需要时间的，行动不便会长达数个月，小诺妈觉得请那么长时间假不现实。可是小诺又实在不愿意面对婆婆那让人说不出味道的脸。她对妈妈说：我看着她那脸就有种发毛的感觉，其实我不是不敢抗争，我比她年轻，比她有能力，比她更适应社会，智商情商都不输于她，与她对抗，无论是文斗还是武斗，她都不是我的对手，但是，妈，我就是心里发毛，看着就不舒服。

小诺妈明白女儿的心思，叹口气对女儿说，她会把继续请假并尽力请最长时间的假作为最后方案。

此时，面对家琪爸主动提出的问题，小诺妈问：你的想法呢？

小诺妈心眼不大，对家琪妈始终有怨气，所以她问家琪爸"你的想法"而不是"你们的想法"，以此来表示对家琪妈的不屑和压制。

家琪爸说：我和家琪妈商量了，你们看要不这样好不？出院后把俩孩子都接到我们那大房子去，我们还有阿姨一起照顾小诺家琪和阳阳，你们看这样好吗？亲家，你放心，我们肯定会照顾好小诺的，老家阿姨烧的菜很好吃的。小诺爱干净，阿姨做的家务活也是很让人放心，绝不要小诺操半点心。

老家阿姨是家琪妈的远房亲戚，40来岁，与老公离婚，儿子随老公去了南方，她一个人闲在家里，很善良本分的一个人，这次特地请来帮忙的。

小诺妈看了小诺一眼。小诺的眼神里有抗拒。

小诺妈说：上一次，小诺生孩子，也是你们照顾的，也是说会把小诺当自己女儿一样好好照顾的，结果呢，小诺生生得了抑郁症，差一点要自杀……这叫我怎么放心？

家琪爸露出不快和尴尬的神情，解释道：上一次的事情，因为没注意到产妇心理上的压力，这种精神方面的关照，确实是疏忽了。

你看这次，小两口受到这样的打击，我担心，小诺的压力比上次更大，需要的安慰更多，而家琪又……反而家琪还需要小诺安慰。我总觉得不放心。小诺妈说。

这时家琪妈说：其实，我们真是没亏待过小诺，什么东西都挑最好的买，花的心思比花在自己身上还多……我们不是在儿媳身上舍不得花钱的公公婆婆。说句实话，你们小诺比较难伺候，这也是个事实。

家琪爸赶紧用眼神阻止了家琪妈。

小诺妈立即回应：你好伺候吗？

场面有点冷。

小诺和家琪都疲惫地靠在床上。

家琪你的想法呢？小诺妈问。

我没要求，只要别再出事就行了。

小诺你呢？家琪爸问。

我想妈妈照顾我，但我也需要与家琪阳阳在一起。我们一家不想分开。小诺把"一家"两个字咬得很重。

矛盾出现了。

家琪妈脸上露出很不愉快的神情。这儿媳就是不省心！她刚才说的那句话，"我们一家不想分开"，什么意思？难道她不是何家的儿媳妇？难道她不是何家的人？若不是来之前家琪爸多次提醒她不要多说话，她真要还击了。

她紧盯着家琪爸。这个问题他们两人讨论过几次，也有几套备用方案，她等着老公把另一套方案说出来。

家琪爸看着她，犹豫了一会儿，终于说：要不小诺由亲家照顾，家琪和阳阳由我们照顾？等到家琪好一些了，再和阳阳回去照顾小诺？

这话的意思很明显了：小诺和小诺妈回小福利房，家琪和阳阳去大婚房，小两口一家人分成两部分各自过。

小诺在鼻子里轻哼了一声。

家琪这时说：拜托别把我们分开，我还没死呢！

○○五

家琪，你为什么总是护着她？是她害你成这样的！家琪妈终于控制不住自己，凄厉地说。

你这话是什么意思？那小诺的断腿是不是家琪害的？小诺妈立即反击。

俩女人亲家在闹。

终于开始了,终于撕下温情的面纱了。

小诺看着她们,眼神空洞。这还是一个家吗?这就是家琪爸口口声声的"我们是一家人"?哈哈!

看看吧,这就是几年来自己公公一贯奉行的"一家人"政策,现在,一家人破碎成什么样子?

小诺觉得滑稽至极。若她能走,她真想轻飘飘地离开。这样的"家人",不要也罢……

小诺的心开始游移。她觉得她似乎走在悬崖的边缘,随时会一头栽进万丈深渊。

家琪,若能换,妈妈会把所有健康换给你:我的心,我的血,我的脾,我的肾……只是,家琪啊,这换不来啊,妈妈心痛啊,你这是一辈子的伤害呀,不是像腿断了可以接回来的……妈妈心里疼你呀,你知不知道?

安淑,不要再说了,你越说,只会让家琪越难受。家琪爸在一旁阻止,并试图把家琪妈推出病房。但家琪妈抗拒。

别把我赶出去,你就让我说嘛,我憋着好长时间了,我心里难受……若小诺和家琪换一下,小诺妈,你肯定也会像我这样难受的,因为家琪是恢复不过来的,小诺还能恢复,对吧?都是母亲,都恨不得用自己加倍的苦换孩子们不苦,是不是啊……我是真的心痛啊,我是妈妈,我还得为家琪以后的生活负责呀……

大家现在的心情都不好,我明白,我也理解你亲家,但是我不能允许你把家琪受伤的责任推到我们小诺身上,小诺已经断了腿了,你不安慰,你还指责,你是长辈,你这样做,这像话吗?……

两个女人又开始争吵。

不争吵的人,在麻木。这一天,是辞旧迎新的除夕夜。

小诺面无表情地看着窗外,心里是说不出的郁闷。

她眼角的余光扫过家琪妈的脸,那是一张毫无笑意的脸,丝毫都不让人感到亲切。

家琪妈很心痛,这小诺知道。这老人,唯一的儿子,在还未到30岁的时候,被永久地切除了脾和肾,因为一场车祸,而这场车祸是由于维护老婆结果深夜离开自己父母回杭州造成的。她,彻骨心痛啊。她从来没舍得碰过儿子一根小手指,但是,儿子养大了,却为了一个不相干的女人而丢失了自己最珍贵的健康,且不可弥补。

所以，小诺能感觉到，婆婆看她的时候都是冰冷的，或者说是敌意的。

家琪是家琪妈的宝贝，她埋怨小诺害他失去脾和肾，同样道理，小诺也是小诺妈的宝贝，小诺妈也埋怨家琪害她断一条腿，可是，互生怨恨，有意义吗？

前几天，小诺妈在照顾小诺时，言语里有对家琪妈的不满，那时小诺还阻止，说，妈，别说了，你再说，我对自己的家庭越来越没信心了。

是啊，互相埋怨和憎恨的情绪，对家庭有好处吗？

事实上，这几天，小诺常在想一个问题：家琪出事，究竟是家琪的父母更心痛，还是她这个妻子更心痛？

出事后的那些天，小诺觉得自己已经被泪水淹没，她什么都不能想，人已被悲痛击倒，软软的，像滩泥，立不起来了。她甚至想到了逃，离家出走，逃到深山，逃到寺庙，无欲便无烦恼。她一直觉得，她不是家庭的主力，这家庭应该还会有更有力的力量撑下去，而那力量，不是她。她没独立到能扛起一家重担的地步。她还小，还是娇娇女呢。

但是，有一天，她听到了家琪妈的话，那话，像一记闷棍一样，让她认识到了生活的真实面目……

那是家琪否定了老妈的一个什么想法后，家琪妈当着他们的面，气恼地说：我不管你们了，我们老了，也管不了了，我们很快就会死的，以后你们的日子好不好跟我们有什么关系？！

那一刻，小诺的脑子像被击了一枪，先是麻木，然后猛然意识到了：以前她一直想逃避的，其实根本没法逃避。

婆婆的话固然是气话，但是气话里有着最不可改变的事实：谁陪着家琪过一辈子？谁陪伴，谁负责。

小诺当时背上一阵冷汗：她得为家琪的以后负责任了！

可是，以她的能力，她担负得起来吗？

可是，就算她担负不起来，她还能有什么选择？离婚吗？

扛起家庭重担，这对于一个还躺在病床上的娇娇女，那是什么分量？以后的日子还怎么过？……小诺几乎不敢想下去。

而这绝不是问题的全部。

另外的问题是——小诺在想：婆婆既然说了管不了，无论是好日子还是坏日子，自己的日子自己过去，可为什么一到有分歧时候又把个家琪死死抓住，逼着他们分开？

日子不知怎么过，这只是问题的一个方面。而眼下，问题还有另一方面：家琪究竟属于谁——属于老妈还是老婆？

在最需要一家人团结在一起走出困境时，家琪却要被互相不能理解的一家人残忍分割了。

006

这就是李小诺2005年的春节。一个寒冷的，艰涩的，没有阳光的春节。

但是，在夜幕降临的时候，无征兆地出现了一张天使的脸——尽管那天使有胡子。

有人在敲门。

会是谁呢？小诺妈起身。

可能是值班医生吧。家琪爸说。

打开门，是位男士，穿着厚厚的羽绒衣，头上还有被雨淋湿的痕迹。小诺仔细看，才发现是上午接走同房病友的先生。男士满脸是笑地把一个多层的食品盒子交给小诺妈，说：过年了，恭喜，恭喜！

然后他解释，是他妻子，也就是小诺的同房病友让带来的，老婆说尽管春节在医院过，但也要过得甜甜蜜蜜，所以特地带来了一些八宝饭、蒸糕、银耳羹，还有传统饺子，手工做的，都还是热的，透着新鲜味道。

所有人赶紧站起来，说，谢谢谢谢。

那男士说，谢什么，都是家常的东西，直接从自家的餐桌上取来的，没特意准备的，春节嘛，就是大家一起开心，祝来年越来越顺。对了，我老婆特地让我带话，说小诺吃了八宝饭，肯定会一切顺利，再也没有烦恼事，脸上全是笑！

谢谢大姐了，我一定吃，全部吃完！小诺特别感动，保证一样地说。

好，那我完成除夕夜的最伟大的使命了。再见，明天见！

一家人起身相送，望着热心人在走廊边消失。

接下来的半小时，所有人都在说着那对夫妻的好。是很真诚地感激。

小诺吃着八宝饭,很甜很糯的八宝饭。

为什么,不熟悉的人可以轻易给自己温暖,而与所谓的家人,却不能互相理解呢?甚至还会有那么大的罅隙和怨气,而且还有争夺呢?

同房病友回来了,这以后,小诺对她的关切询问再也不拿短句去搪塞。她们像好朋友一样。

病友叫贺晓梅,很巧,是浙大的老师,也是浙大出身,称得上是小诺的师姐。这下,距离更加拉近。

贺晓梅说起她的腿伤:要送哥哥回美国,因为那几天天气不好,杭沪高速公路堵车严重,就临时决定坐火车然后乘磁悬浮,时间有点紧张,为了打到一辆出租车,她在雨天里四处拦车,结果不慎滑倒了,疼得厉害,到医院一查,发现骨折了……

晓梅是个很健谈的人,语言使用看来是她的强项。要是小诺,可能就简短一句:滑倒了,骨折了。但是晓梅就能说出一个很有现场感的故事来。

问起小诺腿伤的原因,本来小诺是绝不愿意向别人提起那一晚上的事情,因为涉及到婆媳争吵,那是一个家庭里非常隐私的部分。但是,小诺越不想面对那个晚上,她感觉堵着她胸口的郁闷就越多,慢慢积累,几乎要到她承受不住的地步。是的,就是那么一句话:不明白,这腿断得不明不白!她的家琪的脾肾,也失去得不明不白!

是脓疮,就得有被挑破的那一天。

小诺必须要找个人来倾诉,于是,就像面对一个心理医生一样,她详详细细地把当时的情况说了一遍。晓梅与她是新交,对对方的认识是张白纸,没有任何成见,正好可以给她最客观的指点,而且两个人也不在同一所大学任教,没工作交集,就算把自己家庭里最不堪的那一幕都暴露了,也不会遗留下一些与职业有关的尴尬。一些话,小诺就不敢对张姝说,好朋友虽说不会故意宣传,可人都有说漏嘴的时候,那时郁闷的还是她自己。

小诺终于说完了。说得背上都起了汗。

晓梅听得很认真。听完后,用轻松的语气说:唉,小妹妹,生活对你的磨炼太少了呀。

小诺有点闷:当事者与旁观者就是不一样,自己这些天里流了多少眼泪了,感觉天都快要塌了,更发愁以后的路怎么走,可人家回应的就是那么轻飘飘的一句话……不过,听这样的一句话,也不全是坏事,感觉人家受的苦似乎更多,人活着,注定就得承受各种各样的苦难。听听人家的苦楚也好吧。

小诺,你出生在70年代末,拿流行的话叫做"泛80女生",差不多是第一代独生子女——我看过你的床头资料卡,上面有年龄。我是70年代初,虽然你我都是70后,但是,我的生存环境与你们的还是有很大区别。你们的生存条件优越多了。我曾经羡慕死我表妹了,她就是个独生女,80年代初的,真的是从小要什么有什么,什么都不缺。

我有两个哥哥,那时一个家庭养3个孩子,很辛苦,父母提供不了什么,一切要靠自己奋斗,后来,一个哥哥上了大学,读了研究生,去了美国。另一个哥哥运气不好,资质也一般,复读3年,后来上了师范,现在在中学当老师。

我是亲眼看过我那复读3年的哥哥的辛苦,简直就是头悬梁锥刺股,我后来去美国读书两年,也亲眼看到了在美国的哥哥为生活拼搏奋斗,每一分钱都要算着花……可能是生活的磨炼吧,让我们多了些忍耐。

忍耐?见小诺脸上露出诧异的表情,晓梅不以为然,继续说:

忍耐这个词,让我们这代人说得好听点,叫宽容,让80后的人说得难听点,叫奴性。其实我不介意是好听还是难听,最起码,我可以比较骄傲地说:与我的独生女表妹相比,我们的智商资质相当,她的童年比我优越多了,但我的成年比她快活,因为,我比她懂得忍耐。

她现在刚结婚一年,按理还应该是很甜蜜的,但我几乎不能接她的电话,因为她的整个小家庭几乎就是鸡飞狗跳,我说她是作,她还很委屈,说她不是个笨女人,怎么感觉越来越掌控不了生活,活着就是烦恼透顶。

我自己认为,忍耐除了性格外还有一层社会意思,就是能够融合的能力,与人融合,与社会融合,与时代融合。我的表妹,很聪明的一个人,成绩也不错,从小被父母惯着,所以很自我,一些做法都很海派,成天把女性独立女权主义挂在嘴边,我说你不懂真正的女性独立就别说自己独立,别以为自己有工资,每月能挣几千块就是独立了,你离真的独立还远着呢!

表妹不服气,问我,自己挣钱自己花天经地义怎么不独立了?我说你的想法很可笑,一方面你标榜自己是独立女性,另一方面,你又要丈夫承担买房买车的责任，说男人养家是社会常态。女人挣的钱只管用于自己花，这难道不是解放自己禁锢丈夫么？若真是独立女性，那么来吧，公平承担一切家庭责任和社会责任吧。别懂了点独立的皮毛就以为深入到了骨髓，典型的伪小资！

还有，我告诉她，女性的独立不仅在经济上更在精神状态上，每次家庭闹矛盾，首先就给娘家人打电话，简直就是个不断奶的孩子！若真是独立，那么应该有能力给家人带来放心而不是担心，若从来只给人带来快乐而不是麻烦那才是真的本事！

小诺，我现在还不了解你，但知道你是个聪明的女孩子。你肯定能明白，很多大学里出色的学生毕业后不一定成功不一定快活，为什么？若说进大学取决于智商和勤奋的话，进社会更需要情商和妥协。这点，你能承认吧？

我当了好多年的老师，都有职业病了，一说什么就开始像个爱说教的老太太，有点讨人烦的，是吧？哈哈。你若能接受，我以后会给你更多的说教……不过我相信，以我比你多出的那几年的经历，变成经验告诉你，你肯定会有收获的。

……

小诺默默听着，一时没觉得晓梅说的话与她有多大关系。但是最起码，她有了个愿意听她说话也愿意陪她说话的人了。有了这个释压对象后，小诺闷在心里头的火热岩浆冷却了一些。

出院了。

小诺和小诺妈，家琪妈和家琪爸，双方各妥协一步，新方案是这样：出院回大婚房住，周一到周五家琪爸妈照顾，周六周日小诺妈照顾，小诺妈来的时候，家琪爸妈去小房子住。这样的方案让小诺妈比较辛苦，每周要坐大巴往返一次，好在交通还方便，路程也近。

小诺贴着妈妈的身体说，妈，你就是来陪陪我，不用干活，所有活，阿姨都会做的，妈，有你陪我，我心里才踏实。

小诺妈说：我不会让自己女儿受委屈的！

小诺妈语气铿锵，貌似特意说给家琪妈听，有点警告的味道。

到家了，这是曾经的婚房，小诺挂个拐杖慢慢走动，看着这里熟悉的装修、窗帘、灯、餐桌、茶几、沙发，全都没变。曾经，这里被很多的彩色气球和玫瑰花瓣满满装饰，在这里家琪曾当着众人的面抱起小诺连亲三下，这里还有她的父母呵呵笑着祝他们一生幸福……如今，走的走，病的病，残的残，物是人非，恍如梦中。

家琪躺到了床上，他需要调养。家琪的气色一直不好，住院期间，领导来看过他，劝他安心休息，暂时别去想工作的事情。自然，身体这样出状况后，原本稳稳当当的晋升就没戏了，被同办公室的小林捡了个便宜。没办法，这就是命。领导走后，家琪一整天不愿意说一句话。

其实家琪很有压力。晋升泡汤，但是工作和学位却还要继续，可是依他眼下的状态，能写出什么论文？小诺知道他的心事，劝他别想那些烦事情，迟一年再拿学位也没关系。小诺的意思：反正今年晋升无望了，那就往后推吧。但是家琪心气高，觉得一输再输，输得一败涂地溃不成军。他郁闷两天后，有一晚没睡着，翻了几个身，突然紧抓住小诺的手，像孩子一样哭着说：我是不是输光了？

小诺赶紧抚摸他的胸口：输什么输，我在你身边呢，别怕，别怕，我一直会在你的身边！

然后小诺又像大姐姐一样细声地劝：我那同病房的贺晓梅，她就说，我们经受的生活磨炼太少，发生一点事情都会觉得像天要塌下来，明显是抗压指数不够。其实，你今年不晋升，明年照样有机会，你觉得你切了肾比任何正常人都差了，但是，若你能保持好的心态，机会会更多地青睐你，因为大家都知道了你意志坚强、心理乐观、抗压力强，这些品质，别人想有还没法体现出来呢，是不是……好了，什么都别想了，睡觉吧，我拍着你的背，好好睡一觉……

终于，家琪在小诺的安慰中发出了轻微的呼噜声。

小诺从没想到，结婚后的某一天她会担当起一个姐姐的角色。她一直觉得她该是个被关照的女孩子。姐姐，那就意味着要去关心照顾别人，可眼下，她就这么当起来了，没有选择。

○○7

刚开始时，一大家子人相处得很客气，透着生疏的客气。

小诺家琪阳阳睡大卧室，家琪爸妈住小客房，阿姨在书房搭了床。白天，小诺除了去小区慢慢散步锻炼外，就是在卧室里听音乐看书，她有时可以在自己房间里呆上半天而不去客厅，因为这样就不用看到家琪妈的脸了。她就是不喜欢看到婆婆的那张脸。

但一次不见是不可能的，每天对她的最大考验是早上起来一家人见面时喊那声"妈"，很低声的，很不情愿的。小诺觉得，她在喊出那声"妈"时透着对自己最大的挑战。妈是谁？什么人才能当妈？是女人就可以那么容易承担一个"妈"的称呼？喊她妈，真是要多别扭就有多别扭——要知道，不愿意就是不愿意！

似乎家琪妈知道小诺喊"妈"的不情愿，所以她回应得也不情愿。常常是这样，小诺低着头喊声"妈"，家琪妈别过头应一声"哎"。

小诺有时在想，她可不可以换个称呼，比如就叫"婆婆"？喊"婆婆"的话她心里难受感就少多了，但是，就怕家琪会难受。唉……

说家琪爸妈没全心全意为俩孩子的康复服务，那也真是不公平。骨头煲，鸡汤鸭汤，红烧甲鱼，鲜虾肥鱼，甚至山珍野味，市场里能买到的好东西都买了，父爱母爱能用什么表达？就是餐桌上的丰盛美味。

张姝来看小诺。两个闺密在卧室里聊天。

张姝说小诺你好好休养，你这两个月的课系主任都给分掉了，你不用发愁。

小诺问都分给谁了，张姝说，还有谁，我肯定占了一半，以后我生个病什么的你也得帮我顶上！

小诺说，你才不会生病呢，精力充沛，壮得像牛。

然后小诺叹气，说，拿硕士学位要推迟了，评职称也要推迟了，而且很可能现在她的工作量的缺失会影响本来就推迟了的评职称，唉，人生常会这样，一步落后了，接下来就步步落后……

张姝赶紧说：你有儿子呢，你那儿子多健康多可爱啊！看见儿子，你就不会在意那些东西了。

小诺说，是的，儿子是很可爱，但是，像你这样的安排才合理啊，无论如何先拿下学位和职称，等事业立足了经济繁荣了家庭稳定了，再要个孩子，那才是事事完美，对孩子，也是负责任……我现在，虽然宝贝着孩子，可是生活处在这样一种压力下，难保有时候会对孩子脾气不好，唉，现在后悔也没用……

张姝一听，就与闺密说起家庭话题：你还说呢，这个春节，我公公婆婆来我们这里，明说了要抱孙子，但被我一句话打回去：生孩子很要钱的，我们还没赚够钱！

小诺看着她：你从来都是很有主见的，我就不行。真羡慕你。

张姝说：不用羡慕我，真的，我也有一箩筐的烦心事。我公公婆婆是农村的，一点资助也不可能给我们。这次他们两个老人来这里玩，两周时间就花了我一个月工资，花钱就花钱，问题是农村人的思维很奇怪，请他们去饭店吃饭还说饭店的菜没自己烧的好吃，类似这样花了钱没得到一句感谢话的事情几乎天天发生，弄得我心里很窝火，看来他们只想要钱。不用请他们吃饭，不用带他们出去玩，所有这些都折成钱塞进他们的钱包才好。可是，我若什么钱都不在他们身上花，他们回去又会说：没出去吃过饭店，哪里都没去玩，也没给他们买东西……真是难伺候！后来俩老人走了，说暑假时候让老公老哥的儿子过来玩……我都没邀请，他们倒替我邀请了，简直以为那是他们的家似的！

小诺看着发牢骚的闺密，苦笑：原来你这么厉害的人也有搞不定的事情？

张姝说：怎么说呢，不是我搞不定——你看，就挣钱，我挣得比长辈多，就能力，我能力比他们强，就力气，我力气比他们大，就争辩，我有更多的理，所以，无论是文斗还是武斗，我都斗得过他们。但是，最终还是我们要让着他们，为什么？就因为他们占了一条：他们是老人，是长辈。

小诺觉得，张姝的想法怎么跟自己前些天对妈妈说的话那么像。无非张姝比她多道出了一个原因：因为他们是长辈。

长辈，长辈怎么啦？长辈就该让晚辈事事顺从吗？长辈就不能听听晚辈的话了吗？

依旧是个没有解决出路的话题，小诺都听怕了。看闺蜜要把话头往婆媳关系上引，小诺就觉得累，不想听，说，你陪我出去走走吧。

○○８

苏茜要结婚了，发来了喜帖，她老公也是个海归，年轻有为的海归，什么公司的驻华代理，近百万的年薪。

这很正常，房产公司大项目的销售部经理，她那个层次的工作和环境，来来往往什么样的好男人都见得到，从中找个最如意的郎君，把终身托付掉。这就是苏茜——大学毕业，外企普通职员两年，快速留学，知名企业实习，回国立足房产公司中层，然后在身边大流量的男人群中找个钻石王老五嫁人，人生规划真的完成得很完美啊。

快30岁了，终于把自己嫁掉了！苏茜在电话里很低调。明明是女金领找了个钻石夫婿，却说成是村妇式的待嫁心，以免让人感觉气势太盛。

小诺衷心地向朋友道喜。

问起新房，是位于城西的一套小别墅，小诺知道，那里的别墅价格，没三四百万拿不下。

面对曾经的同窗好友，小诺突然感觉卑微起来。

苏茜帮过她很多忙，现在她结婚，小诺怎么都得去，只是现在的情况……一个是如此幸福，而另一个是如此灰暗。

苏茜，我很想来，可是我现在腿还不好使，带着拐杖参加你的婚礼，我担心煞风景啊。小诺低声说。

嗨，什么煞风景不煞风景，你是我的好友，你当然要来。苏茜说。

可是，真的不好看哪，也不方便，我现在都不出门的。小诺再次说。

哦……苏茜一听，很快理解了。

要不小诺，你先休养，等你腿好了，我们单独请你们。你别担心，我们是死党，场面的事情无所谓的，我只想你早点恢复了，好吗？苏茜善解人意，不仅是好友，更是销售经理，职业素质摆在那里，说的话语很让人心里舒坦。

苏茜，真心祝福你们！

小诺在电话里不知还该说什么，她怕自己语气万一控制不了会变酸。苏茜是好友，她不能嫉妒。

放下电话，她又把自己关在房间里半天，一句话不说。

自己，张姝，苏茜，都是同一年走出校门，才不过5年，区别就这么大。她是落在最后面了。什么事情都不顺心。

小诺心情灰暗。

是她才干不够吗？还是她命运不佳？

在小诺家琪心情最灰暗的时候，阳阳成了他们生活中最大的乐趣。

儿子长得很可人，人见人爱，能走能跑能说话了，跑起来颠颠的像个小熊，说起话来还时不时有经典词出现。家琪和小诺最快乐的时候，就是晚上一起在床上嬉闹，只有在那个时候，俩人才能甩掉一些车祸带来的灰暗悲观的心情。

小诺喜欢抱着儿子闻他身上的奶香味，从毛绒绒的小脑袋闻到粉红可爱的小脚脚。把阳阳的小赤脚贴着自己的脸颊亲热，然后故意说：好臭臭，好臭臭！脸上现出被臭味熏倒的样子。

阳阳很能模仿，他见妈妈这样，于是也去闻小诺的脚，然后也是一副被熏倒的样子，把小诺逗得眼泪都要笑出来了。

每天晚上睡觉前的一阵嬉闹是整个家庭的黄金时间，压抑的心情终于能轻松一会儿了，阳阳在大床上像只小老鼠一样，玩够了，就在任何一个时间倒下呼呼入睡。

家琪小诺心疼阳阳，睡觉时都是把阳阳放在两个人中间，然后两人侧躺着，安安静静地看阳阳，能看一小时，百看不厌。小孩子的肌肤是那么嫩，小胖脸上的线条那么可爱，那小嘴唇粉嘟嘟的，真想含在嘴里……多么惹人怜爱的小家伙啊。那段时间，阳阳给他们的安慰，赛过任何药物和补品。因为，阳阳是他们俩人那段暗淡生命中唯一的亮光。他们像保护一颗明珠一样保护着他。

阳阳有时候说梦话，两个人听着，好奇地猜测着阳阳梦见了什么。一天半夜，阳阳在梦里大喊一声"爸爸，妈妈"，两个人立即从不沉的睡梦中醒来，担心他发生了什么，但是阳阳只是咂咂嘴，然后继续睡觉。家琪和小诺互相看一眼，重新躺下来。躺下后，家琪说：若阳阳再出点事，我就活不下去了。

ေ၀ခ

周末，小诺妈又过来陪女儿。

家琪爸妈去小福利房住两天。

妈。小诺撒娇地往老妈身上靠，她的腿比起刚出院时好多了。

阿姨给小诺妈端来煮得很烂的红豆汤，小诺妈一边吃一边仔细打量女儿的气色神情。

能住得下去吗？小诺妈问。她每次来都会这么问一句。

还好啦。

关系怎样？

就这样呗，能避开就避开，能不说话就不说话。

老这样也不是个办法，等你腿稍微好些，能自己照顾自己了，就搬去你们自个的家吧。

我知道。

看你现在，一点都不打扮自己，头发乱糟糟的，衣服也胡乱地穿，你以前不是这样的啊，小诺。

小诺妈说的没错，小诺现在一点装扮自己的心思都没有，但是以往，小诺是小资小诺，时尚小诺，爱臭美的小诺啊。可现在，说句难听的话，小诺连洗脸都是心不在焉的，洗完了就用个最简单的护肤霜抹一抹脸了事，根本没兴趣去完成多步骤的皮肤护理过程。小诺妈发现，女儿眼底下已经有明显的细纹了。

小诺用手拉了拉头发，说，我现在又不工作也不出门，也懒得整理自己。

小诺啊，若女人对自己懒了，那就什么办法都没了……以前我还常嫌你在镜子前面的时间太长，那些瓶瓶罐罐的护肤品太多，纯粹浪费钱，现在发现，女人若还爱那些东西，表示她热爱生活，对生活还抱有希望，希望自己更漂亮，可你现在……小诺，比起现在，那妈妈宁愿你像以前那样浪费钱买那些东西了。

小诺妈妈的理论蛮超前的。

小诺苦笑：我现在就是什么都提不起兴趣，你要我买衣服什么的，那我还不如在家呆着呢。我现在什么乐趣都没有。

小诺妈叹口气。

命运弄人啊。

妈妈你想吃点什么，我叫阿姨给你做。

我又不是来吃的，我是来陪你，想让你高兴的。

但总要吃的嘛。小诺带着撒娇地说。

小诺撒起娇来还是蛮可爱的。

晚上，大卧室里。

像往常一样，小诺妈帮小诺泡了个澡。小诺的腿不好使，洗澡很不方便，她又不爱叫其他人帮忙，家琪么，他自己也是个病人，所以每次趁着老妈来，都要好好洗个澡，平常时间么，她只能擦擦身子将就了，好在天冷，不出汗，一周泡一次澡还能忍受。

小诺换上睡衣很舒适地躺在床上，小诺妈坐她旁边帮她折晒好的衣服。家琪和阳阳在客厅看电视，阿姨在厨房刷盘洗碗。房间里有淡淡的音乐，蛮宁静温馨的夜晚。

小诺妈看看小诺，似乎想说什么，但犹豫了一下，没说，不过隔了会儿，她最后还是说了：小诺啊，家琪的那个……你们的那个还好吧？

小诺看了看妈妈，一时没明白老妈说的是什么。

就是说，家琪摘了一个肾后，你们的夫妻生活有没影响啊？

家琪妈说话总算直白了些。

小诺脸一红。事实上，自从他们出车祸后，到现在都两个月了，可他们还没做过一次爱。因为两个人都没心情做。

"这方面的事情，对夫妻来说，还是蛮重要的……你还年轻，现在可能没觉得，等到你30来岁了，会发现，夫妻生活实在是婚姻中很重要的一部分，一些夫妻，就是因为夫妻生活不和谐而离婚的……"小诺妈一边低头折一件内衣一边说。

小诺不说话。

小夫妻以前的性生活，怎么说呢，结婚前两个人虽然都有过男女朋友，但是却都是第一次，夫妻俩都是处男处女之身也算是挺难得了。家琪是因为家教比较严格，他不做出格的事；小诺么，当时还是在校学生，心思也单纯。这样俩人都没性经验，都是靠慢慢摸索，所以要说夫妻间的性生活很配合，那也说不上，常常是一个到点了而另一个没来临，于是一个说你怎么那么快另一个说我怎么知道你什么时候可以了，以致小诺在网上偷偷查找过女人的性高潮究竟是怎样的，她被家琪带领的那种感觉算不算真正的高潮，是不是真的要到达感觉要死了的地步才叫高潮……

小诺回忆起以前的事，脸又一红。

妈，没事的啦。医生都说没事的。

小诺妈说：家琪正常，那我就放心了。

小诺妈要走了。小诺总觉得周末过得特别快，比平常时间快多了。

小诺妈出门前叮嘱小诺：你现在空着，就多打理打理自己，做个头发，挑件好看的衣服穿，再化点妆什么的，女人把自己打理好了才显得年轻，精神面貌是很重要的，下次别再让我看到你这么一

副病恹恹的样子!

小诺挤出笑容来:好的啦,妈!

把老妈送上出租车后,小诺去旁边报摊买了两份报纸,回家。看看时间,待会儿家琪爸妈就该回来了,现在这两亲家像是搞交接,两个女人互相有敌意,一见面就互不相让。为减少不和谐场面,于是每周都是这样:在小诺妈到来之前家琪爸妈就离开,在小诺妈离开之后家琪爸妈再回来。这办法,也好。家琪爸妈回来后,小诺又要开始少言少语的一周。买两份报纸,可以帮助打发一晚的时光。

01

两天没见阳阳的面,家琪爸妈一回来就抱住孙子使劲亲。阳阳也亲热地回应,亲得爷爷奶奶满脸都是口水,好不容易才打住。

电话响了,家琪妈接电话,是个男的,找小诺的。

小诺在洗手间里看报纸,就叫家琪应一下,她很快就好。

一分钟后,小诺在主卧的分机接了电话。

哦,原来是老班长啊!小诺很是惊喜地呼叫。

老班长是小诺大学时代那个班的班长汪智超,因为复读过,年龄比较大,所以都叫他老班长。老班长口碑很好,大学班级一般都是一盘散沙,但小诺那个班的气氛就是明显比其他班要好,就是因为老班长,他成绩不怎么样,但是特别善于组织一些活动。记得大学外语学院一次搞文艺汇演,他们一个班竟然排出了3个节目,而且个个精彩,让全院师生对他们班刮目相看。

问老班长怎么突然打电话了,汪智超说,时间过得很快,掐指一算,毕业都5年了,他想组织搞个5年团聚活动,邀请同窗旧友一起回味大学时光。

同学会啊?小诺吸了一口气。她现在最不愿意见人了,尤其是同窗数年的老同学,因为她觉得她现在的处境最糟糕。人人都说,如今的同学会都很变味,不是成了炫耀会就是人脉会,聚在一起,没人会追忆同窗之情,都是打探对方年薪职位房子,然后交换名片说以后有生意多照顾老同学等等。小诺觉得她去参加同学会,只能当个陪衬角色。

小诺兴趣不大,但是也不能明着拒绝老班长,不然显得太小家子气了,她在电话里先答应了下来,想到时候再以身体不好的理由不去参加就是了。

除了电话外，两天后，小诺还收到了老班长发给所有同学的电子邮件。

看了那封邮件后，小诺还真觉得没法拒绝了。

老班长的组织能力确实没说的。发到每个人邮箱里的是个很漂亮的请帖，上面是别具一格的邀请信：

人生有高潮，也有低谷。有五彩，也有平淡。可能向左，也可能往右。可能通往大海，也可能通往高山。

在花花社会中我们全力拼搏，为成功。而校园的一角，只留给我们的心，为快乐。

任何时候，都请记得我们曾经是外语系二班的同学。老同学不问"你成功了吗"，老同学只关心"你快乐吗"。

我，当年的老班长，不成功。在大学里当着辅导员，领着微薄的工资，在行政路上慢慢爬。但是，我快乐。若在今年的春夏之交，能在大学校园里见到老同学的笑脸，我将更快乐。

小诺看着这封信好长时间，大学时代的青葱往事一起涌过来。突然间，她感觉自己不像是已经生了孩子的妈妈，也不是正遭受着婆媳矛盾身体伤残的毫无生机的少妇，她感觉自己回到了少女时代，正青春飞扬地走过浙大的图书馆，小吃店，食堂，草地，网球场，周围全是同龄的年轻人，嬉笑着，奔跑着。阳光照着她汗津津的脸，光洁细腻的肌肤，明媚动人的笑容，喷薄着少女芬芳气息的呼吸，一切宛如昨天……

一滴眼泪掉在了键盘上。

青春那么容易让人伤怀，因为青春是如此宝贵，因为青春一去不能复返。

从青春的记忆中返回，依旧是浮尘般的琐事，乏善可陈的生活，毫无起色和期待感的工作，让人窒息的婆媳关系。日子，就是这样。回味永远比当下美好。

但最起码，小诺想去参加这个同学聚会了。

她甚至想到，是该打理打理自己了。

阳阳，妈妈好看吗？

好看。

阳阳,妈妈漂亮吗?

漂亮。

阳阳,妈妈难看吗?

难看。

阳阳!说错了,说了好看,就不能再说难看了!

阳阳睁着双大眼睛,好奇地看着妈妈。他现在在学习说话,小孩学说话的第一步就是模仿。当小诺对阳阳说"阳阳小坏蛋"时,阳阳立即模拟地说"妈妈大坏蛋",他已经知道小和大的区别。但是,现在他还不知道好看与难看的区别。

两天后,阳阳明白了。

妈妈漂亮吗?

漂亮。

阳阳好看吗?

好看。

爸爸难看吗?

难看。

阳阳帅不帅?

帅。

爸爸帅不帅?

不帅。

家琪听着小诺与阳阳的对话,哭笑不得。没办法,小家伙已经懂好看和难看、帅和不帅,而他这个老爸,被儿子打入了难看男人那一类再也不能翻身。

妈妈,这个好看。阳阳指着床上一大堆衣服里的一件,对妈妈说。

小诺在整理衣服。尽管离同学会还有好一段时间,不过,这次同学会似乎是个契机,让两个月来一直懒于梳理自己的小诺重新对衣着容貌发生了兴趣。她把衣柜里的衣服找出来,想为同学会挑一件最合适的。

结果,不到两岁的儿子替她选了件蓝色的旗袍长裙。

这件好看,妈妈穿这件!儿子毫不客气地替妈妈安排。

好的好的,宝贝,妈妈就穿这件去见很多阿姨叔叔。小诺在阳阳的小脸蛋上亲了一口。

当小诺在卧室里逐一试穿衣服时,家琪妈在客厅里收拾行李。她要随一帮老姐妹去普陀山拜佛祖去。

家琪妈在杭州呆了一段时间,认识了一些住在周边的老伙伴,都是退休的。家琪妈在老家时结识朋友还蛮挑剔,言语中虽不明说,但都明白她有优越感,问起别人的职业时有居高临下的感觉。但到了杭州,她一点优越感都没了,事实上,为了进入一群讲杭州话的老太圈子里,还得陪笑脸。

按家琪妈的性格,一个外乡人,若进不了杭州人圈子的话,她绝不会巴巴地去投人所好,觉得那是自降身份,她不是那种愿意陪笑脸的人。大不了她没朋友吧,杭州又不是她的老家,有没有朋友不重要。但现在,她发现杭州老太们的素质确实不错,穿的衣服清清爽爽,说话也和和气气,更要命的是,这里老人们的团体活动很多,而很多活动的内容就是她最热衷的进寺庙拜菩萨。这样她的心一下子被抓过去了。

自从家琪出事后,她对神灵是更加敬畏,有庙必拜。来杭州照顾家琪,她一个月内连去了两次灵隐寺,潜心祈祷佛祖让家琪的余生平安度过。家琪妈每天早上都要去附近农贸市场买菜,好几次碰见同一小区的另一位老太也出门买菜,于是一来二去俩人熟识了。那老太给她介绍社区里的一些老年服务设施,说小区里还有个老年团体,大家经常一起跳舞打球,或者去杭州下面的城镇旅游。家琪妈对跳舞打球旅游没兴趣,但有次听说要去离杭州一个小时路程的径山寺玩,立即说她也要去。

其实对于社区里的很多杭州老人来说,寺庙不重要,主要的是出去运动旅游,去径山寺要爬山,一路风光不错,大家都是当作健身运动,顺便摘篮子野菜,去当地买两只土鸡。但是家琪妈不,她没任何玩乐购物的兴趣,唯一做的事情就是很虔诚地在寺院里拜遍了所有菩萨,求得了一支上签,慷慨地捐了200块钱,然后再与其他老人一起回家。回家时,神清气爽。自那次径山寺之行后,小区里的老人都知道了家琪妈是个很忠诚的信徒,于是,要去什么寺庙玩的话,都会叫上她。

去普陀山也是这样。人家都当是一次纯粹的旅游,与老伴一起带着相机出门,唯独家琪妈,单身一人,不要什么照相机摄像机,只带上足够的香火钱以及一颗虔诚求菩萨保佑的心,上路了。

家琪经过细心调理后已经开始上班，不过领导同事都对他相当照顾，没给他太多工作，若累的话也可以提前下班。小诺因为拐杖在身，出门不便，还要在家休息几天。

　　一天接到以前同病房的贺晓梅的电话，问起小诺的恢复情况，然后说一起去附近的哪个地方喝喝茶聚一聚，别老闷在家里。小诺想起上次在晓梅那里做了番畅快的心理发泄后还一直没谢过人家呢，便答应了。

　　俩女人在西湖边的茶楼里见了面，不禁相视一笑：都是拄着拐的残病人士，还要苦中作乐跑出来喝茶，太小资了吧。

　　晓梅要苦丁茶，小诺要了果茶，晓梅直率，坐下后直接就问小诺现在婆媳关系好点没。

　　小诺说还处在冷战中。

　　要沟通，沟通是唯一的解决办法！晓梅似乎有点不满小诺这么长时间来的不作为。是的，出院都一个月了呢。

　　小诺用牙签插了块哈密瓜，苦着脸说：我倒觉得冷战是最好的办法，你看，我们不说话，至少矛盾不会多出来，而一说话，原本的一个矛盾很快变两个，再争论，就变4个……受不了的！

　　你觉得你婆婆是坏人吗？

　　坏人倒不是，但绝对和我是两个星球的人，思维完全不一样。

　　我知道，你婆婆是传统派，你是海派。

　　小诺笑笑。

　　昨天我那表妹又给我电话说两口子吵架，被我骂了回去：过不下去就离婚，离婚了再另找一个！骂了两句后，表妹不说话，然后说，离婚了也不一定能找到更好的了。你看，这不是找骂吗？典型的不沟通郁闷家庭型！

　　你表妹是夫妻琐事矛盾，我的是婆媳争斗矛盾，我的比你表妹的复杂多了，涉及的人物和社会伦理关系更多，不同观点的沟通难度也更大，我们不具可比性。小诺对晓梅说。

　　不对，任何家庭成员的沟通都是有规律可循的。晓梅立即说。

　　小诺看着她。

　　我有个观点，我把它叫做一米润滑原则，自己发明的。但是我的发明继承于传统文化。我觉得很多传统的东西真是好东西，都是精髓啊，可就是现在很多人都抛弃了，或者说一套做一套……好好，不当愤青了，直接说我的这个一米润滑原则吧！

好比这样，两个人发生了社会联系，其中一人帮助了另一人，可能是很简单也可能是不简单的一个帮助。这时，帮助方甲方想：大恩不言谢，我不过是自己能力内的举手之劳，无所谓对方谢不谢了，反正我帮忙了，心里蛮开心。而受帮助方乙方这么想：滴水之恩，当涌泉相报。人家帮了我这样的大忙，我一定要在心里记着，也许眼下我没能力回报，但是只要我有能力回报，我一定双倍地回报！或者说，虽然我眼下没财力回报，但是我会在言语上，体力上，或者其他力所能及的方面都给予最真诚的回报。你看，此时，若双方之间的距离是一米，甲方给乙方的润滑距离超过一米，乙方给甲方的润滑距离也超过一米，此时，甲方乙方之间的润滑效果是双倍润滑，表现为非常和谐。

第二种情况，若甲方给了乙方一个帮助，此时甲方乙方都在想：大恩不言谢；或者甲方乙方都在想：滴水之恩当涌泉相报。那么，甲方乙方之间的距离还有一个单位的润滑度，这种润滑指数和距离还是能让甲乙双方保持着一定的和谐。

最让人担心的是第三种情况，当甲方给了乙方帮助，甲方总想着乙方的回报，而乙方总想着，我没要求你帮我，是你主动帮我，我不欠你什么。也就是说，该想着大恩不言谢的想成了滴水之恩涌泉相报，而该想着滴水之恩涌泉相报却想成了大恩不言谢，这时候，怨气，摩擦，罅隙，龌龊……诸如此类登台上演也就不足为奇。

所以，我觉得，任何家庭成员的沟通都是有规律可循的，那就是做好自己的定位。若以宽容的定位示人，你前面一米都是润滑的，若对方也是宽容之人，将有两倍的宽容度，那是最完美不过，但是即便对方不够宽容，你那一米宽容也足够让你不觉得狭隘，郁闷，或者难受了。记住：这一米润滑是为保护你而存在的。

我家也有婆媳之间的社会关系，但是我都是以一米润滑来作为解决问题的原则，这个原则帮了我很多忙，保护了我很多……说得直白一点，生活有时候就是妥协，而妥协是种智慧，它能保护你，而不是伤害你。

小诺，你有空的时候多回忆一下你与婆婆之间的争斗，是不是当时双方都处在前面说的第三种状态，结果都因为缺少一米润滑而导致摩擦怨恨？我觉得我们老祖宗的话真是有理，深厚程度不比西方社会学家伦理学家整本书表达的要少，只看我们后人怎么理解，若都能明理老祖宗留下的一些古训，还会有如今那么多保守派与海派之间的争斗吗？

不管怎样，小诺，你以后尽量试试这个一米润滑的方法！如果你觉得还是不灵，再来找我！

012

小诺在房间里看一个旅游网。

由于出事后心情的缘故，很多关乎情感、疾病以及人生悲恸经历的文章她都不能看，看了会觉得人生无常，心情绝望。所以，闲下来时，她看的比较多的是一些关于旅游的文章和图片，看看人家兴致盎然的旅行故事，以及天高海阔的风光照片，她也能感到一些快乐。

小诺在一个自助游的帖子里流连好久，突然说：多么美的地方啊。

家琪不在意地说：哪里？你想去，我们一起去好了。

小诺说：主要是人家拍照技术好，能留下记忆。

家琪凑上脑袋去看，是组东南亚小岛的风光，光线通透，测光准确，焦点清晰，构图别致，确实是组好照片。

这是单反数码相机拍的，而且级别不低。家琪说。家琪爱好电子产品，自然知道不少相机的性能。

我什么时候也能拍出这样的照片来就好了。小诺羡慕地说。

这有什么难的，我们也去买个好点的相机，多操练操练就行了。家琪说。

那，能拍出这样照片的相机，大概要多少钱？

你想玩相机啦？那可是没底的，主要是喜欢拍照了，就会忍不住想配各种各样不同的镜头，可烧钱了。不过，若你真的有兴趣，我完全支持！家琪慷慨地说。

家琪的慷慨是有道理的，他自己深知，在经历了人生最低谷的两个月来，他们几乎毫无生活的欲望和激情。想想以前，虽然钱不多，但是正因为钱不多，所以小两口买东西都很有激情，东挑西选，比较来比较去，虽说比较折腾，可那是种生活的乐趣呀！他们能这样折腾，就是因为有生活的激情。但是现在，他们没了任何让自己激动的欲望，叫小诺再去买衣服，曾经月月必得买衫的小诺说没兴趣，自己也是，那么疯狂的电子产品迷，可如今把各种最新电子产品放在面前，他也无动于衷……但现在，小诺貌似出现了学习摄影的热情，这是个很好的开头啊，若他们都能有个让自己的心平静下来的爱好，生活就能开始走出低谷了。

没钱不可怕，最可怕的是有钱人对山珍海味没胃口，富豪对应有尽有的富足生活厌倦，没爱好，没激情，没欲望，这才是无药可救的致命死穴！

这么想着，家琪立即给了小诺几个摄影网址，先给她普及一下摄影常识，他要立马灌输，趁热打铁，说不定点通这穴道后两个人就此绝处逢生呢。

生活出现了希望。

接连两个晚上，小诺与家琪都在热切地商量该买哪一款相机配哪一个镜头。既要考虑价格，又要考虑学摄影想学到哪个档次，还要考虑以后相机主要用于哪些拍摄，要知道，人物摄影、风光摄影、微距摄影各需要不同镜头，眼下肯定没钱买足各种镜头的……

终于确定了买一款中上档次的单反数码，先配一个焦段长点的镜头，所谓一镜走天下，以后有钱了再逐一配购镜头吧。但就是这两件东西，也要1万5千元。

摄影真是个昂贵的爱好啊。

虽然花钱多了点，但不管怎样，有爱好了，就有希望了。

相机是邮购的。三天后送货上门。

这三天里，小诺天天泡在摄影网上。家琪觉得此时买个相机蛮值，最起码，可以让小诺忘掉阴影，专心攻人物摄影，而阳阳就是现成模特。

家琪妈从普陀山回来了。小诺明显感觉婆婆的脸没以前烧完香祈完佛后的鲜活，这次黑着个脸，满肚子的不愉快写在脸上。

但她没去过问，照例是低头招呼然后抬头闪人。贺晓梅的方案似乎有理，但是在她这里，总是有实施难度。

有邮差上门，货到了。小诺开箱验货。机身，镜头，小配件，都在。小诺心情激动。签字。邮差走。

你们买了什么？婆婆问。

家琪订了个相机。

买相机干什么？

给阳阳拍照。

家琪妈听了，没说话。

家琪爸好奇地过来，端了端机子，说：好家伙，有点重的！

小诺说：到时候叫家琪教你拍照。这是数码相机，不需要胶卷，可以当即在电脑上显示照片的。

家琪爸说：老了，我们以前学的东西都旧了，是要向你们学习新知识了。

接着家琪爸又问：这东西贵吗？

小诺一听，赶紧说：还好。

多少钱？

小诺虚报了一个数字。原价的三分之一。

家琪妈说：这么贵啊？

家琪爸说：我来付钱，算是我学东西交学费吧。

小诺说不用不用。

013

家琪下班回来，第一件事是亲吻阳阳，然后准备洗手吃饭。小诺说相机到了，但她没敢安装，要他去安装。女人都这样，对电子产品又敬又畏。

家琪说，太好了，今天就可以实践一把了，来吧，先给阳阳拍张照！说着，拿起机身和镜头，对照着说明书，很快安装完毕。端起相机，把玩一会后就对着阳阳的小圆脸连拍数张，那快门闪下的声音真是清脆，好相机就是好相机！

家琪把拍好的照片显示给老妈老爸看：瞧，这叫连拍，以后阳阳翻跟斗啦，荡秋千啦，都可以这样连着拍，每个动作都清清楚楚！

家琪爸点着头说：不错，不错，见识了！

说着他从桌上拿了个信封，交给家琪，说：这相机算我买给阳阳的，你以后慢慢教我拍照，让我也学会。

家琪拿起信封一看，然后狐疑地说：老爸，你开什么玩笑，这点钱够买这么高级的一个相机的？

家琪爸说：这相机多少钱？小诺不是说5千吗？

这时家琪才发现小诺善意的谎言不小心被他戳穿了。

一家人神情不自然地吃饭。

家琪妈忍了忍，终于说：现在是非常时期，你们还买这么贵的东西，真是不懂事……然后她轻声但带着怒气地嘀咕：也不知道究竟是谁的主意？

家琪说：是我要买的。

不买会死人吗？

妈，我们想多留下一些生活的记忆。家琪说。

好了好了，买都买了，买了就好好利用起来，多拍照，不就行了？家琪爸在劝。

家琪，我们为了你们，已经尽了全力了。你生病，我们甚至打算好了，用我们的工资养你一辈子……我们都在尽量节俭地过日子，除了多买好吃的，其他花销都在控制。可你们也不能这样乱花钱呀。家琪妈说。

老妈，我是公务员，能养活自己。

你那点工资，经得住你这么花吗？当妻子的，按理要体谅丈夫，现在倒好，更是拼命花钱……

小诺划着饭。忍着。

为你操心也是白操心！家琪妈把碗筷碰得叮当响。

本来就不需要你来操心！小诺在心里说。

算了，不管你们了，我们终归要老的，要死的，到时候看你们怎么活！家琪，我们把你养大了，我们反正完成任务了，你爱怎么折腾就怎么折腾吧，要怎么花钱就怎么花吧，由着老婆怎么来就怎么来，你后半辈子的事，我真的管不了了……家琪妈的声音里透着对不听话儿子的愤怒。

小诺听得出来，家琪妈愤怒的原因就是自己。

你说得对，你们不可能养家琪一辈子。陪家琪老的，是我。所以，家琪生病，要侍候家琪一辈子的，不是你们，是我。终于，小诺说话了。

你？你少挖家琪的钱就行了！

我和家琪是夫妻，现在我与他共同挣钱共同花钱，什么叫做我挖家琪的钱？小诺努力保持声调平静。

买这买那，我当人家的媳妇，是不会这样花钱的……何况，家琪病着，以后要用钱的地方多着，你是可以拍拍屁股走的，但我们当父母的，是永远都会在他身边的。

谁说我会拍拍屁股走了？小诺觉得莫名其妙。

我管不了了，你们的家，你们过得好过不好与我们有什么关系，我们反正过个三五年也就要死的，你们的日子，你们自己混下去吧……

既然我们的日子我们自己过，那你为什么总干涉我们的事情？你这不是悖论吗？你究竟把家琪当做什么了？想要他的时候，他就是你的私有财产，他病了，说只能靠你们来养一辈子；不想要的时候，又说我们过我们的日子你过你自己的日子，我们是两家人，我们管不了你们？

妈，别说了，小诺，别说了，好吧？你们要我好，就别说了，要我死，就继续吵吧！家琪不胜其烦。

家琪妈还想说什么，但在家琪爸眼神的警告下，终于没说。

一顿饭吃得毫无滋味。

但是，该爆发的终归是要爆发的。

可能是家琪妈对出院回家这段时间来小诺爱理不理的态度忍耐到了极限，可能是上次相机事件的问题并没有完全解决，她还有话要说，可能是觉得她作为母亲的付出没有得到应有的尊重或者回报，可能小诺的说话和态度再次刺痛了她，也可能还有其他原因……反正，不久之后又发生了一次家庭不顺。

家琪在中间努力调和，但是，没效果。

你妈究竟想要说什么？只要她说得有道理，我会顺从，但是，别拿她是长辈就要我听话这样的理由来，这个我顺从不了。小诺忍着气说。

好吧，我们坐下，心平气和地谈一谈。家琪爸说。

小诺家琪都坐下，他们坐餐桌一边，家琪爸妈坐另一边。

家琪妈第一句话就让小诺好一时接不上话来：一切都是有根源的，我们家这么不顺利，一切都是有根源的！谁叫你结婚用白被子的？白被子不吉利，我当时就说了，你听吗？家琪妈愤怒声讨。

小诺被噎在那里。这是哪跟哪？这是解决问题的方法？这也值得坐下来探讨？这也能成为家庭不顺的原因？

愣了愣以后，小诺把目光转向家琪爸。家琪妈不明事，家琪爸总不会也这么不明事吧？说好了眼下是好好探讨家庭问题，那就像样子地认真探讨一下，拿出这等迷信的东西来胡搅，他，家琪爸，也应该有所制止吧？

但是，让小诺失望的是，家琪爸没有任何反应。

倒是家琪听不下去，说：妈，白被子的事情不要提了，没好处，当初用白被子是我同意的。

而这时，小诺已经想好怎么回击，家琪爸不制止，她只好自卫了，她对着家琪妈连珠炮般说：好，听你说来，家里不好的事情都是因为我结婚用了白被子，什么你得了癌症，我爸爸"非典"去世，家琪车祸，责任都在我。而好的事情都与白被子无关，什么我考上研究生，生了健康聪明的阳阳，你们分了四居室，家里的好处都是因为你烧了高香拜了菩萨？真是笑话！

还有，别说家里晦气的事情都是因我而生，别忘了当初家琪上大学你大病一场的时候，我幸好还根本与你家没一点关系，不然要你这么说来，连你那病也是我惹的祸，我的能量也实在是太大了吧！

家琪扯扯她的手，叫小诺别说了。

小诺看着老公，忍了忍，没再说下去。

家琪妈看了她一眼，眼神里带着愤怒，继续说：我这次去普陀寺，给每个菩萨都拜了，让佛祖好好保佑，我还特地找了个当地最有名气的算卦先生，给我们一家算了命，他说，你迟早是要离开家琪的，因为家琪一时半会儿不成功，你等不了。你走，我不拦你，算命的说，你走了我们一家就顺利了。但问题是，最后，你又会回到家琪身边……我一听，简直晕倒了，真那样的话，李小诺你太无耻了！你既然出了我们何家这个门，我就绝不会允许你再回到家琪身边，我做鬼也要拦着你！

一阵寂静。

小诺终于明白了为什么家琪妈回来后的这些天都黑着脸。算命，又是算命！

她恍惚地回想起来，似乎3年前，家琪妈刚刚得癌症时，也时时拿算命的话当治病的药方子，什么不能剪头发，不能穿黑衣服等，那时她就对家琪说：若算命的对你妈说我们两个不合适，那我们怎么办？当时小诺以为那是最不可能的假设，她只是拿这个极端例子给家琪提个醒。没想到，如今，这种假设竟然真的来了！

小诺脑袋里有会儿发糊，或者成真空。

发疯了，这个老太发疯了。

冷静，冷静，她不能被她拉着也发疯。

小诺手脚发颤，她转身向家琪爸看去。刚才他不制止，现在他总该制止了吧？

但是，家琪爸依旧没有任何发言。他只托着腮帮，似乎在听，也似乎在想。

小诺鄙夷地看了他一眼。

家琪说：迷信的事情别放到这里来说，有用吗？

家琪妈赶紧说：你不知道，那算命的很灵的，真的很灵的，他甚至算出了你本来是要升职的！这样事情我本来也不会信，我对他说你怎么敢算这样的命？你是不是要存心拆散一个家庭？他说，他是没能力拆的，他只是预见到了，提前说出来而已。要散就是要散的，这是命！

这话题别说了。家琪无力地阻止。

但是小诺已经生气，非常非常生气了：她生气不单是因为婆婆的无理，更是因为公公对婆婆的无原则纵容。

离婚？她现在想都没想过。若说以后要离婚，恐怕灵感也是来自这位算命先生吧。而算命的哪个说话不是琢磨着客人的思路顺杆儿爬？若不是算命的人体察出了婆婆的心思，他哪能说出这么有想象力的结局？所以，离婚的想法，怕其实就是婆婆心底里的真实想法吧！

小诺冷笑一声。

婆婆也算是撕破脸皮，最难堪的话也不介意说出来了：你走，我不拦你，算命的说，你走了我们一家就顺利了……是的，婆婆现在就把自己当做是丧门星！她也不想想现在是什么时代，她说的这种话，除了那个依顺她到无原则地步的公公外，在大街上去说还能有谁会认为它有一丝的道理？

你的意思，是我"克夫"了？

小诺逼视着婆婆，问。

我没说"克夫"，我只是说，你的性格不适合我家家琪，你的命，太硬。

家琪妈说。

小诺觉得老太在偷换概念。老太好歹也认为自己是小知识分子，说"克夫"之类的话她自己也觉得有失身份，但是，说儿媳性格与家琪不合，脾气易怒，命理冲犯，害家琪出事，这还是容易得到常人的同情的。

老太还挺聪明的。小诺想。

小诺缓缓站起来，把身边的拐杖往地板上一扔，金属拐杖在地板上发出清脆的撞击声音。

没有了拐杖，小诺的右脚触及地板，稍一用力，膝盖处就钻心地疼。小诺咬牙忍住，对家琪妈说：好的，你说我命硬，那我就硬给你看，我可以连拐杖都不需要！我就是要告诉你，你说的没错：我命硬！我会活得很强硬，你休想压倒我！

说着，小诺转身，一拐一拐地前往卧室。卧室的大床上，睡着阳阳，小诺望着酣睡的小家伙，那粉红的小脸蛋，毛绒绒的小脑袋，长长的眼睫毛，鲜嫩的小嘴唇，多么漂亮可爱的儿子！可是，他为什么投生到这一个充满戾气和争吵的家庭？他应该有个更好更温暖的去处，那里没有车祸，没有婆媳之争，没有病恹恹的父亲，没有落魄的妈妈，没有对儿媳充满敌视的奶奶，没有虚伪冷漠的爷爷……以阳阳的可爱，他完全应该投生去一个祥和富足温暖健康的家庭，而不是他们家啊！这么一想，一大串眼泪忍不住从小诺的眼里涌出来，她亲了亲儿子，取了小包包，头也不回，出门。

小诺你去哪？我陪你去！

背后家琪焦急地追上。

家琪陪着小诺在小区慢慢走路。

在小区门口的休息椅上，小诺叫家琪去帮她买罐牛奶，再买支巧克力，最好再买份报纸。家琪答应，叫小诺坐着别动。

小诺待家琪进了小商店的门，就在小区外的公路上拦了一辆出租车，上了车。

然后给家琪发条短信：我想一个人静一静，我没事。然后关机。

司机问小诺去哪里。

小诺也没想好，就说一直往前开。

司机一直往前，往前，直至快出了杭州市区。

小诺知道了她此时最想去哪里。

40分钟后,小诺出现在一座陵园里。

小诺在黄昏的夕阳下,一瘸一拐地走向老爸的墓地。她边走边哭泣。

她孤单的身影划过一排排公墓。

老爸,我来了。她像孤单的孩子迫切寻找一个家一样,一路寻找,一路张望。

她终于在一座黑色大理石公墓前站定。

不是节日,不是周末,偌大的陵园里一片肃静,除了她,几乎没别的人来凭吊逝者。小诺望着老爸墓前素净的小平台,泪水无声地源源流淌。

老爸,你看见了吗,我的路走得太不顺了,我究竟哪里做错了?小诺伏倒在墓地上,哭着诉说。

我没告诉老妈,我不想让老妈知道,老妈也老了,知道我这样,又要烦的……所以,爸,我只好来跟你说,只好来烦你了……老爸啊,我该怎么办啊?

我真的解决不了这样的问题……也没人教我怎么解决。我无能,我没用。老爸,是不是我真的该离婚算了?

老爸,你为什么要这么快走了呀?老爸,你快教教我呀,只有你才能教我了呀……

小诺在老爸的公墓前鼻涕眼泪凶猛地淌,一包面巾纸很快用光了。

生活,真是艰难啊。

她觉得人生就是一场如梦如幻的悲剧,不是说嘛,人生不如意十之八九。到现在为止,她没太多地感受婚姻的愉快和幸福,却已经品尝了很多的酸涩和不幸。她望着自己的病腿,甚至想,她的父亲长眠于此,也许,不久之后,她也会陪伴于此,因为,生活太难了……

小诺在公墓前坐了不知多久。直到夜幕已经降临,小诺一时不知道该去哪里,心里茫然至极。实在不行,今晚要不就去附近旅馆住一晚吧。

站起身,小诺再次对着她爸的墓碑鞠躬:老爸,帮我想想办法,有了好办法,你一定要在梦里告诉我,好吗,老爸?

就在她转身回头之际,发现身边有个人,吓了她一跳。

是家琪。

你怎么来这里了？小诺问。

我去找了所有地方，打了很多电话，最后，你爸爸告诉我，你在这里。

哦。面对家琪尽量显得轻松的玩笑话，小诺淡淡应了一声。

你没去我妈家吧？

没去。我就打了个电话，没让她起疑心，我在电话里问她身体怎样，然后问她周末过不过来。听她口气就知道你没回家，也没给她打过电话。

嗯，我不想我妈为我的事情烦。

小诺，没什么好烦的。真的，我都搞定了。你需要的话，我现在就让我妈给你道歉！

小诺摇摇头。

不需要道歉。也不相信"搞定"。她知道，所谓的"搞定"都是表面现象。本质矛盾依旧存在。今天的岩浆熄灭了冷却了，不等于火山永远不爆发了。

我们回去吧？家琪说。

那回去吧。小诺说。

是的，除了回家，她还能去哪里呢？

记住，以后再怎样，都不能关手机！家琪带着乞求的口气对小诺说。

小诺闭了闭眼，点点头。是的，这样做，是很容易出事的。

等一下。家琪又说。

我要给爸拜一拜。

家琪在岳父的墓前很虔诚地拜了三拜。

站在家琪的身后，看着他弯腰的动作，小诺突然想：难道家琪就是老爸指点的解决办法的人吗？

016

小诺被家琪带回了家。

可能家琪对他爸妈交代了什么，回家后，一家人当做什么事情都没发生过。于是风波过去，最起码是暂时过去，家庭重归表面的平静。

　　家琪上班，小诺就在房间里，对公婆避而不见。她在想，是不是搬回小福利房去，这样省得老是与话不投机的人面对面。惹不起，难道还躲不起吗？

　　她在大卧室里练习单腿走路，可是，一会儿就体力不支。小诺坐在床沿上，拍着受伤的腿，叹气。这样的身体状况，就算躲到自家小房子去，也没法照料自己啊。吃饭，家务，洗澡，都是麻烦。找个短期保姆？钱是一个问题，找不找得到也是一个问题。唉，真是那句话：没实力，就是硬不起来啊。实力，不仅是经济实力，还有体魄实力，连健康都不能保证，还谈什么独立？

　　小诺对家琪爸视而不见的日子过了两天。这期间，家琪劝她别这么拗，小诺说：我发现了我们家婆媳问题的关键原因是什么了，一切都是因为你爸爸的无原则偏袒！他为了维护表面和谐，可以不惜内部矛盾越来越激化，就像一只苹果，可以表面不停擦拭让它看起来油光发亮，但是里面呢，其实已经被虫蛀得差不多了！当第一个虫子出现时，他不去制止，不以理服人，反而一味偏袒他老婆的自私想法，就是为了让家看起来好看一点。告诉你，如今虫子越来越多，他想制止也制止不了了！

　　唉，老婆啊，家又不是讲原则讲道理的地方，没必要上升到那样的高度……

　　家琪，若连必要的原则道理都不讲的话，一个人还会有分寸吗？

　　好了好了，我回到家，是想安静的休息，不是听你们的辩论纷争……人生苦短，很多东西到死都辩不出结果的，我们不说了，睡觉吧。家琪打出停战牌，钻进被窝。

　　小诺看着用被子捂住脸的老公，轻叹一口气，也钻进了被子。

　　被子里，家琪抱住了她。

　　老婆……家琪欲说又止。

　　我知道，你也要我维护表面和谐。小诺说。

　　既然做不到真正和谐，做表面和谐也好的吧。家琪用哀求的语气说。

　　小诺终于不说话了。

　　两天后，家琪爸代替家琪妈向小诺道歉，接着又解释当时他无法当面辩驳家琪妈的原因：一些矛盾，我也只能在事后慢慢化解，若当她面说她错的话,她会闹得不可收拾,与她夫妻多年,她的性格,你还不了解,但我一清二楚,所以,小诺,只好委屈你了……说真的,这些年,我也觉得很累很累了……

小诺看着两鬓斑白的公公,淡淡地说:没事,我命硬,我会活得很坚强,就算其他人都出事,我也照样会好端端的。

家琪爸听了,叹了口气。

他当然听得出来,小诺的话语里带着怨气。

我们谈一谈好吗?沉默了会儿,家琪爸说。

谈什么呢?小诺问。语气不是很配合,但也没有完全不配合。

小诺,谢谢你在家琪最困难的时候,陪着他,安慰他,鼓励他……家琪爸语气诚恳。

这不需要你来谢。家琪是我的丈夫,作为妻子,我陪他鼓励他安慰他都是应该的,若说你要谢我,那是因为在你心中没把家琪当作独立的人,而是把他当作你的私有物,所以你觉得要谢我。

家琪爸话语一噎。

小诺,我知道你对我有意见,要不这样,你把所有你对我的感觉都当面说出来?家琪爸努力以平和的语气说道。

小诺看了他一眼。

一段时间的沉默后,小诺抬头,说:爸,你弄错了一件事,我和家琪是一个家庭,我与你们并不是同在一个家庭中,但是你们总是搞混,结果妈妈的手总是伸向我们进行干涉,并以爱的名义,也不管我们接受不接受。本来你应该让妈妈明白,她要管事就只在她自己的家里管,她的最亲密的人不是儿子而应该是她的老伴你,她应该时时牵挂你照顾你而不是时时想着儿子,可她觉得儿子是她的一切,恨不得一手包办……对这些,你没引导她去正确地做,相反,你,一味纵容她对我们——尤其是对我,进行无端指责,然后不停请求我原谅她。第一次道歉是有效果的,但如果为同样的事情再三道歉,这样的道歉是没有诚意的!我已经不稀罕你的"请求你的原谅"了!

几年来你都是这样做,可能是为了维护一种平和氛围,让别人觉得你们这个家很和谐,但是,你想过没有,看起来那么好的一个家庭下面,其实矛盾重重,更可怕的是,唯一能解决这矛盾的人却对矛盾和问题避而不见……爸,妈能说出那么无理的话,难道不是因为你的长期放纵吗?而更好笑的是,这种纵容,竟然也是以爱的

名义！你也许会说我不理解你，是的，我是不理解，我为什么要理解这样的做法？爸，你真的太自私了，你为了自己的形象和名声，为了让别人只看到你作为好丈夫好父亲的一面，不惜黑白不分。这一点，你真是虚伪！

是的，咱家的婆媳关系并不好，但婆媳关系并不是只涉及婆媳两个人，更重要的人物是你和家琪，如今家琪生病，你更应该起到客观公正的作用，但是，在婆媳关系中你这个最关键的人，却一而再再而三地失去公允，为了演好一个好丈夫的角色，你纵容，偏袒，失去原则，不讲道理，你让婆媳之间变得更加敌对和仇视……所以爸，我根本不能理解你，你的种种做法不是为了解决矛盾，你只是为了掩盖矛盾，让家在外人眼里看起来好看一点……这是最不负责任的做法，迟早要出事。果然，出事了，家琪成了最倒霉的人。

爸，反正现在已经这样了，我也不怕说得罪你的话，我认为，你是这场事故中最大的责任人！是你几年来的表面文章造成了这样的结果，是你的虚伪让家琪承受这一切，若我是家琪，我会恨你的不负责任！

如今，我继续要忍受你的虚伪和粉饰，因为我还是家琪的妻子。但我正逐渐变强大，变理智，我不再认为你是个好丈夫好父亲好公公，我更不觉得你可以俯视我说我幼稚，事实上，你也很软弱，你有着顾忌你的知识分子名声的最大的弱点，对吧？我们本来就应该平等对话，若我们早点平等对话，说不定家琪还不会出事！

小诺终于以一抹冷冷的笑容结束了她的一长串的观点宣告。她觉得她有豁出去的感觉。

腿已经断了，脾肾已经没了，若再不清楚宣告还想掖着藏着，那是不是太委屈这些代价了？

小诺的目光注视着墙壁。她没去看家琪爸的表情。说出那么一堆话，她估计公公的表情会比较难看，她不想去直接面对他的神情。毕竟，面对她坐着的，是她的长辈。正像张姝所说的：她们这年轻一辈的，能力不差，道理也有，智商更高，有胆量敢作为，她们将是社会的主力，她们根本没必要去害怕他们，但是她们就是不能放手去抗争，只因为——他们是长辈。

好一会儿，也不见家琪爸说什么。小诺疑惑地转头，家琪爸，最善于做别人思想工作的长辈，不该长久不出声的呀。小诺这一回头，顿时呆住了：家琪爸，头发花白的老人，在默默地淌着老泪。

小诺目瞪口呆，愣了半天，才想起去拿条毛巾。家琪爸接过毛巾，终于发泄似的长抽了一下鼻子，然后用嘶哑的声音说：不好意思，我，失态了……

两个人默坐了一阵。小诺是第一次见一个花甲老人流泪，像一记重炮打在身上，心里慌慌的半天没回过神来。

小诺，我们相处好几年了，其实你应该知道爸爸的为人……爸爸只是一些想法与你们不一样，但是，你说爸爸虚伪，爸爸真是从没想到的……

小诺啊，我终于发现了，你爸爸能力太有限……我本来想让每人都感觉幸福一些，所以我在平衡，可是，却发现，我越平衡，却越做不到平衡……爸爸老了，没用了，能力不够，但是，我的心是怎样的，小诺，你应该知道的呀……我想我曾是家里的顶梁柱，现在也还是，因为家琪病了，我更要承担压力，我那么做，都是想让家里的每个人过得更好一些，更幸福一些，可是，没想到，我这么无能……没人能够理解我的努力，每个人都在指责我……

望着公公因为被误解而委屈痛苦的脸，小诺方寸已乱，再没什么激昂辩论的勇气，只想用解释来挽回点什么。她见不得老人如此伤心。

爸，我只是说你做事情的方法有时不对，丧失原则，让人伤心，没其他意思……

怎么说家琪爸呢？他是一心为妻儿，可是如今却都没被妻儿感恩。他自如运用了几十年的传统道德想法，在近几年里几乎要分崩离析，妻子说他"向着别人说话"，儿媳说他"毫无原则，虚伪透顶"，儿子对他失望至极，不理不睬……他想对家庭里的每个人好，但每个人都不念他的情！

两个人又是一阵沉默。家琪爸像孩子一样地低着头，小诺也是。

爸，你也说说你的想法吧，我们多听听对方的想法。过了会儿，小诺说。

家琪爸嘶哑着声音，斟酌着说：小诺啊，我还是那句话：我们真的该是一家人！小诺，我知道你最不爱听这话，觉得透着假，可是正因为是一家人，所以可以互相发脾气来宣泄，若不是自己的家人，我们如何宣泄呢？

很多时候，我们只是需要发泄，其实不用上升到什么原则问题，发泄完了，也就过去了，说过的话也就风一样吹过了——而这些发泄话，在其他人那里是不能说的，只有家人面前可以放任地说，因为只有家人可以那么宽容。

我承认我有时候是偏袒你妈妈，但绝不是为了面子，更不是虚伪，只是从心底里想让家庭安宁一些。我总是这样认为：家，不是动不动讲原则的地方，而是学会充耳不闻让人得过且过的地方。可是，你并没学会充耳不闻……

我本来是想同你说：你妈妈的一些话是错了，尤其在这种处于困境的情况下，那种什么"你们的日子你们过，我们的日子我们过，我不管，也管不了"的想法，在现在的情况下是不好的，真的是很不利于家庭的，我已经就这个事情批评了你妈，她也承认了错误，小诺，这件事情上，你也原谅她吧，她对儿子的的确确是死心塌地的，她已经把家里所有的存折搜出来，说以后再不出去旅游，也不买什么东西，都要留给家琪……唉，她也是一时心急，口不择言啊……我已经同家琪说了，家琪说理解的，我也希望你能够理解父母的苦心啊……

小诺无语。

还有那个算命的事情，你别往心里去，那是家琪妈生病以后的一种精神寄托。我也常同她说，信这个是没有意义的，我说，若按照生辰八字算命，那么生辰八字相同的人大有人在，难道他们的命运也就一样了？但是，对你妈妈，只能慢慢劝解，若当面驳斥她，只会让效果更不好，因为她性子急，当面堵她，会适得其反，所以那天我也只能那样。但事后待她安静时再同她说，她就感觉很对不起你，一些话，她也觉得说得过头了，只是没好意思向你表示歉意……小诺，现在我们一家处在这样的低谷中，你就多担待一些了，好吗？你妈妈方式不好，但心地，真的是好的呀！

家琪爸殷殷地望着她说。他依旧沿用着他惯用的方式：一家人，宽容，理解。

小诺依旧无语，但是她点点头。

在一种别扭的气氛中，小诺和她公公的对话终于结束了，以和平的方式。

小诺从工资卡里取出 3000 块钱，装在一个信封里，在一次吃饭时候推到家琪妈的面前，说，爸妈，你们照顾了我们快两个月了，买的都是最好吃的，这段时间我们没做家务，若再白吃你们的话，心里更不安了，这是我们这两个月的菜钱，请收下。

家琪爸惊异地看了她一眼：说什么呢？我们还差你们的这点饭菜钱？拿回去！

小诺说：我知道你们是不差，但是这是我们该付的……

家琪也说：爸，收下吧。菜钱，到哪里都该付的。我们吃食堂也要钱呢。

家琪妈把头一扭说：不要你们的钱，你们自己多存点……看你们，哪有多少钱？

家琪爸说：你们生病，我们照顾你们，你们早点健康，就是我们最大的心愿了，当父母的，谁不希望自己的孩子好？这饭菜么，你们不在，我们也要买的，你们来了，多添两双筷子……说句实在话，若一家人和和气气，我们还求之不得呢，三代同堂的天伦之乐，是多少老人的希望啊！

小诺还想要坚持，家琪爸已经拿了那信封推回到她面前，半命令式地说：收起来！一家人不说两家话！

一家人，一家人……

若不送出这饭菜钱，是不是就得接受这"一家人"的安排？

小诺望着桌子上的信封，想：要不趁着家琪爸妈生日的机会，包个厚点的红包吧。

013

卧室里，小诺和家琪在爱抚缠绵，阳阳在爷爷奶奶房间。

家琪赤着身体压在小诺身上，小诺抚摸他的背。家琪的身材不错，个子高高的，虽然瘦了点，但还是显得健康有力。只是手术后，腹部留下了一道长长的疤痕。

家琪叹了口气，无力地从小诺身上滑下来。

这是第二次了，依旧不行。

小诺一只手搂着家琪的脖子，安慰道：可能工作太累，没事，以后再慢慢来。

其实，两人不说，但都知道原因：因为家琪在意那个手术。摘了一个肾，虽然医生说没事，可是家琪一直担心这个问题，他毕竟30不到。但是他又不能明说。其实他老早就想检验一下，可是又害怕。你越是在意，它越是偏偏与你作对。当家琪鼓足勇气想实践他男人雄风时，雄风就是没有来临。

可能是我没配合好，我应该主动点……小诺还在安慰。

在与家琪的几年性生活中，小诺一直不是主动的，最初，她还因为疼而老想推三阻四，搞得家琪不得不软的硬的哄啊骗啊都上来，直到一两年后夫妻俩才找到些感觉，算是渐入佳境。可是后来又怀孕生孩子，所以，真正夫妻生活的欢愉，似乎他俩都还没有透彻地享受过。

家琪叹了一口气。

小诺抚摸着家琪的头发，以尽量放松的口气，来说一个另外的话题：趁着空下来，我们该准备论文了，我们都尽量早点把学位拿到，好吧？

小夫妻俩现在有了个共同的乐趣：给阳阳拍照片。

现在看来那相机确实买得值。几乎每天，家琪都要给阳阳拍些照片，两岁的阳阳正是最可爱的时候，活泼好动，表情丰富。家琪特别喜欢给他拍特写，把照片放到电脑里当屏保，那小脸蛋上细密的小绒毛像新鲜桃子上的小白毛，透着童稚和鲜活，家琪百看不厌。

小诺在家琪的调教下拍照也有一些长进了，懂得使用光线并运用虚实。但她更喜欢与阳阳一起给家琪当模特，母子俩做些亲密的动作，让家琪尽情拍，拍完后三个脑袋凑在一起翻看照片，这时候，是他们笑声最多的时候。

家琪把他认为最满意的照片挑出来，冲洗，做成厚厚一本亲子相册，有事没事就与阳阳一起翻看。阳阳很臭美，指着照片说：阳阳好看，妈妈漂亮；阳阳是帅哥，妈妈是美女。

小诺的腿好多了，虽然走路还是一瘸一拐，但是不影响上课，只是去学校的路上不方便一些。

学校给她排的课不多，且都比较集中，这样，她每周去三次学校就行。张姝不久前买了辆便宜的车，刚好可以捎带上她。张姝在学校的那个单人宿舍小房间早已经被学校收回去，现在中午时分她们也只能在办公室里草草休息。

高校食堂在改革，改革后总算比以前好了一些。硬件提升了，服务也提升了，菜不是以往那样放在大容器内一人一勺让人一看就没胃口，而是装在小碗碟里让学生自取。自取的托盘也很漂亮，碗筷都是消毒过的，流水线旁的餐饮工作人员都戴上白帽子白口罩，这样就显得有点粤式自助餐的味道。另外，还提供烧锅小炒之类的，选择还蛮多，增加了不少在饭店就餐的形式和内容。当然，改革后的食堂，吃一顿饭的成本可比以前多多了。

这段时间都是张姝去打饭，然后回到办公室两个人一块吃。两个女人一边吃，一边分享闺密话题。

见小诺心情还好，张姝问，你们那事儿，怎么样？

小诺明白她所指，但仍然装聋作哑：什么事？

张姝说：香艳卧室里的事儿呗。我在想，你们肯定要用比较独特的体位了，哈哈，被我猜中了？别扁我啊！

小诺拿筷子敲打闺密：狗嘴吐不出象牙，还淑女教师呢！谁像你那么色，我们是休整状态，以后再接再厉！

张姝说：色怎么啦，很正常啊，淑女教师也要男欢女爱嘛，告诉你，我们现在感觉可好了，比刚开始时候懂得多了，我总算明白了，为什么一些泡良族，就爱泡成熟的少妇！

小诺斜睨：现在的感觉有多好？

张姝脸上终于有点难为情的神情：不用讲得太具体吧？看你才是色情狂呢！

那你悄悄告诉我，你们最多一晚几次？小诺逮着机会继续问。

要讲质量不能只讲数量。张姝还故意躲躲闪闪。

哼，还钓我胃口呢，不说就不说，俺不稀罕！小诺说。

是的是的，你才不稀罕呢……等你腿好了，我们一起去买几套好看的内衣？女人嘛，就是要对自己好，尤其在女人的方面，对吧？

小诺穿着阳阳指定的那件蓝色旗袍长裙去参加同学聚会。

老班长的邀请信情真意切，准备工作也做得充分，所以这次聚会的人数蛮多，周边城市的都跑来了。毕业5年，有的是分别后首次见面，禁不住一阵感慨。

说同学会没变味是不可能的。尽管老班长在邀请信中一再表达只是叙同窗之情，但很快，"哪里高就"、"年薪多少"、"你的新车不错呀"、"买了多大房子"、"每年出几次国呀"……诸如此类的问题才是交谈的主流。而估计第一轮这样的交流后，接下来就是互相交换资源，什么客户呀，熟人呀，帮你帮我办什么事呀……小诺有心理准备，面对这些问题她会自卑，于是出门时特地带上了新相机，一来随时操练摄影是她现在的新爱好；二来可以拿着"要为同学拍照"的理由而少加入交谈；三嘛，这新相机档次不错，能满足小诺小小的虚荣。

小诺远远站在一边，用长焦捕捉着每人不同的神情。

摄影真是有趣，尤其当手中的武器还不错的话。学了一段时间，小诺发现她最喜欢的就是人物摄影，尤其是躲在一旁捕捉别人的各种神情，真的，每张照片几乎就是一个故事。

聚会中的同学，成功程度各不相同，心情境遇各不一样，脸上的笑容指数也不一样。有的明显是踌躇满志，有的带着附和的笑容，有的爽朗，有的艳羡，但也不乏一些心平气和或者从容淡定的。小诺觉得带个相机来真是最智慧的决定：你们各有目的地聊天吧，我就在旁边看你们的故事啦。

就在小诺自以为只有她在观察别人时，其实也有人在暗暗地观察她。

小诺坐下来歇息，同时翻看刚才拍的照片的效果。有人招呼：小诺，不当首席翻译，转行当首席摄影啦？

小诺头也不抬：为大家服务！

有人又说：别忘了传到班级相册里去。

小诺承诺：明天就传。

谢谢你啦，小诺。

谢什么呀。

大家嘻哈了一阵。

终于，小诺翻看完了所有的照片。应该说效果还不错，有全景，有细节，到时候再补几个全家福的镜头就行了。等到照片传上去，一定要让大家刮目相看一下。

这时，那个暗中关注着小诺的老同学走到她身边，坐下，笑着说：多年不见，你成艺术家了！

小诺抬头，原来是梁昊，大学时代对她有过好感的一位男生。可惜当时他的好感没得到小诺的回应。

你好啊。小诺高兴地说。

我一直在观察你，你拍照很专注哦！梁昊说。

刚发掘出来的爱好，这段时间正在兴头上呢。你怎么样？小诺问。

我毕业后一直帮家族做事。

梁昊是义乌人，义乌那边很多是家族企业，从产品制造到进出口，全部自己搞定。

哦，自己当老板，挺好的。

还行吧……你呢？

我么，依旧在一所小小的大学里当老师，默默地生活。小诺说。

女孩子，在大学当老师，是很理想的职业。

你结婚了吗？小诺问。

还没呢，没找到。梁昊笑了笑说。

我知道了，挑剔！你们当老板，选老婆就像选妃子一样，标准可高了，对吧？小诺笑着继续说，是不是也需要登报纸找一位，要漂亮，温和，贤惠，当然，还要处女！

听出了小诺笑声中的嘲讽，梁昊尴尬地摇了摇头。

我跟你开玩笑的，你别介意啊。小诺赶紧说。

我没介意。

就这样，两个人坐在校园的露天椅子上，相谈好一会儿。梁昊细心，看到小诺腿伤，还问她需不需要中药之类的东西，说他一个亲戚是个很好的中医，专门治骨科的。小诺说没关系，快好了，不会有后遗症。

按照老班长拟定的程序，在校园叙旧后，接下来就去一个山庄休闲娱乐一整天，那里的娱乐设施非常齐全，甚至可以钓鱼。

从校园到山庄有好长一段路，同学会中大多数人是开车或者拼车来的，小诺是打出租过来，她的腿没完全好，只能搭别人的车。梁昊就说，你搭我的吧。

是一辆银白色的宝马5系，同学聚会开来的车子中自然数他的车最贵了。

小诺小心地坐在宝马车里,有点怪怪的感觉。

梁昊熟练地开车。小诺问他今晚住山庄还是回家。

梁昊说回家,公司里还有很多事。

富人常常这样,时间按分秒算钱,不像我们,时间大把。小诺自嘲。

你若今晚住山庄的话,我也住。梁昊突然说。

我住这里干吗,我有家要回的。

梁昊不说话。

过会儿,他又说:那晚上我送你回家。

○二○

当梁昊开车把小诺送回家时,已经快晚上 12 点了。

没办法,一大群老同学,越是晚上越是兴致高昂。先是吃饭,然后卡拉 OK,然后跳舞,然后宵夜……外地的几乎都留在了山庄,一些杭州的也留下来了。很多人劝小诺也留下,小诺说不行,没请来假。有人嚷嚷着叫:向谁请假呀,谁不知道家里还不是你最大?小诺笑着说,如今家里儿子最大。这样直到小诺把儿子拿出来当挡箭牌,其他同学才罢休。

于是梁昊把她送回家。

梁昊还要开车回义乌,小诺叮嘱他路上当心,别赶时间开得太快了。梁昊说知道。梁昊又说今天很开心。

小诺笑笑,冲他挥手再见。但是又想起什么,敲敲车窗,梁昊把车窗放下,小诺说:到家后给我发个短信。

经历过车祸的人,对深夜开车是非常小心看待的了。

第二天,小诺吃饭时说起同学会的事情。

家琪爸说:我们都没等到你回来就睡了。昨晚什么时候回的?

小诺说 12 点。

家琪爸问:打车回来的吗?

不,同学送回来的。

安全回来就好。以后能不这么迟就不要这么迟,大家都担心的呢。

我知道。小诺说。

自从同学会与梁昊见了面后,梁昊的短信电话就开始往小诺这里来。第一次接电话时,小诺还能解释一下:刚才打电话的就是送我回家的同学。后来就没法再解释了。小诺感觉家琪妈生疑的眼神就在不远处观察。女人在这方面真是敏感。

小诺很郁闷,她对梁昊一点感觉都没有,那天也就是因为深夜开车回家,所以让他平安到家后回个短信,真没其他意思,可梁昊这人,也许因为早就对她心存好感,所以趁此机会想多一些接触。其实他的电话里也没什么内容,就是问候一下,或者说发到班级相册里的照片很好看,然后说他会再来杭州,到时候再见面吃饭等等。小诺清楚得很,尽管她对梁昊没恶感,但以梁昊的家庭状况,她绝不会去走近一点,免得白生无趣。

家琪妈开始在家里讲一些她的女性观:我们这一代人啊,就是忠诚,结了婚后,别说与其他男人跳舞,就是说话都是不愿意多说的,免得流言满天飞。

这时家琪说:其实也都是你们自己心里作怪,你与男同事说说话怎么啦?

家琪妈说:那个时代的女人对清白看得很重要的,假如发生什么不好听的男女之间的事情,那一辈子就完了。我是不会那样做的,再有人诱惑,都是不会动心的。一到晚上就立即锁门,谁都不搭理。

家琪妈与家琪爸曾经因为工作分居过好多年。俗话说,单身女人身边难免有些流言,但是长期的分居后,家琪妈一直保持着很好的声誉,这是令她非常骄傲的。

家琪爸从报纸上抬起头:嗯,你妈妈这点的确是很让人放心,就是现在,她也不会随便与其他男人搭话的……哦,不是,就是其他男人与她搭话,她也不会回应的。

家琪妈更加骄傲,越发细数当年往事:当年当老师时,学校里好几个结过婚的老师都出过事,什么晚上在办公室改作业,什么很迟了才一起回家,什么去谁家吃东西,结果被很多老师学生指指点点……一个妇道人家,结了婚了,就应该守规矩,这么不清不白的,被人说了,也是活该!像我,连话都不与男老师说,自然有好名声。我还记得有次学校分红薯,每人一大筐,我没自行车,只能一部分一部分拎回家,一个男教师说要帮我扛,我赶紧说自己能扛。幸好我拒绝了,后来他去帮另外一个女老师,结果就与那女教师搞在了一起……唉,他们的事情被人传得可难听了!若那女老师向我学,一开始就拒绝，怎么会有后面的事情？

小诺一听，很不以为然：一个这么封闭的女人，这样的性格也能被称为值得学习的性格？

家琪倒是对后面的事情感兴趣：那你说他们后来怎么啦？

后来……后来也没什么，就是流言难听呗。后来么，大家都退休了，说说笑笑也就过去了。

小诺想：看来人家还真没什么事，就是有的人天生爱传小道消息和流言，说不定传播校园流言的人里就有家琪妈吧？

当然，都是心底里的想法，可没敢说出来。不仅因为这是家琪妈的骄傲，她不能损伤一点婆婆的骄傲，更因为，她知道家琪妈讲这么一些事，意图在哪。

梁昊向小诺发出邀请，说一起吃个饭，他在杭州。

小诺想了想，答应了。

小诺才不会因为婆婆的旁敲侧击而改变她自己的做法。与老同学一起吃饭怎么啦？她婆婆是那样过来的，难道也得要求她这个儿媳妇恪守她那一套的妇道吗？小诺视那些什么名声什么妇道什么流言如草芥。她可不会委屈自己。当然她自己心中有规则，她会按照自己的规则做事情。

她赴梁昊的约，就是想告诉他：当当老同学好朋友就够了，他们之间不可能有故事。

小诺现在的腿伤已经恢复得差不多了，虽然还有点瘸，但不仔细看的话，基本看不出来。小诺努力不走得太快，保持点淑女的样子。当了一段时间的残疾人后，小诺深切感受到了身体缺陷人士在外出时收到的特殊的眼神照顾，那味道不怎么好，她要早日当回正常人。能当正常人是多么宝贵！

小诺在洗手间洗脸护肤，然后化了个淡妆，最后在双手上抹了层护手霜。比起其他女孩，小诺在手的护理上更用心，因为经常要用粉笔。

打开衣柜，挑一件时尚的裙子。哪怕是去赴自己不中意的男士的约，也要光彩体面一点，这样才不跌自家老公的价。

小诺已经与家琪说了这次约会的目的。家琪对着老婆苗条的身影说：早点回来，不然我要吃醋的！

小诺笑着说：好的，10点后还不回来的话，十有八九我是被迷奸了，你就报警吧！

家琪说：乌鸦嘴，别乱说。

出门时，看到小诺衣着亮丽，家琪妈神情警觉。

小诺当没看见，出门，去打出租车。

吃饭地点是在市中心一家颇有些特色的饭店，特色就是有情调，贵，不好吃。不过说不好吃也有点冤，人家特意是私房口味，不是大众口味。大众了，就没情调了。这样的饭店，很适合梁昊这样的外地客。

小诺进门时，梁昊已经等在那儿了。

小诺没去过那饭店，只几次在电视和报纸上看过，这次前往，尽管有准备，但还是被饭店的华丽指数惊了一下：都是用类似幔帐的帘幕隔着不同的餐桌。果然有情调！

小诺想，在这样华丽的饭店里拒绝了一个开宝马的男人，嗯，自己也算是个有点不同寻常的女人了，先赞美自己一下。

但小诺显然想错了。她其实并没有拒绝人家的机会。

刚坐下，喝了一口茶，梁昊就微笑着赞美她漂亮，然后就说：我邀请你，没别的意思，你别误解了！

小诺愣在那里。她化妆打扮本来就没有任何"引诱"男生的意思啊。究竟谁误解谁？若按照梁昊想的，那真是冤屈她了！小诺这么一想，不禁有点恼火。

我漂亮有罪吗？她问。

没，没。梁昊赶紧说。

那我误解什么了？

你看，你还是像大学时候那样，漂亮活泼，但咄咄逼人，就像带刺的玫瑰！

似乎饭店环境确实是很适合梁昊，那个之前在校园里还有点腼腆的男生到了这里，眼神就大胆了很多。

小诺追问他，她误解什么了。

梁昊有点尴尬地笑笑，转移了话题。

小诺也懒得再理会。

吃精致的菜，喝法国红酒，小诺没话题，就端个红酒瓶，看酒标上的字：年份啦，酒庄啦，度数啦。梁昊问：对红酒感兴趣？

小诺说，还行吧，红酒健康。

我怎么就喝不出红酒的不同年份味道？梁昊自嘲地说。

因为你没这爱好，净知道牛饮，就是个没品味的暴发户。小诺毫不客气地排遣他。

梁昊毫不气恼，尽管他自认不是暴发户。眼前就是小诺，他从来都惹不了她。他现在也看多了女孩子，有钱的骄横，没钱的卑微，年少的娇气，年长的老气，就是没可爱的，他至今没特别喜欢上谁，但是小诺，几年了，就是喜欢，真是见鬼了。

梁昊望着灯光下脸色绯红的小诺，不自禁地说：我知道我没权力追求你，你也有家有孩子，但是，我能不能经常约你……我真的是喜欢你的，但我不想改变你的家庭状况……小诺，你一定要知道，我几年来都是喜欢你……我不缺钱，我会很疼爱你，经常在一起玩玩，我们会很开心的……

小诺有会儿愣在那里。她终于明白这个老同学的意思了。

他无非是想让她当情人。她是结过婚生过孩子的，他没想要娶她，也不想改变她的境况，但是，正如他所说，他还是喜欢她，所以，希望她能明白他的意思，成全他，让他们做一对只享受不负责的婚外情人，当然，他舍得花钱。

哼，梁昊是什么人，也就是个家族企业的第二代。穿名牌开宝马，不是靠着自己白手起家，而是父辈的恩泽，依赖别人的人，能硬得起腰杆吗？别看浙江一些城市富得不把钱当回事，但是家族传统，却不是轻易能打得破的，所以也很显然，他对小诺说的第一句话"我邀请你，没别的意思，你别误解了"的意思——他家庭的大门不对她敞开。

奶奶的，这世道……

小诺回家了。

回家前她做了很爽气的事情：当着老同学梁昊的面，删除了保存在她手机里的电话号码。

好了，别说情人，现在连老同学都没得做了。

梁昊一脸不解和沮丧,试图去阻止:小诺,我喜欢你,真心喜欢你,这有错吗?但我喜欢你,总不能叫你离婚吧?我不想破坏你的家!你若不讨厌我,你就给我个机会嘛,我们就是一起开心,看电影,听音乐会,逛街,不是很好吗?小诺,你为什么这么倔强?这么倔强对你有什么好?人活着就是要珍惜好时光……你不相信我会对你好吗?那我答应你,就算我结婚了,我也会经常与你在一起的,我想一辈子与你好,你就把我当作你的忠实朋友,你累的时候,烦厌的时候,不如意的时候,一个电话来,我就可以陪你,这样,对你也好啊……

梁昊说得简直要掏心窝了,但是,小诺不为所动。她没想要当谁谁的情人。若梁昊对她说小诺你离婚吧,我要娶你回家。那说不定小诺会感动,但是现在,哪怕梁昊说了好几遍"我真心喜欢你",小诺听着也只有恶心。

我警告你,不许再给我打电话!小诺手指着梁昊,恶狠狠地说。

然后,立即拎包回家。

家琪在相机上花的时间越来越多了。他现在似乎没有太多欲望,连年轻人的男欢女爱也努力看得淡泊。后来两人又有几次尝试,但是效果都不佳。

他查了资料,小诺也帮他查,其实少一个肾跟这方面没什么关系,主要还是心理原因,他总觉得他变弱了,心里老是想,下面也就跟着觉得弱了。

小诺安慰:没关系啦,慢慢来。

不过,小诺还是在洗手间里郁闷地哭了一次。

男人的那东西虽然长在男人身上,但是属于女人的。两性,犹如家具和房间的关系,一个房子,没有家具填充,这样的房子,住着像回事吗?小诺身上没少什么,但是少了家琪的男人气势,就感觉自己的女人味也少了,少了女人味的女人,就像一篇好文章挖掉了最体现灵魂的那一大段。

自己需要多少是一回事,能不能随时提供是另一回事。哪怕需求不多,但是想要时能源源不断提供这才是让人放心的。想要了却得不到,与不想要却随时有,尽管结果一样不尽人意,但是实质是完全不同的。

她命中注定就该得不到吗?

不过哭过后，小诺还是理解家琪，她想，先转移注意力吧，家琪还年轻着呢，担心什么。

家琪家里来客人了。是家琪小姑姑和姑姑的女儿。

原来小姑姑的女儿，也就是家琪的表妹巧云，要结婚了，小姑姑就带着女儿来杭州买些衣服鞋子首饰什么的。本来这任务要巧云的未婚夫来完成，但是未婚夫一直在外地做生意，忙，给了巧云一笔钱，让她自个儿去商场买漂亮衣服。

家琪说可以叫小诺陪着巧云去，她买衣服可有眼光的。

小诺瞪了家琪一眼，说：难道巧云买衣服就没眼光了？

小诺有点恼火家琪自作主张让她陪表妹。她不是不想帮忙，只是她第一眼看到巧云，就知道她的穿衣风格和自己的完全不一样，巧云从小在小镇长大，读的是中专，现在在一家信用社工作，相貌比较淳朴，穿的衣服也是很大众化；她的妈妈，更是家庭妇女形象。小诺喜欢逛街，但是并不喜欢与自己没有共同穿衣品味的人一起逛。小诺穿衣服有个原则：每件衣服都要有激情的，平淡的衣服送她她也不要。但是，依她对巧云的感觉，她们母女俩肯定选不贵的、没细节特色的、质量不高但是又要新潮的衣服。这样的逛街，她会郁闷的。

但是巧云小心翼翼地向小诺提了个请求：嫂嫂，听说杭州有个婚纱市场，300块钱就能买到很漂亮的婚纱，你有没有空，能不能带我去看看？

见巧云投来热切的眼神，小诺不能推脱，就说，行啊，周末我带你去。

巧云母女俩来，家琪他们的大卧室让给了家琪爸妈和阳阳，客房给巧云她们，小诺和家琪就回自己的福利房去睡，东食西宿，也算方便。

家琪妈向巧云母女展示一个个房间：这是你家琪哥哥的婚房，当时这间房间是新房，这是书房，这是两个洗手间……尽管这已经是很久远的历史了，但家琪妈还是饶有兴趣地一个个房间介绍过去。巧云妈边看边赞叹：真不错啊，很好看的。

家琪妈骄傲地说：家琪结婚，都是我们给他们准备好一切，他们真是幸福啊！想想我们结婚时候，宝善啊，你是知道的，那时候你哥哥真是穷啊，我跟着他，不仅什么都没有，而且他还把个老的老小的小的家扔给我,说起来他是有工资的,但是他那点钱哪够撑那么大一个家,都是我把自己的工资往里面贴呀。后来,你们一个个终于工作的工作,成家的成家,唉,当老大,真的是太辛苦了,我跟着你哥哥,真没少吃苦,若当初知道这辈子要吃这么多苦头,当初才不嫁给你哥呢……

家琪爸在看报纸,听着老婆的话,苦笑。

小诺在旁边听了,冲家琪撇撇嘴,轻轻说:又来了,她要说多少遍才肯罢休啊?

显然家琪妈还沉浸在忆苦思甜的回味中,继续滔滔不绝:现在的年轻人真是身在福中不知福,我们给孩子们这个那个,你也看到了,真的都是好东西啊,可是人家就是嫌这嫌那。唉,我年轻时候能碰到这样的婆家的话,会觉得是十世修来的福,才不会不知足呢……

小诺听不下去,站起来,拉了家琪的手说:我们先回家吧,家里还要打扫打扫呢。

第二天,一起在家吃晚饭。饭前,巧云忙不迭地给嫂子展示她买的一大堆衣服,期待着嫂子的肯定。

说句实在话,以小诺的眼光看,巧云买的衣服都很普通,没特色,但小诺又不能打击人家准新娘,就说不错的,蛮漂亮。

巧云说:这两件是我妈挑的,我担心比较老气,但我妈说,结婚了,不是姑娘了,就要穿得老成一些。这两条裙子是我自己挑的,你觉得呢?

小诺说:裙子颜色挺好,蛮衬你肤色……你去房间穿上,让我看看。

巧云很开心地去换衣服。

年轻真是最大的本钱啊,尽管那裙子不是小诺能看上眼的,但是,一套上朝气蓬勃的身体,什么衣服都那么魅力四射。巧云,才22岁,正是最青春的时光啊,她脸色娇嫩,胸部饱满,肌肤充满弹性,小腿圆润又不失曼妙曲线。套上一件不值钱的新衣,脸上的笑容如花一般娇艳。

小诺一瞬间突然有点迷茫。

巧云，她看不上眼的乡下丫头，肯定不舍得用上千的护肤套装，听说她的未婚夫开了个小工厂忙得不得了，估计也不会怜香惜玉地整天陪着她，她也肯定没享受过什么美容美体全套护理，更不会舍得花钱买高级内衣内裤……但是，此时，她穿着一两百块钱的裙子，却是青春动人，笑容嫣然！

而她呢，她现在还有什么本钱？

小诺沉默了。不用看不上任何人，真的，你看不上眼人家，其实，在另一方面，人家比你强多了呢。

真的好看，挺好看的！半晌后，小诺由衷地说。

妈，你看，连嫂子都说我挑的衣服好看呢！

周末，小诺带足精神陪巧云去挑婚纱。

小诺有眼光，巧云有青春，若两个人把资源很好地整合到一起，什么形象设计师都不需要了。

在婚纱市场，巧云很快迷失了方向。巧云妈妈更是，她紧紧跟在小诺身后，说，小诺啊，怎么有这么多婚纱啊，眼睛都看花了呀。

小诺站定，对巧云说：我们若所有店铺都要看一遍的话，肯定买不成一件婚纱，这样吧，你就在橱窗外面看，有喜欢的，就去试一下，试了觉得好看的，就买下。

巧云苦着脸说，可是，小诺嫂嫂，我觉得每件都很好看啊……

小诺笑：你总不能件件都买吧。这样，你先告诉我你的理想价位，你想买多少一件的。超出太多的我们都不用去逛，节省时间。

我想，300块以内吧，越便宜越好。这婚纱，只能穿一次，贵了，不合算……

那我们就去中低档的婚纱店吧。

在一家婚纱选择颇多、门面看着也不太华丽的店铺里，小诺帮巧云在一排密密挂着的婚纱堆里挑拣，300块以内的婚纱，店家不会穿在模特身上来主打宣传。

见巧云和巧云妈依旧没主张，小诺便选了几件她觉得式样还不错的。大路货的婚纱做工粗糙，只能看款式，而款式的主要设计在领口上，小诺挑了一件吊带式样，一件背心式样，一件镂空高领式样，让巧云逐一试过去。

巧云是那种小诺最不喜欢陪买衣服的女孩：衣服套在身上，既不说好也不说不好，弄得小诺根本不知道她的想法。把小诺惹急了，巧云就憋红脸说：小嫂嫂你来帮我挑吧。再问巧云妈，巧云妈说：随便吧，每件都好看。

随便？

看来若小诺不帮着下决定，一整天也买不下一件衣服。那店家老板早就不耐烦地斜眼看她们。

终于小诺按照她自己的感觉，替巧云选定了一件吊带的，并在婚纱店里配了一串喜庆效果很好的亮晶晶的项链和皇冠，回家。

在家琪家里，巧云穿上婚纱，带上项链，让所有人打分，家琪首先给表妹打满分，他知道这也是自己老婆的成绩，夸巧云就是夸老婆，还能让表妹以及姑姑开心，何乐不为。家琪爸也说不错，很漂亮，很时髦，很青春，带上皇冠更像公主一样。只有家琪妈感觉不好，她觉得露的太多了，那细细的吊带，一扯就能断，而且领口很低，巧云胸部的一部分都能轻易看到。巧云的婚礼是在小县城办，不是杭州，杭州大饭店里的宾客比较斯文，也见多了婚纱大面积暴露的，不足为怪，但是小县城的宾客才不会那么客气呢，在新娘敬酒时候很多男宾都会不怀好意地开些不干净的玩笑，所以，一看到巧云穿上那样的婚纱，家琪妈就感觉像侄女要出卖色相一样，很恶心。

要是我结婚，我才不会穿这样的婚纱，都要让人看到胸了。家琪妈说。

家琪妈这么一说，巧云妈就有同感了。

是啊，我也觉得太暴露了些，不知道小东子会不会不喜欢？小东子是巧云的未婚夫。

可是我觉得很好看啊。巧云轻声说。

你喜欢就可以不听大人的经验了吗？若有人老盯着你那地方，你家小东会高兴吗？家琪妈不客气地说。

巧云不说话了。

小诺听后，感觉巧云被打击了，若没人支持她的话，那她会对这婚纱有心理阴影。若准新娘对婚纱不喜欢了的话，那最大的罪臣就是她了，当初就是她帮母女俩决定买这婚纱的。于是她决定要支持巧云。

巧云没事，这婚纱是蛮漂亮的，结婚那天肯定会有很多人称赞你。你觉得领口低的话，可以自己把这吊带弄短一点，这样就没事了，何况还有头纱和项链掩饰着呢。

巧云是没主见的女孩，当初小诺和老板娘说好看的时候，就觉得很好看，可听家琪妈说不好了，又立马觉得不好，现在她也不知道小东究竟会不会觉得好看。唉，小东在的话，听他的就是了。

家琪妈一听儿媳又与她唱对台戏，就鼻子里哼了一声：你是你，巧云是巧云，别拿你的那一套去教巧云！人家女孩受不了你的教法的！

小诺一听就来气，什么叫做"拿你那一套去教巧云"？听起来她那一套是色情的一套吗？真是受不了这婆婆。但是小诺没再出声，她知道，若再反驳，她那婆婆会更来事。

妈，你说呢，究竟好不好？巧云无助地问妈妈。

巧云妈更是说不出好还是不好。

小诺一听，觉得这对母女真是烦。当初求着她去帮她们挑选婚纱，选好了她们自己也满意了，回家听了一句不同意见的话就开始犹豫，真是一点标准一点原则也没有。

于是她说：你们不满意的话可以拿去换，反正买衣服的单据还在，上面有店铺地址，你们可以去换件高领的。

巧云在餐桌面前吃不下饭。她被婚纱老板娘奚落了。

上午，她与她妈妈又跑了趟婚纱市场，找到那个婚纱店铺，说想换一件。

这天与前一天当班的不是同一人，一大早还没有生意，第一个上门的就是换货的，她觉得恼火，就没好声色地说：票呢？

巧云把票据递上去。

对方没好气地问：要怎么换衣服？

昨天那老板对巧云试过的三件婚纱都报相同的价350元，小诺后来帮巧云还下了70块钱，衣服是280元一件买下的。但是，当巧云提出要换成那件镂空高领的婚纱时，老板说再加70块钱，那衣服350元。

巧云说：这衣服和那衣服不是相同的价格吗？

店家斜睨了一眼巧云：答应你这衣服降70，答应了那衣服也降70吗？

这也是，昨天她们三个根本没对那高领婚纱还价呢。

店家说：一件是低领一件是高领，用的材料的量不一样，最后的定价能一样吗？

天！低领和高领能相差多少料子，这店家也真能扯。不过，巧云不敢同她辩。小诺不在，她一点主心骨也没有。

大姐，便宜点嘛……对了，我这个项链和皇冠，昨天也是你这里买的，是配这件低领婚纱的。我既然要退低领的，就把这小饰品也退了吧，我用这婚纱以及小饰品一起，换这一件高领的？巧云可怜巴巴地说。

两件小饰品花了 50 块钱。巧云想用 330 块钱拿下那件高领的。

但店家没答应：小饰品是不退的。

巧云不是本市人，口吃木讷，在伶牙俐齿的店家面前一点辙也没有，巧云妈也一样。僵持了好一会儿，店家只同意降价 20 元。真是奇怪得很，昨天巧云还很喜欢这件低领的，就是因为家琪妈的两句话，结果要死要活地想换衣服。弄到现在，不换都不行了。最后，巧云退低领，再多加 50 元买高领。那两个小首饰，最后还是退不成。

费了不少周折换好婚纱，两个人乘坐公交回家，在车上，巧云忍不住欣赏新换来的衣服，突然发现，新衣服有破洞：在镂空花边的胸口处，有个难看的洞，可能是镂空花边的材料不牢，一扯就扯破了。

巧云与巧云妈当即下车，再跑到那店铺，要求换货。那店家找了一阵，说那衣服是最后一件，换不了了。那就退货吧，可人家又说他们的规矩是从来不退钱。想了想，只好要求再换回原来那件低领，店家却说：因为做账的缘故，换衣服可以，但是多付的 50 块钱没法退还……

真是花钱买折腾啊。

店家还冷冷地说：买的时候要想好的，像你们这么勤快换婚纱的，我是第一次见到，要知道，退婚纱不是好事情……

最终，巧云多花了 50 块，并领受了一肚子气，抱回了昨天的那件婚纱。回家后，巧云就在洗手间里哭。那店家的那句话太恶毒了，什么退婚纱不是好事情，似乎就是诅咒她那还未开始的婚姻。

一听巧云这样的遭遇，小诺第一反应就是：都是家琪妈太来事！

这乡下小姑娘本来就没什么主见，做长辈的就应该鼓励为主，多给她些自信,让她这个准新娘开开心心地迎接自己的婚礼。家琪妈倒好,为了一件婚纱,不惜向小姑娘开炮。婆婆不就是冲自己来的吗?她不就是看不惯她这个儿媳,所以对她沾边的一些事情都要否决吗?那就索性直接与她对抗好了,何必要牺牲一个没见过世面的女孩呢,弄得人家姑娘对未来婚姻都有了阴影。

巧云妈不知该怎么劝女儿,这事没法怨人家,小诺是应女儿的请求帮她们选衣服,选的衣服她们当初也觉得挺好的,家琪妈是说了两句实在话,也没错啊,也是为巧云好啊,可接下来怎么就变成这样……巧云妈觉得来杭州买婚纱买得不是滋味,真还不如不买呢。

见巧云难受,小诺觉得再不消消婆婆的锐气,也太让小姑娘委屈了。于是小诺一言不发,拉着巧云进了房间,命令她穿上婚纱,带上项链,然后把她的长发盘起来,插上小皇冠,再给她画个淡妆,描了眉涂了唇,推着她到大镜子前,说:你自己看一看,这个新娘子好不好看?

镜子里是个害羞又有点忧伤的姑娘,眼中含着泪,有点梨花带雨的感觉。但她肤色明丽,白里透红,嘴唇丰满,两腮粉嫩,穿着婚纱,亭亭玉立。巧云看得有点呆,这嫂嫂就是有本事,让自己变得这么好看。

我就不信了,有人会说你这婚纱不好看!小诺愤愤地说。她拿出相机,对着巧云"嚓嚓嚓"从不同角度连拍好几张照片,大声说:巧云你不用担心,我把你的婚纱照片放到杭州本地论坛的结婚版块上,让准备结婚的杭州小姐妹们给你打个分,很快就会有很多回复!

说着,小诺真的把图片传到了本地论坛,标题很长:有点自卑的小城镇准新娘心中没底,不知道这样的婚纱和装扮漂不漂亮,请给鼓励啊!

不过小诺还细心,截了一半巧云的脸部,这样就认不出人来了。巧云看小诺动作麻利地拍照片传照片,然后看着她的婚纱照上了网,感觉还蛮激动。这小诺嫂嫂就是能干。

小诺把巧云带出房间,推到巧云妈面前:姑姑你自己看看,你家巧云当新娘子那天好不好看?

接着又问家琪:你妹妹好看吗?

再问家琪爸家琪妈:你们说,巧云漂不漂亮?

没人再说什么了,连家琪妈也没开口。她再说巧云的婚纱不好的话,巧云又要哭了。

家琪和家琪爸尤其不吝啬赞美的话语：真是好看，这么漂亮的新娘子，肯定很幸福啊。说得巧云难为情起来，低着头破涕为笑。

晚饭后，小诺带巧云上网看回复，那个婚纱帖子后面的回复已达几十条，全都是赞美和鼓励的：

美眉很漂亮啊！
小妹妹你会是最漂亮的新娘子！
为什么要自卑？你是我见过的最可爱的准新娘！
妹妹你的婚纱貌似挺不错的，在哪买的？
这婚纱漂亮，你身材很好，鼓励你，小新娘！
很好看的婚纱！
非常好看！
……

小诺对着巧云，一字一句地说：看到没有，你要自信，你要对自己有信心！不要因为别人说了你一句什么，你就觉得自己真的不够好了。有的人说你，只是因为他们的看法与你的不一样，你不能强求人家都赞同你，但是你一定要肯定自己，鼓励自己，若连你自己都不能认同自己的话，人家一句话就会把你给吹倒了，懂吗？

巧云点点头。

家琪妈在客厅里逗阳阳，当没听到。

巧云的婚纱阴影总算过去了。

巧云母女俩第二天要回去了。这次在杭州购得的战利品很多，俩人打了好几个行李包。

家琪爸说全家去外面吃饭，算是送行的告别晚餐。

找了家不大但是干净清爽的饭店，是个河鲜土味馆，里面的黑鱼酸菜以及千岛湖鱼头据说几次上过杭州当地报纸的美食版。

小诺家琪他们坐定。招牌菜自然是要的，问巧云母女吃黑鱼还是千岛湖鱼头，依旧是句"随便"。家琪爸问小诺，小诺说那就鱼头吧。

店家问鱼头要几分辣，小诺说三分。

三分算是微辣,这里的千岛湖鱼头都是辣的。

家琪妈说,家琪不适合吃辣的,阳阳也不能吃。

于是叫来店家不要辣。

店家挠挠头:不要辣椒,那就不是招牌菜啦。

家琪妈说:那就吃黑鱼吧。

店家说:黑鱼也分微辣和中辣。

家琪赶紧说:辣就辣吧,大不了我不吃,我就要几个新鲜蔬菜吧。

于是店家问:究竟要千岛湖鱼头还是黑鱼?

小诺不说话了。反正什么事情婆婆都是与她对着来,她懒得开口。

家琪现在最怕两个女人多事,赶紧说,千岛湖鱼头。

店家问要什么酒,家琪爸想有点气氛,说,我们都喝点啤酒吧,啤酒配鱼头,不错。

家琪妈说:喝酒有什么好?就要饮料,大人喝橙汁,小孩子酸奶。

家琪爸的提议被否决了,虽有点不乐意,但也没办法。

鱼头端来了,好大的一盘。大家纷纷动筷,家琪眼馋,小诺不忍心他的馋相,说稍微尝点没关系。家琪听了正中下怀。但家琪妈说:你这话是对家琪好呢,还是存心让家琪身体不好?

小诺听了,脸一沉,不高兴的神情尽在脸上。

家琪爸赶紧阻止家琪妈:好了好了,多吃菜,少说话,你看你,从开始到现在,都在说人家,也不至于人家都不对就你对吧?

家琪妈说:我说每句话,做每件事,都是为家庭着想,为大家的健康着想。

家琪爸摇头:好好,我说不过你……现在我们一起出来吃饭,宝善和巧云明天要走,这晚饭就别当做你讲课的地方啦,拜托,好不?

这时阳阳模仿爷爷的声音:拜托,好不?老声老气的样子,让每个人都笑了。

趁这机会,大家轻松一些,继续吃饭。

家琪爸给巧云夹菜,说:多吃点,这么多的菜,不吃浪费了。

家琪妈说:吃不下可以打包回家。

接着家琪妈对巧云上课:巧云啊,你很快就要嫁人了,嫁到夫家后,就要处处小心,不能同以前当姑娘一样了,要多干活少说话,不要乱花钱,要学会看公公婆婆的脸色,与你家小东要恩爱,千万不要与婆家的人争吵,争吵对你一点好处也没有!

我知道。巧云看着家琪妈说。

还有,你工作一定要努力,你自己有一份工资,那么婆家再怎么样,你也是能挺直腰板的。所以你那份工作一定要把住,千万不能下岗了!

嗯。

结婚了后,能早点生个孩子就早点生,生了孩子后,家就安定了。孩子是套住你家小东的最好的武器,他是办厂做生意的,整天人来人往,心不会像一般公务员那么安定的。

嗯。

唉,你们现在真是好幸福啊,像我结婚时候呀,一穷二白,不仅要一个人侍奉公婆,还要辛苦挣钱,拿微薄的工资补贴一整家人,完完全全是把整个青春贡献给了婆家……我的身体也是在那时候累着的,唉,一想起这些,就觉得那时的日子苦啊,你舅舅要是再做对不起我的事啊,那我会非常愤怒……其实,那时我也不是没得挑选,我年轻的时候也是挺好看的,追求的小伙子好几个,有的还是干部子弟。不过,我觉得你舅舅厚道,不会辜负人,果然,多少年下来,再看看原先追过我的那几个,有的病死了,有的生活不如意,觉得还是你舅舅好,争气,当到了大学校长,而且始终对我一心一意,许多老同学都羡慕我,说我选的老公好,我也觉得自己眼光好,至今还是蛮幸福的。只除了家琪发生的那件事……所以啊,巧云,选定了一个男人后,你就要死心塌地地跟着他,女人嘛,最大的福气还不就是找的老公有本事,对自己好!

家琪妈滔滔不绝地以自己的经验为教材,给侄女上女人课。

家琪爸在一旁呵呵地笑,他知道阻止不了。那是他老婆的骄傲。

小诺心里不屑,这婆婆,这一辈子说来说去的就是两件事,一是她对家庭的贡献如何如何大,几十年来她是怎样的一个大功臣;二是她的婚姻多么多么美满,别人是多么多么羡慕她。而且最后,她还总能把好的说成是自己的功劳,不好的说成是人家的罪过:找的老公好,重点在于她眼光好,自己的儿子出车祸,完全是人家招惹来的祸。

小诺心底冷笑两声,看了婆婆一眼,没说话,自顾自吃菜。

回家。

小诺照例做擦洗拖地的功课。因为阳阳每晚上都同爷爷奶奶睡，现在这个小家庭的状态有点像刚结婚时，没孩子，清净，小诺又恢复了每天跪地打扫半小时的小主妇习惯。

喂，家琪啊，趁着这次你堂妹来，我们就索性不去大房子与你父母住了，就搬回这儿住吧，自由一点，你说呢？反正我身体已经恢复了，家务活都能做。你觉得我烧菜烧得不好吃，那我们可以去你父母那吃晚饭，然后回家睡觉，这样的方案好不好？

家琪坐在床上，看着小诺穿个小背心干活，背上还汗渍渍的一片，想说什么。

家琪，等过段时间，我们重新买个车子，你不用开了，都由我来开，上下班我送你，不管怎样，还是得有个车子的，是吧？另外，阳阳老是爷爷奶奶带着也不好，我想下半年就把他送去幼儿园，去上个小小班吧，让他多同小孩子在一起，比同爷爷奶奶在一起好多了，让你父母也轻松点，这样他们就可以杭州老家两地换换地方住……小诺边挥汗擦地边说话。

待到小诺洗澡完毕，换了件棉布短袖睡衣出来，家琪让她坐到床上，拉住她的手。

干吗呢，还得写论文呢。小诺边说边打开放在床头柜上的笔记本电脑。

家琪看着她，停了停，然后说：小诺，我们离婚吧！

小诺转过头看他，似乎没懂家琪说的话。

然后，她重新把目光转回到电脑上：家琪，你有时间胡思乱想的话，那还不如把你那停着的论文完成！

家琪叹了口气：你现在越来越强大了，似乎什么挫折都不能让你停下来，但是我，我却被打倒了……

要睡觉了，房间里就开了一盏朦胧的灯。

小诺鼓励家琪：我们再试一次？

家琪没有兴趣。

小诺无奈，只好偎着家琪躺着。她在心中算，他们已经有半年没有性生活了。

你在前进，但我在倒退……家琪喃喃地说。

家琪，别这么想，你也可以前进的，生活并没有对你关闭大门，但是若你老这么想的话，那是你自己对生活关闭大门了。

我现在只求不要再出事，你别出事，阳阳别出事，我爸妈别出事……可是，我看着你和我妈，老是觉得要出事。唉……

小诺不说话，不知该说什么。

我现在常感觉一点生趣都没有，我自己都觉得不像个男人。家琪又说。

不是的，最起码你对阳阳有爱，阳阳开心的时候，你也是很开心的，怎么能说没有生趣了呢！

那只是父亲的责任。有时候只为责任而活，真的没有乐趣。

小诺坐在那儿，脸色凝重。

没有乐趣的生活……她也经历过那个阶段，那真的是个很苦闷很让人心情沉重的一个阶段，而且似乎无药可寻，要穿过那个黑洞，只能靠自己克服。但她似乎能从那个黑色的门洞里走出来了，像刚才，她就可以很用心地去打扫去拖地板，因为，这是生活的乐趣。可是，家琪，家琪却似乎一直还被那个黑洞吸附着，他想出来，但力量不够，出不来……

不，家琪，你有生活乐趣的！只是你自己不知道，但我看到了，每次进一些摄影网站看人家的照片的时候，你都会两眼发光，说人家使用什么器材，说人家什么技术还不够……要不家琪，我们再去买个长焦镜头，你周末时候就扛个大炮去西湖边拍鸟吧，我听人说新西湖边每天都有很多拍鸟的人，这个爱好既能调节心情，让你恢复平静，另外也是很考验耐心和技术的，正好适合你目前的状态，你说呢？小诺使劲地替家琪想主意。

家琪摸摸小诺的脑袋，苦笑着说：谢谢你了，老婆。

但家琪对她的建议不置可否。家琪的工资要支付按揭，小诺的工资用来生活支出，他们没有多余的钱用来买奢侈品了。除了健康下降事业低谷老婆老妈不停纷争外，生活的压力，这也是让家琪感觉没有乐趣的原因之一。

而以前，家琪从来没把这种压力当过一回事。

别再提离婚的事了，我不高兴。你需要的话，我陪你一道去看心理医生。小诺拉过家琪的手，轻轻说。

小诺想出去多挣点钱。

这近半年来在伙食上都是吃公公婆婆的,也是多亏了家琪爸妈在饮食调理上几乎是不计成本地投入,所以他们俩人的身体能很快恢复。小诺家琪本想每月上交1500块钱当做伙食费,但是二老坚决不肯收,这是两个老人一贯的做法:在钱上面,总想办法补贴小辈。这让小诺感激,但同时又给了她压力,她觉得她接受越多,也就越没办法在婆婆面前挺直腰板。而婆婆,又会时不时用些传统观念对这个新兴海派的、要独立要自由的儿媳妇敲打一番,有时是旁敲侧击,有时索性正面轰炸,有时软有时硬,有时润物细无声,有时搞强迫接受,弄得她时时要保持警觉,似乎面对的就是一个一心要文化渗透的很顽固的敌对分子。

按照她的打算,她不想欠这个人情,下半年婆婆要过55周岁生日,她想送个大红包。可是,钱呢?

这半年俩人几乎在吃老本,请假那么长时间,工资奖金都大打折扣,何况又要供房又要养儿子。现在身体恢复了,自然要设法去挣点钱回来。

小诺能挣外快的最常用方法是去强化培训班上课。上培训课很辛苦,因为很多都是大课,大教室里动辄几十人,半天的课上下来,能把嗓子说哑,一回家就躺在床上一动不动。但是上培训课的收入稳定,一学期下来能有近两万的收入。小诺给以前一直在那里上课的培训班的杨老师打电话,问有没有课能给她上,但杨老师叹口气说:现在各种培训班竞争激烈,很多充电或者出国的学生都在选第二外语,什么法语德语的,英语培训班的课程已经一再缩小,近期看来没有上课的机会能提供给她。

小诺郁闷,看来挣钱越来越不容易了。

苏茜有天给她电话,问她情况怎样,然后说想不想参加一个叫做"霓裳之夜"的主题派对,地点就在她家所在的那个高档社区,到时候那漂亮会馆以及会馆前的大片草坪都将布置得美轮美奂,不少本地以及周边城市蛮知名的服装设计师将光临,他们会给参加派对的女宾的着装进行点评和建议,还有本地电视和报纸的记者也将现场采访。苏茜说这会是个很有趣的派对,能认识到不少朋友,想让小诺也去。

小诺没心情去。现在她很少主动给苏茜打电话,因为她觉得两个人状态上的距离越来越大了,虽然小诺从没承认过自卑,但是,说一点不自卑真是不可能的。当小诺在努力节省买衣服的钱时,苏茜却能随时飞往香港买新款时装,当小诺有时候为打车还是坐公交车而犹豫的时候,苏茜坐的是宽敞的黑色奥迪A4,当小诺为收到朋友送的一盒护肤品而高兴不已时,苏茜的抽屉里塞满了不同的礼品香水,漂亮的包装根本没拆……5年前,她们同时走出高校的大门,虽然没有财富,但是有足够的青春。5年过去,小诺觉得她没有财富也没有了青春,而当年的同伴,富足,青春,自信,完美。

为什么?这一切是为什么?是因为她运气不够好的婚姻?

027

虽然小诺不爱与苏茜在一起,但是很显然,她喜欢上了另一个新朋友:贺晓梅。现在,她就与贺晓梅在一起吃麻辣烫。

这是杭州不知从何时流行起来的街头小吃,其实按照杭州人的饮食习惯,这里所谓的麻辣烫根本不麻不辣,食客自己选一些形状各异的或荤或素的小吃,由师傅装在漏勺里然后放在一口大锅里烫熟,然后加些调料就成。因为可选的小吃很多,所以百吃不厌,价格也便宜,5元吃饱,10元吃撑。既可当晚饭,也可当宵夜。

小诺觉得与贺晓梅在一起比较轻松,那是种可以在街头排挡吃饭不用担心形象受损的平民式的彻底放松。虽然,每次在一起,晓梅都要大姐姐一样地刨她一顿,在言语上毫不留情地挑着她的刺。小诺想,可能30多岁的女人都这样,好当老师和大姐,吃过苦受过累的经历注定的。不过,她听得下晓梅的一些教训,因为那些教训里有实质内容,有真理,有可以让人长进的道理。不像婆婆,就依个长辈的身份指责她这不好那不好,真要辩论的话又辩不过她,纯粹就是倚老卖老。

不知怎么回事,今天晓梅没挑她的毛病,反而以虚心求教的态度同她探讨起情感问题,这令小诺很受用:

小诺,我今天听到一个新名词,叫做第三类情感。我想我是不是真的老了,不然怎么越来越难以接受新事物了?你说说看,你对这个新词汇怎么看。

我称不上是新新人类,我还不知道这词是什么意思呢。

就是说,以前男女要结婚,不是以青梅竹马的亲情为基础,就是以单纯浪漫的爱情为基础。但是现在,男女要成家之前,不需要亲情,也不需要爱情,而只需要一种叫做第三类情感的东西,那东西就是把各自的条件写在白纸上,什么工作,多少薪水,有没有房有没有车,职业上升空间如何,学历如何,然后就凭着这么个纸条去相亲,男的看女的相貌年龄,女的看男的经济实力,当场就能划分出两个人是不是相配的一对,然后去磨合,去进入围城。而成家以后,双方也是以这种"第三类情感"在维持着日子,不是亲情,不是爱情,就是因物质而产生依赖的感情。

说了半天,你是在指责相亲模式啊?小诺吃着麻辣烫,不以为然。

不是模式的问题,而是模式下的实质问题。你看,所谓第三类情感,纯粹是为了过好日子而结婚,不管是谁,来人先看信用卡,看房看车,是否多金,是否经济稳定,然后再看情趣追求,修养学历,是否善良可靠,这种感情模式是不是让人觉得婚姻基础太脆弱了?假如结婚时候是潜力股的老公,婚后一不小心成了垃圾股,那接下来是不是就该离婚了?

大姐,你不用太担心,在新名词出来前,离婚指数不也一样高么?当初就是以亲情或者爱情为基础而结婚的,不也一个接一个地在婚姻的池塘里吃水了?

小诺边吃边说。说到离婚这个词时,突然想起了家琪那晚与她说的那句话"小诺,我们离婚吧"。瞧,他俩,结婚时根本不知道"第三类情感"为何物,婚后不过三四年,不也有跳水的冲动了?一想起家琪那句话,小诺心里就有种莫名的失败感,虽然她知道家琪提离婚也是不情愿不得已。

两种可能:要么是我落伍,要么就是这个时代在沦丧。但是想一想媒体里以及电视里的那些广告和新闻吧,什么赚钱就是硬道理,什么钻石王老五寻找温柔漂亮的大学女生当女友,什么女人做得好不如嫁得好,什么十招帮你钓到金龟婿……我更觉得是舆论在让全民沦落!70 后的贺姐姐愤然。

没办法,有钱,机会就多,选择范围就大,情感也就不会太辛苦,你看那些成为恨嫁剩女的,很多方面还不是因为钱?

把人品、性情、道德放在经济条件后面,就算富有,婚后的日子会幸福吗?

姐啊,你不知道,这年头的女人普遍缺少安全感,你看,都市里的两性关系,当初也是恩爱过的,也严防死守过的,可还是会破绽百出，小三当道，防守战术打到二人世界里来了，累不累？这就是让女人失望的社会常态，那么，与其那么累，还不如在经济上多得到点补偿，用第三类情感来指导当做婚姻的基础，最起码，比起一输到底的，还多了点东西：也算过了两年好日子。这才是最实惠的想法！

小诺啊，原来你也这么想……晓梅叹口气，摇头。

姐，我没赞同，但我理解这种处境中的女人。

我是不能理解，根本不能。我只是在想，生活肯定有起有落，若只能共享受不能共患难，那是什么婚姻？我的观点：与其只想找个有钱人当爱人，不如鼓励帮助自己的爱人成为有钱人！我经历过贫苦困顿的日子，如今生活好了，知道最幸福的感觉就是一起奋斗然后成功，那种成就感绝不是嫁个有钱人能感受到的。

大姐，你的想法好啊，是理想状态下的婚姻。但是，你别太夸大如今婚姻的力量，现状往往是这样：当你把你的爱人鼓励成有钱人后，你的爱人就不是你的了！

这种只能共苦不能同甘的男人哪个时代都有，无非是多与少的问题。

姐啊，你不觉得现在这样的男人越来越多了？你能保证你家的男人肯定不是这样？至少，我是不敢拍着胸脯对着天说：我保证我家男人富贵后可以一辈子不辜负我！这样的男人，半个世纪前是有大把的，因为全民道德约束，想婚内出轨啊，政治生命玩完。但是现在呢，道德约束在哪里？

晓梅看了小诺一眼。向来都是在小诺面前当师长当老姐循循善诱的贺晓梅，突然无话可说。

是啊，如今，21世纪，婚姻的力量究竟有多大？

小诺做了一个梦，梦醒后很久没回过神来。不知这梦是不是与白天同贺晓梅的聊天有关。

梦中，小诺与家琪参加一个海外旅游团，一整天都是大巴旅行。因为行程很紧张，每到一个地方观光，都要算好时间。

在其中的一个地方观光后，小诺突然想上厕所，但是周围没有能提供方便的地方，于是家琪带她去稍微远点的地方，并用他的身体挡住。当小诺方便结束后,家琪说,你去上车吧,我也方便一下,随后就来。

小诺上了车,发现一车子的人都在埋怨,说他们耽误大家时间,浪费大家的金钱,并让司机赶紧开车。

小诺在一片指责声中坐到位子上,这时车子开了。

可是家琪还没上车呀!小诺急得赶紧要同司机说,但她旁边的人扯扯她,说你别管了,你再让司机停车,人家更恨你了。小诺张张嘴,没说出话来。

车子开走了,小诺紧张地看着窗外,希望有身影追上来。可是,没有。

接着她手机响了,是家琪焦急的声音:小诺,车子找不到了!

小诺回答:车子已经开走了。

那你在哪里?

我在车子上。

这时候,手机里一片沉默。然后,是信号中断的声音。家琪关机了。

喂,家琪,家琪……

小诺一身大汗地醒来。是她把家琪抛弃了?

小诺捂着心跳得很快的胸口。还好,这是个梦,只是一个梦,家琪在身边安稳地呼吸着。

小诺坐在床上,设法让自己平静。

真的,只是个梦,很滑稽的、没有一点事实依据的梦。梦里的小诺,完全不是真实版本的小诺。生活中的小诺,不会是那么软弱好欺负的。

小诺想,若这样的事情真发生了,她一定要与一车子的人据理力争:

首先,是这个旅行团的计划安排有误,再紧凑的行程,每到一个地方难道就不能排出个符合人性的方便时间吗?为了挣钱难道就可以置旅行质量于不顾吗?

第二,就算是他们占用了一些大家的时间,难道代价就必得是抛弃一名团员吗?大众利益面前个人的牺牲就要那么巨大吗?

第三,换位一下,若这样的事情发生在其他人头上,其他人会愿意这样做吗?你们难道没有亲人没有家庭吗?

第四,若还要嚷嚷开车,好,我下,我拦住车子,你们要想走,除非从我身上轧过！奶奶的，一车子的人都这么无理，那索性都走不了吧！

……

小诺为自己推翻了梦境中的所有情节并对梦中故事进行了新的设计而感到激动。她似乎看到自己在为她和家琪的权益全力对抗，对，这才是真实生活中的小诺！

但是，不知怎么回事，在豪情万丈的想象中，她突然对梦境有种悲凉的醒悟：

梦中的这一车人是不是就是一个小型社会？

社会里的人是否都在为利益而不愿停歇脚步？

不能跟上大家脚步的家琪和自己是否就是社会中的弱势团体？

社会对弱势者的包容有多少？

弱势者的婚姻是否很容易被打垮？

抛弃弱势者是不是眼下这个社会的常态？只因为弱势者会拖累大家。

被抛弃者是不是就应该忍气吞声，就像家琪关机一样，没有一丝抗议的声音，认为这就是命运？

婚姻的力量究竟有多大？

婚姻究竟是给配偶温暖的温馨港湾，还是拖累他人的合理外衣？

……

一个梦，让小诺呆坐在床上，想啊想，想了很多。

小诺突然发现，当人开始无助的时候，信奉菩萨便成了很自然的事情。

当她第一次与瑶瑶说起，她想去灵隐寺为家琪拜一下菩萨时，就是她最难受最无助的时候：又病又残，忧郁苦闷，婆媳不合，而且，眼看家琪似乎一蹶不振，斗志丧失。

瑶瑶说：若你想要去拜菩萨了，那心一定要诚的。

小诺说：我诚，我肯定诚，我现在相信命运，因为，我没其他什么可相信了。

瑶瑶叹口气：看你看你，以前把话说得那么满，什么最讨厌就是陪着婆婆去拜菩萨，现在，瞧，你自己也去了……不不不，我不能在背后说佛祖，要报应的。要不要我陪你去啊？

小诺说：不用了，我自己去。

是的，真的是要拜菩萨了。以前她认为自己是彻底的唯物论者，坚定不移地相信科学，可是，这半年来，就算她知道要坚强，要乐观，要靠自己，要重新站立，可是，她为什么就是没有机会？

还有，家琪的状态依旧不好。小诺也知道，这不能怪他。她自己能够比家琪在精神状态上恢复得更好，因为她的伤在生理上是可恢复的，而家琪的伤是不可挽回的。这是他们的不同。但是，现在，小诺没谱，她不知道家琪究竟要伤痛多久，也不知道家琪究竟能否恢复成以往的那个阳光男生。除了调理，除了鼓励，小诺不知道还能用什么办法，也许，找菩萨保佑是最后的办法了。人有时候，不信命运还真是不行！

小诺决定，去灵隐寺烧香。

选了一个没有课的日子，小诺认真地洗了个澡，换上白色裙子，然后坐上公交车，在快到灵隐寺的前两站，提前下车。她要走过去，以表示自己的诚意。若不是自己的家离灵隐寺实在太远，她真会全程走过去，只为让菩萨知道：她确实是诚心诚意的！

在灵隐寺大门口买香烛，她没还一分价。

尽管不是周末，大雄宝殿前面依旧有络绎不绝的香客。小诺去过一些寺庙，但自己从没烧过香。她看着其他香客在宝殿前面的大平台上点燃香烛，往三个方向合掌而拜，然后进宝殿里面，在菩萨前面的蒲团上跪下，虔诚地三拜，并往功德箱里塞香火钱。于是她知道该怎么做了。

小诺在大殿外，无比虔诚地点燃香火，闭着眼睛，往三个方向各三拜，嘴里念叨：请菩萨保佑家琪一切都能好起来，请菩萨保佑我们的阳阳不出意外平安成长，请菩萨保佑我们一家三口都顺利度过困境。

这是小诺的三个愿望。她不求菩萨保佑发财高升、好运高照、福寿满门，她只希望菩萨能让一家人平平安安。经历过灾难的人知道，财运官运都不如平安那么宝贵。

跪在佛祖前，小诺突然一点力气都没有，她觉得菩萨有种很强的力量，在那种力量面前，她的一切努力挣扎都微不足道。

旁边的人熙熙攘攘，有游客，有香客。他们跪拜，祈祷，往功德箱里投香火钱，然后离去。有的是第一次，有的数不清是第几次。

小诺在深深跪拜的时候，突然想起了天堂里的父亲，一下子泪流满面。她想，自己的爸爸在天堂上肯定看到了，自己为了一个卑微的愿望,而在菩萨面前虔诚地请求。她不由得抽泣呼唤:爸爸,看在你疼爱女儿的份上,请让菩萨满足我的这个最微不足道的请求吧!我一定珍惜菩萨给我的仁爱,我再也不会像以前那么不懂事,我以后一定会经常来拜望菩萨!

大雄宝殿前的祈求结束后,小诺擦了擦眼泪。为了显示自己的虔诚,小诺又去了后面的每一个宝殿,跪在菩萨前,把她的三个愿望都喃喃地诉说了一遍。

许是天堂里的小诺爸爸真有心灵感应,每次小诺说完心愿后,小诺爸爸的慈爱笑容就出现在小诺的眼前,似乎告诉她,他离菩萨近,他一定会转达女儿的心愿,让她放心,他在天堂里也会保护她,会尽一切努力保佑她,因为他爱他这唯一的女儿。父亲的面容离她如此近如此栩栩如生,以致每次小诺拜完菩萨,都忍不住流一次眼泪,呼唤:爸爸,爸爸……

终于都拜完了,很虔诚地拜完了。小诺走出灵隐寺,揉了揉有些红肿的膝盖,也揉了揉因流泪而变得模糊的双眼。因为经常哭,她现在的视力已远不如过去。

029

小诺带着阳阳去附近的公园散步。

杭州这些年的城市建设很不错,绿地大大增加,很多老年人一大早就在离家不远的绿地草坪上做操跳舞,小诺想,若她妈妈来杭州的话,也可以叫她加入其中,老妈的一手太极扇打得很不错呢。

真是可惜老爸早走,不然,每天早上晚上两个人一起健身,一起跳舞,一起打太极,那会是多么幸福的晚年时光啊……不过,人各有志,自己的公公婆婆还健在,也几次鼓励他们多出去与其他老人一起娱乐健身,可是婆婆就是不愿意,她喜欢守在家里,管理着各种鸡毛蒜皮的事情,而家琪妈不出去,家琪爸也自然不出去。有段时间他曾去学过太极拳,结果回来每天接受家琪妈严厉地盘问:教练是不是女的,一起学的有多少女的,她们什么职业,多大年纪……家琪爸哭笑不得,索性中断了学习,不出门了,几百块的课程费就这么白扔了。

后来,家琪爸苦笑着像说冷笑话一样把这故事说给儿子听,家琪说:你们一道去练太极嘛。家琪爸说:她不愿意,她就喜欢在家里操劳。

奇怪,老妈为什么不愿意呢?家琪问。

你老妈觉得她学不会,就算学了,她打起来也不好看。你老妈一向好胜,比不上人家的事情,就索性不学了。

唉,打太极,还要好看什么,不就是一运动锻炼嘛?小诺不解。

你妈追求完美,她总这样,我也没办法。家琪爸很懂自己的老婆。

小诺看到,公公苦笑的眼角里闪过无奈。

追求完美,是不是很会让身边的人深感压力?

阳阳在小诺身边说着一些很可爱的话:妈妈,你叫爸爸老公,我也可以叫爸爸老公吗?

或者在经过一家超市的时候,阳阳说:妈妈,你不是老说你没时间吗,我们去超市买些时间回来吧。

小诺哭笑不得。

看到路边有个小蜗牛,阳阳问妈妈那是什么。

小诺捡起蜗牛,向阳阳解释这个小动物,说这是一个随时把家背在身上的走路慢腾腾的小孩子。

阳阳见到蜗牛的触角伸出来,用手一碰,立马缩回,觉得很有趣。

妈妈我们把它带回家吧?

小诺说:小蜗牛也有爸爸妈妈,我们把它带回家,它爸爸妈妈就找不到它了,要急死了。你假如被其他人带走了,妈妈找不到你,也要急死了,对不对?

阳阳说:那我们送它回到爸爸妈妈身边?

小诺说:好啊。

那它的爸爸妈妈在哪里呢?

在草地下躲着呢。小诺说。

那我们把小蜗牛放到草地上?阳阳问。

好啊。

阳阳迈着小脚步,把一个小蜗牛小心地放在一棵小草上。

小诺笑着看着儿子,夸奖:阳阳真是个好孩子!

嗯,阳阳是个好孩子!阳阳毫不谦虚。

小诺和婆婆又发生了一次不自在。

这次争吵真的可以用"很郁闷"来形容,从最初与小诺和婆婆毫无关系的一个话题开始,然后不知怎的就进入了女人最核心最敏感的地带,然后就突然地爆发了,战争还捎带进去了一个男人。

这些天,家琪爸回老家,说要去学校看看,好长时间没去学校了,心里放不下。小诺悄悄对家琪说:你爸那么操心干吗,还当自己是领导呢!他不在那指指点点,人家现领导才开心呢!

家琪说:你别乱说,老爸不是不识趣的人,他只是工作惯了。

于是这几天,除了小诺家琪,家里就婆婆阳阳和阿姨。

一起吃饭时,小诺先还安安静静地吃饭,不说话。但后来,她突然想到一件事,大学有同事说有个退休亲戚想找个合适点的会照顾人的老伴,问小诺有没人选。小诺说给年轻人做媒她有兴趣,给老年人做媒,感觉太怪异了。同事说,你若有合适人选,就介绍一下呗,撮合的事情,我自己来做。

小诺原本以为这事说说就算了,可是回家一看到阿姨,突然来劲了:这不是合适人选吗?

于是她张口就问阿姨,她是不是有想法在杭州找个老伴,对方刚退休,三年前亡了妻子。

阿姨感觉比较突然,也有点害羞,看看家琪妈说:这事我不知道,得问表姐。她称家琪妈为表姐。

家琪妈马上问那男人的家庭情况,小诺说是她同事的亲戚,她也不知道具体情况,若阿姨有意思的话,可以约个时间一起聊聊。

家琪妈说:问也不问清楚人家的情况,这么迫不及待的干吗,显得很掉价似的。

小诺说:现在相亲都是这样的。我去问,还不如阿姨自己去了解呢。

家琪妈哼了一口气:你阿姨又不是想男人想疯了。

小诺觉得婆婆的话真的不可理喻,相亲啊,这与想男人有什么关系?找个生活的伴侣,是为了更好地生活,怎么动不动想到男女之事上去啦?再说,一个是离异的中年女性,一个是丧妻的退休男子,都是单身,就算他们都有想男人或者想女人的欲望,这样的欲望也都很正常啊,哪像她,新千年都过去多年了,还像修女一样。

于是小诺不满地说:本来很正常的一件事情,就是被有人想得不正常。

家琪妈看了儿媳一眼,不说话。但是,她转头对着阿姨,说:我们这个家族的人,尤其是女人,都把品行看得很重要,一些出格一点的事情,从来都不会去做的,所以,我们一家在村子里都有很好的口碑。小萍,这点你很清楚的……

小诺一撇嘴。得了,这媒人从一开始就当错了,小诺开始后悔。

但此时婆婆的关于妇女品行的课程却自从打开话匣子后再关不上了——

那种暴露的衣服和裙子,我是不会穿的,省得被人说三道四。还有,对男人,我也没有兴趣,跟女人套近乎的男人,就是想从女人这里占点便宜嘛。我对那些总是黏着男人的女人很是看不惯,若自己能挣工资,有能力,可以养活自己,干吗还要去巴结其他男人,她们不就是想得到些好处吗?真是让人看不起!还有些女人,明明是不缺钱不缺什么,可就是天生喜欢去媚男人,整天打扮得花枝招展,在男人堆里打情骂俏,觉得这样自己很有魅力,但是,我却觉得她们很恶心,很肉麻!她们就像离了男人活不了似的……女人嘛,要端庄,贤淑,正派,有好的品行,不要总是缠着男人,这样才能自尊自爱……

家琪妈在上课,阿姨在点头,小诺忍着不耐烦听着婆婆的长篇大论。她觉得,婆婆说的话,其实都是针对她的,她不能由着婆婆用如此落伍的观念来攻击她。

阿姨去厨房给阳阳做蒸蛋吃,小诺也开始对婆婆进行"观念渗透",说:每个时代都有每个时代的标准,你认为不能接受的事情,其实在现在是被宽容的,像露脐装不是很好看吗?尤其在肚脐那里打个洞镶个肚脐钉,很可爱的!还有相亲方式,现在连年轻人都要相亲呢,俱乐部里一个晚上要连续相亲8个人,相亲之前不也是对对方什么都不了解?男的女的在一起,互相开开玩笑,是很轻松的一件事,干吗要"男女授受不亲"才觉得让人放心?还有,阿姨离婚了,找个男人怎么啦,想有个男人照顾她,不也是很正常的事情么?这世界上,男人女人本来就是互相离不开的嘛!

小诺一一辩驳着家琪妈的观点。刚才被婆婆拐弯抹角地怼了几句,小诺不服气,要辩回来。

因为一直在谈论女人话题，家琪一直没插嘴，现在见老婆老妈又有争辩的迹象，家琪开始要做熄火工作了。

但显然，家琪的劝架工作太迟了。这边，家琪妈的火气已经被小辈的挑衅激起来：你们年轻人有年轻人的方式，我们老人有老人的想法，阿姨不是你们年轻人，做不到你们的开放……说句实在话，你们年轻人的开放，我们是看不惯的。

看不惯就不要看嘛。小诺呛她。

这是什么话？我们年纪大的长辈，对你们年轻人的一些品行提出看法，这都不行吗？

不是不行……关于品行，很多是没有对错之分的，依你的想法，若叫你去看李银河的文章的话，你气得要吐血或撞墙了，可人家李银河还是受人尊重的专家呢。

什么叫做没有对错之分？有道德标准在，就有对错之分！

人家风流就风流，那是人家的事情，人家喜欢男人就去喜欢男人吧，又没影响到你的利益，这都是人家的权利，你管不了的！

社会道德问题，每人都要维护！

……

好啦，别吵了，都是在说人家的事情，却让我们自己来烦，这样的争辩亏不亏呀？家琪在旁边喊。

不，你妈说的一切，其实都是影射我！她没在说别人的事情，她都在暗示我，要我守妇道，要正统，要贤惠，要淑女，稍一出格，就是品行不端！

家琪妈哼了一声，低低地说：我没那意思，是你自己想的。

妈，你说了那么多，我知道你的意思，你就是要我不要花枝招展地出去招惹男人，要品行端正。但是，我要说的是，这些品行都是外表，看一个女人，是要看她的内心。品行恪守妇道的女人，若内心不爱她的丈夫，又有什么用呢？小诺说。

我心里爱着家琪，这就够了，我要出去交朋友，要应酬，要社会交际，这都是我的自由，连家琪都不管我，你为什么要管我？你凭什么要拿你那个时代的标准来限制我？小诺越说越激昂。

小诺，说够了吧，我们回家吧。家琪去抓小诺的手，想拉她回家。

我没做过任何出格的事情，你自己找人算命，认定我是个不善良的人，我怎么也讨不了你的欢心，我也没办法，但是，我没做任何对不起你们家的事情!

告诉你吧,你的儿子,现在,夫妻生活不行,但是,我说过他一句吗?你自己问问他!可是,你还要处处找我的碴子……

小诺把所有矛头对着婆婆,她没注意,一旁家琪的脸色已经涨红了。

小诺还在说,家琪却突然间像双耳失聪一样,什么话都听不进去,只有那句"夫妻生活不行"在他耳边乱响,然后是小诺的嘴巴,不停地一闭一合,像只可恶的青蛙。

……

终于,家琪扬手,冲还在发表观点的小诺狠狠地甩过去,打在她的嘴巴上。

031

小诺捂着被打破了嘴唇的嘴巴,泪流满面地从家里跑出来。

家琪打她了。她从没想到,家琪为了他的妈妈而打她了。

小诺跑到街上,茫然四顾。一个女人,又是晚上,能去哪里?

想了想,只能去办公室。

小诺原想在办公室里猫一晚,在办公室有个沙发,平时用来午睡休息,她就在那里将就一下吧。家琪这么凶她,她连离婚的心思都有了,绝不会主动与他和好的。

但是她很快发现,在办公室里待一晚相当不实际。办公室在教学大楼,定时熄灯,熄灯前灯火通明,熄灯后整座大楼一片漆黑,以小诺的胆子,她是不敢一人在黑乎乎的大楼里熬一晚的。小诺想,要不去酒吧或者休闲茶馆打发时间吧。但是这样的夜晚,一个人去那些消遣场所,实在有点郁闷和无聊,弄不好会被人误解为不是良家之女,最好找个伴吧。

找谁?瑶瑶?张姝?贺晓梅?苏茜?都是有家有口的人了,谁会与她去那些地方逛?

去那些女友家里,哭哭啼啼地把她的伤心说给她们听,把她的伤口露给她们看?小诺心气高,不想搁下这个脸。张姝说过,她看到的男人里,家琪是对老婆最好的一个,这话让小诺很长脸,可现在,连家琪也打老婆了,那小诺她还有什么?

小诺心里空虚。这时看到了上次同学会后老班长寄来的同班同学通讯录,当时小诺收到信,随手把通讯录放在办公室的抽屉里,现在正好翻翻看,谁适合让她在今晚打电话去骚扰的。

看到了一个名字:梁昊。

小诺犹豫了一会儿,但还是拨通了梁昊的手机。怎么啦,我就是要找个老同学陪我喝酒,怎么啦,有问题吗?她挑战似的问自己。

梁昊接到了小诺的电话,似乎有点不相信是小诺打的。

小诺,真是你吗?

是我,怎么啦?

你在哪里?梁昊问。

别问我在哪里,你愿不愿意陪我喝酒,喝个通宵,喝个大醉?

小诺,你怎么啦?梁昊问。

我没怎么,我就问你,你愿不愿意?愿意,就过来,不愿意,就挂电话!

我来我来!梁昊赶紧说。

一个多小时后,银白色的宝马停在西湖边的一个酒吧外。

梁昊走进酒吧,找到了正灌着酒的小诺。小诺要了支解百纳干红,瓶已空了一半。

梁昊叫了声,小诺回头,看到他,妩媚一笑,梁昊有点呆。

梁昊走近小诺身边,小诺带着小小生气的表情说:你怎么才来啊?

梁昊伸出手臂,不自觉地就围住了小诺的肩膀,怜爱地说:别喝了。

不,你陪我喝嘛,喝酒让人轻松!小诺脸上全是任性的倔强。

梁昊只好坐下,要了个杯子,陪着她喝,边喝边注视着她的脸。因为喝下了不少红酒,小诺双颊绯红,艳若桃花,眼神迷离,勾魂摄魄。梁昊简直舍不得把眼光挪开。

小诺包里的手机在响。

懒懒地接听,是家琪打来的。

小诺,你在哪里?

我在外面,不要你管!小诺说。

小诺,我向你道歉……

不需要道歉。

你告诉我,你身边有没人陪着你?家琪的声音里透着焦急。

有,有帅哥与我在一起。我的事情不要你管!

好、好,那你注意安全。

今晚不回家,去张姝家,别再给我电话了,我要关机!小诺撒气地说。

小诺知道家琪没有张姝的联系电话,所以根本不担心。

刚刚把手机放回包里,梁昊就握住了小诺的手。

一整支干红都喝光了。小诺已经半醉。

小诺,我给你去开个房间,休息休息吧?

小诺斜看他:你不敢与我在同一个房间陪我吗?

梁昊说:我担心你不愿意,等明天了,酒醒了,把我骂死!

你不是答应陪我一晚吗?你像个男人吗?你不愿意就算!

我当然愿意啦!

酒精真是好东西啊。在宾馆里的大床上,小诺放荡地一躺,彻底轻松,什么烦恼都没有。

小诺,你想冲个澡吗?

嗯,冲澡,冲澡。小诺歪歪斜斜地走进宽敞豪华的洗手间,打开热水。真舒服。喝酒真好呀。这生活太他妈的累人了,喝酒,灌醉,才能忘掉一切烦恼啊。

披上酒店的浴袍,小诺闭着眼睛摔向洁白的床。睡觉,要睡觉。头很晕了。

梁昊看着一脸醉意的小诺,这是自己喜欢了很多年的女人,那浴袍微敞的模样,令他几乎不能控制。他坐在她的床上,抱住她,用脸庞轻轻地蹭。越蹭,他的欲望越是高涨。

小诺,我想要你,我是真的喜欢你,我要你,好不好?梁昊虽然用的是问句,但是双手已经开始在解小诺浴袍的带子。睡袍滑落,好细滑的身体啊,就算是生了孩子,依旧双峰挺拔。梁昊觉得身体的血都要喷出,下身胀痛得不行,他不顾一切地用嘴唇狠狠压住小诺的乳房,吮吸、拨动、挑逗。

小诺一阵呻吟。

我的身体是自己的,我要怎么做就怎么做,我想怎么挥霍就怎么挥霍,怎么啦?婆婆的教训算什么呀?那个老太太越是教训,我就越是反着来!

被酒精淹没的大脑应该是混沌的,但是那时却在小诺的脑子里清晰地打出一行行这样的字。

小诺没力气睁眼，她的不反抗，还有她的不自觉的呻吟都让梁昊更加欲火难耐，他压到小诺的身上，扯掉所有的衣物，把她从上到下狂吻一遍，那些他想象过多次但都无法触及的私密部位，现在都在他的舌头下娇滴滴地颤动……要侵入，一定要侵入，长驱直入自己梦中情人的感受……等一下，安全套，酒店提供的安全套……

032

　　梁昊抱着一脸粉色的小诺，心满意足。
　　在睡眠灯的灯光下，他看着她好久好久，那长长的眼睫毛，那弧度很好看的下巴，那水汪汪的嘴唇。真的，真是神奇，喜欢一个人，可以喜欢那么长时间，以为忘记她了，结果还是忘不掉，一个电话就能把他召来……似乎他今晚有点粗暴，占了酒后孟浪的便宜，希望小诺醒来后不会翻脸不认人。
　　梁昊在小诺身边躺下，他舍不得扔下她去另外的床睡觉。
　　他的手放在小诺的胸部，他喜欢捂着女人的胸部睡觉。
　　他似乎又听到了小诺的一声呻吟。
　　他惊喜地轻轻抚摸。
　　宝贝，我还想再要……似乎在睡梦中，小诺发出撩人至极的呼唤。
　　梁昊的下身立即有了反应。
　　你想要吗？
　　我还想再要……小诺似梦非梦的声音充满诱惑。
　　好的，我给你，给你……梁昊激动得要死过去了。她还要，她需要他，她主动呼唤他！
　　老公，还要……小诺娇娇地呻吟着，用手去搂身边的人。
　　梁昊一愣，把他当老公了……不过，他不介意，他施展他的温柔，手伸向下面，那儿已经是湿润的水草地。
　　小诺的表情，如痴如醉。

　　天亮了。小诺醒来了。
　　她盯着一旁赤身裸体的梁昊，有好一阵子的迷茫，盯了好一会儿，然后没表情地问：你觉得你赢了是不是？
　　梁昊看着她，没明白过来。

你以为你泡到我了吗？

梁昊抓住她的手：小诺，我真的喜欢你！

小诺去穿衣服，穿好后背对梁昊：告诉你，昨天什么都没发生过，若你敢造谣，当心你结不成婚！

梁昊说：小诺，我们这样，不是很快乐吗？你昨晚，真的很开心很舒服的……

开心你个头！没听到我说的吗？什么都没发生过，也别指望以后会发生什么！说完，小诺拿了自己的包包，走了。

梁昊无奈地看着小诺离开。

这是怎么回事？他外形英俊，性情不错，而且多金，自己找上门的女人不少，他施点钱财后青睐他的女人更多，他尽可以在里面挑选优良等级的女人，他一直以为他就是那种自由自在"泡良"族里的一个，潇洒快活，主动在握，进退自如，可是眼下，他明明是真心喜欢她，同她表白了一遍又一遍，只是不能给她承诺一个名分而已，但他会补偿，他很清楚地表示了，可是眼下，似乎颠了个个……似乎他被人泡了，而且被泡得满腹委屈，被一个女人泡了一次后就抛下了，但他却抛不下……

有一节课的时间里，小诺接受贺晓梅的训话。这次她不还嘴，诚心诚意地听着70后大姐的训斥。

对贺晓梅，小诺什么都没隐瞒。所以晓梅骂她蠢，出轨出得莫名其妙，就是一瓶酒，就让她失去清白。

但是小诺在乖乖接受晓梅大姐的一番训斥后，终于不服气地说：我真没觉得我出轨了！

贺晓梅一愣。

真的，我一点没觉得自己出轨了，我也没觉得不清白了，我很清楚我不喜欢他，我跟他没故事，我甚至可以不再见他，所以我并没有背叛家琪，也不存在出轨或者不忠诚。我不过是身体上用了他，就像男人用了一个充气娃娃，我也不过是用了一个对我来说毫无感觉的橡胶人！你说，我用的是个橡胶人，那怎么能说我出轨呢？

小诺说出那些话时自己也觉得奇怪：明明离经叛道了一回，但她竟然丝毫没有忏悔和痛恨自己的感觉。

她只是觉得，那个夜晚，那个故事，就犹如一次释压，她没背叛！

她的压力够大了,生活的,婆媳的,两性的……一切都是那么不如意,她需要释压,于是喝酒,于是做爱,而且做爱时,她还以为他是自己的丈夫……对,昨晚,她是与别人发生性关系了,但是,她丝毫不觉得暧昧,她一点不觉得那是背叛,因为她根本不喜欢梁昊,她也不想再与梁昊来往,在她眼里,梁昊是什么?比一颗沙子还小的分量!更不会与梁昊再有什么说不清道不明的暧昧。

所以,那就是一次释压,很痛快很有效的释压。

生活需要释压,不然,太累了,太压抑了,会压得人出事情的……

你说我出轨,那我问你,什么叫做出轨?小诺问晓梅。

出轨么,就是背叛啰。晓梅说。

那什么叫做背叛?

背叛有两种:精神背叛和肉体背叛,我想你都懂吧。晓梅不满小诺的明知故问。

那你的意思就是说:已婚的人,爱上了别人,或者与别人做爱了,都是背叛?

晓梅想了想,说:应该是这样。

若婚姻中的人,因为身体原因,不能进行性生活,那是不是另一个人就该承受?

他可以用其他方式进行帮助解决……

我知道,比如自慰,比如买工具,或者其他方式……那你说,付费方式,算不算背叛呢?

晓梅一时不知道该怎么说。她真还没想过这问题呢。

付费方式,它的最大特点就是一次交易后再不见面,绝对没有感情瓜葛。这种用付费方式解决身体需求,有达到"背叛"的高度吗?小诺问。

如果你说付费羞耻,那我现在连付费都不用,这样还羞耻吗?小诺继续问。

酒后乱性是不应该,但再说一遍,这样的事情,我不会再做,我可以发誓!而且那也不是我的本意,那我还要必须被一直钉在女性的耻辱柱上吗?小诺为自己辩解。

晓梅的婚姻家庭是温暖稳固型,也是传统保守型,任何叛逆的或张扬个性的个案在她的婚姻中都没发生的机会，所以她没有解决这些问题的经验，所以，她也没有回答这些问题的底气。

你的做法，我理解，但是，这与传统不符……晓梅终于逮了个机会说。

我本来就没想当传统的贤妻良母，没人能逼我当！这是小诺给自己的理由。

这问题上，我说不过你。晓梅说。

这不是你说得过说不过我的问题，而是我们看这事情的思路的问题。

在这问题的思路上，我是保守的……

因为你不懂得去怜惜别人！你从来没感同身受地去体会过别人，就在那里用些旧定律说教！你也根本就没有用人性的角度去考虑！现在都市人的压力那么大，那些不宽容的清规戒律传统道德，有时会把人给逼疯逼出事来的！难道，一定要等到出事了，再去说"小诺，本来你可以这样做那样做，只要不出事就好"，是这样吗？晓梅姐，觉得你也真是好虚伪的！

晓梅看着小诺，无奈地叹口气：我也不知该怎么说了……现在觉得，也不能说全是你的错……唉，生活，没有标准……

接着，她又说：这事，没有第二回，而且你绝对不能让家琪知道！不然，不知该会多么伤你家家琪的心了。

70后的晓梅先是训了小诺一顿，接着又表达了些许的理解，最后还帮她出谋划策……小诺接受并领受了她的好意。

但是，尽管与70后大姐姐晓梅辩得一板一眼，小诺还是觉得奇怪：她不是放荡的女人，她也不想成为放荡的女人，按理，她应该对自己表现出后悔与恶心的，但是，她没有，真的没有……这是为什么？

快速遗忘，也许是最大限度保护自己保卫婚姻的一种生存和适应社会的能力。而小诺，在这个伦理问题上，天然拥有这个能力。这能力需要很多方面因素的组合，也许其中一方面，因为梁昊对她什么都不是。

033

双休日，张姝开车去上海购物，小诺趁机搭她的车回趟娘家，顺便给老妈带了点杭州知味观的特色小吃，那里的一些新鲜卤味很多老人爱吃。

小诺妈说怎么不带阳阳一起来,她看到附近一家儿童服装店刚开张,里面的衣服很好看,正想什么时候带着阳阳去买几件。

小诺说,阳阳的衣服就别买了,衣箱里还有不少没穿过的呢,现在的小孩长得快,买得多都浪费了,你要买还不如给我买呢!

小诺妈说:你想买新衣服吗?好啊,我们一道去商场逛吧。

听得出来,小诺妈很高兴小诺想买新衣服了。

从商场逛了一圈回来,小诺手里多了个小纸袋,里面是件今年流行的夏装,装点着亮亮石头的长裙。小诺妈觉得裙子看起来有点成熟,她希望小诺选件鲜艳颜色的,但小诺选了件深蓝的。

不过,自己女儿喜欢的,也没办法。小诺妈替女儿付钱,小诺挽着她的手臂,撒娇地说谢谢老妈。

去一条食街吃饭,小诺妈叫小诺点菜,小诺选了三菜一汤,又叫了一瓶啤酒,小诺给老妈倒酒,然后碰杯,两个人像姐妹一样。

小诺妈手握一杯啤酒,深有感触地说:自从你爸去了后,我就很少这样两个人一起在外面饭店吃饭了。以前朋友约我出来,我都害怕,连两双筷子放在桌上的情景都不敢看……好在现在感觉平淡多了。

小诺说:那我以后多回来陪陪你就是了,但你要管我吃管我喝的!

小诺妈说:以后来,三个人一起来,有个完整的家,真是很重要啊……

小诺说:知道知道!

回到家里,小诺妈在给女儿修改一件衣服。小诺很喜欢那衣服,但是今年瘦了一圈,那本来有点松的腰更松了,但小诺又很中意它,想穿,让妈妈给她改。

妈妈戴着老花眼镜,先用粉笔在腰上划出线,然后在针孔里穿上合适颜色的线,沿着粉笔线慢慢缝,把腰稍稍往里缩点。小诺坐在床上,看着老妈的针线活与老妈聊天。

妈,我现在挺想挣点钱……

怎么啦,钱不够用了?

不是人人都在嚷嚷实力实力嘛,发展是硬道理,能挣到钱才能谈实力，我也想有点实力，只是，没挣钱的机会……

小诺啊，钱不是最重要的，一家人平安健康和睦相处才是最重要的，钱嘛，能挣多少就花多少，你老想着挣钱，也不一定就能挣到。

老妈，钱不重要还有什么重要啊？一家人和和睦睦也需要经济基础啊……你试想一下，我若有很多钱，想怎么花钱就怎么花钱，比如随时可以开个车子来看你，可以给你买好吃的，可以带你出去旅游，可以住很好的酒店，那才是美好生活呀。

小诺妈说：在我看来，你们平安，就是最美好的生活。我有时候一个人没事干，然后就会慢慢盘点盘点周围的家庭，发现没有一户人家是十全十美的，都有大大小小的事情发生过，而且怪了，越是有钱的，事情越多！所以我常想，钱可能真不重要，反正现在经济发展不错，大家都不穷，都有一些房产，都能过得下去，所以，我宁愿你们平安一些。

小诺嘴一撅：老妈，我们的想法怎么总凑不到一块儿，两年前我不看重钱的时候，你还灌输说钱很重要，要我多赚点钱，要学会理财，现在我想要挣钱了，你反而不思进取了，还拖我后腿，要我清心寡欲……反正，家琪出事，让我更相信：发展才是硬道理，挣钱才是硬道理！有钱才有话语权！

小诺妈拿把小剪刀把线头剪掉，把衣服递给小诺，笑着说：你想挣钱嘛最好了，但是也别一门心思想着挣钱，挣钱这事情，要机遇的，很可能轻轻松松挣一大笔，也很可能花很多力气却什么都没挣到……

小诺咂舌：妈，你知道哪里可以轻轻松松挣一大笔的？我明天就跑去挣！

小诺妈看了女儿一眼说：我和你爸爸挣得最轻松的一笔就是当年30多万买的商铺现在150万都不止了，你说，这事，是不是要机遇的？

小诺叹口气：哦，那明摆着我没戏……

小诺妈说：这商铺妈给你留着，以后还不是你的？

小诺说：谢谢你啊，妈，老了还要为我操心……

小诺妈说：我就操心你的家庭，平平安安就好了。对了，家琪现在身体还好吗？他妈妈对你好吗？

小诺与家琪在卧室里一起看完当天的一部连续剧后安然而卧。

照例没有夫妻生活。

可能是晚饭的菜太咸，小诺渴醒了，她想倒杯水喝。

穿着背心小睡衣起来时，她发现家琪不在床上。

家琪在另外的房间，开着电脑，小诺扭头张望，家琪的背影似乎在抽动，并且还有低低的呻吟。

小诺一愣。再看电脑画面，是A片。小诺突然明白了。

小诺悄悄地上床，没发出任何声音，但是心里苦涩。

看来家琪在自己面前不敢再试，怕压力越来越大，所以就半夜打开A片去试一下自己的能力……老公也真是苦啊。

家琪回到床上，似乎很失落无力的样子。小诺装睡，不敢惊动他。男人，得有自己的空间和尊严。

唉，刚结婚时，他们也曾一起在床上看过色情片当性教育片，小诺一边看还一边指指点点评价这个女郎咪咪好看那个猛男屁屁难看，卧室里不用避讳言语露骨，撩得家琪很容易就欲火中烧。那时候的小诺还特别喜欢做一个游戏：一旦有电话，家琪去接电话时，小诺就特别爱抚慰他的敏感部位，害家琪既想呻吟又不得不在电话里一本正经地说话，终于挂完电话了，家琪就狠狠地把小诺压在下面报复……

那时候的时光，似乎好远好远了啊。

待家琪回到床上，小诺悄悄抚摸家琪光滑的后背，心想，自己那么虔诚地拜了菩萨，菩萨应该会显灵的吧，毕竟家琪并不是真的得病，不过是些心理压力，菩萨啊，你就帮他早点恢复吧，这样他就会变得自信了。

早上，家琪上班，小诺没课，就在家里打扫卫生。她看到了小房间的垃圾桶里的好几个卷成团的卫生纸，想起前几次丢垃圾时候也是好多的卫生纸团，一时突然想看看。

小诺展开纸团，她看到了淡黄色的痕迹。

都是好几年的夫妻了，小诺当然知道那是什么。

小诺一时愣在那里。

一个逐渐清晰的事实浮现：家琪并没有不行，家琪只是，面对她不行……

周末的晚上。

小诺在洗手间里给全身抹乳液。

她泡了个澡，洗了头发，认真仔细地搓了全身。并在洗澡后重点对脸部进行了一系列的护理。现在，站在洗手间镜子前面的，是个干净水润的躯体，有苗条的身材，细腻的肌肤，粉嫩的脸庞，淡淡的清香，温婉的眼神。

她把吹干的头发梳理一遍。头发有段时间没做了，过几天要去换个发型，这样会有个新形象了。她想。

她换上前不久买的新内衣，是黑色半镂空的，与张姝一道逛街时买的，张姝买的是红的，她的是黑的。张姝当时还挤眉弄眼说：我买红色是为了配一条裙子的，你买黑色绝对是诱惑男人的！

是的，是为诱惑男人的。小诺想今晚再试一试。

香喷喷地走到家琪旁，家琪在床上看电视。

家琪看了她一眼，眼睛定住了。

小诺半搂住家琪，问：好不好看？

好看的。以后你要多买好看的衣服，别对不住好时光。家琪握握她的手。

今晚，来吗？小诺撒娇地问。

然而，家琪尴尬地说：可是，我很累，对不起啊……下次好吗，我会抱着你睡……不过，你真的很漂亮啊。

小诺立在那里，犹如一盆冷水浇过。终于发现：自己败局已定。

家琪可以对着电脑里的其他女人发泄，却无法在自己的老婆面前有欲望。为什么？是自己给他太大的压力了？是她让他太压抑了？是她压迫了他？

可是，自己做错了什么，竟会让家琪对她毫无欲望？不久前她还在菩萨面前那么诚心地祈祷过，真的，那么诚心的祈祷，几乎可以感动所有人，可是，家琪却……

她出过一次轨，她承认，但是她真的不是坏心肠的女人啊，她对那次出轨简直都要忘掉了，因为她毫不在意那个男人。也是这个原因，所以她很少有愧对家琪的负疚感，因为她觉得这不是真正的出轨，而只是一次释压！这可以是让家琪对她毫无欲望的原因吗？不，事实上，家琪对此事还一无所知，她也绝不会让家琪知道。

那事，她要让它烂死在自己的肚子里。

那男人的情欲究竟是怎么回事呢？

陌生的女人可以让他释压，而一心期待他恢复的、陪他流淌了无数眼泪的妻子，却会让他深陷无欲之门，而且，一陷就是半年之久！

若他一直对她没有欲望呢？那这婚姻可怎么办？！

小诺相信，家琪对自己是有感情的，只是那种感情就像是患难中的兄妹，就像是疼痛的左手抚摸安慰同样疼痛的右手，很依恋，但没激情。

有人说，两性中的男女，最好要带有点占有的邪念，那么性生活会非常热烈，而他们现在，貌似只剩下了亲人之间的单纯的陪伴，全没有了夫妻男女之间的吸引！

这究竟是为什么？

是因为时光？因为病痛？因为婆媳争吵不断？因为婚姻生活中的种种不胜其烦。

035

小诺与家琪在谈话。

你是不是总是感觉累？小诺问。

是的。

为什么呢？

生活没有乐趣。

做爱也没乐趣？小诺问。

家琪不说话。

然后说：我真的觉得累，好累的。

是什么累呢？

什么都累……工作累，生活累，面对你们累……

家里的家务是我做的，饭菜是你爸妈做的，你究竟有什么累呢？

我也不知道……我只觉得累得很，心里累。

小诺不说话。

她完全可以理解。身体累比起心里累根本不算什么，恩爱的男女，白天干再苦再累的活，晚上在一起依旧有很多的劲来享受男欢女爱的激情。但是，一旦心里累了，就什么欲望也没有了。

我害怕……半天后，家琪说。

怕什么呢？

怕出事，怕你和我妈，怕这种总是在调节在平衡的生活，很不舒畅，简直就像在夹缝中活一样……而且，我总觉得再这样下去，还会出事……所以，心里总是怕……家琪慢慢地说。

小诺沉默。依旧是婆媳原因。

我们离婚吧。小诺说。

为什么？家琪紧张地问。

小诺动动嘴唇，想说什么，但停住了。说什么呢？说她碰到这样的婆婆是她的命数？说算命先生早就为他们算好了命运？说只要她们这婆媳俩的关系还存在，争斗也必定会继续，因为这是性格决定也是命运决定，所以还不如早点松手？……不，家琪是不会认同这样的说法的。

沉寂了好一会儿，小诺说：我都知道了……你经常晚上去小房间，看A片……其实，你是可以的，但是，面对我，你就不行了……那么，这样的夫妻，还有什么意思呢？我们，还不如都给对方一点尊严吧……

家琪沉默。

两周后，家琪写了一页纸的离婚协议，给小诺看。

第一条是阳阳的归属：若小诺要阳阳，就给小诺，他每月提供1/4的工资作为抚养费用直至阳阳成年，并让小诺带走全部宝贝基金。若小诺放弃阳阳的监护权，阳阳就给他，他保证全心全意地疼爱阳阳，不需要小诺的抚养费。不过无论是谁抚养，双方的亲人都有探视的权力。

第二条是关于房产。

家琪对财产几乎没有任何保留，除了大婚房因为房产证的名字是家琪妈，俩人没有权力分割外，家琪把共有的两房一厅小福利房全给了小诺，这个房子按当时的房价来算将近50万。另外，他支付了近两年的即将交付的新房也全给了小诺。家琪在共有财产上的退让，既算是弥补当初小诺父母贴在大婚房上的10万的装修款，也算是对小诺的爱的一点心意。

其他的，也没什么可写在协议上的了。

扪心问过自己：是不是不爱小诺了？也不是。只是，被生活压迫了，没有激情了，不配谈爱了，连对自己老婆的兴趣也没了。这与爱情无关，只与严酷的生活有关。

小诺问：那你离婚后住哪里？

家琪说：我是个很弱小的人，都当爸爸了还是独立不起来，我就去与我父母一起住那婚房吧。

小诺无语。

过了一会儿，小诺问：我们还是朋友吗？

家琪说：当然是。

小诺拿着那离婚协议，说：等我去问问我爸爸，然后我再决定是不是签字，好吗？

家琪说：好的。

然后家琪又说：告诉爸，我食言了，没能一辈子保护你，很对不起他……但是，只要我能做到，我还是会照顾你的，只是，我实在太没用……以后要你单独承担房款了，也不知道你扛不扛得下来……

小诺别过脸去，轻轻抹泪。

家琪抱住她，很疼惜地抚摸她的头发。

为什么，为什么，曾那么相爱的两个人，要以离婚来收场？

036

小夫妻都没异议的离婚协议，在双方老人那里被坚决否决。

当小诺告诉她妈妈她要离婚，阳阳跟她时，小诺妈当即就说：离婚？你疯啦！我不同意！你爸也不会同意！

小诺妈坐在床上抹眼泪。小诺问为什么不能离婚。

小诺妈说：你想想看，你一个离婚还带个孩子的女人，以后怎么再找合适的男人呀？你以为你还年轻啊，现在年轻的女孩子多着呢，何况你还有个孩子的！

小诺妈拿事实说话：我的一位同事的女儿，28岁离婚，她还没有孩子呢，可是，她离婚后，愣是三年都找不到合适的人，而那个离婚的前夫，两年不到就找了个更年轻更漂亮的姑娘！还有，住我家不远处的铃子，你认识的，从小一起玩的，后来自己开了个咖啡馆，她两年前离婚，后来找了个男的，是公务员，可是，他们总是相处不好，那男的总是打她，不珍惜她，说她是二婚的，不需要珍惜，你说说，这是什么话？可是那个铃子，对其他人都软硬捏得准，可就是对那丈夫……唉，我私底下问她，她哭着说，她不能再离婚了，她得保住这个家！小诺，你看你看，相比起来，家琪没做对不起你的事，性格温顺，对你也是很好的，这些我都看在眼里，你为什么还要折腾？

小诺低头说：我搞不好与他家里人的关系，很烦心的。

小诺妈说：你搞不好就别去搞，别同他妈妈见面好了呀！

小诺说：我们的婚姻有问题，在这样的婚姻里，很没意思。

小诺妈说：谁的婚姻有意思啦？我和你爸，不也是打打骂骂过来的？

小诺说：若婚姻里的日子过不好的话，为什么离婚了还要再结婚？一个人过不也蛮好的吗？

小诺妈说：女人必须要有一个男人的！婚姻可以不好，但是决不能没有！它是件外衣，能保护你，若你是个离婚的女人，那么你根本就连日子都不好过了！事实上，别说你了，就是我的日子也不好过！

小诺说：妈，但我过得不开心。

小诺妈说：生活就是凑合过的，你别看很多人装得恩爱，其实都是假的！小诺，不是妈说得难听，一个女人，离婚了，就贬值了，若还带有个孩子，更贬值！女人经不起离婚的折腾的，女人在这方面天生就是亏的！妈是过来人，你听妈一句劝，好不好？

小诺妈又说：而且，你们刚刚出过事情，这婚，虽说是家琪提出离的，但是若你们真的在出了事之后半年就离了，这社会舆论对你也不好啊，人们会说你心地不善，抛弃受伤的老公，有人若要说得更恶毒一点，就说你不仅没有旺夫运，甚至还是克夫相，小诺，你单纯，不知道这样的社会压力会是很大的！

小诺想再说什么来辩解，小诺妈下命令：反正不许你离婚！又不是日子真过不下去，你敢离婚，我就撞死在你爸的墓碑前！

小诺一时不敢张嘴了。

当家琪妈看到那离婚协议的时候，几乎是癫狂地大喊：这样的协议，我不会同意的！

家琪妈的重点是在阳阳的抚养权上。家琪，你看，按照这样的条件，你这几年，就是白活了呀？儿子儿子拿不到，房子房子归人家,你还不如结婚前的状况呢!

你要离婚,可以,反正命中注定你们要离婚的,我不拦,但是,阳阳一定要拿回来,他是姓何的,是何诺阳,不是李诺阳。你同李小诺说去,她要看儿子,周末随时可以来看,何况,她没有孩子的拖累,以后再找人家也好一些。若她带个小拖油瓶,一来人家不能接受,二来就算接受了,估计阳阳在人家家里也不一定能得到幸福。你告诉她,我们都会心肝一样疼爱阳阳,阳阳不幸福,比拿刀割我还难受!

还有,这房产不能这样分,这样对你太不公平了。家琪你看看,你结婚前的财产还不止这些呢,你总不能在婚姻的门里走了几年,把工资都奉献给了家庭,最后连你自己单位分给你的福利房都拿不到吧?她也真够狠心的。家琪,你多为你自己想想,你不能这么大方这么傻!

幸好我当初聪明,这个大婚房写的是我的名字,她没法打这房子的主意,不然她说不定连我的这房子也想要了吧?

家琪听着老妈的话,说:小诺家在大婚房上也有投入的……

家琪妈喊:这房子从头到尾都是我的,她们连一块砖头都不可能拿走!她们决不能打这房子的主意!幸好啊,幸好这房子没卖掉啊……家琪,这个协议绝不能这样签的,那小房子有一半是属于你的!

家琪难受,都要离婚了还搞得这么鸡飞狗跳。

妈!他烦厌地叫道。

家琪妈泪水涟涟:家琪,我是拼命地在为你考虑,你身体不好,你得为以后着想……你看你结婚这几年,少了个脾少了个肾,又白白为她挣了几年工资什么都没存下来,现在,你又什么都拱手相让,我,我舍不得你呀……你若身体好,那也无所谓了,钱可以再挣,但是你现在这个样子……家琪啊,你这样什么都给她,她不一定念你的好!

家琪冲他妈大吼:谁说我身体不好啦?我身体好得很!都是你,整天在我耳边灌输我不好不好,搞得我以为自己真是个废人,你这样做是在害我,懂吗?!

小诺回到家,把协议塞进抽屉,没与家琪提离婚的事。

家琪乐得小诺不提。若小诺说好,我妈同意,现在就签字,那他就不能说什么了，协议是他打的草稿，他自己没什么，但估计他老妈那里半年不能安歇，那样的话，他实在会受不了的。

生活已经够折腾人的了，他不想再多出一点点事情来，若有可能的话，他都恨不得跑寺庙里去隐居三年五年了呢。

037

瑶瑶和老马邀请小诺家琪他们周末晚上聚会。自从他们搬到钱江南岸的新房子住后，原本几乎每周都有的聚会，变成了很奢侈的念想。隔了条江，总觉得好远。

小诺有点不大想去，前几天谈离婚，心情低落着，还聚会呢。于是找理由说他们没车，不方便。

瑶瑶说，我们开车接你们，我们一起轻松轻松。

小诺说，怎么轻松呀？

瑶瑶说，我们下午就去龙井村那边喝茶打牌，晚上吃个农家饭，然后到市里看场电影，怎么样？

都是当年聚会的传统节目，没什么新花样。

瑶瑶说，你要新花样啊，那我们一起去演艺厅看劲舞表演？

小诺苦笑：还看劲舞呢，去灵隐寺吃斋饭还差不多！

瑶瑶扑哧一声笑了：别闷在家里了，说定了啊，周六下午来接你们，老规矩，谁打牌输了谁请客晚饭。

四个人在龙井村挑了个清爽的农家乐，院子里大槐树下，一张桌子四杯茶两副扑克牌，不远处就是清香的茶山茶树，这样的环境，白天的热气都消了不少，真是休闲的杭州人的周末生活。

家琪小诺很没状态，两个人的配合不好，很游离的样子，时时出几张臭牌。瑶瑶警告：再这样下去，打牌可太没乐趣了，要加倍罚钱的！

小诺郁闷：看来真是征兆，连最简单的配合都不行，这婚姻是迟早要黄。

瑶瑶抬头，不屑地说：拿离婚当玩笑，真是太没水准了。

小诺说：真的，协议都写好了，签字就行。所以你说出来玩就出来玩吧，玩了这一趟就说不定没下一趟了。

瑶瑶老马面面相觑。

家琪放下手中的牌，说：我们输，晚饭吃什么，随你们点。

瑶瑶抓过小诺的手：真的假的？

小诺说：真的。只是我妈不让我签字。

瑶瑶放心了，把小诺的手一甩：真是，拿这个当生活调味，你当你有趣哪？你以后再嚷嚷离婚，我理也不理你，你一个人上延安路大街嚷去吧！

老马也在对家琪说：哥们，什么让你想不开啦？你看我，日子过得那么寒碜，不也得苦中作乐？什么是生活？这就是生活，就算是被轮奸了也要设法让自己有高潮，你若不具备一点革命的乐观主义精神，你一生起码被地球开除10次！

家琪苦笑。

两个身在福中不知福的人……你们若实在太无聊了，就想想这世上还有很多饥民，还有很多高位截瘫人，还有很多身患绝症又苦苦求生的人……这人啊，不能不知足！

就是，你看我们两个，百万负翁，没钱生孩子，早上一起来第一件事就是今天要还银行150块，就是这日子，不也得笑对，难道就得被逼成阳痿不成？

……

小诺家琪就这样被瑶瑶老马他们臭骂了一下午。

晚上吃完农家乐的饭回家，电话铃响。是贺晓梅给小诺打电话。

贺晓梅说她家两周前报名了当地报社组织的一次家庭亲子采摘游，周日去附近一个地方摘葡萄，当日来回。但是她老公被公司奖励了香港游，而且是带孩子的，那个优秀员工团队也是周末出团，时间重合了，现在就多出了两个采摘游的名额。晓梅说那个采摘游的团费都交了，虽然才几十块钱，但浪费了可惜，所以临时打个电话问问小诺是否愿意第二天带上阳阳顶替她老公和孩子，去乡下散散心，顺便吃个农家菜。

小诺原本是没有旅游的兴趣，何况今天已经去了杭州的农家乐。正打算谢绝晓梅的好意，突然想：待在家里其实也没什么意思呀，现在她和家琪关系尴尬，不如多分开几次，眼不见心不烦。于是话到嘴边又改成：好啊，去乡下挺好啊，那我就带上阳阳啦。

挂了电话，家琪问她要去哪。小诺说带阳阳去乡下玩。

怎么也不同我商量一下？本来明天爸妈要带阳阳看电影呢。家琪略有埋怨。

小诺说：我就周末有空，他们每天都是周末，怎么还要与我挤呀？

家琪不语。想了想，然后给老爸老妈打了个电话，说他明天一早过来带孩子。

家里俩老人奇怪，说，带走孩子干吗？

家琪说：同朋友一起去乡下玩。

老人又问几个人去。

家琪说：一家人去。他知道，若只说小诺和阳阳去，老爸老妈会以为他们俩又吵架又闹离婚了。先这么骗着吧，至于明天晚上问起阳阳，可以说车子坐不下他就不去了作为最合理的理由。

小诺在旁听着老公撒的善意的谎，知道他的苦心。

○３８

晓梅共报了 4 个名额：老妈，夫妻俩和小孩，现在小诺和阳阳顶替了她老公和孩子。

晓梅对她妈妈很是照顾，上车时搀扶，大巴刚开时空调没起作用，晓梅就用小折扇给她妈妈打扇，又给她打开一瓶矿泉水。那种悉心简直比得上照顾小孩。

大巴从杭州出发去葡萄园农场，每人 70 块的费用包括车费，保险，农场采摘费，农场周边的一个主题公园门票，到时每人还可以免费拎上 5 斤葡萄回家，算起来是很划算的，那主题公园门票就要 50 呢，公园曾经也很是红过一阵的。

小诺想，她从不关心报纸上的一些什么市民互动活动，看来以后是要多关心关心，对于建设家庭欢乐气氛是很有帮助。因为是个家庭亲子活动，一车子的人都是一家出游，老的老小的小，阳阳在座位上，与邻座一个小男孩立马认识了。

采摘游本身并没什么特别，与其他的采摘一样的程序：一边采摘一边品尝，然后称上多少斤水果走人。不过因为这次有老有少，果园里一时显得特别热闹和开心。

晓梅摘了一串紫色葡萄，用纸巾擦擦，给她妈妈品尝。老人不停点头说：甜的，很甜的。小诺看得眼热，想，下次她也要把老妈给带来。

午饭是自由解决。在主题公园外面有几家小餐馆,小诺请晓梅她们一起去吃个简单午饭。小诺向店家要了几罐酸奶,晓梅摆手说她们带了饮料来的。小诺又拿去退了一些。自带饮料的习惯,小诺一直没学会,她嫌包包会重。

阳阳在与邻座吃饭的小男孩一起玩筷子,晓梅向老妈介绍下午要玩的公园。

菜上得很快,四菜一汤,都是家常菜,总共才50多块钱,不过菜都比较新鲜。小诺督促阳阳好好吃饭,晓梅给老妈夹菜。

小诺一边吃饭一边对晓梅妈说:阿姨,你的女儿真孝顺,我都看得不好意思了,我对我妈从没这么仔细照顾过,我要向晓梅姐学习。

那老人笑呵呵地说:其实晓梅呀,是我儿媳妇!不过,她真像我亲闺女一样!

小诺愣在那里。

晓梅从没向她说过她家的婆媳关系如何如何好。以前她向晓梅诉说婆媳关系难处理时,晓梅也从没把自己当做榜样来向小诺示范媳妇该怎么做。

但是,小诺却彻底服了她。这70后的姐姐,小诺本来还觉得她有点土呢,可是她却能处理好家庭关系,这该是多大的能力啊!在公园里,她紧跟着晓梅,向晓梅讨教,她是怎么把关系处得这么好,是不是有什么锦囊妙计。小诺说,她不指望她与婆婆能这样好,她只想能和平共处就相当满足了。

晓梅一手挽着婆婆,一边笑着说:我是吃过苦的人,我婆婆也是吃过苦的人,所以有共同语言。

都吃过苦,就不会吵架了?

不是说经历过苦就肯定不吵架,而是容易从别人的角度去考虑。比如,我们最初买浙大的教师楼公寓时,需要4万多块钱,现在看起来真是小数字,但当时对我们来讲却是大数目啊,后来我们收到的第一笔资助就是我婆婆的,1万。这件事情让我感动一辈子。因为婆婆老早就丧偶,在农村里开了个小杂铺,卖啤酒啦零食啦一些东西,那1万真的不能想象她是怎么省出来的,那是10年前的1万啊!我想那肯定是她多年积攒下来防老用的钱,但是因为我们有困难就全部资助了我们……那天,我哭了……以后,只要我和婆婆有矛盾,我就想这件事,一想起这事,再大的矛盾都是小问题。

小诺听得也很感动。她有好一会儿不说话。

可是，这个回答依旧不能帮助小诺：晓梅婆婆与她婆婆不具可比性，一个是农村女性，来到城里生活肯定是依赖晚辈的多，但她婆婆曾是领导干部，有独立的经济条件，她与儿子儿媳一起生活，总是带着掌控的欲望，以及时时要晚辈听话和尊重的想法。而小诺，最不能做到的就是被一个她本来不觉得可尊重的人硬逼着去尊重！

那晓梅姐，我问你，假如你们有不同想法怎么办？比如，一个晚饭要吃米饭，一个要吃面，一个说这衣服好看，一个说不好看……

妥协啰，妥协是生活的智慧呀。善于妥协的人并不是步步后退，相比不会妥协的人，其实是更多地获取。

可是，一些分歧，假如是实质性的，那你说怎么办？

小诺说着，然后把上次的婚纱事件原原本本说了一遍，接着问：若是你，你会怎么做？

晓梅看着小诺，慢慢地说：

首先，若我是你，我会考虑到新娘的地域性，我肯定会建议她挑选不要太露的衣服。

第二，若婆婆的意见与我相左，并且她的想法是有一定的道理的，那就按照她的想法做。这世上可做的事情太多了，别去为一件事情争辩得太清楚，每种做法都有理由，只要不是无理取闹胡搅蛮缠，每种做法都有值得肯定的一面。那就多看肯定面吧。

第三，最大的分歧，在我看来，都比不上出现了让自己老公必须要选择老妈还是老婆这样的分歧严重。尽量不要让他有面临选择的机会，要让他两个都拥有。家庭和睦，可以给男人最大的信心和安慰。

第四，时时想到一句话：失去家庭的爱和依靠，就算赢了整个世界，又有什么意义？

……

说了那么多，小诺依旧不知道，晓梅的思维方式，对她是否有借鉴意义。她说她得好好想想，好好想想。

晓梅看了她一眼：想通了的话，其实真没什么好想的，我索性告诉你一些更直白的说法，省得让你觉得我总是在讲大道理。婆媳之道，要想平静过日子的话，就两条出路：不是东风压倒西风，就是西风压倒东风，若东西风互相对抗，那只能整天风吹雨打。我是走妥协道路，情愿让婆婆的风压倒媳妇的风，若你不愿意，那你就得有很强大的力量，让你家婆婆心甘情愿被你压倒……但我觉得这可不是那么容易做到的，还是妥协比较少折腾一点。真的，妥协是生活的最大智慧，一步妥协后，后面是海阔天空！我现在是非常享受妥协给我带来的幸福！

婆媳之道，只有两条出路：不是东风压倒西风，就是西风压倒东风，若东西风互相对抗，那只能整天风吹雨打。

小诺重复着晓梅的话。

也就是说，要日子太平，要么她服从婆婆，要么婆婆服从她。

她能服从婆婆吗？

她不能的话，又该如何让婆婆服从她呢？

期末了。这学期就这样结束了，灰暗是主色调，基本没有可以值得回味的亮点，也没有什么积极进取的意愿和效果。时光就这样过着。

完成批卷，报完成绩，开始暑假。小诺忙碌地做着手头一些繁琐的活，真的，永远也没有闲的时候，暑期她还得备战论文，张姝都已经拿到了学位证书而她的论文还没有开始，落后一步，步步落后。

小诺手伸进包包里取东西，突然飘出来一张纸片，拿起来一看，是个名字和手机号码。一看到这个小纸片，小诺猛然想起：天！这段时间过得郁闷，竟然忘记了这件事情。

原来，两周前，小诺的导师给她介绍了一位老板，似乎是位葡萄酒代理经销商什么的，需要一位翻译，导师就抄给了她这个号码，说他向老板推荐了小诺，叫小诺自己去联系。

可是前段时间一直心情不佳，小诺把这纸片塞进包包里后，就忘了此事。导师一周前带着一家人跑东南亚旅游去了，旅游前估计也是忙这忙那的也没向她过问这件事。

唉，这本是一个赚钱的好机会呀。小诺赶紧打电话，手机那边的声音透着不愉快，问她为什么一直不联系。小诺赶紧道歉。

对方说他们已经找好了翻译。小诺一听很失望。但是对方又说：

他们公司要到杭州来办一个品酒会活动，到时候，他们邀请的来自欧洲的葡萄酒专业人士以及在当地请的翻译都会过来，若小诺有兴趣，也可以一道去看看。

小诺想，回绝的话就显得太不客气了，这事本来是自己疏忽，导师已向老板推荐了自己，可自己又一直没跟对方联系，现在人家还邀请自己参加品酒会，虽说人家已经另外请了翻译，去看看也蛮好。于是答应了。

小诺两周没去家琪父母那边吃饭，这一天，家琪爸打来电话，说做了个新鲜蛇汤，让他们一道过去补一下，夏季吃蛇，可以清凉一夏。

小诺知道，如此打电话叫她过去吃饭，必定是要谈话。前些天因为两个人闹离婚，小诺知道婆婆对自己不会有好言语好脸色，就索性不过去了，让家琪自己一人去他父母那里吃饭，自己晚上不是蛋炒饭就是方便面。

现在没能离成婚，这公公婆婆自然又得定期拜见，也好，趁着家琪爸给自己打电话，去一趟，听听老人的训话，反正总要去面对这一次的。

小诺去超市，挑了几斤新鲜荔枝，想待会儿和家琪一道去吃饭的时候带过去。

家庭聚会气氛还好，没有小诺想象的那么僵，可能家琪爸同家琪妈事前有所交代，再加上阳阳的调剂，餐桌上也算融洽。家琪爸给两个人和孩子殷勤盛汤，说多喝两碗汤，今年一年都不会有小蚊虫咬皮肤了。小诺想，好神奇的汤啊！

饭后一起吃荔枝。家琪妈给阳阳剥荔枝皮，家琪爸让小诺去一趟书房。小诺想：谈话正式开始了。

这书房在家琪爸妈住进来后总算真的用起来了，以前小诺他们住的时候书房就是一闲置的房间，因为他们都爱用电脑看东西查东西，一人一台手提电脑，不是放在客厅就是放在卧室，书房没利用起来。现在老爸来了，就带来了书，带来了稿纸，带来了笔筒和各种笔，甚至有毛笔，书桌上笔墨纸砚齐全，充满书卷气。

家琪爸见小诺的目光注视着毛笔和一叠宣纸，就笑着说：上次回家一趟，带了这些来，算是提前过退休生活了。

家琪爸今年57岁，离正式退休还有3年，不过，中国国情，从一线退到调研员的日子，确实类似退休。除了有时去开开会，基本不太需要去学校，自己在家看看书好了。尤其当学校领导知道他家孩子出了大车祸，在工作时间上更是给他自由，说照顾好孩子是最重要的，开会嘛，有时间就去，没时间也无所谓，工资奖金什么的一分不会少。

家琪爸听着现领导的话，心情复杂。这是对他的照顾，当然，连开会都不用去了，也意味着他这位在这大学里待了一辈子的老领导终于退出了学校的舞台。

人情冷暖，世态炎凉。小诺能体味公公的心情。

面对面坐在书房里，停顿了一会儿，家琪爸对小诺说：我看了家琪写的那个离婚协议书。

小诺看着公公。

家琪爸说：那协议书写得很好，是个男人写的协议书！若是我，我也会这样写的，女性，本来就是被男性保护的，若因为缘分的原因，保护不了了，就要在财产上让步，这天经地义。

小诺听着。

从这份协议上，你也可以看出，家琪是个有情有义的男人，我不是偏袒自己的儿子，在这个人人都在满脑子想着挣钱的年代里，家琪是挺不错的！

当然小诺你也很不错，对事业有追求，对家琪也很照顾，这半年都是你在陪伴家琪，给他鼓励和信心……我就在想，一个是不错的丈夫，一个是不错的妻子，可为什么要闹到离婚呢？

我不希望你们离婚，我从一开始就这么对家琪说的。幸好现在看来，情况没有坏下去。你看，你们并没有实质性的矛盾，也没有不可原谅的错误发生，就是因为特殊时期特殊环境下的压力，让你们觉得难以承受，可是，离婚并不是逃避的好办法啊，离婚了，照样会出现很多新的压力，那时候，再怎么去逃避呢？

我讲的，可能有点说教，不过小诺，你就只从阳阳的角度考虑，若你和家琪离婚了，那么阳阳就很少能得到父母同时陪在他身边的幸福了，阳阳可能会有新的爸爸，会有新的爷爷奶奶。可是，若你能想到家琪以及我们这样倾心照顾阳阳，而阳阳的新爸爸却不一定能提供这样的父爱时，你是不是会替阳阳感到一些遗憾呢？毕竟，亲生与不亲生，在照顾上，在教育上，都会有些不一样，这不是说新爸爸会不好，而是，新爸爸本身自己会有压力，在说话和教育的时候难以捏得准一个度……

我知道，婆媳之间的矛盾，也是让你倍感烦恼的一方面……关于这一点，其他我不说，小诺，我只想请你，在你觉得烦恼的时候，多想想家琪妈对阳阳的无私的爱，那种爱，我觉得这世界上，真的再没有哪个老人可以超越了，你觉得呢？

小诺，家琪是好人，你也是好人，家琪妈也是好人，好人在一起，不会有本质的矛盾的，只是不同角度的不同见解，这种不伤及本质的矛盾，难道就能够推翻一个婚姻吗？

我已经同家琪谈过一次了，家琪说，他会努力建设家庭，我也很希望，你也能努力建设这个家庭，好吗？

不要再谈离婚的事了，那页离婚协议，去把它压到箱底吧，等你们老时，再拿出来看，也许那时候，你们看了都会忍不住笑话当年的傻劲。

……

040

小诺穿了件款式简约的小礼服去参加品酒会。接连几天，本地报纸都有这个品酒会的广告，并有百张免费券赠送给读者，算是这个活动与市民搞互动。小诺按照地址上门，是在一展览馆的大厅里。

一进大厅就看到了几家媒体的记者，拿着相机和摄像机在转悠，看来那公司老板在这活动上投了不少钱，让媒体跟踪报道呢。现在这样的市民互动报道是最好的软广告了。

小诺看墙上的宣传画，是一些葡萄酒以及一些酒庄的介绍，还有大幅的葡萄园照片，很漂亮，很有欧洲风味。看了一会儿，小诺明白了一个大概：那个公司独家代理了几款欧洲原装进口的葡萄酒，为打开市场，先要媒体宣传。

在一排长形桌子上，覆盖着红色金丝绒，有十来瓶已开启的葡萄酒装在冰袋里立在上面，另外还有一些未开启的很整齐地斜躺着。翻了一下一旁的宣传册子，今天的活动有品酒、有专业人士普及葡萄酒课、有市民提问互动、还有现场问答，答对者得小礼物等。

嗯，看来是比较有趣的活动，小诺喜欢。

活动开始了，先是主持人介绍来自法国和德国的两位葡萄酒专业人士，两个老外问好，翻译在一旁做着口译。小诺想，本来应该是她站在那个位子做着翻译的。

这么想着,好奇心和好胜心顿起,小诺仔细打量翻译,是位中年男士,衣着相貌都没什么特色,待会儿她要看看,这位翻译的水平怎样。

简单的嘉宾介绍后,就由洋评酒师介绍将要品尝的几款酒,男士在旁边翻译。

翻译很快就出现了问题。

可能是翻译与嘉宾之前没有互动过,也可能是翻译对口译内容没有充分准备,没说几句,翻译就卡壳了——这不是说翻译的能力不好,而是涉及一些葡萄酒的专业词那位翻译不懂!

在一位对葡萄酒没常识的人看来,霞多丽,白诗南,雷司令,赛美蓉,琼瑶浆,赤霞珠,美乐,佳美,黑品诺这些名词,不过是些很好看的名字而已。而懂葡萄酒的人,就会马上想到这些葡萄的品质,产地,香味,酸度,单宁,以及这些葡萄所酿造出来的不同葡萄酒的个性。

小诺称不上葡萄酒专家,但是有兴趣,也看过一些英文原版葡萄酒的书,这些常识还是知道的,一些顶尖酒庄的名字也是熟悉的,但是,显然,那位翻译,没预习过这些功课。

这样,翻译的吃力程度可想而知。他不停向老外重复询问。

最后,那位男翻译只好跳过一些内容,拣一些他能明白的部分向众人解释。好在洋品酒师比较有涵养,没为难翻译,也挑着用简单的话来说,并示意大家取酒杯品酒,品酒师们将教大家正确地品酒。

于是大家排队,一时场面有点喧闹。

小诺犹豫了一下,终于还是走向翻译和品酒师,问好后,礼貌地问翻译是否需要她的帮忙。那位男士一听有人帮忙,大喜。翻译卡壳,是件尴尬的事情,他是当地中学里最好的英语老师,一直被学生崇拜的,本以为一次与市民互动的翻译不在话下,所以根本没准备,结果一上来就发现全是他不熟悉的东西,没几分钟他就已经一身是汗。

洋品酒师与小诺做了下交流,马上就向公司提出,接下来的翻译最好让小诺接上。小诺对男老师说请别介意,男老师赶紧说要谢谢你呢。

后面的活动,基本就没什么悬念了。小诺调动她脑海里所有的葡萄酒知识，并用她几年来在大学的讲台上上课的经验，充分营造亲和气氛。现场品红酒，上酒课，本来就比较有话题，而且是异国风味的话题，美女的加入，又增加了吸引眼球的效果，有了对葡萄酒还蛮了解的美女，众人更加捧场了，一时气氛相当地热烈。

后来是市民现场提问，洋师傅解答，问题五花八门：

葡萄酒是用葡萄酒酿的，难道全是葡萄汁吗？里面兑水吗？

超市里有十来块二十来块的葡萄酒，与你们几百块一瓶的葡萄酒有什么区别？

葡萄酒是不是越陈年越好？

几万块一瓶的葡萄酒怎么算出来这个价格的？

为什么不同葡萄酒一定得用不同形状的杯子？

喝过一种粉红色的葡萄酒，那是怎么做出来的？是红葡萄酒白葡萄酒兑出来的吗？

为什么那些葡萄酒的名称都那么好听？

葡萄酒比茅台好喝吗？

葡萄酒究竟怎么分类？干的是不是就比不干的要好？

葡萄酒里面的一种贵腐酒是怎么回事？

……

一些问题，小诺听了都要忍俊不禁，看来中国的红酒市场是很值得开拓啊。她把问题转达给洋师傅，洋师傅很敬业，尽管觉得有的问题好初级，但还是非常专业地给予解答，而小诺，则把师傅专业的回答用很生动风趣的语言翻译出来，最后现场成了个既能免费喝酒又能免费听课的葡萄酒知识普及课堂……那些媒体记者对着她和俩老外不停拍照，这次活动可不像其他千篇一律的产品发布会，有生动内容可写了。

活动很成功。

结束后，公司说要请小诺一道吃晚饭，公司老板想认识她。

041

小诺见识了为"第三类情感"而结婚的女孩子。以小诺的"尊重人性，自由第一"的开放胸怀，对第三类情感婚姻的态度，她既不偏左也不偏右。犹如她最喜欢的那句话"我不赞同你的观点，但誓死捍卫你说话的权力",对此,她原本认为就算她自己不会因第三类情感而结婚,但她会对那些因第三类情感而结婚的女人深表理解。

为这个观点,小诺还与一直以姐姐自居的70后的贺晓梅争论过,结果让贺晓梅处于下风。

小诺去张姝那里蹭饭吃,张姝说两天前去了一个地方旅游,带回了当地特产,是很好吃的糯米糕。小诺颠颠地跑去吃糕,就在张姝家认识了美娜。

美娜在上海工作,来杭州度假,住在表姐张姝家。

张姝毫不客气地这样介绍美娜:上海"白骨精",一年一个男友,一年一个台阶。

美娜也不气恼,说:表姐,我找了个好人家,你不祝贺我,还不停损我,真不厚道!

张姝说:你厚道?当年你男朋友为了与你一起留在上海,不惜辞了老家的好工作,与家里人闹翻,结果呢,你半年就把人家甩了!

美娜说:这不能怪我,他在上海找不到工作,就回家同我发脾气,这样的男人,我敢一辈子跟他?男人没能力是他的错,还要怪罪于我?所以,有一次他冲我吼了后,我立马走,绝不回头。

张姝说:后来的那个部门主管,他对你不错吧,你那么挑剔的妈都觉得他可以了,但你呢,以怨报德,人家把你提拔起来,你倒好,被提拔了之后又找到了更高的领导……

美娜说:姐啊,他被人挤掉了,不是主管了……他把我提拔起来,我总不能就以身相许吧,以我的能力,我以后可还会被不断提拔的,总不能就不停地把自己许给人家吧。何况,他是个凤凰男,身后有一长串的麻烦,农村里的父母呀,大哥呀,都指望着他的,我心里早就慌着。而且他心理素质也不好,那次他被挤掉后,竟然在我那里哭了一晚,我当时就想,怎么我找的男人都这么脆弱?这么脆弱的男人又怎么可能成功呢?那时候我就不再对他有好感了。

张姝说:小娜,那你总不能见倒了就撤、见更好的就攀上去吧?人总得要学会同甘共苦的。

美娜说:姐,同甘共苦没错,但是不能找个只能共苦却没机会同甘的人吧?你看我前面的两任,都是属于不能成功的男人,我跟了他们,得天天自己做家务,买件衣服还要七算八算,这样我就没有出头之日了!我就是喜欢有野心的男人,我愿意在他们旁边忠实地当个小女人!

张姝说：你有没有想过，你可能会生病，会变老，你只找对你有利的男人，怎么不想想，越能干的男人，眼光越高越会嫌弃你？

美娜说：老姐，科学家算出来了，人与人之间的爱情最多14个月，就算当初再恩爱，14个月后，爱情就是明日黄花，该嫌弃的依旧嫌弃，所以，与其去降低要求以换得人家不嫌弃自己，远不如发现了好人家马上积极进攻。

张姝说：我也真是服你了，明明你就是个物质女，你还道理一套一套的！

美娜委屈：我没否认自己是个物质女啊，但是，我再物质，我也只是在正当选择啊！你看，你选择了姐夫，结果，所有的责任得你来扛，供房，供车，自己做家务……你刚才还在抱怨说昨天切菜时割破了手指，今天洗碗手会很疼，若你选的不是姐夫这么穷的大学老师，而是事业有成大学教授，他会让你供房供车自己做家务吗？不会！这些事情将全都由他搞定了：因为他有钱，他有能力！

向来口才很好的张姝这次竟在表妹面前成了强弩之末，但她还在为自己丈夫的尊严努力争辩：你能保证你结婚时候的成功男人在以后依旧是成功男人吗？

美娜轻嘘一口气：不能。但是，你能保证你结婚时不成功的男人以后会变成功吗？也不能。所以，与其选结婚时不成功的，自然不如选结婚时成功的。

张姝气恼：真没见过你这么坦诚的物质女！

美娜继续气恼她的表姐：老姐，你想想，我工作3年，一年比一年出色，我也承认，这确实离不开喜欢我的男人的提拔。但是，这也离不开我本身的能力吧。若一个比我更有能力的女人，她干了5年，依旧得不到提拔，她是不是该考虑，她的情商，或者她在社会上的生存法则出了问题？老姐，有能力就要用出来，对不？我的生存法则使得我的能力得到充分发挥，并找到了如意郎君，让我过的日子更好更幸福，这不好吗？姐，你想想看，若你找个更好更强更有能力的丈夫，以你的能力和基础，他是不是会在你的事业上帮助更大，可以让你更出色更成功？

张姝道：看来邓文迪是你的超级偶像了，你们一样的无情无义！

美娜正色：我们很多小姐妹是很崇拜邓文迪啊，她很漂亮，能瞬间打动超级富豪的心，并心甘情愿为她离婚，这也是她的能力啊！

张姝无语，好一会儿后恨恨道：我只担心你们不能白头偕老，你这样的人，见到更高的树枝，一定又会攀上去！

美娜正色道：姐，我选择男人，也只是在结婚前不停选择，一旦选择好了，我肯定安心了，不，事实上，我还得在结婚后睁大眼睛，防范第三者抢夺我的如意郎君呢。

张姝终于逮着了对手的破绽：原来你也知道你的婚姻这么不牢靠啊？

美娜撇撇嘴：姐，你敢说我家姐夫一辈子只专注你不辜负你？

张姝一下子被噎住了。

对哦，张姝她是不用像美娜那样的防范，因为她老公没钱，穷光蛋一枚，但她敢保证当普通大学老师的丈夫对妻子一生专情吗？

……

小诺在旁边，目瞪口呆地看着这一对表姐妹你来我往地争辩。突然想：在80后的野心勃勃的小女生面前，别说贺晓梅大姐姐，就算自己，还有张姝，是不是都该让道了？

张姝有好一阵子的无语，这时小诺想到一个问题。

美娜，我能问你个问题吗？

随便问，我们80后女生心里想什么嘴上就说什么，虽然不好听点，但是不虚伪不造作。

我知道你不说假话……你不要介意啊，我想问，若你好不容易争取来的如意郎君在结婚一年后出了车祸，残疾了，再也不能像以前那样意气风发了，而你们又已经有了孩子，那你会怎么对待他？

美娜转头对张姝说：老姐，听听，这才是有技术含量的问题，不像你，不过大我三四岁，就尽想着教训我。

张姝对她做了个狂扁的动作。

美娜想了想，说：若他真的不行了，那我带着孩子离开，我会向他承诺，把孩子带好，给他好的教育。但是，我不想自己和孩子都被拖累住。

这样做的话，你不会觉得有愧意吗？

为什么有愧意？当他已经不适合正常家庭生活了，我另找生活道路，并把孩子教育好，我干吗有愧意？一定要让我被他拖累住，才能算是好妻子吗？两个人甚至一家人都不好难道会比一个人不好更高尚吗？别说我这种人带坏社会风气，我只是不说高尚的话而已，但是你们看看那么多做出了所谓高尚事情的人，什么爱人残疾了，照样举行婚礼，媒体广为宣传，但是一年不到又离婚，他们能带给家庭好的影响、能做社会好的榜样吗？我只是掂了掂自己的能耐，觉得自己做不了那么高尚的事情，所以理智地提出我的要求，我觉得这比那些狂人，自以为凭自己一个人的能耐可以救别人脱离出苦海，半年后发现能耐有限又把人抛弃，不是要理性多了？

那……若你的丈夫，虽然没有意外车祸这么惨烈，但是他后来不成功了，公司破产或者其他原因，没以前风光了，你怎么办？

以后的事情我不能算得很准，正因为这样，所以结婚前一定要选个正确的男人，他有好的能力和情商，他可以陷入低谷，但不会一蹶不振，他能重新奋起，再次成功。是这样的男人，我自然陪着他，但若他屡战屡败，然后一蹶不振，那我就是瞎了眼，没给自己找对人，我离开他，也是正常啊。

小诺叹口气：做你的如意郎君，不能失败啊。

美娜一语中的：这就是成功男人与非成功男人的区别。

小诺想：比起这80后美眉，自己已经收敛很多，但婆婆还是把自己当异类，若这个不知天高地厚的女孩子当了家琪的老婆，不知道他们一家该怎么样的鸡飞狗跳？

不过又想：以这女孩子的择偶条件，她才看不上家琪呢，家琪在她眼里是个典型的不成功男人，再加上那样一个婆婆，她宁死也不会嫁进他们家，自然也不会有家庭大战，是自己操心操太多了。

看来，命中注定要帮小诺度过灰暗期的那个贵人出现了。

上次，那个要代理进口原装葡萄酒的公司老板邀请小诺一起吃饭，吃饭时谈起，原来小诺就是浙大导师本来要推荐的翻译，于是大家又一次碰杯说有缘有缘。

老总说他们公司本来有个翻译的，但后来出国了，所以眼下一些需要翻译的活动都是临时聘请的，然后老总很自然地问起小诺，是否愿意作他们固定聘用的翻译？

小诺说，只要不是上课时间，她很愿意。

老总说：我们的很多活动都是周末，只是有时活动不在杭州，会去其他城市，但没关系，我会派司机接送，另外，翻译费用，你肯定会满意的。

话说着，已经有人拿了个礼品袋子，里面是两瓶葡萄酒，一些宣传册子，估计这些都是作为礼物分发给出现在现场的各媒体记者的。然后有人给老总一个信封，老总把礼品袋子以及信封都给了小诺，请她"笑纳"。

小诺后来打开，半天的活动，给了她两千块的报酬，看来老总是看上她了，不惜要重金挖取。

小诺凭什么不值这个价？她漂亮，口译好，口才也好，有主持人的潜质，能吸引观众的眼珠，更重要的，她对葡萄酒这行有兴趣有基础，只要稍加调教，完全可以把她打造成公司的葡萄酒人才，专门出席各类宣传活动，多么吸引人气啊。没看到白天的品酒现场，记者的照相机摄像机都冲着她去吗？

于是，小诺给老总留下了她的手机号码。

两周后，老总给小诺电话，告诉她，一个月后，他们公司有个团去欧洲，考察法国德国意大利的葡萄酒庄园，两周时间，想聘请小诺做翻译，出国手续由公司负责，会给她一起办理商务签证，在欧洲的所有费用自然全由公司支付，另外出国期间每天支付她100欧元的薪水。

小诺接完电话，激动死了，一次免费的欧洲葡萄酒旅游，并且还能得到1500欧元的工资，天啊，太幸福了！而且正好是暑假呀，学校那边什么假都不用请。哇，太完美了！开心哪……

小诺第一时间把这消息告诉了家琪。

一家人一起吃晚饭时，家琪把这好消息告诉全家。

家琪爸说：祝贺祝贺！

家琪妈说：会不会是骗子公司啊？才给他们干一次活就让你陪他们去国外，哪有这样好的事情？会不会是骗子……

家琪说：那公司老板，是小诺导师推荐的，那个公司，也是存在的，我在他们的网站上也看到了考察团的消息，错不了。

家琪爸说：你妈说得有道理，最好还是敲敲实，到了国外，若出点事情，我们想帮也帮不了啊。

小诺还沉浸在突如其来的喜悦中，对婆婆的话很不以为然，想他们骗她干吗呀，难不成带到欧洲去卖掉啊，这成本也太高了吧。她外语好，又懂一些专业的东西，所以被聘用了，很简单的一次随团翻译，就能被一些老人们想得那么复杂！有的老人就是这样，鼓励是不会有的，天生就善于泼冷水……

小诺还想，明天得去市图书馆借阅一些原版的葡萄酒书籍，要补课，要恶补，不然在欧洲真正的葡萄酒专家面前，她那点分量实在是拿不出手……

当小诺的前景开始显示出光明的一面的时候，烦恼又笼罩在这个家庭里。

唉，家庭矛盾，总是剪不断理还乱啊。

那天，小诺家琪正打算去超市买点水果零食带到父母那里去然后一家人一起吃饭，刚换好衣服要出门，电话铃响了。

家琪接了电话，话筒里是老妈的哭腔：我与你爸过不下去了！

看来也不用买水果了，家琪和小诺立马打车去大婚房父母那里，进了门，就听见老妈愤怒的声音：你给我回去，我再也不要看到你了！

然后是阿姨撕心裂肺的哭声：表姐，我可以回去，但是你不能冤枉我的，你冤枉我，叫我怎么回得去？

小诺赶紧去找阳阳，阳阳正躲在爷爷的身后，而爷爷也是一脸青色，不说话，只是胸脯不停起伏着。小诺见了忙抱过阳阳，去了主卧室，关上门。

怎么啦？明知阳阳还小，问他也问不出个所以然来，但小诺还是悄悄问。

爷爷奶奶吵架了……

小诺奇怪，这爷爷，不是时时忍耐着自己老婆的吗，怎么也会吵起架来了？

大客厅里，家琪在调解，他努力让三个人都安静，解释一下究竟发生了什么事情。小诺把阳阳关在卧室里让他看动画片，自己也出来劝解。

家琪妈说，她从小区的邻居那里回来，发现家琪爸穿着背心短裤和阿姨在关着门的书房里，阿姨还在给他打扇，两个人很亲热地说笑……

家琪爸说：你实在不该这样说我，你不觉得这样说很过分吗？这几天各小区轮流停电，今天下午轮到我们小区，书房本来一直开着空调，停电后就依旧关了房门，免得冷气逃走了。我在写点东西，阿姨给我端了盘西瓜，见我热，就给我打打扇，这算过分吗？

家琪妈冷笑：我是不止一次看到她给你打扇，为什么她总给你打扇而不给我打扇？

阿姨说：表姐，你不爱出汗，但姐夫爱出汗，我看他那么多汗，就给他打扇了……

家琪妈厉声：这里没你说话的份！

家琪劝：老妈，你别这样，你也总得让人家说话的嘛。

家琪妈说：我好几次想让小萍走，你说说，你为什么总是留下她？

家琪爸说：我不也是希望家里多个人手，我们好轻松一点吗？带一个孩子，每天晚上烧四五个菜等孩子们来吃，你以为是件轻松的活吗？你自从生病后，重一点的家务活我哪里让你做过了，但是你也不能不体谅我的吧？我以前并不擅长做家务活的……

家琪妈说：自从我生病后，我们再没夫妻生活了，我知道你还有欲望，所以你总是留着小萍不让走！

家琪爸大吼：我还有欲望吗？这样的家，老的病小的病，我这样被压迫着，哪还有欲望？！你现在开始搞人身攻击了，告诉你，你越这样，我越不会让小萍走，不然真显得我和小萍不清不白似的。

见家琪妈把隐私话题都抖出来了，小诺家琪面面相觑。小诺想，尽管婆婆向来保守，但估计郁闷时间长了，今天火山爆发，吼出来了，什么都不管了。

阿姨在旁边哭着说：姐，我走，但是你不能这样说我和姐夫啊，这样是冤枉的呀……

家琪妈对她怒吼：你这个离婚的女人，年龄又是40来岁，最需要男人的时候，性欲最……

家琪爸冲上前捂他老婆的嘴试图阻止。

家琪妈朝她老公的手臂狠咬一口，然后歇斯底里大喊：你还护着她，你还护着她！那我现在就死给你看！说着她冲去厨房找菜刀。

家琪和家琪爸上前死死按住她，家琪妈尽管被两个人拽着，但激动之下力气依旧很大，拖着两个人恨不得以头撞墙，神情痛苦，声音凄厉：不想活了，不想活了……

疯了，这个婆婆简直要疯了。小诺看得心惊胆战。

不知过了多久。家琪把阿姨劝去小房间，让老爸去书房，小诺去主卧室陪阳阳，家琪则与他老妈呆在客厅，拉着她的手陪她哭，把一家人分散到各个地方，眼不见为净，这样总算安静了一些。

家琪妈对着家琪哭哭啼啼地告状：你爸爸，他在外人面前，做得非常完美，结果所有人都说他是个很好很好的丈夫，没人说他不好，从来都只说我如何拖累了他，是我让他承受多大的压力……

是的，他以前是很好，很关心，很体贴，出门都是紧搀我的手，唯恐我摔倒了，被石头绊了，但是，现在，他不是这样了，他常嫌弃我，他很少在大街上拉我的手，都是他一个人自顾自往前走……

有一天，他甚至这样对我说：我很累了，这些年我为家庭付出那么多，我已经对得起你从前为我的付出了。家琪啊，你听听，他这话是什么意思？他以前对我好，似乎就是为了偿还一笔感情债，当他觉得偿还了，他就不需要再为这个家庭努力了，也可以与我分道扬镳了……

妈，你别乱说！家琪劝他妈。

真的！家琪妈一时思路极好，滔滔不绝：那时他还没退下来，还在当他的校长呢，你听，他不过才照顾了我两年，就这样说了，听他说出这样的话，我当即就发怒，问他，当年我嫁给他，并为这个家付出那么大的辛苦，多年独自一人生活，并勤勤恳恳代替他侍奉老人、照顾弟妹，我当时那么做，难道就只是为了回报吗？好，退一万步说，就算是回报，他两年的照顾就能抵消得了我整个青春的付出吗？

家琪啊，我想，我嫁给了他，那就是他们何家的人了，当了何家的媳妇，再辛苦，都是我分内的事情，可是，多年辛苦下来，结果换来你爸这样一句话，说他已经偿还了感情债，已经对得住我了，他这么说，心里把我当做他的妻子了吗？他就是把我当外人呀！

说着，家琪妈又要捶胸顿足。

家琪赶紧劝：那不过是老爸的一句气话。

家琪妈说：一句气话？不，你不知道他心里藏着的真正想法，他就是要在别人面前表现出很道德很高尚的样子，他也做到了，结果，所有人都说我有这样的老公真是幸福，我的所有不是都能被他包容，所以他是那么完美，而我，就是个只会使泼的女人！所以，你爸对我好的实质，就是为他自己的完美形象考虑！

老妈，你真是想太多了，老爸对你好，是有目共睹的，只要对你好就行了，还要管什么表面还是实质呢？

家琪听老妈的话，有点发愁，搞不懂这对人好，还需要有这么多的心机啊。

家琪，我告诉你，现在我根本不信任他！

家琪吓了一跳。自己一直觉得是那么恩爱的老爸老妈，不至于也会像电视里那些富豪家族一样搞得夫妻反目吧？

家琪，我只信任你，你是我的儿子，我会全心全意为你付出，但是，现在，我对他，已经不敢这样做了。我一想到他可能会对其他女人好，我就痛恨啊，我这里就会很痛很痛……家琪妈指着自己的胸口，痛苦地说：我痛恨我多年付出的辛苦，被他这样轻易否定啊……

妈，老妈，老爸没有否定你，你依旧是他这个家的主心骨，他不可能离得开你的。

家琪妈痛苦摇头：家琪啊，你不知道一个女人的毕生付出是多大，那真的是全身心的，一丝杂念也没有，那时候的我们，不像现在的女人，只讲究找个好夫家吃好穿好，那时我们是用全部的精力去创造一个家的，一点自私的杂念都没有，你想啊，若这样的付出，结果换得背叛的结果，我是不是还不如自杀算了？

妈，老爸没有背叛你，老爸怎么会背叛你呢？你放心，若老爸背叛你的话，我第一个站在你身边，我们把他赶出家门！家琪在努力安慰母亲。

背叛，背叛……家琪妈眼神发直，犹如虚脱一般：等到背叛了，还来得及吗？

家琪让老妈靠在他的身上，给她抚摸背部，安慰：没有背叛，真的，你多想了，真的不会有背叛……

家琪妈在儿子的怀里，似乎终于得到了些慰藉，她喃喃地说：家琪，最起码我还有你，还有你……

晚上。

家琪被他爸叫到书房里。与其说是谈天，不如说是老爸向儿子诉苦。老爸对着儿子沉默好久，终于说出一句话：家琪，我跟阿姨，我用性命保证，真的没有什么！

家琪说：我相信爸的。

家琪爸突然老泪纵横：家琪，你知道吗，这几年，你妈太会猜疑了，我日子实在不好过啊……她会相信很多别人的私下传话，但就是不相信她老公给她做出的一再解释……我好几次求她用脑子想一想：为什么她就可以信任别人超过信任自己的丈夫？

妈妈生了病，所以比较敏感，爸，你就别太介意了，我们都相信你的。家琪说。

你妈她总是拿些男女的事情来找事……她生病以后，确实，我们就没有了那种……夫妻生活，因为她心理作怪，觉得切除了，很难看，死活不肯给我，我先还想让她心理慢慢恢复，但是，她一方面不肯给我，另一方面又常用语言来考验我，问我想不想，这种问题，我怎么回答都不对，我说想，她说是不是想其他女人，我说不想，她问我是不是对她没兴趣……本来是睡觉前最轻松的时间，常常为一些自找的让人难受的问题而搞得非常不愉快……

我一再地告诉她，她虽然动了手术，我仍然会陪着她，可是，她就是不相信，她总是在怀疑，怀疑我对她的照顾不是真心，怀疑我的心底里不是只有她，怀疑我身边会不会有其他女人……总是被这样怀疑着，你知道吗，我很累啊，家琪！常常做了很多，最后因为一句话说得不好，让她觉得有疑点了，于是所有的好都会被推翻，说我居心不良，口是心非，做个样子给别人看……这样的话，真是拿刀子挖我的心肺啊！

扪心自问，我算是一个符合传统道德的丈夫了，我对你妈妈从没有背叛过，但是她老是给我打预防针，不能背叛她，不能想女人，不能对其他女人好什么什么的，我累呀，而且，你妈妈还动不动拿出她当年的付出来哭诉，这种感情债的哭诉像是大山，逼得我总在想我何时才能还掉这样的债？我如何做才能还清这样的债……家琪啊，痛苦的时候，我也没人可以说，我能同谁说呢？人人都会说我们夫妻是那么恩爱的……今天终于拉下我的所谓尊严，可以把一些苦闷告诉你……

家琪，你妈是个好女人，只是，在她身边，觉得累……有一次，听她喋喋不休又说起当年，我发怒，同她说，这些年我对你的悉心照顾，也算是报了当年的恩了，别再提当年往事了！原本只是一句气话，想阻止她的叨唠让耳根清净点，但是她上纲上线，一定要我讲清楚，是不是我心里有其他想法了，是不是要准备离婚了，是不是要抛弃她了，是不是嫌她割了乳房了……话怎么难听怎么说，家琪啊，那一次，被自己的老婆曲解，我自杀的心都有了……

家琪搂过老爸的肩膀：爸，老妈的真正想法，只是不想失去你，她很在意你,她把你,把这个家看得很重要。

家琪爸说:是的,我也知道……这事闹了足足一周,后来我也想通了,再也不去试图阻止了,若她想说当年的事情,我就让她说吧,当年的付出,是她这一生最大的成就,她要炫耀她的成就,是她的权力……

家琪叹了口气。是的,老妈对当年的付出,是看得很重的,所以如今就不停提,连小诺都听厌了,当婆婆的面不好说,回来就朝他冷嘲热讽发泄。

两个男人在书房里一起沉默。

过了一会儿,家琪问:老爸,你打算怎么处理阿姨的事情呢?

家琪爸说:我感觉很对不起阿姨,她真的是个很本分的女人,让她回去倒不要紧,多给她两个月的工资,算是一点补偿。只是,我担心,她回去后,你妈妈会乱说话,那样就害了人家了,所以想不好呀……

家琪问:妈那里我去说吧,妈还是蛮听我的话,只是,她若走了,一些家务活,你们能吃得消吗?

体力活比起精神压力算得了什么?若阿姨的走能换得你妈的安宁和一家的祥和,我根本不在乎做所有家务活。

老爸,对不起啊,以前我和小诺,那么不懂事,每次来,就是带张嘴,吃完了就走,什么活都不干……以后我肯定多干些活。家琪对老爸说。

家琪爸看着家琪:我只希望你身体能康复,精神状态像以前一样,那我就安心了……当父母的,到了最后,自己都无所谓了,全部盼望的,就是期待着儿孙们能够平平安安……

后来,待家琪妈情绪平静一些,小诺去附近超市买了几包方便面,一家人随便吃了一点。家琪继续劝解妈妈,说了老爸已同意两天后让阿姨回去,但是提醒老妈不要随便对亲戚朋友说阿姨是被她赶走的,这样的话,不仅对阿姨不好,对她自己,更是难听。

家琪妈答应了。

家琪说,以后我们会多过来帮你们干干家务。

家琪妈说:家琪啊,这世界上,我最能信任的人,就是你了……

家琪赶紧说:老妈,你最该信任的人,是老爸啊!

家琪妈哼了一声。

家琪叹口气说：你设想一下，若老爸得了癌症，只有3个月了，你还会这样猜疑他吗？……妈，不是我说你，老爸真的够好了，若换了其他男人，像有的整天不在家，有的大男人主义，有的甜言蜜语又口是心非，有的以赌为乐把家产赌光……碰到这样一些男人，怕你整天要哭了呢……这样吧，教你一个办法，这个办法是我琢磨出来的：一有不高兴的时候，就想着，自己只有3个月好活了，那样就会对什么都很珍惜了。

家琪妈说：我呀，反正也就差不多过完了……

这是什么乱七八糟的话，我不要听！家琪赶紧阻止。

家琪妈不说了，叹了口气，握住儿子的手，好久好久不放。

终于回到自家的福利小房，小诺安顿好了阳阳，然后躺在卧室床上与家琪聊天。

家琪，你说你妈是不是太不惜福了？好好的家怎么她就是不满意呢？

人老了，觉得没有用了，心里慌了，所以容易发脾气，这很正常。家琪说。

我们还是早点把阳阳放到托儿所吧，看你妈的脾气，有事没事发作两次，会把孩子吓坏的。

随你便……以后我们多陪陪老人吧，看他们的情绪，似乎都很厌世……

小诺有一会儿不说话。

过了会儿，她说：我与你妈没什么好说的，话题多了，又要吵，我都吵怕了，与她永远是没共同话题的。也不知是代沟缘故，还是她总看我不顺眼，观点从没一致过！

家琪有点不满：你就不能迁就一点老人？

小诺说：迁就？你爸迁就你妈到什么程度了，最后还不是被你妈骂得狗血喷头！对这样的人迁就，算了吧，我还想多活两年的，阳阳还没长大，被气死了，阳阳谁来管？

家琪没办法。他说不过小诺，何况现在，他只想家里平平静静，所以懒得接话。

家琪，听你妈说起来，他们都好多年没夫妻生活了，那你爸吃得消的？你看他们为了维持，表面恩爱的婚姻下其实也是很多问题，要不我们劝你爸妈离婚吧？

他们不会离婚的。家琪简短地说。

小诺想想后说：也是，那个年代过来的人，会忍耐，不像现在的人。

不全是忍耐的问题……这么多年的一家人，怎么可能分得了？

你说，你爸究竟爱你妈吗？小诺问家琪。

爱不重要了，都变成亲情了。

我一直很好奇，当年他们结婚，会是为了什么而结婚呢？爱情吗？还是就是一般的男女好感？或者就是为了生活，为了照料老人，为了有个后代？小诺在问。

当然也有爱情的喽，都年轻过的。

可是，我怎么从来都没感觉到过他们之间的爱情？他们很少有亲密举动，最多也就是散步拉拉手，也从不当面说些动听点的话……而且，今天你妈发飙说了，生病后就没有性生活了……所以啊，这么多年来，我只感觉他们之间就是在为负责任而生活！

家琪说：为负责任而生活还不够好吗？他们的爱情啊，是体现在我爸给我妈照顾身体上，是在为了她而忍受委屈任由她发泄上，是在什么事情都护着我妈上，而不是在肉麻的话语上，亲密动作上，或者床上性生活上！

小诺说：这算是伟大的爱情吗？

这不是伟大不伟大，这就是他们那一代人的做法。

但是我才没觉得那是正常的家庭婚姻生活呢！小诺继续滔滔地说：一个正常的家，应该有正常的秩序，为什么你爸老是要袒护你妈？他应该讲道理，你妈没道理就应该说服她，而不是始终袒护她，那不是爱她，那是害她。结果你看，如今你妈有几个朋友？这不都是你爸惯出来的？还有，他凭什么就得任由她发泄，凭什么就得受委屈？她以前是病人，哦，病人就可以凌架一切啦？你看，正是你爸愿意受委屈，现在恶果出来了吧，小委屈变成了大委屈，以后说不定还有更大的委屈要受！病人本来就没什么了不起，病人做错了，该说的就要说，何况她早就康复了！所以，我觉得，你爸不仅是自作自受，更是这糟糕的婚姻家庭的始作俑者！他的做法根本就是错误的！他就该为这样的错误负责！

好了好了，你省点心吧，过几天就要去欧洲了，你自己给你自己做点准备，我家里的事，我自己操心吧！家琪说着，翻个身，背对小诺，睡了。

小诺以前就办过一个护照，而这次所有签证材料，包括邀请函之类都是公司提供，所以小诺很顺利地与公司其他人一起拿到了商务签证，一个团6个人，四男两女，不日将去欧洲。

因为这是趟私差，小诺不想把动静搞大，所以同朋友都没透露，尤其是学校里的同事。多一事不如少一事，这道理小诺懂。

整理好了行李，小诺犹豫是不是要把手机带上。若带上，以她的手机使用率，那些朋友们的没事找事煲电话粥，拿去欧洲接听，估计费用会吓死人，而她又不能说她在欧洲；见朋友的号码就掐掉，似乎更让人怀疑吧？左想右想，决定把手机留下，让家琪接朋友电话，就说她回老家了，手机没带上。至于她与家琪的联系，就用电子邮件，或者她每到一个地方就打个电话回家报声平安。

前段时间特地找导师详细问了这公司的情况，挺正规的一家公司，挺正常的一次考察，同导师说了要去欧洲当随团翻译，导师还呵呵笑着说，老板朋友偏心，怎么这个好机会没给他而给了小诺。小诺赶紧说，老板是您朋友，才不敢使唤您呢。导师让她给他带两瓶好酒回来，小诺自然忙不迭地答应了。

都收拾好了，就等启程。

家琪对小诺说，她出国的这段时间，他和阳阳就去爸妈那里吃住。小诺说，这样最方便了呀，我也不用操心你了。

两周后，当小诺像只蝴蝶一样从欧洲飞回来时，她面色红润，神采飞扬，兴致盎然，一脸满足快活的模样。

她从行李箱中宝贝一样取出相机和移动硬盘，然后兴奋地告诉家琪，这两周时间她几乎拍了近万张照片！

照片不以数量取胜，一万张里面若没有好照片也是白搭。家琪泼她冷水。

小诺没被冷水击倒，她愈加兴奋：家琪，你以后一定要去欧洲，不是跟着旅行团10天10国的那种，去欧洲，一定要去乡下！那是同中国乡下完全不一样的，天啊，那种田园风光，那种安闲宁静的生活，那种美的细节……我很难描述出来的，他们就是有本事把个百来户人家的村庄搞得像个世外桃源，那么干净，窗台都是花，墙角也是花，小院子里还是花……当然少不了葡萄，漫山遍野的葡萄，喝的是葡萄酒，吃的是新鲜面包和奶酪。反正，你自己看照片，我们一队人，从乡下回来后，全都打定主意，要弄个农场，说见识了真正的乡下后，终于知道就该去乡下生活……

小诺对家琪说个不停。她发现她找到了新的生活方式。

对了，我们去了好几条著名的葡萄酒之路，什么法国的香槟之路，德国的红葡萄酒之路，很多葡萄酒庄园都跟古堡有联系，太美了……所以，一路都在拍照，拍得我手腕都发酸，家琪，待会你看照片时，我解释给你听。家琪，下一次，我们一定要一起去趟欧洲，太值得去了！

家琪看着手舞足蹈的小诺，让她先喝口水，别太激动了。但家琪的降温没用，因为回想起了这趟完美的旅程，小诺兴奋得两眼满是亮光。小诺发誓说一定要好好挣钱，两年后再去欧洲，是自助游。

好好好，我们一起努力挣钱。家琪为了不扫她的兴，附和说。

对了，我都给你们买了礼物。说起礼物，小诺又开始兴奋。

因为这次考察的主要时间在葡萄酒酒商和酒庄，大城市玩的不多，但是最后一天去了一个很有名的名品折扣店，卖的都是大牌子的衣服，越新款越贵，越老款折扣越大，小诺没钱，只能挑特价的买。买的时候想：国际名牌，经典老款怎么啦？

小诺给家琪带了套 Hugo Boss 西装，虽然是大热天，依旧逼着他套上衬衣系上领带试一遍。大牌子大品质，真是没得挑的做工，就是颜色，稍显老气，可能欧洲男人就是喜欢老成的。家琪对着镜子左看右看，说满意度为四颗星。他暗自估价，觉得在杭州买的话没五位数绝对拿不下来，于是问小诺价格。小诺使坏，伸出 3 根手指让他猜。3 万？不可能，小诺没这么多钱。3 千？也不可能，正宗 Boss 牌子呢。

小诺说，349 块。

家琪睁大眼睛。

当然啦，是欧元啦。小诺说。

家琪赶紧脱下西装，实在太热了。边脱边说：应该再买两套，我拿去单位倒腾！

小诺笑笑，说下回去我们可以批发一箱回来倒卖，把旅游钱给挣回来。

接着小诺给家琪看她帮公公选的礼物：在同家商店买的特价

Boss 衬衣和领带，总价 50 欧元。衬衣和领带有很好的搭配，并且适合长辈，在选衣服这点，家琪非常放心小诺。

家琪连连点头，说这么便宜，应该给我也来一套嘛。

小诺说：就是要留点悬念，让你下次也去啊……你真没见过那场面，在杭州动辄五位数的服装，被服务员精心伺候，若是穿得普通一点的顾客要求试穿，说不定还遭服务员的冷脸眼？但在那里，天啊，大牌子就像小商品市场里的衣服，就那么密密地挂在衣架上，随便人挑，挑完打包……很多中国人在那买大牌子衣服，眼也不眨地付钱，然后一袋一袋扛回去，真是疯狂啊，中国的有钱人真多，中国人的购买力太旺盛了！小诺发着感慨。

有给我妈妈的吗？家琪小心地问。

有啊，给你妈我妈还有我自己，都是围巾，Burberry 的，你猜多少？

家琪看了围巾，Burberry 的经典格子，在杭州大厦貌似 3000 多。

原价 299 欧元，第一次降价到 149 欧元，第二次降价到 79 欧元，第三次降价到 39 欧元！合人民币 400 块！小诺透着笑的声音里充满成就感。

这个款式，怎么着都能让你妈满意吧？

满意满意，肯定满意！

你看，我总共花了 5000 多块钱，淘回了这么多的宝贝……唉，若有钱的话，真想再多买一些。你不知道，我们团的张副总，买欧米茄手表像买大白菜一样，一口气买了三个，说越贵越赚，最贵那个与国内的差价几近 10 万……可惜我对手表没兴趣，怎么也看不出来几万欧元的手表好在哪里。

这一趟旅游，看来真的给小诺带来了很多话题和故事。

那你自己呢？家琪问。

我啊，不是有个围巾吗？……我也想多给自己买啊，我看中了一件 Armani 的秋装，穿上真是迷死人了，可是太贵了，原价一千多欧元，打完折仍然要 800 多欧元，几乎要一万人民币了呢，犹豫好久，没买。

那干吗不买啊？家琪着急。你不买就没机会了，回国来你更不会买了。

我可没有穿一万一件衣服的命！小诺带着气他的语气说。

你这次不是挣了钱了吗，不是够你买衣服的？家琪不解。

小诺白了他一眼：下半年你老妈过 55 岁生日，总得给个红包吧，可我们哪有余钱给红包啊，所以我早想好了，这次暑假额外挣的钱里，要先留下一万元。他们照顾我们半年，没收伙食费，这红包就当伙食费吧。我可不想欠你妈的情！

家琪听了，说：唉，老婆，你说的话，若没有最后一句，真是很让人感动。可你为什么偏偏最后还要再说一句呢？

小诺撇了撇嘴，不说话。

046

小诺带着礼物去公公婆婆那里吃晚饭。知道小诺今天回来，家琪爸特地多做了两个菜。

刚到家，小诺就欢喜地抱起阳阳，在他脸上猛亲两口，说妈妈想死你了。阳阳也在小诺脸上啪啪地亲着嘴，把小诺搞得脸湿糊糊的。小诺给阳阳买了模拟欧洲之星的火车玩具，阳阳说谢谢妈妈，然后就在沙发上拆包装。小家伙很聪明，很快就把轨道给搭起来了，然后把欧洲之星放在轨道上，开动。因为类似的火车玩具爷爷给他买过，他经常玩，所以知道怎么玩。

家琪妈问这样的玩具要多少钱，小诺说，几百块钱吧。

家琪妈说，爷爷买的那个玩具才 100 块，不是差不多的吗？还要花这样的钱浪费，买个其他玩具也好的。

小诺哭笑不得，想爷爷买的那个塑料玩具怎么能与这个按比列缩小的欧洲之星模型相比？欧洲很多儿童玩具都是按比例缩小的模型，里面的零部件都很齐全，就是超小版的，可以从小让孩子在玩耍中学习，而不只是为玩而玩。

小诺不搭理婆婆，但是她教阳阳：阳阳你看，这个叫做欧洲之星，是个开得很快的火车。这个火车的门可以打开，看见没有，这里是驾驶室，是火车司机坐的地方，这些车厢呢，是乘客坐的地方，有一排排座位，还有，你看这个车厢，座位很少，是专门放自行车的车厢，因为有的叔叔阿姨会带着自行车坐火车旅游……小诺仔细地描述着，想让婆婆知道，她买的火车模型与爷爷买的火车玩具是不一样的。

婆婆没理会小诺的意思，但是阳阳马上喊了：爷爷的火车不能开门！

小家伙很善于比较哦。小诺很满意。

嗯，喜欢妈妈买的玩具吗？

喜欢，喜欢，比爷爷的火车好玩！小家伙童言无忌。

阳阳学语言似乎比其他同龄孩子快，连比较句都会说了。

爷爷买的也很好玩的。小诺赶紧说。

妈妈，火车里有自行车吗？过了会儿，阳阳好奇地问。

阳阳喜欢坐火车，爷爷奶奶带阳阳坐过两次短途火车，在火车上阳阳把每节车厢都跑遍过，他从没见过火车上有自行车。

小诺正要解释，说这个火车与中国火车不一样，那里的一些火车可以带自行车，因为很多叔叔阿姨喜欢下了火车后骑车旅游。

但这时家琪妈说：阳阳，妈妈骗你呢，哪有火车上还有自行车的，又不是大卡车！

小诺不高兴地说：妈，我哪儿骗他了？以后你不要在阳阳面前说"妈妈骗人"啊之类的话，阳阳还小，说这样的话对他没好处！

然后小诺继续对阳阳说：阳阳，你没见过的东西还有很多，等你长大一些了，妈妈带你去国外，让你看更多更多的东西！

家琪妈沉下了脸：不过就是出了趟国……

家琪一听语气不对，赶紧分开她们两个：小诺，去厨房看看菜好了没，我们早点吃饭，我饿死了！

吃完饭，家琪洗碗，小诺拖地板打扫卫生。完事后小诺拿出给公公婆婆的礼物，想早点送掉早点走。

家琪爸拿着衬衣领带，说他都老了，还穿什么名牌呀，又没机会出席什么会议了活动了。不过还是呵呵笑着谢了小诺。

小诺没想到一条领带能给公公这样的联想，也是的哦，公公退出了事业舞台后，依他的生活习惯，确实没有系领带的必要了，他本来就不喜欢领带，觉得憋着脖子。小诺有点懊恼，哪怕是买一打羊毛袜子也比这领带更适合他呀。

家琪在旁边解围：老爸你不要？太好了，你不要我要了！这么好的领带，配我那新西装，可以去显摆了。

家琪爸一听，赶紧说：那送你吧。小诺的心意我领了，不过看来是家琪更用得上，我这个老头么，平时穿穿白汗衫也差不多了。说着，还自嘲地笑笑。

家琪妈接过小诺给的围巾，那颜色那式样还有那图案确实看着不错，不过她最关心的还是价格，她总觉得，现在家琪有了伤病，怎么都得为以后多考虑，吃好休息好调养好是最重要的，至于穿啊，玩啊，礼物啊，都是不懂事的年轻人热衷的事。若家琪没病，她也随他们玩乐去，可家琪缺了一个脾和肾，两口子怎么都得多想想这个事实，并设法多为晚年考虑吧。

小诺，贵吗？她问。

小诺暗叹一口气，心想：又来了，又来了，这婆婆真不知怎么回事，按理她的职务高，退休工资不少，怎么在钱上面这么吝啬？每买一件东西第一句话就问价格，一点没表示出人家给她礼物而有的高兴，真是扫兴！

杭州大厦卖3000！她没好气地说，带了点故意气婆婆的意味。

什么?! 家琪妈惊叫一声。

家琪赶紧说：小诺买的时候才花了300块，老妈，你看，小诺花300块买到了3000块的东西，多好啊！

究竟多少？家琪妈还是有点不相信，若真是3000块买来的，她根本不会要，因为每看一眼都会让她心痛。

老妈，这是世界名牌，你们单位那些年轻点的同事都知道的。这东西出口到中国呢，因为关税啦什么的，所以本来就贵的东西更贵了，小诺呢，是直接去国外厂家买的，就按照最便宜的价格买下了……好了老妈，你辛苦一辈子，最贵的衣服也就那几件羊绒大衣，你看，这围巾配你的黑色大衣，最时髦最漂亮了，对吧？老妈，你也该有个名牌的东西了，在朋友面前好有面子，这是小诺给你买的礼物，用她挣的钱买的，买都买了，你不谢她，还总是一惊一乍的，真是不知该怎么说你了……家琪用老人能理解的方式向老妈解释，并故意用一种埋怨的语气，既显得向着老婆，又显得心疼老妈，终于让家琪妈心顺了不少。

那这围巾究竟值多少？家琪妈问。

人家问你价格，你就说3000，儿媳买给你的！家琪一锤定音。小诺在旁听得很满意。

一家人回到自己的家。

小诺洗完澡，安顿好阳阳，然后上床偎着家琪，问这段时间家里可好。

家琪说还好。

你爸妈有没有再吵架？

没有，很正常，很平静。

没有就好……你要看我拍的照片吗？小诺打着哈欠说。

不看了，明天再看吧。

好的，我好累了，想睡觉了。小诺搂着家琪，喃喃地说。

家琪搂着她，拍着她的背。

是的，照片可以明天看。还有一件事，也不妨等过两天后再问。因为现在，小诺很累了，家琪舍不得她太累，虽然，那件事，他很想很想早点问明白。但是，那事，一定要在好的时机，有好的心情的时候再问。

047

家琪，我们什么时候去看我妈？

小诺在洗手间里边拖地边问。一些卫生死角，家琪总是弄不干净，他在老婆不在的这段时间也做过卫生工作，但都是表面文章。

不过，男人嘛，能做表面卫生工作，已经相当不错了！

要不周末去？

好的呀。小诺兴致高昂：妈妈好久没见阳阳了，肯定很想了。

其实小诺回国到家后就与老妈报了平安，并打了半个小时的电话汇报了她出国的见闻，所有重要不重要的话题都说了一遍，不过，小诺还是想回家去看看老妈，当面同她讲讲国外故事，这是亲情乐趣。

小诺继续擦地，甚至用上了小板刷，来刷沉积在地砖缝隙里的污垢。

家琪，你去放点音乐好吗？她使唤家琪。

家琪站在卫生间门口，说：不用放音乐，我们聊聊天好了。

好啊，你想聊什么？小诺轻松地说。

小诺……我想问问……家琪口齿有点不流畅。

小诺奇怪：有问题就问啊？

小诺，有天我们吵架，你离家出走……后来，我电话给你，你说有人陪你在酒吧，晚上睡张姝那……上周，我在街上遇到张姝，她问起你，我说你去你妈那里了，然后我说，谢谢你上次帮小诺，陪了她一晚……

小诺脑袋"嗡"的一下，头大了。

那晚的事情，她原以为，只要她不说，家琪一直会以为她是在与张姝在一起，因为张姝虽是她的同事密友，但是与家琪的接触是很少的，家琪没张姝联系电话，更不会无缘无故说起那天的事情，可是，还是百密一疏……

张姝怎么说？小诺低着头，机械地擦地，边擦边问。

家琪更加不流畅了：张姝……张姝很奇怪，她说，她说没有陪过你晚上去酒吧，你也没有去她家睡觉……但是后来她又说，哦，记起来了，可能是有那么一晚……但是，我觉得，张姝后来那话，不是真的。

那你想问什么？小诺问。

小诺，你那晚究竟在哪里？家琪问。

小诺想了想，然后站起身来，用水清洗了双手，对家琪说：在酒吧里。

是谁跟你在一起？

梁昊。小诺冷静地说。

梁昊？那个对你很殷勤的梁昊？

是的。

你们喝酒到几点？

我喝醉了，他替我开了个房间。而他，他回去了。

回哪去了？

回义乌啊，当夜开车回去，像那天送我回家一样。

家琪有一阵子不说话。

为什么打电话时骗我呢？他问。

不想让你担心……而且，那天，我根本不想回家，你那么凶我。

家琪点点头，脸上有愧意。

过了会儿，家琪又问：梁昊，他没喝酒吗？当夜能开车回去吗？

小诺笑笑说：那天就我在喝酒，他陪我说话而已……你觉得，他应该在宾馆里也陪着我吗？

不是……

人家是家族独子，家族企业的重担在他身上，你放心，他看不上我的，他要找的女孩，是要做50万广告征来的纯洁无瑕的姑娘！

我没不放心你。

你刚才的语气，明显不信任我呀，觉得他就是打了你老婆的主意才对……

小诺，我没不信任你。你这样说清楚了，我就知道了是怎么一回事，不然，我心里总是疙瘩着呀。

小诺不说话。她的家琪，人真好。

但是，奇怪的是，她竟然一点自责都没有！她冷静地说着那事，尽管与事实有出入，但是在她心里，事实就是当晚梁昊回去了，她与他什么都没发生。就如刚才告诉家琪的一样，她没说谎。她心里这样想的，她嘴里就是这么说的，以致她说这些时眼神丝毫不慌乱。

难道不是这样吗？难道还真是她背叛了家琪了？

才不！什么叫背叛？对那个梁昊，她一点感觉都没有，看他犹如看橡胶人一样，那么，在喝醉酒的情况下，与一个橡胶人做了场爱，不是与他们男人与一个充气娃娃做了次爱一样？这难道会有差别吗？何况自从那天以后，她再没给梁昊打过电话，心头也没梁昊的一点记忆，这样，能说她背叛家琪吗？

所以，在她看来，那晚，梁昊来，陪她喝酒，陪她说话，然后给她开了个房间，安顿好她后就回家了。这就是她认为的事实。

所以，小诺回应家琪，回应得游刃有余。

望着小诺平静坦然的眼神，家琪完全相信了。

女人是否背叛，眼神能泄露一切。若小诺慌乱地想掩饰，那么哪怕有再好的说辞，眼睛会告诉一切；而若心底坦然，眼神清澈，那么，就算当天的经历再荒诞不经，但是，清白就是清白的。家琪不相信言语，家琪只相信眼睛，或者说，只相信小诺心底的念想。

……

那我们说好了，这周末去看我妈妈？小诺蹲下身子，继续擦地，边擦地边对家琪说。

这时，小诺的手机响了。

擦干手赶紧去接，是外语系同事来的电话，提醒她很快要开学，开学前有一次教职工会议，别忘了，也别迟到了。

小诺赶紧答应，说记下了。

小诺刚放下手机，突然想起什么，又拿起来，去翻看前些天她不在时候的电话记录和短信。没什么特别重要的电话号码，若有重要事情，家琪会转告她的。

但是在看短信的时候，小诺突然看到了一条：小诺，我要来杭州，我再陪你喝酒？

是梁昊发的，时间是她走后第三天。

小诺头皮一阵发麻。这梁昊，还真是念念不忘她了。

她赶紧整理思路，想，这条短信家琪必看了无疑，身为丈夫，看到有其他人约自己老婆喝酒，难免要疑惑郁闷。短信本身并没有什么暧昧处，也幸好刚才家琪问起她时，她如实回答了那天她是与梁昊一起喝酒，所以家琪对她的话信任，若刚才，她隐瞒了什么的话，只怕家琪会疑窦丛生，对她接下来的话也不会那么相信了。噢，真是好险！

小诺一身冷汗后，头脑冷静了。

从现在看来，家琪这边还没什么问题，但是，梁昊这里，她必须要警告他了。上次已经说得很清楚：什么都没发生过，以后也不会发生什么，他干吗还要缠着她?！

小诺拿着手机啪啪啪地飞速按键：梁昊，你再来烦我，我换电话号码！

家琪是个好男人，她不能伤他的心，那事决不能让他知道。不让他知道的最好办法就是忘记那事那人，彻底忘记。

周末，家琪小诺带着阳阳去看望小诺妈。

家琪拎了两盒西洋参之类的补品，典型的看望丈母娘的女婿形象，小诺穿着白色T恤和牛仔短裤，很自在洒脱地回娘家，阳阳则兴奋地咧着嘴笑，他就喜欢坐车出门玩，不爱呆家里。

小诺妈买好了很多吃的东西等他们到来。水果，糍粑，水晶糕，还有那种已经有一半小鸡孵出来的茶叶蛋，那是小诺从前最爱吃的，营养很好，小诺妈买了好几个，让家琪和阳阳也吃。

现在小城市的生活真是方便，家门口什么东西买不到啊，有时候甚至不用出门，卖货的伙计会推着个自行车走街串巷地叫唤着：糯米糕要不？哈密瓜荔枝要不？茶叶蛋要不？

吃了零食，随便聊了聊天。小诺妈说要带大家出去逛逛，城里新开了一家酒店，听说有些好吃的特色菜，她早就想去吃了，可是一个人，又没兴致。

小诺说可以同老姐妹们一道去的。小诺妈说：现在的老人，都心疼钱，没人会跑去大酒店吃饭，除非是人家请客或者是请人家。

小诺说，把钱留着干什么呀？

小诺妈说：我也不想留钱，但是看一个个老姐妹都不花钱，就我一人花钱，似乎显得特有钱似的，会融不进我们这个老年人的朋友圈子的。

小诺哭笑不得。

其实小诺妈说的不是没道理。因为小诺妈寡居，所以她的朋友也大多是丧夫的一些老姐妹。都是丧夫的女人，一些话题比较有共鸣，也不用看别的老两口恩恩爱爱的样子而触景伤情了，所谓物以类聚，人以群分，大概就是这样吧。但是寡居的女人，毕竟家庭里少了另外一半的收入，所以在收入上肯定比不上其他家庭完整的人，而且，她们比家庭完整的同龄女人，少了很多安全感，总在想以后老了怎么办，谁来照顾，照顾的费用从哪里来等等，想的多了，自然就不敢花钱了。

相比下来，小诺妈在她的朋友圈子里算经济条件还不错的，一来她自己的单位稳定，二来小诺爸以前挣得钱不少，给她留下了不少遗产，尤其买了商铺房产，每年的租金都足够她衣食无忧。只是，她身边的老姐妹，大多是以节俭为乐的，时不时会为买到了什么便宜货而炫耀，有时甚至一起比较每月的生活支出，谁最低便是谁最会过日子……如此氛围，小诺妈自然也时时小心过日子了。

现在女儿回来看她，终于有个合情合理的理由去大饭店吃饭。

小诺挽着妈妈的手臂，家琪把阳阳扛在肩上，一家四口拣着街上树荫的地方步行去酒店，边走小诺妈边向他们介绍路边的一些特色小饭店，什么烧锅饭，什么各色串烤，什么野菜手工面条，说晚上时候再过来吃这些小城市里的特色风味，似乎恨不得要小诺他们两天里把所有东西都吃一遍再回去。

吃吃喝喝逛逛玩玩，与老妈在一起的日子过得很快。

晚上，一家人洗了澡，小诺在小诺妈的房间里开了风扇聊天，家琪有准备，知道女人话题他是融不进去的，于是来的时候带了个小游戏机，便和阳阳一起在房间里玩着打发时间。小诺让他晚上带孩子，说她要与妈妈一起睡觉。

043

小诺妈看着小诺的脸，说：女人啊，就是生孩子带孩子这几年会特别容易显老，你看，原先那么光滑的脸，现在也有细纹了。

小诺不说话。她最不喜欢人家说她老。但是老妈说，她没办法，装聋作哑。

现在家里,他们,对你好吗?

还好啦。

这半年也多亏他们了,说句良心话,他们对你们也确实还好了……当然,主要是对家琪和阳阳好。

小诺趴在毛巾毯子上,咬着毯子一角,不说什么。

现在他们两个,还好吧?小诺妈问。

关于家琪爸妈吵架的事,小诺在第一时间就向她老妈汇报过。

现在好了,只是那阿姨走了后,家琪爸就更辛苦了。小诺对老妈说。

你嘛,有时候也要多去帮忙,不能只是去白吃吧,人家爱烧饭烧菜给儿子孙子吃,不见得就愿意烧给你吃,你也要自个懂事点的。

老妈,我就不愿意在他们那里待时间长,话不投机半句多,多说两句又吵架,烦也烦死了。他们半年的伙食费,我已经准备好了,这次带团挣了点钱,下半年家琪妈55岁大寿,就送个红包,这样我也不欠他们什么了。

小诺,妈这里说话随便点也就算了,但是家琪那里你可不能总说什么"欠你""不欠你"的,难听,伤人。你来我往这些都是人情,他妈妈给你们带孩子烧晚饭,是他们给你们的人情,你包个红包作为寿礼,是你给他们的人情,干吗往"欠不欠"上面扯呢?你让家琪多么难做人,一个老妈,一个老婆,让他怎么摆得平?你也要懂事点,别老是叫家琪难过,怎么着家琪也是你的老公,你老是伤他心叫他以后怎么疼你?小诺妈教训小诺。

知道了,我也就在你这里有话直说了嘛,在他们面前,我自然会把话说得很乖巧的。我难道连这点能力都没了吗?小诺说。

小诺接着又说:只是老妈,今年你也55岁大寿,可我真没大红包给你了,我就给你按摩按摩,好吧?

小诺妈苦笑:我最后悔的,就是从小太娇惯你,让你不懂理财,挣八千花一万,至今日子过得紧巴巴的,我若指望你的红包呀,早饿死了!

小诺赶紧讨好地去敲老妈的背。

你说,你们现在缺不缺钱?缺钱的话到妈这里拿,妈挣钱没有你多,但是省钱的招数有的,所以还能拿出点钱来的。

老妈,我再穷,也不至于要啃老吧!小诺不满。

再说，我花钱多，因为我有社会交际，有人情往来，要请客，要应酬，要交朋友，要穿得得体地上班，还要买护肤品化妆品，这些都是都市里年轻女人的日常必需品，对不？所以，我的花销和你的花销，总没有可比性吧。

小诺妈不说话，她在享受女儿的按摩。

还有啊，你们接下来怎么打算？以后都这样吃公公婆婆的？就睡觉时候回家？过了会儿，小诺妈问。

家琪喜欢那样，说互相照顾方便，我么，也无所谓，只要吃饭时间别拖得太长，吃完饭就回家——妈，你别说，他们的伙食是不错，把我们都养胖了！

你这样的好听话多同他们说说，让他们也高兴高兴……那阳阳呢？

阳阳下学期就上幼儿园，小小班，都联系好了。

谁接送呢？

他们说平时由他们接送，周末我们管。这样也好，是吧，我们还能睡睡懒觉呢。

你别说，你公公婆婆真的帮了你很多忙了，你在他们面前嘴巴甜一点也是应该的。

妈，不是我不想搞好关系，只是，我那婆婆，唉，真是与她凑不到一块的，简直不能与她说话，完全是火星动物，她一说话，就让我无语，整个一社会主义初级阶段水平，与她辩一辩，又说我不尊重她，只能由着她，可是她的那些想法，都是什么年代的遗产？根本没有一点与时俱进的精神，而且，还总是想当一把手，想当我们的领导……笑死了！总之，与她，根本没有平等的发言权，所以，我就索性不发言！

小诺妈不说话，对于亲家，她自己也是懒得与她说话的。所以，没法劝小诺。

妈，我们那新房子今年年底交付，等装修好了，你也退休了，若你想的话，你就去同我们一起住吧，你来管家！小诺对她妈说。

咦，这似乎也是个好思路嘛，退休后投靠到女儿那，每年去住段时间，帮他们带带孩子烧烧饭，日子也比较充实的。

妈，你现在真没有看得上眼的老男人？小诺毫不转弯抹角地问。

去你的！你妈这么老了……

你若没有男朋友，那就去我那里，若有，那就你个自住这里，方便一点！

老是寻你妈的开心……等你房子弄好了再说吧。小诺妈说。

对了，现在，家琪那方面，恢复得还行吧？过了会儿，小诺妈又问。

小诺嘿嘿一笑。后来他们又试过几次，可能时间让家琪平静了些的缘故，家琪表现还行，不再对她像兄妹那般纯洁了，虽称不上勇猛，但是有了激情能坚持全程。第一次是最难的，记得第一次有感觉有结果后，家琪和小诺的信心都来了。如今两人虽然性生活不多，家琪依旧以恢复调理为主，但是，不和谐的阴影终究是消散了，为此家琪和小诺都很明显地开心了好几天。是啊，他在小诺面前，依旧是男人！

小诺的神情让老妈放心了。

以后就不要再与家琪提什么离婚不离婚的话题，记住没有？！老妈告诫。

小诺在家很勤勉地写欧洲游记，边写边翻照片回忆。

这是公司的老总给她的任务，让她在公司网站上发一些新闻片段或者考察记录，当然，也可以是关于葡萄酒的随感。小诺本来就有这样的想法，打算开个专栏，全程记录这次令她难忘的旅游，有文章，有照片，应该是个吸引眼球的栏目。所以眼下，她正孜孜不倦地写作。

在家琪的影响下，小诺也学了几个月的摄影，懂一些基本拍摄知识。回来后的几天里，家琪在电脑里看她拍的照片，就技术来说，大多水平一般，但是欧洲田园风光本来就漂亮，好天气下怎么拍都是蛮漂亮的。而且小诺有一点令他佩服：图片构思很有创意。常常是个很简单的东西，比如小路边的椅子，比如墙角的花盆，比如村子里的邮箱，比如窗台上的酒瓶，小诺就是会找角度和线条，然后利用颜色对比，拍出的效果就比较别出心裁了。

在众多的照片中，家琪替小诺挑出了可圈可点的50张，给照片加框，先发到公司网站上，然后又发了一些到一个比较火的旅游论坛，取了个比较小资的名字：走进欧洲乡下，感受真正的世外桃源。最后又做了个链接，把公司网址给链上，那里有小诺写的游记以及葡萄酒课。

开学后，小诺一下子有紧迫感了。

导师那里开始催促她写论文；自己的单位里，给她的课程开始多了，而且还有评职称的压力。张姝已经顺利地通过各门职称考试以及各项考评，再加上到手的硕士学位，估计这学期拿讲师是没悬念的了，但是她，小诺，由于生孩子，由于车祸，由于工作量不达标，由于学位没到手……就算她能力不比张姝差，但是，中级职称，就别想了。

尽管是意料之中，但是小诺依旧没精神了好几天，见到张姝，也是羡慕多于亲热。曾经是同一起跑线上的好朋友，现在分出高下了，酸酸的味道终归是有的。现在相差一级，以后会相差更多，可能张姝会当教研组副组长，然后组长，然后更高的级别……而她，只要落后一步，就永远只能跑在人家的后面……

导师给她写邮件，让她一个月之内报上论文提纲。小诺焦头烂额，她还没想好写什么呢！上个学期因为各种各样的意外，她身陷困境，导师对她体谅有加，但是现在，看她身心都开始恢复，于是毫不客气给她加压了。也是的，这论文，迟早要写的，迟写不如早写呀。只是，这压力的感觉，的确不大好……

晚上睡不好觉，翻来覆去。家琪问怎么回事，小诺说了，家琪叹口气，没说话。

小诺知道她的背运其实还不及家琪，家琪那才是真的衰呢，明明即将被任命为中层干部，却在最后时刻溜走了。家琪想进步的心思小诺很清楚，因为他是男人啊，他是有掌控欲望的男人！女人，像她，还能躲进家里，躲到丈夫的背后，只要有一份稳定的职业也就够了，要那么多的追求干吗，累不累啊，但是男人，除了奋斗别无选择，不然会被别人的眼神看低，说是个没竞争能力的男人，或者是个没志向的男人，更难听的，那就是个没用的男人。如今的家庭聚会和同学聚会，哪次不是在谈论攀比谁谁升官了谁谁发财了谁谁换了大房子？这些都是实实在在的压力啊。而眼下，他们什么都没有，以致他们都害怕参加朋友聚会。

黑暗中轻叹了口气，小诺说：别想了，睡吧，以后都会好起来的。

东边不亮西边亮。

当发现自己身边什么都不顺时，不妨先不要急，转个身，从另外的角度看看，就会发现，其实身上还是有亮点的。

那家代理葡萄酒的公司老总给小诺打电话，声音笑呵呵的，说：小李啊，你知道吗，我们的公司网站，这些天的点击量增加了不少，都是冲着你那个葡萄园旅游以及葡萄酒课栏目来的！

是吗？小诺一时没回过神来。一会儿之后才想起，家琪在一个比较火的旅游网站上贴了些欧洲田园风光的照片，并链接了公司的网址，估计看了图片还不过瘾的网友又去公司网址里找更多的图片和信息了。

小李啊，我真是没看出来，原来你还能写很好的文章，拍的照片也很不错啊，的确是个才女！这样吧，你那个栏目一直写下去，每篇文章配几张照片，写得吸引人一些，我同财务说了，让他们那边给你开稿费，每篇稿子给200块钱的稿费，如何？

小诺一听，想，这不是来钱的好机会吗？对她来说，写那样的稿子实在不难，就当是写博客吧，一天写一篇，轻松搞定啊，而且这些话题还都是她喜欢写的东西。呵呵，这钱赚得不累。

我们公司网站要好好打造一下你那个栏目，我发现了，用我们公司的语气介绍葡萄酒，人家当是我们在做广告，硬是不爱看，但是，用你的文章的语气，写旅游，写葡萄酒，写葡萄庄园，写品酒，写葡萄酒的品质，写葡萄酒的价格，就会有很多人愿意看了，觉得长知识了……我算是明白了，什么叫做真正的宣传效果！小李啊，以后你就当我们公司的宣传使者吧！

小诺一听，当即就想，这有什么不好的，很乐意啊。于是笑着答应。

你放心，每次请你当宣传使者，都会有不错的劳务费。我们的下一个宣传点，就是一周后的宁波，依旧是个与市民互动的活动，这次没有老外，所以不需要翻译，我想，就让你来当主持人，来调节现场气氛，给我们的公司充分宣传一把！

也许是一起跑了一趟欧洲，半个月的朝夕相处下来，老总对小诺说话没有架子，很随意，也很实在，该给钱就给钱。这一次应该算是蛮重要的宣传活动，对于其中主持人的角色，并没问小诺愿不愿意或者能不能够，就直接像点将一样把小诺给点上了，不知道这算不算是老总对李小诺的信任。

小诺当然要上阵啰，而且，按照她的想法，要精彩地上阵。

小诺与张姝在西湖边的哈根达斯吃冰。

这天下午俩女人都没课，于是相约去逛街。一周后就是黄金周，到时杭城的数家知名大商店肯定有大折扣，俩女人就跑商场事先侦查了一番，看看有没有中意的衣服，先挑选下来，一等黄金周就立马买单拿券。

小诺本来还看得仔细，鞋啊包包啊女装男装啊都打算看一遍，甚至拿个小本本要记录下来，张姝笑她：你还真以为黄金周打折时候这些新品都会拿出来吗？

她告诉小诺，好多次了，她都是在节前看好要买的衣服，但是真到节日开始大幅度买多少送多少的时候，那些她中意的新款衣服就没了，问服务员，说卖完了。但是等到活动结束，那些含金量高的衣服又出来了。

所以啊，商家从来不会亏的，小诺你也不用太认真了，稍微逛一圈，心里大概有个数就算了，买东西的时候呢，更加不能冲动，一定要保持理智！走吧，出去吃冰吧，今天我请客。张姝拉着小诺出商场。

好久没吃哈根达斯的冰了，俩女人选了个靠窗口的位子，服务员端来两杯柠檬水。俩女人一边喝水一边挑选冰淇淋。

小诺问张姝有什么开心事，是不是发了小财了。

张姝撇撇嘴：女人么，就要对自己好一点，都快30岁了，总得经常与闺密一起喝喝咖啡啦吃吃下午茶啦，不然总把自己搞得那么苦闷，不是最亏自己嘛？

小诺一听，暗自惭愧，觉得自己的境界实在太低了。也是，这一年过得太辛苦，各种压力都让她忘记了生活中应该还有闺密、咖啡、蛋糕、哈根达斯冰淇淋等等让女人觉得甜蜜美好的东西。

这个暑假过得怎么样？张姝问。

就这样，我家的情况，你知道。小诺简单地说。

对了，有次碰到你老公，他说起谢我陪你一夜，这是怎么回事？你玩起夜不归宿的游戏啦？我一时没回过神来，先还说不知道，后来赶紧说记起来了，也不知道有没让你家家琪怀疑上你？你也真是，拿我当幌子，也得先与我通下气，我临场发挥的表演能力不好的。

小诺笑笑，说，与家琪吵架，一个人去了酒吧，怕家琪担心，就说你陪着。

张姝说：酒吧？那后来有没一夜情？

小诺说：去你的！

张姝笑笑：我谅你也不敢，有贼心没贼胆的，与我一个样！

小诺说：看来女人是该有套自己的小闺房，一旦与老公吵架了，就去自己的闺房，他找找也方便，对吧？这样也省得被人怀疑一夜情去了。小诺边说边瞄了张姝一眼。

你别说，很多女人都这样想的，夫妻俩都有吵架的时候，吵架后女人总该有个去处吧！那个属于女人的家外之家不用大，一房一厅就够，就是给女人用的，平时谢绝老公进入，但是它的存在就是告诉老公：与老婆吵架后悔啦？那就去那闺房里接我回家吧！所以，女人家外有家，无论对于老婆还是老公，包括整个家庭，都是很有意义的！

对哦！小诺也乘势分析起女人闺房这个家外之家的好处：首先给了婚姻中女性的单独空间，在她开心时不开心时都有个地方可以享受独处的自由；其次，这个空间能提供安全保障，不至于被生活逼迫时觉得世上没有了她的安身之地；第三，这个空间能充当充实温暖的角色，不需要让女性在夫妻吵架后的空虚时候觉得需要另外男人的温暖；第四，这个空间是夫妻双方都知道的，丈夫知道妻子不高兴时躲在哪里，所以不需要满街跑着去找老婆，也不需要求着娘家人去让老婆回家，更不需要让长辈兴师动众，那对于男人来说都是多么没面子的事啊，想让老婆回家了，就直接上这里来接，多么简单，把人际关系精简到了最透明的地步，多好！

张姝说：对啊，你家的新房子不是很快要交付了吗？你们入住新房，你那小福利房就可以当作你的家外之家了！那时候别忘了，我有什么家庭战争时候，就要去你那闺房投靠了。

小诺奇怪地说：我的新房交付不也是你的新房交付？我们同时买的房子呀？

张姝咬着她的耳根说：那房子，已经转让了，一年多时间，赚了近20万……小诺，我比不上你，我那房子一直要付按揭，我不想当房奴，我想过得轻松一点。这几年，倒腾了两次房子，基本上把现在住的那房子的款都给付了，我也终于轻松了，就计划着明年生个健康宝宝了……

哦。小诺终于明白……

这张姝，鬼精灵的张姝，这几年的每一步投资都是那么准确，而她的计划，或者说人生规划，又都是那么完美。她和同样是大学老师的丈夫，都出生在小地方，没有家庭资助，短短几年，照样奋斗出了房子，学位，职称。现在，终于不用当房奴了，两个人的收入可以安安心心用于生活的享受，而眼下的目标，就是一个宝宝……真的是个成功的职业家庭两不误的都市女性啊！

相比之下，自己的人生计划，是不是太不成熟了呢？

她，李小诺，还在当房奴；还没有学位；也没有职称。比起一同进职场的张姝，小诺的劣势明显。

但是，现在的小诺，开始比以前大度了。

首先，她有个阳阳。生孩子带孩子的最艰苦的时间已经过去。

而且，她的学位半年后就会拿到。一周前，小诺给导师交上了论文大纲，是上次葡萄酒旅游以及一直写作葡萄酒酒课给她的启发，她想写葡萄酒文化对欧洲古典诗歌的影响的论文，因为这块领域以前没人写过。向来喜欢独树一帜的导师很快就通过了她的提纲，按照她的估计，三个月完成论文，然后学期底完成答辩。

还有，她现在的事业，似乎开始顺了。那兼职的葡萄酒公司的老总对她相当满意，甚至有点器重。他没想到她是个多面手，公司最缺的就是多面手，那次宁波活动后，老总想挖她进公司，让她做他的助理，年薪10万起步。小诺当时没置可否。舍正规大学而去一民营公司，她没心理准备，但是，这个信号让她振奋：若大学混得不如意，她完全可以在其他公司施展拳脚。她告诉老总，这半年依旧按照兼职的方式，明年她会再做决定。精明老总的器重让她恢复了信心，她本来就是一个能干的女性，她要赶上，以前因为生孩子、因为车祸意外、因为家庭战争而给她带来的损失，她要在半年之内全部补上！她不能再被损耗下去，女人干事业的黄金时间只有那么几年，以前人家拖了她后腿，从今开始，她绝不会再让别人拖她后腿了，绝不！

见小诺好一阵子不说话，张姝有点担心，她以为小诺不高兴，毕竟她能改变一些现状，都是小诺在无意中帮着她，有恩要报，她不希望小诺对她不高兴。

小诺对张姝一笑，淡淡说：女人，是该学会享受生活。

冰淇淋上来了。

俩人低头品尝,沉默片刻。

对了,张姝,你这暑假哪儿都没去吗?小诺问。

别提了!张姝对小诺苦了个脸,说:这个暑假,我老公大哥的儿子来杭州玩,你说,一个10岁小男孩整天待在我家,我还能去哪里啊?

他待了多久?

3周。

就他一人吗?那他怎么过来的?

是一个亲戚送他来的,亲戚来杭州出差,把他捎带过来,后来又托人找了个朋友,把小孩子给捎带回去。

呵呵,那小孩父母也都放心吗?小诺觉得不好理解。

都是小城镇的,对孩子可能没有大城市的那么操心吧。他妈妈的电话里说:不听话的话,尽管揍他!可不是自己孩子,我怎么会去揍呢?

孩子还听话吗?

听话,太听话了,整天待在空调房里看电视,问他要不要出去,就是不肯出去,我都奇怪了,10岁的孩子,按理应该很阳光很喜欢外出的呀,但是他就是很安静……我想,可能出来前父母告诫了他,要听话……小城镇出来的,我很有体会,我自己也是,刚刚读大学时候也是一副能不说话就不说话的样子,怕被人看不起,不过,半个学期不到,我就彻底暴露本来面目,成为全寝室最能说的女生。哈哈。

那你要对他好一点哦。

我是对他很好了,每天吃的喝的都不停变花样,但是,那个小男孩啊,性格与我完全不一样,很少与我互动,走的时候依旧透着些生疏,唉,想想是蛮失败的。

那你怎么想着把这个小男孩接过来的?

张姝一瞪眼:你以为是我愿意啊?是婆婆让他来我们这里过暑假的,美其名曰见世面……我老公他哥哥没上大学,在小县城的一家商场当货车司机,他结婚很早,老婆是个售货员,两人都没学历,挣的钱很有数，平时小孩子根本没机会出去旅游什么，上次公公婆婆来杭州玩了次后，就念念叨叨说杭州好玩，让浩儿也来玩玩，反正吃住在叔叔家，省钱，就这样，那小男孩来了……

弄了半天，原来不是你邀请的？

我？一般这样的情况，我是只愿出钱而不愿出时间的。真的，我宁愿给小男孩一个2000块的红包，算是给小孩的暑期旅游费用，让他去北京或者哪里玩一趟，也不愿意让他来走进我的生活……你看看，这暑期，我哪里都出不去——旅游？旅游不行；挣钱？挣钱也不成。自由没了，而且以前与小孩没交往，自然也没什么感情，就是这么像个小菩萨一样供着。他不自在，我也难受……真的，看那样子，小男孩并没怎么喜欢旅游，在杭州也没看到多少世面，都是爷爷奶奶的主意，强迫着小孩来，所以就来了……我觉得这个暑假过得亏死了。

老人常这样的，他们就是喜欢替人安排……其实，那男孩，说不定更喜欢与他自个班里的同学一起玩呢。跑到陌生的城市里来，找不到玩伴，只好整天看电视了。

老人好面子，他们上次玩了杭州后，四处与人说，他们儿子买了什么什么样的房子，在杭州玩了什么什么吃了什么什么，恨不得让所有人都知道有个很出息的儿子似的。知道他们回去这么宣传后，我害怕啊，就担心着我公婆介绍七大姑八大姨来我这里，那我怎么吃得消应付得了？我发狠给老公打了预防针，让他转告他爹妈：除了直系亲属可以接待外，以后别拿我们这里当招待所，我们自己也有自己的生活压力和工作压力！

小诺笑看着张姝，她能想象张姝当时向老公说这话的表情与肢体动作。

同老人啊，真的是有点难以说到一起的……对那些能婆媳相处愉快的，我真是太佩服了。小诺过一会儿后，又说。

张姝看着她：你现在同公婆还好吧？

凑合吧。

他们是不是一直打算住你们那婚房了？

不知道，也许吧。

那本来是答应给你们的婚房呀，现在这样，不是相当于被他们收回去了吗？

小诺看了她一眼。

你说我还能怎样？这辈子也就住那 90 平米的命，就是住那里还要当 20 年的房奴呢。我现在已经开始操心，儿子越来越大，玩具呀书本呀等等东西越来越多，如今那 100 多平米的地盘都不够他施展，到时候去 90 平米……而且我已经同我妈说了让她与我们一起住……真不知道会不会嫌房子小。

你们呀，房子的数目是多，但是，真没一处是适合你们的。你最好有个宽敞点的三房两厅，最起码有 140 平米，有个大客厅，放得下钢琴，你不是早准备好钢琴钱了吗？另外，房间大一点，这样住起来才舒畅，就算你妈来也不会觉得人挤人了。

但是，我是再不想折腾房子了，我是没力气折腾了。这奶奶的杭州房价，我希望它连跌三年！

你有三处房产，跌的话你自己亏了。

我宁愿亏也希望跌，从 1 万 5 跌到 6 千，我要房价跌到能让我买得起 140 平米的三房两厅的价格！

别说的太悲壮啊……

当小诺的各方面都开始有起色时候，家琪反而越来越沉闷了，周末很多的时间，他一个人带着相机去西湖边的一些角角落落里拍照，拍鸟，拍花，拍虫。

小诺想关心一点，问要不要她陪着，家琪说，他习惯一个人。新西湖边还有几个，带着大炮，也是常去拍鸟的，都互相认识了，称"色友"。

我们是不是也买个大炮啊？

家琪不做声。他是想买，但是他没钱。一个 400 毫米的长焦镜头，没一万多拿不下来。他的工资有限，而且都在按揭上了。他们两个人中还是小诺挣得多一些，因为大学老师，自由时间多，可以兼职。以前家琪是不把钱太当回事，但是现在，不知怎么回事，也不知是不是同身体状况有关，反正他一提钱就很敏感，尤其向小诺提钱。上回小诺给他买了西服，虽然他很开心，但是很快又有压力：他该买什么回报小诺呢？好的，他买不起，不好的，他也看不上。

其实他也知道小诺是有心要给他买个长镜头，但是，他不想接受。接受女人太多的东西，会让男人的信心受损。

相机真是烧钱的高级玩具，才玩了半年，他就有心要换镜头了，长焦也想要，微距也想要，可是心有余而力不足……不过，正是因为想得到又得不到，所以他更喜欢摄影了，他要让几千块钱的镜头拍出2万块钱镜头的效果，那才是真正让人佩服的！

黄金周来了。

自从家琪爸妈长住杭州后，老家的一些亲戚便常过来当落脚地小住歇息，尤其是在下面小城市里工作的年轻晚辈，因为周末或假期来杭州购物旅游，有个免费休息的地方，怎能不充分利用？家琪妈虽然嘴巴上说烦了点，但是年轻人白天都是外出，也就晚上在一起吃吃饭聊聊天，短期相处，话题都是开心的，何况家琪爸妈其实心里都希望老家多有人去看望他们，这样热闹。

所以，老家有孩子们来，家琪爸妈都是尽心接待。

这次黄金周，是家琪妈的外甥女珊珊，与她的男朋友张斌一起来杭州玩。他们俩都是老家当地的公务员。

一道吃晚饭时，珊珊发现小诺不在，就问：表哥，我表嫂呢？

家琪说：她在一家公司兼职，黄金周去当翻译了。

珊珊说：表嫂真能干，能做两份工作，肯定挣钱很多！

家琪笑着说：是比我多，所以我家我要听她的。

家琪妈一听，不高兴：你那媳妇周末总是不在家，孩子往我们这里一扔，管也不管。

家琪说：妈，小诺很辛苦地在外面挣钱呢。

家琪妈说：挣的钱还不是她自个花的。

家琪说：妈，小诺准备了一个一万的红包要给你过生日，那全是她辛苦挣的钱，那里面可没有我的一分钱！

家琪妈不说话了。停了一下，然后又说：女人挣大钱又不一定会幸福，女人的最大幸福嘛，还不是一个丈夫一个家？珊珊，你可别学你表嫂，分不清主次。

家琪叹口气：妈，若小诺不会挣钱，只在家守着我指望着我，你又要说她了。唉，做让你满意的儿媳妇，也是蛮难的……

家琪妈正色道：我的要求又不高，女人嘛，能挣一份工资也差不多了，其他时间，多带带孩子，多陪陪丈夫老人，性情温和点，做事勤快点，野心小一点，这样的生活，不是很幸福吗？珊珊你们说我想的有没道理？

家琪爸过来打圆场：好了好了，人各有志，不能勉强。小诺现在的工作比较充实，我们要充分支持。她现在的收入比家琪高，家琪就要在其他方面多关心照顾她，她挣钱也是为整个家庭嘛。老婆，若你的工资比我高，我才不介意，还巴不得呢！

家琪妈说：你工资再比我高，我这辈子也没花过你的一分钱，相反，还是我倒贴你家！这一点，我硬气得很！

眼见老婆又要把陈年历史倒出来回味，家琪爸赶紧换话题：珊珊，你们打算什么时候办婚礼？

珊珊笑着说：看他的准备啰！

家琪妈对着外甥女的男友说：张斌啊，结婚后你可要好好对待我们珊珊，若你亏待了她，我们可都不答应的，我们这家都看着你的！

晚上，珊珊和张斌一道睡客房，两个人悄悄评论着大姨一家。

喂，你说我大姨是不是对儿媳有看法啊？珊珊问。

张斌说：好像有点的。

喂，那我嫁到你家后，你老妈会不会也在背后说我坏话的？

去你的，你担心我老妈，我还担心你老妈呢。真的，你妈和你大姨会不会很像啊？

珊珊踢了张斌一脚：这婚姻的水啊，常常因为婆媳关系，结果变得深不可测……我们结婚后，才不要与你爸妈住一块的！

张斌说：你担心什么呀，我妈人可好啦。

谁知道呢？

过了会儿，珊珊又问：喂，你觉得我大姨和我表嫂，你对他们感觉怎么样？

张斌说：我没见过你表嫂，但是听起来是个很能干的职业女性吧，你表哥应该是蛮爱她的。你大姨呢，在她那个时代，也应该是个能干的人，但是已经不适应现在的时代了……告诉你啊，有些事情，你不要一味听你大姨的，你倒是不妨听听你表嫂的话，懂不懂，丫头！

珊珊笑嘻嘻地问：是不是大姨那句"你要好好对待珊珊"的话惹恼了你，所以你对我大姨有意见？

张斌说：那句话是正确的，但后面那一句，就不够厚道了，很明显是倚老卖老的人说的话。

那你还想听什么样的话？

祝福的话远比威胁的话管用啊。

两个人又谈了谈天，然后张斌搂着珊珊，说：睡觉吧，明天逛街，要很多力气呢。

两天后，小诺回来，又是带回来两瓶葡萄酒。自从她在公司兼职后，时不时能喝到免费的进口原装葡萄酒，也算是一个生活乐趣。

见珊珊和她男朋友也在，于是就开了瓶红酒。

珊珊举起酒杯说：嫂子好能干，谢谢嫂子哦。

珊珊已经从表哥那里得知，每次为公司的宣传活动去兼职，小诺每天的工资是1000块，这对于小地方的一名普通公务员来说，是很多的收入了。

小诺晃动杯子，深闻一口酒香，然后说：女人的事业黄金期就这么几年，所以不得不多努力了。

珊珊男友说：有自己事业的女人是最充实美丽的女人，来，我们敬你！

因为前两天小诺都不在，今天小诺回来，珊珊男友又是第一次与这个珊珊表嫂见面，所以珊珊和男友就特意与小诺多一些交谈和赞美。

这时家琪爸说：一起来一起来吧。

于是一家人一起碰了碰杯。

珊珊接下来说：嫂子的职业真好，有很多空闲时间可以兼职，学新鲜的东西，不像我们，整天坐办公室，想到要这样一辈子在一个地方工作，我都觉得郁闷啊。

家琪妈说：珊珊，公务员不是很好嘛，轻松，稳定，别学其他人，动不动辞职啦下海啦，大姨和你妈都喜欢你安稳。

珊珊吐吐舌头：就算我想辞职，我也没这个能力啊！

公务员比较适合女性，挺好的。小诺说，不过现在的机关不像10年前，一张报纸一杯茶就可以混下去的，现在都需要真才实学，所以平时多看些书，多些准备，要用时就用上了。

小诺说这话时完全是有感而发。因为这份对她来说相当完美的兼职工作，就是因为她以前读过一些葡萄酒的书，不然，一个城市里，学外语的人那么多，才不一定轮得上她呢。比别人多一点不同的东西，这就是现代职场里能赢的秘诀。

家琪妈听到这些话有点儿不高兴了，她觉得小诺似乎在挖苦她，认为她当年就是没有真才实学地混过来的，一张报纸一杯茶说的就是她。

所以珊珊，同是公务员，若你外语好一点，或者其他方面有优势，一有机会时候，你就能比其他同事更容易抓住机会了。我们女人也要有自己的一点小事业的，这样会比较充实，不会整天为家里的小烦恼打转了。小诺又说。

珊珊听得频频点头。

见儿媳与外甥女谈得投机，珊珊又是那么崇仰小诺，家琪妈离席去盛饭，给每人端来一碗饭，说：多吃饭，少说话！

小诺看了婆婆一眼，推开饭碗，说，不想吃饭。

家琪问，怎么不吃饭呢？

小诺说：我吃菜就够了，今天很累，待会儿带阳阳早点回家。

家琪说：你吃完饭后同珊珊他们谈谈天啊，他们明天就走了。

小诺说：有人叫我少说话！

珊珊男友一听赶紧说：家琪哥小诺姐你们累的话就早点休息，我们以后见面的机会多着呢，其实我们很欢迎你们去我们那儿，那儿虽说是小地方，但小地方有小地方的好，山清水秀的。

回到家，家琪埋怨小诺说话怎么那么没分寸，还是在客人面前呢。

小诺不满：究竟是谁没分寸？就是在客人面前，你妈还那样含沙射影！告诉你，第一，我挣钱不比你家任何一个人少，第二，我的工作辛苦程度比你家任何一个人都高，第三，那个家本来是属于我们的婚房，现在被你父母占着，却要求我在自己的婚房里不能多说话，这像话吗？若我是个家庭妇女，要靠你的工资养活，行，你说什么我做什么，但是，眼下的情况，我是我们这个家的女主人，自食其力的女主人，你妈没丝毫的权力说我一点什么！她看不惯，她可以走，别呆在我们身边，我从没表示过对她的欢迎！

家琪单位的一个刚毕业的女孩子得知家琪喜欢摄影，于是央求家琪给她拍套人物照。

家琪说，拍人像最好有人像镜头，但他的设备比较普通，拍出来效果不一定好。

女孩子说：我看过你给人家拍的照片，拍得很好的啊。

家琪说：那都是日常生活照。

女孩子说：我就要你帮我拍组日常生活照，神情最自然的那种，我对面的姚姐姐，你上次随便给她揿了几张，她放大成20寸挂在房间里呢，每人看了都说拍得真好，真自然。我也要那种效果，最讨厌什么装模作样的写真呢，当然，最好多几张特写，我好把青春多留点下来！

家琪被女孩子一赞美，心里有点飘飘的。

于是约定时间，周末下午，办公室前汇合，然后一起打车出去。夕阳时候的光线最好了。

去哪儿呢？西湖边？女孩子问。

最讨厌西湖边了，拍人物啊，就去背景有特色点的，比如建筑工地，或者公交车站，或者公用电话亭什么的。

女孩子一愣。

没事，我会处理背景的。你穿稍微亮一点的衣服，不一定要性感的，你自己最喜欢的衣服就是了。别忘了带几个搭配的围巾。

听起来就是高手啊！女孩再次赞美。

周末，女孩穿了件绿色小礼服，款款出现。

有搭配的丝巾或围巾吗？家琪望着她光光的脖子说。

女孩子晃晃手中的包包，带了3条围巾，白色，黑色，黄色。

家琪很满意。

由于夕阳时间有限，家琪就带着女孩子去了旁边一条小街道，对她说：你什么都不用管，就这样逛过去，自己先逛一下，我要上个洗手间。

女孩说：那你赶紧去吧，我先溜达一圈。

溜达一圈，买了一杯珍珠奶茶回来，猛然发现家琪其实就在不远处一直跟着她拍照。顿时明白了，骗她说去洗手间，只是为了让她神情自然。

家琪撳着按钮,给她翻看刚才连拍的几张照片,很完美的光线,很自然的神情动作,尤其是一张手握一杯奶茶侧身一看的照片,女孩子最喜欢了。

已经不会为拍照而尴尬,接下来家琪就近距离地给她拍特写,三色围巾派上了用场,连手中那杯珍珠奶茶也被充分利用,家琪抓着每个镜头,直至夕阳西下。

走吧,回去吧。家琪说。

这么快就回了?不拍夜景了?女孩还不满足。

家琪笑笑:我的闪光灯不行。

闪光灯很重要吗?女孩问。

在某些场合,闪光灯最重要了。我还缺很多设备,但下一步,我首先要买的就是闪光灯。

要多少钱呢?

至少3000吧。

女孩吐吐舌头:我还以为闪光灯几百就够了呢!

家琪笑,调侃:小妹,可能你认为三脚架几十也够了,是吧?

女孩一怔:三脚架?最多两三百吧?

家琪说:小妹呀,等你哥拿到今年的奖金,买下了闪光灯三脚架,再给你拍夜景,好吧?

女孩一愣:难道一个破三脚架也要几千?

家琪觉得女孩不懂行情世事的模样真是可爱。

他偷笑着,从相机里卸下存储卡,装在小塑料盒里,交给女孩子。自己回去导到电脑里,明天把卡还给我。

女孩说:这么早叫我走啊,我还要请你吃饭呢。

吃饭就算了吧,我回家去吃。

不行的,我一定要请你吃饭的。

才工作就老想着请客,你以为你钱多啊,你一定要请我吃饭,那么周一食堂请我吃中饭吧。家琪说着,向她挥挥手,打车回家。

卧室的灯开着,家琪爸和家琪妈躺在床上说话。

老何,你觉得,每月在家琪的工资上扣按揭款,我们家琪会不会没钱花?

家琪又没特殊爱好,吃是吃家里的,穿的呢,小诺会买的,就是与朋友一起聚会啊,玩玩啊,花钱又不多的,你操心什么呀。

我总觉得家琪亏了呀。你看,小诺和家琪,挣的差不多,可是按揭都是家琪在付,虽说其他生活费用都是小诺的工资里出,可是,他们要什么生活费呀,还不都是被小诺买这买那花掉了,存款没多少,现在又弄得家琪没什么钱,只好对生活要求很低……

可是,按现在的收入,还是小诺的高呢。

这与收入高低没关系!按揭款在家琪工资上扣,不就意味着家庭财权全被小诺拿走了?若小诺是个会理财懂节俭的媳妇,我也放心的,但是,她才不是呢……我真的是奇怪啊,他们怎么就是存不下钱来?

他们这几年都在读书嘛,也没办法的。

反正我觉得要同家琪说一声,按揭款不能他一人承担,要两人平分!还有,上次的离婚协议,你看,家琪把什么都给小诺了,简直就是个净身出户啊,他又没犯错,凭什么要放弃所有财产?她也好意思要!

行了行了,上次离婚的事,千万别提……

你说说,我们这样全心全意地支援他们,为他们解除后顾之忧,可是,他们就是让人不省心!而且家琪现在越来越软弱了,也越来越没主见了,你看他,除了儿子外,心思就在拍照上,是不是要玩物丧志啊……而小诺,不就是这段时间来多挣了些钱,就开始摆架子,开始给脸色,一副功臣的样子,什么都要家琪听她的……家琪妈既为儿子感到忧心忡忡,又觉得儿子不争气。

家琪的心理要慢慢调整,他现在喜欢摄影,就让他喜欢吧,这总比得抑郁症啊或者打牌麻将什么要来得让人放心一点吧?唉,人生不如意十之八九,我们有个健康聪明的孙子,而且这样一把年龄了两个人都还健在,已经是很大的福气了,我是满足了。若你能做到少为他们操心,我会更加满足的,当年我妈也没像你这样操心啊……

你说说,我嫁给你,你妈有必要为你操心吗?她何曾需要操心?因为我们那时候齐齐的有一条心:好好过日子。你娶我,因为你知道我是个会过日子的女人,能帮你家很多忙,能帮你把家给管好,把我娶过门后,我确实做到了,我替你侍奉双亲,替你抚养弟妹,我在自己身上极为刻苦，根本没想过在自己身上多买点东西，也没想花钱把自己弄好看点，我想的就是那么一家子人要生活，是我帮你的家走出困境。所有这些，我都替你做到了，你妈妈还需要操心吗？可是那小诺，她做到了什么？整天追求时尚，可是时尚能当饭吃啊，家琪这样病着累着，她也一点不体贴，花钱没计划，根本不为她老公的以后着想……

我们那时是贫困的时代，所以鼓励女人要朴素勤劳坚强，现在呢，是个相对富裕的时代，对女人的要求同以前不一样了，女性好看点，时尚点，不也是挺好吗？再说，小诺虽然缺点多多，但也不是没才干的，说不定她以后的机会比家琪还要多，你也别老挑她的不是……反正啊，父母是管不了孩子一生的，我们早点撒手吧，多随他们吧。家琪爸说。

家琪妈叹口气：你这样撒手不管，会苦了家琪的，家琪是我的儿子，我是不能忍心看他受苦啊……若能把我的肾啊脾啊给他，我是一百个愿意的，我只想他平平安安，健健康康，不要受苦……

说着，家琪妈声音哽咽。

好了好了，别想那么多，家琪愿意支付按揭，那就支付吧，家琪喜欢把财权给小诺，就让他给吧。经历离婚风波后，我们这个家庭的人际关系已经很脆弱了，你就不要再有事没事地找事了，好吧？

什么叫做家琪愿意支付？什么是家琪喜欢给权？都是那李小诺一步步设好的阴谋，到现在家琪是骑虎难下。家琪是我的儿子，他什么性格我还不知道，好面子，拒绝不了别人，更不会向老婆伸手要钱，结果现在，最受苦的人就是他了！他那个好老婆，不仅害他身体亏损，还让他身边没有足够的钱！

家琪妈一开始数落，就忍不住激动得全身发抖。

家琪爸赶紧给她一杯水，一颗安眠药，好说歹说劝她服下。

小诺在看摄影器材网站，看得头昏脑涨。

一个最高可达400毫米的佳能变焦镜头，价格将近13000。她很想给家琪一个惊喜，但是，她原本的预算是·万之内，这是她这段时间里靠第二职业挣下的外快。

摄影真是太奢侈的爱好，整个一烧钱啊，可是偏偏家琪就是只迷摄影，每个周末都钻进新西湖的芦苇丛里说是要拍鸟。小诺看了一天的网站了，对各类镜头的价格心中稍微有个数，拍虫虫3000块够了,拍人物,3000块也够了,但是拍鸟,就得上万!这家琪,他的爱好怎么就是那么昂贵呢?

她恼火地关了电脑。家琪不在家,估计又出门操练手艺去了。

小诺一肚子的无名火没地方发,就打开冰箱吃了两个冰淇淋。然后定了定心。

算了,超支就超支吧,那是款家琪垂涎已久的镜头,小诺似乎能想象到,家琪举起白色长炮,跟踪一只几十米外的羽毛鲜艳的小鸟,锁定,然后嚓嚓嚓按快门,画面上,小鸟的色彩锐利,眼神通透。美的像妖,锐的像刀,就是这款佳能镜头。

今天花明天的钱,今年花明年的钱,若不给自己一点压力,又怎么可能有那么大的动力呢?继续挣钱,继续花钱,花钱是为生活享受:钱若不变成享受,钱的优良特性怎么显示?挣钱是得到一种生活乐趣:因为我能干,所以能比较轻易地挣到钱。这两者相辅相成,缺一不可,不然生活怎么会那么有趣?

订吧,下单吧。当然,不能告诉家琪他爸妈,那两个死脑筋的老人,只想把钱藏在银行里,说是留给家琪以后用……以后?若今天的快乐都不珍惜,又如何能珍惜以后?

家里,家琪在教儿子学儿歌。

小老鼠,上灯台,偷油吃,下不来,喵喵喵,猫来了,叽里咕噜滚下来。

阳阳记性不错,跟着老爸念了几遍,竟然都记住了,家琪向儿子解释这儿歌的意思,边说还边模仿小老鼠的样子,阳阳一边看着老爸一边笑得很开心。

怎么小诺还不来吃饭?家琪妈在布筷子,厨房里家琪爸已经做好了四菜一汤。

哦,她今天与朋友一道吃饭,不回来吃了。家琪转头说。

她不回家吃饭,也该早点告诉我们呀,不然又要剩下菜了。

她下班时候告诉了我,我想反正我很快就回家,所以没同你们打电话。

她不能自己给我们电话啊？还要你来转告？家琪妈语气里有不满。

也不知道怎么回事，她一个女的，搞的比你这个当丈夫的还要忙，人家还以为她是个领导呢，天天应酬！家琪妈继续轻声嘟囔。

家琪说：好啦好啦，我们自己吃饭吧。

今天的菜都是蔬菜，因为有个本鸡汤。本鸡是家琪妈前几天跟几个老姐妹去周边小城郊游拜菩萨时从乡下带来的，带来了两个，另一个还冻在冰箱里，味道真是比农贸市场里买的那些所谓的本鸡鲜美多了。

家琪妈给家琪盛一碗，又给阳阳盛一碗，然后给自家老伴盛一碗。边盛边说：

家琪呀，你不能被小诺牵着鼻子转的，疼老婆是一回事，但是再疼老婆，也要保证你在家里的主角地位，当年你妈妈也是里里外外一把手，帮了你爸很多忙，但是真到了节骨眼的时候，你爸爸依旧是整个家庭的天……

我没被小诺牵着鼻子走啊，我们都是独立的。家琪感到奇怪。

你看小诺，几乎有一半时间不在家里吃饭，什么与朋友聚餐啦，什么老同学来杭州啦，什么要出去兼职啦，什么学校有活动啦……一个女人，搞那么多应酬干吗？而且，你没发觉吗，她现在比以前更会打扮了，新衣服那么多！

家琪哭笑不得：妈，她现在给人家公司当宣传使者，穿漂亮些是理所当然的，而且都是她自己挣的钱，谁能制止的？再说，她喜欢打扮，说明她心态又开始恢复青春了，你没见她上半年那副落魄的样子，衣衫不整的，像个年轻女人的样子吗，简直就是大婶啊！

我又没说要她不能打扮，我只是想，女人买东西也要有个度，衣服太多了，穿不过来，又有什么意思呢，为什么不把钱存点起来以备以后急用呢？你就是不提醒她，反而尽惯着她，总有你后悔的那天！现在还有妈妈帮衬着你，以后妈帮不了你，看你怎么当家做主？真是，一点男人气概都没有！

家琪喝口鸡汤，叹口气：这男人，结婚究竟是为什么？

家琪爸从厨房里端了两碗饭出来，听到儿子的话，就说：结婚是为什么？结婚呢，就是生活的一部分啰，人总要结婚的，结婚了就可以生孩子，把生命延续下去，结婚了也可以更好地照顾双方老人，照顾整个家。婚姻就是承上启下，让整个大家庭更好，也是社会的螺丝，让社会更稳定。

家琪听着老爸的言语，总觉得老爸的话有点空。

我怎么感觉结婚后人更累了呢？老爸，你说，当年你们结婚后会不会觉得比结婚前还要累，还要有压力？

男人就是要承担责任的呀，不会承担责任的男人还叫男人吗？养育孩子，教育孩子，保护老婆，爱护老婆，赡养老人，尊重老人，以前都有兄妹，那还要爱护兄妹，这些都是男人要担当的责任啊。我那个时代比你的时代苦多了，我都不喊累，你反倒在我面前说结婚累，像是个男人吗？

家琪爸笑着训斥儿子。

你都在说为这个为那个，怎么婚姻里就没有为自己呢？

我为了家人也就是为了自己啊。

那你结婚后累不累呀？

不累。

家琪叹口气：你那个时代呀，简单，只要吃饱穿暖，能生存下去，就OK啦，其他方面，没要求。但是，我们这个时代，要求大不相同了，不是生存竞争的问题，而是身份竞争的问题……太复杂了。

家琪爸迷惑地看着他。

家琪想：若不结婚，那么无非是他为晋升而奋斗，小诺为职称而奋斗，目标也还算单纯吧，就是向社会争取身份。现在结婚了，成了家了，小诺与婆婆为谁当家做主而竞争，老妈要求儿子与小诺为家长身份而竞争，自己为了小家的独立也曾为权力核心而与老爸竞争过……他甚至想到了一个词：权术。家庭中的权术。

突然发现，家庭竟是个更加充满竞争的小社会，但自己老爸竟然还说他结婚后没感觉累！他们那个时代的男人都是这样吗？老爸是太有能力了，还是太能抗压了？或者，老爸是被洗脑了，或者，眼下的这个时代，其实是比上一个时代更不适合婚姻的土壤……

脑子有些乱。尽管老爸似乎想知道他在想什么，但他懒得说。

但是，家琪深刻地感觉到，上了婚姻的船后，头总是晕。

他回头看儿子，阳阳正开心地挑着西芹腰果里面的腰果，吃得欢。家琪突然莫名其妙地想到，不知道等阳阳结婚后，他是不是也会觉得累，与其让他感觉婚姻很累，还不如劝儿子以后别结婚，就找个女友算了，婚姻，太累人……

小诺拎了兜大闸蟹回家。

好几天没去家琪爸妈那里一道吃饭,今天上完课后与张姝一道去了农贸市场挑了 10 只湖蟹。张姝还说她变贤惠了呢。

本来小诺想去超市买湖蟹的,超市里环境好一点,干净些,但是张姝说超市价格和市场价格相差多了,而且市场还能还价,10 个大闸蟹起码相差 50 块。于是去市场。

农贸市场里人来人往,小诺跟在张姝后面,听着张姝问价还价。旁边的小贩们在吆喝,买菜的老太捧着一把蔬菜仔细挑选然后想省掉零头,小贩没好气地说:这么点一把小菜不过两块六,你就想省我两块,那我怎么挣钱?两块五吧!

老太说:零头都能抹的……那我少拿一点,两块四,还成两块!

小诺听得简直要晕倒。

小贩在嚷嚷:大妈呀,你太会算啦!

我们老太,退休金才 1000 块多点,不算着过日子,怎么活?老太一脸不平地说。

你儿子会养你呀,儿子大了么就该养老母亲,每个月两三千拿回来给你花!小贩回她。

我儿子啊……被人家车子撞了,一年多了还没拿到赔偿,现在坐轮椅上,你说他怎么养我?老太声音里有委屈,有不平。

好好好,大妈,这菜,我送你……

小诺怔怔地看着老太的背影在人群里消失。

张姝还好了价,也挑好了螃蟹,她要 4 只,小诺要 10 只,小诺付了钱,10 只肥肥的湖蟹近 150 块。

走出市场时,小诺脚踩在一块松动的砖头上,她最讨厌的事情发生了:马路砖头下的污水被松动的砖块一压,一股污水飞溅到小诺的浅口靴子上,腿上也溅了几滴。小诺大叫一声,然后骂城市建设的豆腐渣工程。

没办法,又回去市场找个水龙头清洗靴子。这时看到了刚才那老太拎了几个塑料袋,有两三把蔬菜,一小袋肉骨头,从她身边走过。

哎,这位大妈——小诺想了想,喊了一声。

老太没回头。

小诺赶上去，拍拍她的肩。

老太回头，眼神戒备。

嗯……小诺望着她的脸，有点难开口，其实她想做点好事，可是这年头，做好事也不容易，会让人误解。小诺有点不好意思地说：你要湖蟹吗？我送你两个！

老太不明白，眼神继续拒人千里。

嗯……我哥哥，也出过车祸，刚才听你说，就感觉……同病相怜吧……送你两个蟹，才买的，回去煮了吃吧。小诺小心地说。

老太听了，戒备的眼神终于柔和下来：闺女唉，你心眼真好……不过，我不能要人家的东西。

大妈……小诺看着她手里的不丰富的东西，欲言又止。常常是这样，越是穷，越自尊，自尊到自卑的地步。

大妈虽不要她的东西，但她拉住她的手，开始打开话匣子：闺女唉，谢谢你唉，我这把老骨头，吃好点吃差点无所谓的，我只是操心我那儿子，他到现在没拿到赔偿金，撞他的那车主说没钱，我儿子至今还坐在轮椅上，他以前的工作单位也不管了，他们单位效益本来也不好，现在更加说管不过来……不公平啊……对了，闺女，你说你哥哥，也出过事，他怎么样了？……

小诺不知该怎么说好，原本她看老太没钱买好东西吃，只是想给她点小帮助，可眼下，老太不要她东西，却把她当可说话的人，不仅向她倒苦水，还问她家的情况，弄得小诺有点难堪，她才没想要对别人说她家的事情呢。

这样……大妈，你拿几个蟹去，给你儿子吃吧，我的朋友，还在外面等着我呢……下次，我再陪你好好聊聊，好吧？小诺一边说，一边从黑色袋袋里倒出一半的蟹，硬塞进老太的手里，然后，赶紧抽身走了。

回去的路上，小诺觉得自己有点虚伪。她同情人家，想帮人家，但只限于给别人钱物，而不愿给时间和耐心。她觉得她没时间。不，不仅仅是没时间的原因，给人财物，会给自己带来良好的成就感，因为她感觉自己已经是社会的主力，扶助弱势让她有优越感。但是给人家时间和耐心，那必须是该平等地面对，尤其是耐心，弱势者常常有很多苦水，平时没机会说，一旦要说，能倒个一整天，小诺缺少耐心，所以她拒绝了……小诺承认，她这样的人，心态有点浮躁，她甚至是看着弱势者的痛苦而让自己变得更加勇往直前。从这一点上来说，她觉得自己利用了弱势者的痛苦。

回到家，小诺把湖蟹往厨房里一放，说了句"什么味道，好香啊"，然后去主卧卫生间洗澡，溅在腿上的地沟污水虽被餐巾纸擦去了，但不用清水和肥皂，总觉得不干净。

一会儿后，家琪带阳阳进来，说，湖蟹煮好后就可以开饭了，今天老爸老妈做了酱鸭和汤鸭，一鸭两吃，就等你来呢。小诺擦着湿漉漉的头发，看着父子二人在电脑前玩游戏，又想起了刚才农贸市场里的老太，不禁庆幸自己生活得还是挺幸福的。在餐桌旁坐定，家琪爸捧出一盘红红的湖蟹，家琪妈捧上一杯泡好的西洋参给家琪。

一起吃大湖蟹，一人一个蟹，家琪爸给阳阳挖蟹膏，阳阳说好吃真好吃，家琪爸妈就把他们各自的蟹都给了阳阳。

小诺说，本来大闸蟹买得更多，但是后来送了一些给一个可怜的老太了。小诺简单地说了下刚才的故事，大家一时都不说话，直到家琪爸说：应该的，能帮助穷人的话，我们就要多帮助一些。

只是这样的帮助治标不治本。家琪说。

没人再说话。一家人吃螃蟹，喝鸭汤，享受丰盛晚餐。

家琪妈在吃饭时旁敲侧击：家琪啊，你每月付按揭，够不够花钱啊？

家琪说：可以啊，我又不怎么花钱的。

家琪妈一听就说：那你们今年有没存下一些钱来？

小诺，我们今年有没有节余？家琪转头问小诺。

到现在为止还没有太多节余。小诺说。因为小诺刚好两天前盘点过今年的进账和开支，基本持平。不过离过年还有一段时间，若不买大件东西的话，今年还是能存点钱的。

家琪妈顿时气不打一处：你们也太不会安排了，我们只拿退休金，但都能保证每月余下一个人的收入，一年也能存下好几万。

小诺明白婆婆的意思，看着婆婆说：我又没乱花钱，今年买了个相机，也算是投资了吧。

家琪妈说：你的收入看起来比家琪还多，既不要你付按揭，也不要你付饭钱，怎么也存不下来，还说自己没乱花钱！

家琪说：小诺的钱不也花在家里吗，给你的生日红包，还有我的相机……

红包钱我都给你们存着，一分也不会动，你们放心！

唉，老妈，你这话就不好了，小诺给你的生日红包，就是给你用的，你怎么又说给我们存着？这不是明摆着不肯花晚辈的钱，不给我们晚辈面子吗？家琪说。

家琪啊，我想在我死前给你存下个50万，这样我也能放心一点啊……

又来了……小诺郁闷，听婆婆说来，生活的意义就是存钱，就是看着存折里的数字不断变大，而不用管生活质量。每次看她花钱拎了东西回家，眼里就像带刺一样，让人心里很有压力。小诺迫切想摆脱这种压抑感。这是她的家，她凭什么要有压力？她花的是她挣的钱，凭什么不能花得理所当然？

小诺决定给婆婆洗洗脑：妈，钱是要花的，钱不花的话就根本体现不出钱的价值！而且钱是要贬值的，你想着要给家琪存50万，也许等你存到50万时，那50万只值现在的20万，白存了！我是存不下钱来，但我把钱都花在很值得的地方，今年买了相机，已经投入快3万块钱了，家琪有了摄影的兴趣爱好，不是快乐多了吗？你若只给他钱却不让他花，他能快乐吗？

相机，不是1万5吗，怎么又变成3万了？家琪妈问，声音都有点抖了。她没想到儿子的爱好这么昂贵。

妈，这样，后来小诺又给我买了个镜头……妈，我也就这点爱好了，你还舍得来限制啊？家琪的话语里半撒娇半讨好。

安淑，小孩的爱好，你就少管一点。旁边家琪爸也在劝。

一听家琪的相机花了那么多钱，家琪妈吃不下饭了，她放下碗筷：家琪啊，你没点钱存着，以后怎么办啊？妈不放心啊，妈总要先走的呀……一说起身后事，家琪妈又开始伤心了，声音开始颤抖。

妈，家琪需要精神食粮，而不是鸡鸭鱼肉人参龟鳖保养品和存折里的数字！他有他的世界！你要他快乐点，就放手一点，别拿你的方式去管教他！

见婆婆动不动用那种可怜的神情和所谓的母爱来限制他们，小诺就烦。以前遭遇婆婆的眼泪时，小诺还心软，但是现在，眼泪煽情法用得太多，小诺已不待见，不仅不待见，简直是厌恶。眼泪和家琪的病就是婆婆惯用的手段，以此让她的掌控无处不在地渗透在自己这个家里的每个角落。

家琪是我的儿子，我为我的儿子考虑以后的事情有错吗？婆婆厉声说，情绪由伤心转为愤怒。这个儿媳，如今已经越来越经常地与她对抗了。她想怎么样？想动摇自己一直以来在家庭中的女主人地位？照照镜子吧，还嫩着呢！

家琪是我的丈夫，我的丈夫真正的需求只有我才了解！小诺毫不示弱，声音更大。与婆婆对抗，她不怕——婆婆已经过气，而她，是处于上升阶段的家庭主力，取代婆婆地位的日子，早就该来了。

……

又花了很长一阵时间，家琪和家琪爸总算平息了战争。与小诺一起回家后，家琪对板着脸的老婆说：你可以在农贸市场里同情一个不认识的老太，同样都是儿子遭遇车祸，你为什么就不能设身处地地想想我妈的心情呢？

小诺说：我同情那老太，她会知道我的好，会把我当闺女，会同我说贴心话，对我不会有防备。但是你妈，她对我有成见，给1万的红包都消除不了成见，所有事情都能针对我，我就是一替罪羊。这就是陌生人和家人之间的最大区别，所谓家人，住得越近心隔得越疏远，你知道吗？！

小诺在两年前买下的那套新房，按时交付了。

不愧是大房产公司，那一期的新房交付时还搞了个什么仪式，名堂蛮多的，小诺对仪式没兴趣，拿了房子钥匙后，迫不及待带着阳阳与家琪去看新房。

小区的绿化很好，大片的中心花园，种植的很多是大株的挺拔的名贵树木，不像有的小区，就歪歪扭扭的几株小树，明显的低成本。小区的植被也是精心设计过的，不只是一种草木，而是不同颜色不同高度搭配着的乔灌木，所以显得错落有致，放眼望去，像音乐一样，有起伏，有层次。

少不了的是散落在各处的色彩鲜艳的儿童玩具，形状可爱，阳阳一看，就喜欢了，上了一个秋千架子，不肯下来。小诺仔细看那些玩具，觉得做工很好，材质也让人放心，就算是钉子处的细节，设计师都很人性化地考虑到了要不伤着小孩的手。突然想起，这房产公司与客户的交流不错，记得不久前收到一封信，就是关于露天儿童玩具的，说所有玩具设施全是欧洲进口的，尤其注重细节，以保证孩子们使用时的安全。

小诺很满意。

走过由小块地砖铺成的漂亮的路,小诺发现两旁绿地中有一些地方是玻璃砖,奇怪地走上去一看,原来是地下车库的玻璃顶,有了玻璃顶后车库就不会黑乎乎的了。又是细节上的设计哦!都说细节决定成败,这话真是有道理。小诺喜欢这小区。但是车库也提醒了小诺,不久后他们还是得买车,不能因为出了一次车祸就因噎废食。

开门,进入新家,90 平米的两房两厅,虽不算大,但是布局合理,每处空间都相当明亮。小诺在兴奋地比划:这里放个钢琴,这里是餐桌,这墙上安装等离子电视……阳阳对新房子的兴趣显然没有对外面玩具的多,当小诺问阳阳他喜不喜欢新家时,阳阳说:我喜欢爷爷奶奶那里的家。

爷爷奶奶那是三房两厅,阳阳有很多的空间可以玩或者捉迷藏,而这里只有两个房间,若外婆来的话,阳阳到时候还要与外婆共享一个房间。小诺有点郁闷,当初是多么好的眼光,更是多么好的机会,可惜,因为家琪父母的不支持,她只能在自己妈妈的资助下挑了个 90 平米的中套,若当时就选个 140 平米的大套,也许一辈子都可以不必要再折腾换房了……

她低声地骂了一句,然后去阳台。小诺这套房子比较靠近中心花园,所以站在阳台上有相当不错的景观,家琪上前,问:没有什么不满意的吧?

小诺说:若当时挑的是大套,就十全十美了。

家琪呵呵一笑:大套啊,以后会有的。

小诺哼了一声。

对了,我们什么时候带爸妈来看看新房?

要带你自己带,我没时间!心里正怨着公公婆婆的时候,听到老公提起他们,小诺气呼呼地甩出一句话。

怎么啦,两年了,还在生他们的气?家琪故意露出夸张的神色,尽力想让小诺开心。

小诺想想,说:也行,带他们来看看,让他们知道什么叫后悔。

一家人在饭桌边讨论新房子的装修。

白天时候,家琪小诺带着家琪爸妈去看了新小区。家琪很有兴致地一边带路一边介绍，小诺拉着阳阳的手跟在后面，不说话，但眼神在暗暗观察着他们，家琪爸不吝啬地赞叹房子漂亮，小区风景好，家琪妈这次很难得不予评论。

回到家，小诺烧菜，家琪妈和家琪爸在房间里聊着什么。吃饭的时候，一个最现实的问题由家琪妈提出来了：

家琪啊，你们打算什么时候装修？

很快吧。我们计划春节能入住呢，放上一串"10000响"，把从前的霉气全都去掉，然后在新家开始新生活。家琪说。

预算装修要多少呢？

10万吧。

嗯。那你们的装修款，有准备了吗？

前段时间，老马的大哥，就是那个为救孩子大面积烫伤的，把当初借给他的阳阳基金里的5万给还回来了，因为他家在朋友联系张罗下得到了一个慈善基金会的帮助。另外我们想，我们还有3万的钢琴钱，先垫上一下吧，阳阳现在还小，学钢琴要等到3岁呢，这样有8万。其余的我们把各张卡里的钱再凑一下，估计也能凑出两万。

别去动阳阳的钱！家琪妈马上拉下脸来。

我们只是暂时挪借一下呀，阳阳基金的钱又不会少1分的。家琪说。

肯定是小诺的主意。家琪妈恨恨地想。

平时自己不省点钱，总想着阳阳的钱，好意思吗？其实，你们这房子的装修钱，我们早准备着了，刚才与你爸商量了，给你们10万块钱装修。你们有个新房子了，也蛮好，住进去之前好好放些鞭炮，把以往的晦气都去掉。家琪妈说。

资助10万装修款？小诺一听，转头去看家琪。

这是怎么回事？她怎么事先一点不知道？新房装修资助，10万块，是拒绝呢，还是接受？

但家琪的神情与她一样，也是才知道的这事。

小诺没说话，可脑子里在飞快运行。

若不接受公婆的10万装修款，那她唯一的办法就是动用阳阳基金，然后再挣钱还进去。可是刚才家琪妈听了那想法就已经拉下脸了。

若接受，是不是又有什么附加条件？小诺烦死有附加条件的红包了,那又会是一段时间的不得安宁。

小诺看着家琪,家琪看着小诺。俩人都没心里准备,10万的赠予,接受,还是谢绝?

终于小诺冲家琪摇摇头。

家琪眉毛轻轻一挑:你自己说吧。

于是小诺说:谢谢爸妈的一片好心。不过,我想,你们也退休了,身边还是多给自己留些钱,我们年轻,能挣,大不了迟一年装修,所以还是自己准备装修款吧。

这时家琪爸轻轻一笑,说:小诺啊,你妈就是这样的人,刀子嘴豆腐心,明明是好心,可有时说出的话就是没含量,你别计较啊。这个红包吧,是我们当家长的一点心意,就像前段时间你给妈妈的生日红包一样,本来妈妈说不要接受,你们自己都没什么钱,但我说,那是小诺的心意,不接受红包,那就是不领情。这次也一样,买房是件大事,今天看了你们的新房,是很满意的,若能装修得漂漂亮亮,那就更完美了,我们老人都祝福你们不久后有好的心情去乔迁,所以,这钱,就算是我们父母的心意,希望你们能更轻松地装修,能把新房弄得更舒适。别推来推去的,不然会以为你不领情的!

家琪爸说话水平明显高出几个档次,听着让人感动。但是这赠予实在太重,小诺还是担心。

你若还犹豫,要不这样说吧:家琪妈是出于对儿子的考虑,因为家琪的情况,她希望你们能过得轻松点,尤其家琪。这段时间你的工作辛苦,挣钱也多,我们都看在眼里,按理,作为家庭成员,家琪也该同等付出,但是他还在休养,所以,就当是我们家长替家琪为家庭出份力,我这样说,你总能接受了吧?

家琪爸的话都这样说了,小诺觉得再拒绝,那真是不知好歹了。

于是她赶紧说:爸妈,你们千万别这样想,我身体恢复了,又有机会,所以多了份工作,何况我喜欢那工作,在我看来,那根本不算累。每个人都有高潮和低谷,都是家里的成员,没什么必须得同等付出这样的说法,谁能多做谁就多做一些,你们千万别给家琪压力,他现在多休息,以后照样会有很好的发展……再说,你们给了我们很多的帮助和鼓励,我根本不知道该怎么感谢,若你们再那么说,说什么替家琪为这个家庭出力,那我真要惭愧死了,你们别那样说了……说着,小诺的眼圈也红了。

好好好，我们不说了，你们自己挑个装修公司，小诺，好好设计，你的眼光我们都相信的，一定会有个很漂亮的新家的！

谢谢爸爸，谢谢妈妈。小诺低着头说。

这是今年小诺和公公婆婆一起度过的最温馨的一个晚上。

小诺在同老妈汇报新房情况。然后告诉她，家琪爸妈资助10万装修款，他们将马上动工，到时候到新家过春节……

小诺话没说完，小诺妈在电话里喊：他们给你们10万装修款？

小诺说，是啊。

你们接受了吗？

接受了。小诺说。她不知道为什么老妈的反应那么大。

小诺，把那钱退回去！老妈的声音不是在开玩笑，也不是应酬场面的客套话。

为什么？小诺问。

小诺妈在电话里气急败坏：小诺，你上当了一次，不能再受骗第二次了！

小诺更加莫名其妙。

小诺，你仔细想想，5年前，你们结婚，他们说提供婚房给你们，我们提供装修，那时装修款是10万。5年后，你们买了房子，他们说他们来提供装修，装修款也是10万。按照他们的算法，我们两家扯平了。但是，小诺，5年前的10万与现在的10万能相提并论吗？那时候的10万可以买一小套房子了，但是现在的10万只够买个厨房！小诺，妈比你有经验一些，你公婆的这个钱，绝对不能要！你没钱装修，宁可到妈这里来拿，但是，那10万，明天就给妈退回去！

小诺一时说不出话来。

见小诺犹豫，小诺妈更加着急：小诺，家琪那份离婚协议，我看得非常仔细，家琪能在婚后财产上全部给与你，还不是因为他觉得当初我们在他家的大房子上有10万的投入？现在那房子升值那么多，若不补偿你的话他会感觉有愧，所以把其他财产都划给你了。但是，若你这次接受了10万装修款，那么他爸妈就有理由说，他们与我们的投入是一样的，以后万一你们离婚，那根本不可能再像上次那样，他们肯定要求你们的婚后财产平分……他们太厉害了，太会算计了！他们知道，那10万装修款是他们心头的刺，是见证着他们不厚道的一根刺，他们时时想把那刺拔掉！不行的，小诺，听妈一句话，那 10 万装修款绝对不能要，要了，你手里就没有任何底牌了！

小诺听得目瞪口呆。原来生活还这么复杂啊。

妈，你是不是想多了？

小诺，你忘了他们的婚房谎言了吗？你还不吸取教训吗？

这话是最厉害的。是的，那是个最大的教训，她若在同样的河里再淹一次，那真是没人同情了。

小诺长久不语。终于她说：妈，我知道了。我明天就把钱退还他们……

小诺，妈妈帮你筹钱，可能不多，也就三五万吧，但是，用妈妈的钱，你可以一百个放心的，就算其他人都会算计你，但妈妈不会算计你的……

晚上，小诺斟酌着语气，向家琪说出她妈的想法。虽然小诺说得含蓄并有选择性，但家琪还是明白了含义，他叹一口气：这生活，真是累啊。

059

家琪妈做了个梦，一个不好的梦。

可能是这些天看古代题材的电视剧看多了，什么汉朝的，唐朝的，清朝的，里面的很多情节都是皇位更替权力交接，而这些情节中都少不了后宫女人的掺和。家琪妈很容易入戏，一边看电视，一边诅咒那些野心勃勃的年轻后宫女人。

白天太入戏，晚上做梦时候也梦见了类似情景。

梦境中，她是很威严的后宫之主，年轻时代她替君王出了很多力，君王很信任她，让她管理整个后宫，后宫被她治理得井然有序。

她有一个很宠爱的王子，是个独子，她为这位王子的成长倾注了很多心血，因为她的未来就在这独子身上，她要培养他成为能干的太子。后来，她为太子选了位很贤惠的太子妃，希望太子妃能像她辅助君王一样地辅助太子。可是，太子对母亲给他选好的妃子不感兴趣，反而只是喜欢他身旁的一个小宫女。

更要命的是，太子妃三年都没给太子生儿子，而小宫女生下了一个白胖的儿子。于是小宫女也成了妃子。

后来，老君王去世了，太子即位了。新君王依旧喜欢小宫女，而小宫女仗着新君王的喜欢，越来越张扬跋扈，甚至开始插手一些朝政之事。

老后宫之主通过占卜之术得知这小宫女终有一天会把自己凌驾于君王之位上，并用无情的方式取代新君王。为了替儿子除掉一害，她决定杀死小宫女。

可是，小宫女的心机更多也更毒，她用楚楚可怜的方式让新君主保护她，同时又不断壮大她自己的力量，直至老后宫之主发现，她已经使唤不动身旁的人，身旁的人全都成了小宫女的人，小宫女已经取代她成了新的后宫之主……

小宫女太厉害了，她侍奉老后宫之主，同时又软禁她，她要让老后宫之主看到最后的下场。原来，小宫女的目标不仅仅在后宫上，还在整个国家的王权上！

那一天终于来了，老后宫之主唯一的儿子，十分威仪的君王，手挽小宫女，在她的六十岁生日大寿的时候来朝拜她，她看到了小宫女眼神中的诡异。

占卜术告诉她，那一天，小宫女要动手了。果然，她用常人达不到的功力看见，小宫女在君王手捧的茶点里下了毒，小宫女要一箭双雕，嫁祸于她！

就在君王要捧着茶点饮下毒品时，这位母亲扑上去，夺下茶杯，救下了君王。

……

梦，就到这里结束了。

家琪妈惊醒过来，刚才梦境里的一切都清清楚楚，那小宫女狠毒的眼神，夺权的动机，一步一步把她逼进绝境的过程，让她心惊肉跳。

她把旁边的老伴喊醒，告诉他她的梦。家琪爸揉揉眼，打个哈欠，不以为然地说：你也可以改行去当编剧了，写另一个版本的武则天故事吧，最起码我会看的！

老伴翻身又要睡，但是家琪妈却睡不着了，她隐隐感觉，这个梦，像个预兆。在她的生活中，也有人要夺取她的位子！

那梦中的那个小宫女，会是谁？

想着，她忍不住吓了一跳，连旁边的家琪爸都感觉到了她身体的震动。

家琪爸用手摸摸她的头,劝说:以后少看点电视连续剧,你这性格,太容易入戏,太会胡思乱想,要出问题的!

家琪妈握着老公的手,也觉得,这样的联想,太荒唐了。

苏茜给小诺打电话,说有个同学聚餐,要她参加,并带夫君出席。地点是杭州西湖边五星酒店香格里拉的意大利西餐厅。

谁请客啦,搞得这么正式?小诺狐疑。

反正有人请客,你带上夫君就行了。

你呢?

我也去啊,也要带上夫君。

行,别叫我买单就行,那种鬼地方,死贵,就是玩个情调……不会是你掏钱吧,你买单的话我们换地方,我舍不得你这样出血!

苏茜笑笑:还是小诺最体贴我,你放心啦,有老板请客。

于是小诺带上家琪出门。小诺穿了件灰色高领羊毛连衣裙,外面套个米白色风衣,脚上是黑色中长靴,很清爽很简约的打扮,愈显得身材修长。家琪是夹克西裤软皮鞋,比较休闲。都是老朋友见面,不用太隆重。

进了西餐厅,发现竟是梁昊静候着,小诺脸一黑,几乎转身就要走。这时梁昊已经拉着一名花枝招展的女子迎上,向小诺和家琪介绍说是他的未婚妻,刚刚在老家订了婚。

小诺没办法,只得坐下。谁叫苏茜不知内情呢,也没法怪她。小诺恨恨地拿眼神剜着梁昊。

三个家庭坐定,拿着菜谱各自点意式大餐。一套繁琐的西餐具明晃铮亮地铺在洁白的餐布上,旁边的口布被折成漂亮的形状,并装饰了鲜花。看来这里能享受到地道的意餐和很到位的服务。

小诺发现,三个家庭,三位男士,一位是资本家公子,一位是洋买办新贵,就她的家琪,是地地道道的工薪阶层。

点完餐,喝着餐前开胃酒,男人女人们开始聊话题。

苏茜是职业经理人了,公关不在话下,几句话就把三个女人的聊天乐趣提了起来,什么杭州大厦的新款时装,眼下的最佳旅游线路,杭州新开的饭庄里的甜点。而男人,在几句介绍以及寒暄后,也开始谈男人话题,什么电子产品,什么新车性能,另外还有时事政治新闻猛料之类。

小诺很快就发现,一桌子的人,他们夫妻与另两对夫妻有点格格不入。比如那两个女人说起香港的血拼时，小诺就插不上嘴，因为她只去过一回香港，还是好多年前了，但是她们，听起来每年至少两趟，每趟都大包小包拎回家。还有，说起旅游，小诺喜欢农家游，自然亲切，但是另外俩女人喜欢奢华享受游，五星大游轮，海景房宾馆，说平时工作压力太大了，再没力气出门当什么"驴"，她们花钱只想买安逸，小诺没那个钱，自然也没那个经历以及奢望，所以只好听，带着不自然的笑容倾听。她感觉，苏茜和梁昊的未婚妻，她们是大家闺秀，而她，只是小家碧玉。

男人堆里的情况更不好。稍一看，就发现另外两个男人的服饰价值不菲。男人的衣服，那是硬碰硬的，不大可能像女人衣服那样，运气好的话花100块能淘到1000块衣服的效果。小诺一边喝开胃酒一边观察，那打火机，那袖扣，那皮带，无不显示着这两个男人的精致和得体。而家琪，家琪穿得实在有点普通！

谈话也一样，很自然就分出了圈子。有人说，没钱男人玩相机，有钱男人玩汽车，再有钱男人玩手表，最有钱男人玩古玩。事实上，只玩个相机就已经让家琪感觉捉襟见肘，更别提玩车玩手表了，不过，另两位男士对手表的爱好显然超出相机，他们甚至互相交换腕上的名表来交流关于手表的观点，这时的家琪只能在旁边讷讷地看。他没有名表，他也不懂名表。

经济上的门不当户不对，这样的聚会让小诺有点郁闷。

意式大餐上来了。浓汤，色拉，漂亮大盘子里的海鲜或牛排正餐，让人很有胃口，服务员往铮亮的高脚玻璃杯里倒葡萄酒。

资本家夫妻和洋买办夫妻对付西餐自然是轻车熟路，小诺不久前刚去过欧洲，那里天天吃餐馆，吃西餐也算游刃有余，但是家琪，因训练不足而显得拘谨约束。他手握刀叉的姿势很不正点，他的刀叉在大盘子上划出了让人不舒服的声响，他碰倒了一杯葡萄酒……小诺替他解围，说家琪既不是小资也不是小开，是如假包换的农民孩子，淳朴得还没接受过任何小资产阶级的文化渗透。听小诺这么说，资本家和洋买办都赶紧说他们也是如假包换的农民后代。

餐桌上的气氛因这个小插曲而变得似乎更为融洽，所有人都哈哈地笑。但是，家琪在笑声背后却有着更多的尴尬和谨慎。小诺敏感地注意到了。

男人女人的话题依旧在继续。家琪索性不再说任何话，只管当听众。

　　小诺瞟了两眼家琪。家琪是没钱男人，但是，若家琪在两个有钱男人面前表现得洒脱一些，昂扬一些，她会觉得她的家琪有士大夫风范，能宠辱不惊。一个洋买办怎么啦，不也得为外国主子拼命打工？一个农民企业家公子又怎么样，财富又不是他创造的，无非是有个好老爹而已……家琪，他虽然挣得少，但他挣的都是来自他自己的努力，不靠任何人。

　　可是，家琪毕竟不是《泰坦尼克号》里的那虽然一无所有仍有潇洒风度的穷画家，事实上，因为极少光顾五星宾馆，因为是个居家好男人，因为这一年本来就消沉没自信，因为旁边成功男人给他的对比压抑，家琪在聚会中的举止谈话令小诺相当失望。

　　不是家琪的工薪，而是家琪的自卑和消沉，深深地让小诺失望。

　　家琪没钱怎么啦，没钱是因为他没有贪欲。他只玩得起相机又怎么啦，在他的圈子里他就是摄影专家，是技术牛人，而他们呢，无非会花花钱刷刷卡而已，真让他们说说手表古玩，除了知道价格外还能说得出什么有技术含量的东西？! 可是，家琪为什么不多看到他自己身上的好呢？

　　　　　　　　　　080

　　装修开始了。装修款是这样凑出来的：老妈3万，钢琴钱3万，各张卡的集合2万，另外与张姝打了招呼，若不够，向她借2万。

　　把10万块钱退还给家琪爸的时候，小诺没多说，就淡淡一句：我妈说，你们退休了，不能再用你们的钱了。很客套的一句话，但眼神里，语气上，坚定得没有一丝回旋的余地。

　　家琪爸的脸上有种痛苦的神色。

　　一天，家琪下班回到家，发现老爸脸色不是很好，问怎么回事。

　　胃疼，老毛病了。家琪爸手捂着肚子，有气无力地说。

　　家琪赶紧去给老爸倒热水。

　　老妈呢？他问。

　　去超市了，她看到超市广告，说有便宜的小孩衣服和鞋子，还有日常用品搞特价，什么洗衣粉洗发水之类的，她还叫我一道去，帮她拎回来，我想休息一下，说晚上等你来了一道去，她说要被人买光的，等不及，最后很不高兴地一个人去了……家琪，我也想陪她去，但真的累啊，不就相差那么几块钱吗……

你累，就多在家休息吧。

家琪啊，你妈越老精力越旺盛，我却是越老越不济。昨天，她买来很多带鱼，要我洗一洗然后用油炸一下，放冰箱里好随时拿出来红烧，可我现在手脚真是比不上以前，全部搞好都11点了，你妈还说我磨洋工，手脚太慢……家琪啊，我同你诉诉苦，我那时候可真的是觉得委屈啊，你妈总是带着挑剔的眼光看我，她很少用温柔的言语安慰鼓励我，一贯都是用批评的态度看我，可能当过老师的女人都这样吧……其实，我那时是很想听到一些温暖的话当作奖励，我不怕吃苦，但是我真不想老是被人看做是个劳动机器啊……唉，你妈，太要强，完美主义者，要求太高了，对自己是，对老公也是，就是对你这个儿子，宝贝着……家琪爸絮絮叨叨，似乎很久没找到合适的人说话了。

家琪一听，赶紧说：今天我们外面去吃吧，反正小诺不回来，她接了孩子去参加一个什么亲子活动，我带你们去个土菜馆吃个新鲜土菜吧，不贵的，3个人的话，100块都不到。

家琪爸赶紧说：你这种话千万别让你妈听到，她现在最不喜欢的就是去外面吃饭，又是你掏钱，她更要生气的！

家琪说：我们总要有点生活质量的吧，今天是周末呢，出去吃饭是件轻松的事情，又可以不洗碗……要不我把钱给你，你说你请客！

家琪爸叹口气：其实我一点都不想出门，很累，动都不想动，身体越来越吃不消了，精力也不济，家庭里的事情啦，争端啦，都是需要消耗精神的……还有，你妈，现在对我很防范，拿走了几乎所有的工资，每月就给我500块的零用费，她说是为你存钱，其实，她是不放心我，我真觉得奇怪了，都老夫老妻的，我根本没那想法，还能怎样，但她说一切都要靠预防，现在没那想法不等于以后也没那想法……家琪，这也是让我觉得特别累的一个原因，不信任，防备这防备那，唉，这样的家庭生活，真的不愉悦，不轻松……

家琪听着老爸的诉说，除了搂搂他的肩膀，不知还能说什么。

就是，老爸老妈的事情，他还能插嘴说什么？小诺说话很简单，不经大脑：你爸妈不幸福，连性生活都没有，劝他们离婚吧！可是他这个儿子，能这么说吗？

好啦，老爸，老妈防你，是因为在意你，不想失去你，怕你被其他人分享了，她若不爱你，那就随你怎样了……她对你对家是很负责任的，就是因为太负责任，所以让人感觉累……你不是说，老妈是你最可依赖的人吗？

人老了，就会有点像小孩，总想听点好听的，尤其想在自己老伴这里听到些温暖温柔的话……家琪爸喃喃地说。

家琪在爸妈家做完家务，洗碗拖地又修好了一个出点小状况的录音机，再陪他们一起看电视，等回到家时，阳阳已经睡了，小诺在写论文。

回来了？小诺抬头看他一眼，问了一句，然后又低头在电脑上打字。

家琪有点无趣，小诺的工作效率越高，越衬出他的无能。

家琪啊，你有空的话，整理一下家里的东西吧，平时我是爱干清洁活，但是也不是说一年到头这些家务事都要我来做吧，我已经够忙够累了！我们家里已经好多天没打扫了。小诺不看他，就在那里说话。

家琪有点烦，他刚刚在老爸老妈那里听了很多老人之间互相埋怨的话，然后又做了很多家务，刷锅洗碗忙了好一阵，但后来老妈到厨房一看，又说他把带洗洁剂的水滴得满厨房地板都是，踩上去，乱糟糟一片脚印……家琪很委屈，做家务不是他的长项，修家电才是，他不过是因为老爸老妈今天互相看着烦，所以抢着干活，可是主动干活看来并没有回报，老妈还嫌他干活质量太次。

现在才回到家，小诺又叫他干活。

家琪不想干。他的家务活质量不好，再怎么干都不会让女人满意。于是嘴里嗯嗯着，手上却打开电脑，准备下点什么电影看看。

小诺可能写论文不顺利，起了两次身，不是拿书就是拿字典，并拿眼睛瞟了几眼沙发上的家琪，带着不满的眼神。

小福利房里没有专门书房，就是在客厅里做了个立柜，一些书和杂志什么的就放在立柜的某一层，现在那里乱七八糟的，小诺已经不耐烦地在那个地方翻了两次了。

家琪，你有没看到我前几天打印出来的一叠东西，A4纸，10来页，装订在一起，用个塑料软壳套着的？我写论文要用的。

家琪说：没见着。

小诺有点恼：家琪你能不能收拾收拾家里的这些东西？这么些

书啦杂志啦广告啦,你看着就不觉得烦啊?我看我们家里都快成垃圾堆了,尤其你的东西,更加乱!真是些垃圾!

小诺愤愤不平地说着。她看不下何家琪的这副样子,无所事事,毫不进取,不能帮她任何忙,却还在给她添乱。

李小诺,垃圾在哪里?你是在说我是垃圾吗?家琪今天心情也不爽,声音开始变大。

我没说你是垃圾,我说你拼命制造垃圾……怎么啦,说你垃圾不对吗?我又带孩子又写论文,你却什么都不做,就知道架个腿看电影玩游戏,你好意思吗?像男人吗?去镜子前看看你那副模样,一点阳光都没有,就是在等死!小诺先还不想扩大矛盾,但是,家琪的语气和神态让她控制不住地想发火。

是的,你说对了,我就是垃圾一个,死人一个!我什么都做不成,要事业没事业,写论文又写不出来,到处被人指责,可是,你以为我愿意这样吗?家琪冲小诺吼。

何家琪,你自己做不出事情来,要吼老婆了是不是?小诺吼得比家琪更响亮。

家琪看了一眼卧室里的阳阳,跑去关了卧室的门,然后坐回沙发,低垂脑袋,双手插在头发里,闷声地说:我不吼你,因为我无能,没有吼老婆的资格……我现在是个彻底的输家,所以,我什么资格都没有……

何家琪,这是你的态度吗?你若比老婆能干,难道就有资格吼老婆了吗?你现在就是输在你自己的态度上面,你不想进取,就这样逃避,可是,逃避有用吗?你最终还是得面对的!小诺不肯罢休。

家琪脸孔朝地,手抓头发,一声不吭。好半天后,他用低沉的语气,说:小诺,若有人问我,在一具身体的空壳之外我最后还剩下一点什么,我会说,就算挣扎到最后一刻,我还有爱,对老婆对孩子的爱……这是我的真心话……有时候,晚上我睡不着,也会这样问,我还有什么,我还有什么?我是不是真的一无所有?……小诺,我的老婆,你应该知道我对你和孩子的疼爱,那种离开你们就像心被人抓一样的疼痛,可是,你为什么不能耐心一点,等等我?……摘掉了一些器官,我本来以为我活不下来的,但是我还是愿意活下来,因为有你们。可是,小诺,我的身体恢复肯定比不上你的恢复,你难道就不能再给我点时间,让我能再喘口气……我承认,我不强大的,我只是个很普通的男人,是对你们的留恋才让我活下来的,那么,你能不能再给我点时间,让我有重新振作的机会?小诺,我的老婆,好不好?

……

小诺上前,紧紧抓住他的手,放在她的脸上。

家琪,我为我刚才的话,向你道歉……

061

自从给上次那女孩拍了一组照片后,家琪在单位里的名气开始传出来。

女孩叫乔牧兰,是单位里刚进来的新人,大学才毕业。牧兰第二天就把家琪拍的那组照片中的一张当作办公室电脑屏保桌面,就是手拿珍珠奶茶侧身一笑的那张。照片当了屏保,来往的同事们看了自然要品评一番。

品评的结果:家琪是个值得女同事们好好讨好的好同志,因为家琪能给女士们拍出好照片——是那种比影楼写真清新自然美丽生动的照片。

拍完照那天牧兰想请家琪吃饭,家琪说你请吃食堂吧,结果牧兰真的请家琪吃食堂:整整一周,家琪的午餐都被牧兰抢着打包到办公室,工作累的时候她还颠颠地去买水果零食,那份殷勤让家琪感谢不已。牧兰说,谢什么呀,你不是我哥嘛!

一段时间后,牧兰到家琪的办公室,蹭着家琪:家琪哥,有空吗?

什么事?

我一个好朋友,也想拍些好看的照片,说要留点青春的印记……

家琪说:我已经为好几位要留下青春印记的女士拍过照了。

牧兰继续磨蹭:她是我最好的朋友啊……我会继续为你打包午餐,好不好?

家琪哭笑不得。

行行行,周末吧,这段时间我都不拍鸟了,改行拍女孩了。

拍鸟难道比拍女孩子还有趣?

牧兰不解。

拍鸟有点像钓鱼,可能要很长时间的守候,然后抓住机会,赶紧抓拍，很多飞禽的照片都是可遇不可求，所以比较有乐趣。

但是，守在那里，不累吗？

这么说吧，拍鸟一方面会比较多地与自然风光在一起，心里不是累，而是轻松，另一方面又有抓拍女孩子动人神情的激动感觉。

哇，说得我心里痒痒的了，什么时候跟你一同去拍鸟，好吗家琪哥？

家琪看着牧兰好奇的神情，笑笑。唉，年轻的女孩子，就是有好奇心，拍鸟对他来说更多是为了躲避一些烦恼，像渔翁一样进入一个清净之地，那是他没有烦恼的世外桃源。而这女孩，还真把拍鸟当生活乐趣了。

你真想去看，我以后就带你去吧。他淡淡地说。

周末，家琪带上装备，去给牧兰的好朋友"留下最后的青春印记"，却发现只有牧兰一人盛装守候在他们约定的地方。

咦，你的那个什么好朋友呢？

家琪哥，其实是我自己还想再拍，你上次不是说去巴士车站，去建筑工地么，结果我们又没去成……老是给我拍，我怕你不答应，就说是给另外人拍照……我在时尚杂志上看到一组模特照片，就是在工地上拍的，效果确实很好啊，我也想要……牧兰像做错事的小孩一样，找来一堆理由。

家琪一听不禁苦笑，无奈地摇头，训她：丫头在我这里玩花招，你就实话实说好了，我难道是那么不爱帮人家的人吗？还真被你骗了，若知道是给你拍照，我也不至于特意打扮一番再出门嘛！

天啊，为我拍照就可以穿得心不在焉了啊？牧兰夸张地惊呼。

你是单位熟人，我穿随便点没关系，你朋友我不认识，我总不能穿个旧夹克拖双破布鞋就上阵吧，也得考虑点形象的！

不管你穿得随不随便，家琪哥在我眼里的形象已经够好的了。小姑娘甜言蜜语。

哦，那你说，我在你眼里究竟是什么形象？

就是像很温和的邻家大哥哥啦，不会轻易拒绝别人，很善良，脾气很好，而且，平时家琪哥哥的衣服也都是很好看的，所以，我印象中你就是一个让人很舒服的杭州男人！

听着小同事的评价，家琪心里还真有点美滋滋的。

就是你有时候不肯多说话，中午吃饭人家都在聊天，就你只听不说，然后就上网站看人家的照片，研究拍照技术……其实呀，家琪哥啊，你说话的声音很好听，你多同同事们说说话多笑笑嘛，单位肯定很多小美女会围上来，不然，总觉得你虽然脾气好，但又有点清高，不是特别随和的那种，是不是有才的男人都这样啊？

家琪一笑。他没想到他在女同事的心中是这样的印象。他以前应该还是蛮喜欢玩笑调侃的人吧，怎么成了不随和的人了？难道是今年一年，自己就由以前的开朗乐观变成了现在的不喜言笑？

家琪想，有机会的话要问问小诺，她是不是也觉得他变了。

小诺开始关注起彩妆。

以前总觉得还年轻，化妆品很少用，觉得天然的气色最美，所以只在护肤品上的投资比较大，每天做做护理程序，化妆用品就那么几管口红和简单的腮红。但现在她再不敢这样自信了，用红粉白粉眼线眼影修补掩盖才是可以让近30岁女人在30分钟内由暗淡无光到焕然一新的良方。别说气质如兰，满腹诗书气自华之类的话，那只是让逐渐远离青春的熟女们为自我安慰而最后怀抱着的一丝幻影而已。

那天去香格里拉，她竟忘了自己的年纪，大胆地素面朝天就出发了，结果在明眸皓齿的两位淑女面前，小诺彻底败阵。苏茜是职业女性，不化妆是不出门的，而且妆是那么精致。梁昊的未婚妻是资本家千金，也是喜欢涂脂抹粉的，红红白白一身香味。若说那俩女人妆容造作夸张那还能衬托点小诺的天然清秀，可人家是明眸善睐，睫毛微翘，双颊细嫩，红唇诱人，脸上每个细节都透着女人的得体和美丽——那都是世界顶级彩妆品牌打造出来的，脸部的每个细节都被彩妆覆盖遍了的。

输得很惨，于是决定改造。

小诺要去大商场买彩妆，带上了阳阳。

没好意思向苏茜取经，直接在网上做的功课。

虽然对价格已经有所准备，但是还是有点舍不得钱啊：底粉，高光粉，腮红，粉刷，眼线胶，眼线笔，眼影，假睫毛，睫毛刷……MAC，BOBBI BROWN，NARS这些大牌子，每个小东西的单价都是数百起步。女人啊，要打点一下自己的脸，成本要多少？

阳阳翻着一本满是模特漂亮脸蛋的时尚杂志，在妈妈身边指指点点：这个阿姨好看，这个阿姨也好看，妈妈，你也要这样好看。

连3岁不到的儿子都知道要妈妈变好看，小诺没法省钱了。

最终，小诺花了一大笔钱，买回来一大堆颜料和刷子。

当然，她没忘记让柜台的彩妆美女给自己化了个免费的妆。

这是最适合你的知性妆，尤其对眼部做了美化，你的眼睛本来就漂亮，一化妆，更容易吸引人的。彩妆美眉让小诺看镜中的她的作品，笑着说。

嗯，知性妆。谁说知性女子不化妆，谁说知性女子不要风情。化了妆后，小诺的眼睛更大更明亮了，眼神一溜，透着勾魂的妩媚。

再见了，天然去雕饰的自信时代。

美女是极少的，天然美女是更少的，随着岁月流逝还想继续是天然美女，那是绝不可能的。

带着一个彩妆脸回家，家琪妈看了她好几眼。小诺知道，第一次专业化出来的妆，让老人不习惯了。

062

家琪爸妈拿到一份喜帖，这是他们今年收到的第三份请帖。

家琪父母的兄弟姐妹多，他们又都是老大，眼下正是弟弟妹妹的孩子们的结婚高潮。如今他们手中的喜帖，就是家琪妈的妹妹的孩子，那个曾经在十一黄金周假期来看望过他们的珊珊和她的未婚夫张斌寄给他们的。婚礼排在1月1日。

那又要开红包了啰？家琪说。

家琪妈叹口气：我们家每年的红包钱都不少啊，你们结婚时，好些亲戚们的红包都是一两百，最多的是500，但我们都要开1000，说起来我们的收入高，连500的红包都不好意思开出去，怕被亲戚们背后说。

然后，家琪妈开始详细算起今年开出的红包钱：上次家琪姑姑宝善带女儿来买婚纱，我给了500块的红包，叫巧云买件新衣服，然后她的婚礼又给了1000的红包；家琪小叔叔的孩子，来杭州念大学了，我给了500的红包；还有我那妹夫，来杭州动了个手术，我也给了1000的红包，现在珊珊结婚，我又要取个2000出来……这还没算上过年时候的各种压岁红包呢，我一年至少要花掉1万以上的红包钱，可是，看他们给我们阳阳，都才多少啊……

相比起来呢，也是我们收入稳定一些，别看亲戚中也有办点小厂做点生意什么的，好的时候好，亏的时候也有，你这个当长辈的，不至于这点红包钱也舍不得吧，挣的钱，就是要花出去的。家琪爸在旁边打圆场。

我已经退休了，我也有儿子孙子的，我还想多留点钱给儿子呢。珊珊不也像你女儿一样，她小时候你不是最疼她吗？

我最疼的还是我自己的儿子和孙子。家琪妈说。

小诺在旁边听着，想起了她和家琪结婚时收的份子钱，后来那些钱都转成了"阳阳基金"，看来那基金都是提前收来的预支款。唉，红包钱……小诺知道，家琪妈心地真的不差，她也该对她好一点，只是，怎么就是与她对不上路？每次想对她好的时候，都会被家琪妈把她的好意打回来？

就在收到结婚喜帖两天后，珊珊来了一个电话，带着哭腔问：大姨大姨夫，你们说我还该和张斌结婚吗？

是小诺接的电话，她愣了。把珊珊的话转达给所有人，所有人都愣住了。

听着电话里珊珊急促的说话和描述，大家逐渐明白了是怎么回事：喜帖已发出去了，亲戚朋友也都通知了，珊珊就等着当新娘了。可是，就在今天，张斌的妈妈，也就是准婆婆，突然提出要珊珊签一个协议，大概内容是：婆家提供的婚房，名字是张斌，但所有权为婆婆，珊珊没有权力动用；若珊珊和张斌离婚，珊珊没有任何权力分割房子。

珊珊在电话里说：婆婆说这个协议必须要签，不签就不办婚礼。这房子是婆婆的没错，但是，我和张斌本来相处得好好的，根本就没有要分开的想法，她这样一个协议，不是明摆着提防我吗？我更生气的是，这事张斌妈妈早不说晚不说，偏偏在我们喜帖都发出去以后才说，这不是想逼着我签字吗？大姨大姨夫，我觉得这个协议伤害了我的自尊心，现在我连结婚的心思都没了……你们说，我要不要和张斌结婚哪？

你那婆婆怎么回事？一听珊珊的哭诉，家琪妈立即火冒三丈：儿子结婚娶媳妇，婆家准备好房子是天经地义，还要签什么协议？我们就没要求别人签协议！

小诺看了婆婆一眼，有点鄙夷。她这婆婆，是没要求签协议，但是做法却更让人不耻，房子的归属不明不白甚至双重说法，却以这个房子为理由，时不时要约束儿子儿媳一下，还不如那个要求签协议的婆婆来得光明正大呢。

珊珊，你不要急，这事可以好好商量，别立即扯到要不要结婚上，婚肯定要结的，也不能因为这个事情影响你和张斌的感情……家琪爸在劝。

姨夫，我现在已经和张斌打冷战了，他一点态度都没有，就是不说话，我觉得他是站在他妈妈那一边啊……珊珊郁闷地说。

小诺在旁边说：珊珊，这协议不能签，这不是房子的问题，本来这房子就不属于你，你也不用记挂。但是你婆婆的做法有点欺负人，临结婚了拿出张协议，什么意思？告诉你，要是我，协议我不签，那房子我也不去住，我们自己租房！你和张斌都是公务员，有固定收入，完全可以自己买房子，我劝你一句，人要学会独立，人家的东西不是那么好拿的，哪怕只是使用权！

这时家琪爸劝阻：小诺，你不能这样建议人家，会把问题复杂化，我感觉，老人有老人的想法，有这样的想法也没错，只是方法有点不妥，毕竟现在的离婚率不低，离婚时候争财产的事件也不少……珊珊啊，你要这样想，老人出钱买房已经很不错了，别说写张斌的名字，我认为本来就该写老人的名字！你们年轻人就先住进去，等自己挣足了钱自己买房，这样才是积极的态度，千万不要没结婚就去怀疑婚姻会不会幸福。

姨夫啊，我是积极的态度，我本来就与张斌商量以后我们挣钱自己买房，可是，眼下，看他们一家是什么态度嘛？完全是防着我这个媳妇的呀……我原本也想，我们年轻，以后有的是条件创造财富，但怕就怕本来没事却整天算计的，嫁去这样的人家，以后有的折腾的，我怕啊！珊珊说。

那张斌就一点态度都没有吗？小诺在旁边问。

表嫂啊，不瞒你说，我最郁闷的就是这一点。平常张斌老在我耳边说他妈是如何好如何好，叫我放心地当他家的儿媳，他家肯定没有婆媳矛盾，但是，还没进他家门，矛盾就出来了。小诺嫂嫂，我心里真的慌慌的……家琪哥，你是男人，你会怎么想啊？珊珊问家琪。

家琪想了想，说：可能当时你的准婆婆答应给你们婚房时没说明白房子的归属，然后你们误解那房子就是买来给你们的，现在你婆婆想在结婚前表明归属，也不能说错……珊珊，两个人以后的幸福是最重要的，只要你们两个人共同奋斗，房子真不是问题，你千万不能带着不好的心态去结婚……

家琪哥，你若是张斌你会怎么做？

我……我不会让我妈写这样的协议，都要娶进门的媳妇了，疼爱都来不及，还要写什么协议呀？

唉，张斌能像家琪哥这么想就好了……珊珊郁闷地叹气。

珊珊，家琪爸在旁边补充：每方面都有每方面的想法，作为大人和婆家，最好能从宽容和疼爱晚辈的角度去想，就像家琪说的，都要娶进门的媳妇了，还要写什么协议，但是，作为晚辈和儿媳，你也要这样想：房子是老人一辈子的积蓄买的，我不能去惦记老人的东西，为了让婆婆放心，若你能有心胸做到主动同婆婆说，这房子是你的财产，我们只是短期借住一下，我们很快会自己买个房子的，这样的话就更可以表示出你的争气和独立，向老人证明你们结婚不是因为你看上了他家的房子，是吧？

小诺在旁边一撇嘴，说：我很明白那婆婆的想法，她既是想要向别人表示，她买了大房子给儿子儿媳，让她有个慷慨婆婆的好名声，同时又不想让这房子有一丝一毫落到儿媳手中。也就是说，她要两边好处都捞到！其实这是何苦呢，不想给就不给好了，给了呢又给得这样不情不愿，真是的，可怎么好多老人都有这样的想法呢？

免提电话里珊珊的声音：小诺嫂嫂，我也感觉，我那婆婆就是这样的想法，想两边的好事都占……

小诺看了婆婆一眼。家琪妈面无表情。

……

单凭一个电话是不能解决这样的严重问题的，珊珊的事情依旧悬而未决。

一次在学校食堂里吃饭，小诺把房子婚前协议的事情同张姝讲了一遍，想听听张姝的看法。小诺知道张姝常有惊人见解。

张姝嘴一撇：要是我，我不签，我也不去住！临结婚了，突然拿出个协议，什么意思?！

张姝这观点倒是与小诺的一致。

张姝继续阐明观点：婚姻关系里，钱是一回事，态度是另一回事。这房子是婆婆买的，本来就是婆婆的，儿媳不能有非分之想，这很正常，但是，做事不能这样做！如今婆家出钱买房子的多了，如果离婚，也没看到几个媳妇会腆着脸要婆婆的财产，法律上也不认可。可现在的问题是，男方家出钱买房子的那么多，见过几个好意思抹下脸让媳妇签协议的？

这本身就是个大家都应该遵从的心知肚明的规则，有默契就行，何必拿出来生事？由默契变成条款，就是态度上对媳妇的不尊重！

若婆婆一定要求媳妇签个协议，也行，媳妇也同样拿出张协议来，你家什么态度我也采取什么态度，这样才公平。协议内容：保证老公以后不出轨，若出轨，每出轨一次赔偿老婆 10 万，因出轨而离婚的话，净身出户，没有孩子抚养权！

若要感受一下媳妇的心情，就让他儿子看看这样的条款。问问老公自己，看到这样的条款，是不是感受到了不被尊重？婆婆要求媳妇签字，妻子也要求老公签字，这样才公平！

还有，这件事情里，若老公自己没有一个态度，我担保，他们的婚姻不被看好！要知道：钱这种东西是块试金石，许许多多所谓的爱情、亲情、友谊都倒在了它面前。若那丈夫像你家表妹说的，他不表态，那么，很明显他是站在他母亲的那一边的，他赞同让自己老婆签字，看看，这男人，还没结婚，就开始耍心眼了，对老婆不信任，担心老婆以后分他家的财产……可是，若一个男人真正爱一个女人，会在乎房产归属谁吗？

我家刘常是没钱，但是他让我最安慰的一句话是：老婆，若我们以后离婚，不管谁的错，房子都是归你的……我是个爱钱爱房子的女人，比较俗气，常埋怨自家老公不争气不成功，也常羡慕其他日子过得好的女人，但是，有他那句话，我觉得，值！因为，这是一个男人的态度！

这样吧，回去对你家表妹说，让她与她准老公好好谈谈，看看他究竟是什么态度，谈不成就算不在一起也不遗憾，不懂得尊重、维护和心疼老婆的男人，没什么意思，不要也罢。退婚怎么啦，退婚是失面子，但是面子难道比婚姻的幸福更重要吗？

还有，要你家表妹警惕你公公婆婆这一类人的规劝，他们的观点太守旧了，常常成事不足败事有余！他们肯定会为了什么面子啦名声啦之类的东西而叫她忍受和妥协，你看着吧，他们的劝告其实就是给你表妹压力，让她签字，让她按期结婚，然后让她在不幸的婚姻里慢慢枯萎掉。

……

张姝的观点比自己更激进。张姝是不是在耸人听闻？或者，张姝的话还是有几分道理的？

小诺在想，这话题中的准儿媳若是晓梅，或者美娜，不知道会怎么样。

小诺的机会再次降临。

在一次品酒会的主持中，小诺被本地一家电视台的美食美酒栏目看上了。

有美酒方面的专长，能使用流畅的外语，谈吐机智，再加上知性，时尚，漂亮，这些条件一融合，小诺几乎是电视台新开的美酒美食栏目最理想的主持人。

很快谈妥了条件，作为电视台的编外主持人，小诺每周给栏目做一期节目。

钱不是很多，但人脉资源多了不少。美酒美食栏目走的是贵族路线，广告客户群不是星级餐厅就是高端酒店，要不就是葡萄酒代理商。每期都有嘉宾，而这些嘉宾都是爱好葡萄酒的各阶层的成功人士。美酒，美食，美女，美好生活，电视台就是要从食色享乐方面打造"生活品质之城"的杭州新形象。

小诺在事业上有了更广阔的视野。她有了新的方向：做媒体。在中国，主持人是青春饭，小诺不想捧短期饭碗，她要多学习，外语只是门工具，她要有另外的营生作为事业，而外语能帮她在其他方向的事业上事半功倍。她甚至有了更具体的计划：在拿出英语文学的学位后再读一个硕士学位，专攻传媒。

于是，小诺更忙了，写论文，做兼职，录节目，还要经常上网找资料充电学习，但是越忙她越快活。

系里很快知道了小诺在电视台兼职，先还有领导说她要注意时间安排，但接着又鼓励她在电视台要做得出色点。后来小诺才知道，系里把她当招生活广告：外语系师资力量强大，本系老师在电视台担任强档外语节目主持人。

小诺不禁偷偷地笑，那哪是外语节目，无非就是有时候会邀请外籍人士嘉宾。不过，她从这事上认定一点：人啊，一定得"冒"出来。"冒"出来之前，办什么事都很难，冒出来以后，一切都会轻而易举。

张姝看她那么忙，有次悄悄问她，会不会辞职不当老师。小诺想想，说：不会，高校是我的舞台，高校的工资不高，但是这舞台我不能丢。

因为忙，小诺经常不在家吃饭。家琪妈嘀咕了几次，说她越来越艳丽了。家琪爸说，年轻人的事少管点，忙是好事，漂亮也是好事，像我们这样闲就好吗？

然后有天家琪妈对家琪商量着说：家琪啊，我和你爸想带阳阳回家一趟，很久没回家了，想回去看一看，然后，珊珊的问题，去帮他们解决一下，喜帖都发出去了，这么僵着也不好。我们这些亲戚里，也就你爸说话的水平高一点，分量也重……只是，有一周时间没人帮你烧晚饭，你可以吗？

家琪毫不介意：没事啊，我随便吃吧，食堂也行，小店也行。

家琪妈再次叹气：你那个媳妇，真是指望不上她的……

家琪说：妈，小诺现在是事业上升期，好不容易的，看她那么有冲劲，你别泼冷水，她好，也就是我们一家好！

家琪妈不说话了。

要不我给你烧盘红烧肉，烧只卤鸭，烧点霉干菜，放冰箱里，你肚子饿，就自己动手烧点饭，这样也能将就两三天了。家琪妈还是不放心，为儿子考虑周到。

随你便吧。面对老母亲的殷殷关怀，家琪既感动又无可奈何。

父母回老家当调解员去了，小诺一半时间不在家吃饭，家琪吃掉了老妈准备的东西后，就每天开始在食堂里游荡。

这几天的天气突然转冷，也是，都12月了，是该冷了。家琪在食堂里草草安顿了胃，就打算去办公室上上网，蹭一下公家的暖气。

脱了外套，就穿一件藏青色的休闲毛衣，家琪在网上玩了一阵游戏，然后听到敲门声，打开门，是乔牧兰。

家琪有点意外：你怎么不回家？

乔牧兰说：你还说我，你自己呢，不也不回家？

家琪笑了笑，然后让牧兰进办公室。

家琪哥，我觉得你架子好大的！

为什么？家琪有点奇怪她这么说。

我发了两次短信给你，想请你吃饭，但你都不给我机会，你没把美女的邀请当回事，是不是架子大？告诉你，我被你打击了，我觉得自己一点魅力都没有了，你残害了你同事的自信心！

乔牧兰半玩笑半撒娇地说。

家琪是收到两次牧兰请吃饭的短信,但他觉得牧兰刚毕业,钱不多,大家都是同事,给她拍照片,也是他的兴趣爱好,没必要让她花那个钱,所以没回复。

家琪面对牧兰的上门问罪,只好笑笑。

要不家琪哥,我们今天出去吃点什么?

今天?我已经吃过晚饭了。

那我们可以去吃宵夜啊。近江那里的海鲜一条街,既便宜又好吃!我还没去过呢,都是听人家说的,要不你陪我去吧?女孩似乎一定要请到家琪。

为什么你一定要请我吃饭呢?家琪问。

我就是想请你吃饭,怎么啦,请客还需要理由啊?你拒绝我的邀请才需要理由呢!

看来今晚被请定了。家琪无奈,起身,去取挂在墙上的夹克外套。

牧兰看着他的背影,说:家琪哥,你穿这毛衣挺好看!

近江的海鲜一条街里,两人选了家干净点的店进去。牧兰让家琪点菜,家琪点了不贵的几个海鲜,牧兰又加了道梅鱼。

喝酒吗,家琪哥?

冬天喝啤酒太冷,不喝酒干吃海鲜,又有点不过瘾,家琪虽没酒瘾,但还是要了黄酒,是加了蛋花的热黄酒,最适合在天冷时喝了。

牧兰给家琪倒酒。

家琪哥,你什么时候开始喜欢摄影的?

中学时候吧。

哇,怪不得,听同事说你拍的照片都上过杂志,好厉害啊!

家琪有点难为情:我开始是喜欢相机器材,然后才喜欢拍照,其实到现在为止,我的兴趣还是更多停留在器材上,拍照么,算是山中无老虎猴子称大王的那种,水平真不高的,就喜欢瞎折腾,若遇到高手,就什么都不会说了。

牧兰说:家琪哥就是谦虚!你没看现在的人,说话都带广告,哪像你,明明有的硬说没有,当心机会都被你的谦虚磨掉了!这社会,机会太重要了,你不好太谦让的!

家琪看着她,觉得这刚出校门的女孩子不简单。才几句话,就处处显示出了她的谈话主控能力。

家琪知道牧兰能喝酒,在一次单位聚会中她的表现很令领导惊喜,于是家琪与她碰了下杯:喝酒吧,这酒不错。

牧兰一边喝酒一边拿眼睛看他。家琪被看得不好意思,于是问:

牧兰老家哪里?

浙江南部的一个小城镇。不算富。

家里有兄弟姐妹吗?

没有,连妈妈都三年前没有了。

哦,对不起啊……牧兰你的名字很好听,是谁取的?

我爸是小学老师,他取的。

那你爸一定很有才情。

但是牧兰眼睛里却透着冷漠。

你今年回家过年吗?

不想回。我与爸没感情,他总酗酒,在我印象中,他不是喝酒就是打我妈妈。

为什么?家琪有点吃惊。

我妈有个情人,她很喜欢那情人,我爸受不了,就喝酒,醉了,就打我妈……

家琪更吃惊了。他没想到牧兰会同他讲他们家里最隐秘的事情。

我觉得我妈妈的死,责任都在我爸身上!他明明知道我妈不喜欢他,还要娶她,娶了她,又没珍惜到底……我都曾经问过我妈,我究竟是她与我爸生的,还是她与那情人生的,我妈说,她与那情人根本没任何关系,就是心里喜欢,喜欢得不得了……她这么说,我就更讨厌我爸了。我想,若我是她与情人生的,那我爸就是养父,我会一辈子记着他的养育之恩。可是,他明知我是她的亲女儿,又不给我幸福和温暖,整天把个家弄得鸡飞狗跳,家里的气氛阴郁得不得了,所以,从中学起,我感觉对家没有一点留恋,想一个人走得远远的……

家琪半天没说话。

你妈妈也够苦的。他说。

为情所困的人是最苦了。我后来对我妈妈说,等我会挣钱了,我带你走,可惜,没等我毕业,她就死了,是胃癌,估计是多年郁闷而造成的……

家琪深叹一口气。眼前这女孩子,让人怜爱。

牧兰，你真是不容易……看你平时在同事面前那么开朗，我真是想不到你经历过那么多的苦……

没啊，我现在很好，我同你说这些，可不是想博取你同情的哦，我最讨厌人家的同情了！我只是愿意同你说一些话，平时不会随便与人说的话，我想说给你听……

小诺去电视台兼职，葡萄酒老板又喜又愁。喜的是，小诺成了他们公司的活广告，愁的是，因为是兼职，没签过工作合同，小诺随时可能被其他公司挖走。公司老板很想招聘小诺，问小诺是否愿意去他们公司，他们付她年薪和分红。

小诺还是不想离开高校，但答应可以继续以兼职的方式与他们合作。公司老板说，那我们签个协议，从明年开始，以书面方式约束好各自的权利和责任。

协议里面条款所标明的合作方式与以往差不多，但多了一条，小诺不得去其他公司兼职，同时，葡萄酒公司有权力使用小诺的照片作为宣传。作为回报，公司可以补贴小诺一辆30万价位车子，车子所有的使用费公司承担，小诺为公司服务满3年后，车子归小诺。

自从家琪车祸后，小诺他们一直没买车，出门不是公交车就是打车，若要去给葡萄酒公司做兼职，都是由公司的专职司机接送。尽管这样也确实有些麻烦，但是因为家琪心理上的原因，小诺也没有太多的热情再次买车。现在，是可以重新选车的时候了。

老板问起小诺喜欢什么车。

黑色的奥迪A4，小诺想也不想，说。

在合同上签了字后，小诺的第一个想法是：加快速度，完成论文，结束答辩，拿到硕士学位，然后继续充电读学位。因为她很清楚，老板看重她，是因为她"冒"出来了，但只是"冒"出来是不够的，为了立足，她还得有种能保持住冒尖状态的后劲，就像启动车子后得马上加上油门，这样才能在上坡的路上一直走下去。小诺明白，若她不在电视台当主持人，她不可能在老板那儿得到补贴一辆名车的待遇，而为了长久能在电视栏目里做下去，她必须做得更专业……她看到过很多的人，曾经星光灿烂，但随即流星般消逝，黯淡无光，荣耀如同昙花一现，因为，他们没后劲……小诺不想当颗昙花一现的小流星。

小诺说不清楚自己是从什么时候开始有那么大的动力去追求事业成功的。以前她似乎也就是个小女人，爱好就是逛街看书血拼听音乐打扫卫生享受一点生活小情趣，最大目标是拿学位评职称，最大理想是有一套舒适的公寓，她宁愿为了能睡懒觉而选择薪水不高的高校教师做职业。在舒服惬意一点的生活与当女强人不知疲倦的工作之间，她毫不犹豫地选择前者。但是现在，她自己总想冲锋陷阵，渴望追求成功，愿意为了更多的收入而放弃家庭团聚时间。

真的，从小女人到强女人，究竟是怎么转换的？

也许是阳阳的缘故吧。

阳阳已经上幼儿园小小班。爷爷奶奶给阳阳选的幼儿园还不错，虽称不上贵族，但也是面向小康家庭，连同吃饭每月近2000块的费用呢，爷爷奶奶在孙子身上总是很舍得花钱的。阳阳平常大多时间是爷爷奶奶接送，偶尔小诺也去接一下。

有一次，小诺坐公交车去幼儿园接孩子，接到阳阳，发现阳阳的脸上被划出了一道小小的血痕，虽说不严重，但也够让当妈妈的郁闷的。小诺向阿姨提出，阿姨说，是个比阳阳大一点的小孩一起玩耍时不小心划的。小诺牵着阳阳的手，找到那个小男孩，语气有点严厉地说：小同学，以后与小朋友一起玩的时候不要再这样了！

就在小诺教训这那个小男孩的时候，小男孩的妈妈来了，小男孩一见到妈妈，立即扑上去，在他妈妈怀里哭了起来。那衣着时髦的妈妈抱住自己儿子，转身对小诺说：我的孩子，还轮不到你来教育吧？

小诺一时被噎得说不出话来。一会儿后，她指指阳阳脸上的血痕，说：若是你家的宝贝被我儿子划伤了，你是不是也要提醒我儿子，以后不要这样做？

那妈妈对小诺说：孩子一起玩，哪有不磕磕碰碰的，谁更强，谁更厉害，谁就赢呗！

这是什么理论？按这样的说法，小的弱的孩子只配在幼儿园里无助地受欺负了？阳阳在这里被大孩子欺负也是理所当然了？小诺气得脸都涨红了，正想好好理论理论，这时幼儿园老师上来，用一连串的道歉劝住了两位好斗的母亲，说都是她们不好，没看管好照顾好，其实小孩在一起玩玩闹闹，被划伤也是在所难免，请小诺原谅，叫她们消消气……

183

风波就这样暂时平息了。

小诺抱着阳阳出幼儿园的门,打算去乘公交车,因为有车子从幼儿园门口直接到她住的小区,而眼下的时间不是乘车高峰,有位子。就在小诺抱着阳阳去公交车站时,阳阳突然指着门口一辆宝蓝色的马自达车说:妈妈,你知道吗,我最喜欢这辆车!

好啊,那妈妈也买这样的车,好吗?

妈妈你都说好几次了,但你都没买!

妈妈今年肯定买。

那你不能骗我了!小阳阳叮嘱。阳阳就是喜欢车,家里有很多车玩具。

正当母子俩说着话时,宝蓝色马自达的窗户里探出个脑袋:阳阳——

就是刚才划花了阳阳脸蛋的小男孩。幼儿园的朋友就是这样,吵了,闹了,哭了,三分钟后又好了。

阳阳要坐我的车吗?小男孩问。

小诺瞥一眼,看到了刚才的好斗妈妈正在给儿子扣安全带。

妈妈我想坐立立小朋友的车。阳阳说。

乖,阳阳,立立哥哥要回家,我们也要回家,我们不同路的,我们坐公交车回去。

不嘛,我想坐那辆蓝色的车!

小诺对阳阳板起了脸:阳阳想不听话吗?

阳阳会察言观色了,见到妈妈沉下脸,虽不敢再坚持,但是用哭来抗议。

那妈妈带你去坐出租车吧,我们坐辆蓝色的出租车,跟立立哥哥那辆一样……止不住儿子的哭,小诺只好让步。

一辆出租车开来,小诺抱着儿子进去,一转头,看到了马自达车子里那位妈妈的神情,似乎带着奚落和嘲弄。小诺心烦意乱。

她能猜到那对头妈妈的想法:没钱就坐公交车呗,还摆什么谱,在我面前打车,待会儿又心疼打车钱,真是个小市民妈妈……

都是阳阳,吵着要坐什么小车!小诺恨不得要在阳阳屁股上狠打两下。但是,她接着又恨起自己来,其实是自己的不成功,让孩子跟着受苦。

在出租车里,望着阳阳不谙世事的小脸蛋,小诺无奈地叹口气。当初他们在最低谷时,就是这张小脸蛋给了他们生活的勇气和欢乐。

孩子给了他们那么多快乐和勇气，他们理应回报的！现在，儿子只是想有一辆车，因为车是他最心爱的玩具，他想有辆像心爱玩具一样的车子来接送他，这样的要求，过分吗？小诺觉得儿子的要求一点都不过分，是她自己太无能，满足不了阳阳小小的要求。

这么想着，小诺几乎要哭了。

所以，为了孩子，当家长的也必须成功！

但是，家琪，她是指望不上了。他是那么的消沉。

那么，她上来吧。

一个家总得有个顶梁柱不是，家琪这根梁太瘦小了，她那根曾作为备用的、扔在角落满身尘埃的梁就被挑了上去，一试，竟发现还是根不错的好梁。于是，家琪替下，她上，她要担负起撑住家庭的重任。

为了阳阳不受欺负，为了让阳阳有与其他小朋友一样的条件，为了给阳阳能在小朋友面前骄傲的资本，小诺也要当个强势妈妈！

现在好了，儿子阳阳，可以对着全班小朋友，自豪地说：我妈妈在电视里当主持人！

那个开马自达的妈妈，她有这样的才干吗？

小诺第一次上电视后，就马上给老妈打电话汇报，让老妈关注自己在电视上的形象。

现在公司与自己签了合同并将会得到一辆新车，小诺又马上告诉老妈好消息。

老妈这次的反应没上次那么激动，她有点病，感冒，电话里的声音哑哑的，小诺担心地问，小诺妈说没事。小诺说，我有车的话，现在就来看你。

小诺妈说：你们好，就好，我没事，有朋友帮着我呢，你不用过来。

小诺妈虽这样说着，心里却透着酸楚，丧了老伴的人，最害怕生病，一生病，空空的房间里透着的永远是冷清和凄凉。而且，这种感觉还不能同女儿说，害怕她担心，不能安心工作……

小诺说：那老妈，等我一提了车，我就开车来看你。

小诺妈说：好的好的，你现在工作多，要注意身体……

电话搁下了。虽然说话时说叫女儿不要过来看她，但是，若女儿真能来一趟的话，她会多么高兴啊……

可是，都市里的年轻人，都是那么忙，那么累，小诺，她兼了两份职，小诺妈不知道她是不是还有周末，唉，若能把自己的时间给她一些，让她多休息，那该多好！

好久没见到晓梅了，正心里想着她时，就在健身房里遇到晓梅。于是相约健好身后去喝咖啡。都市里的女人，似乎用咖啡蛋糕和冰淇淋之类的非正餐更容易来滋润女友之间的感情。

在西点店里，小诺要了咖啡和小份蛋糕，笑着说：女人，一边健身一边吃甜食，没办法。晓梅说：健身就是为了能畅快吃蛋糕啊，只是，我过了吃甜食的年龄，我宁愿只来杯现榨果汁。

女人们吃着下午茶点，晓梅说，我在电视上看到你了，很漂亮很时尚，而且，很知性的味道，栏目很不错，恭喜你啊！

小诺笑笑：知性啊，就在屏幕上骗骗观众的，你是我好友，知道我一切不知性的方面，什么与婆婆吵架，什么与老公吵架后出轨，什么什么什么，若拿到网上去暴露再用个煽情的标题，比如清纯知性主持人与婆婆恶吵并一夜情，那谩骂就多了去了，所以，以后你就不要用知性这个词来损我了。

晓梅说：你自己拿痰盂硬往自己脑门上扣啊？

小诺说：那不说了……你真的觉得我在栏目中的形象还行吗？

晓梅说：可以的，不是可爱型，而是知识型，觉得你有些专业知识，与一般花瓶不一样。

小诺说：姐啊，听你这么说，太感动了！但是，说我是知识型，还真让我感觉难为情呢，因为自己的知识太浅薄了。原来以为就是简单介绍一些酒啦美食啦，硬件含量少点没关系，大不了用可爱表情啦新潮语言啦等花瓶的东西装点一下，后来发现不行的，与真正专家在一起，几个小细节就显示了自己在这方面的空虚……所以，还要猛学呢，这个方向里面学问太大了。

晓梅说：你知道吗，我就喜欢你的这个劲头，你总想着学东西，而且你学东西很快，天生是个好学生。

小诺有些小小的得意。

但是，你在婆媳关系方面的不长进真的让我很郁闷，在这方面，你又是最愚蠢的学生了。晓梅很快打击小诺。

小诺撇撇嘴：谁说我听不下你的话了？你说，不是东风压倒西风，就是西风压倒东风，我现在就是在积累能量，让我的东风压倒她的西风呀。

晓梅说：这不是我的本意啊……你这样做，知道难度有多大吗？

小诺说：像你那样的妥协，对我来说难度更大啊。我现在很好，我是家庭的上升主力，我在渐渐变强大，我很满意我现在的状态啊。

晓梅叹气：我不能代替你做决策，但是，你要知道，你这样其实更多是在挑战家琪，你家家琪是很好的男人，你要珍惜，你不能让家琪太为难……告诉你，男人其实不坚强的，一个妻子若给的压力超过男人的承受力，男人要离去的。

小诺说：我知道，我不想给家琪压力，但是，我要从家琪妈那里夺回话语权。你以前说我不独立，但是现在，你看看，我很独立了！我挣更多的钱，我承担更多的家庭责任，我当然也要有更多的话语权了！

晓梅说：你千万不能表现出咄咄逼人的感觉，有人这么说，女人若给男人一分温柔，他的刚性会增强十分，若对男人表现出一分鄙薄，他的力量会泄露掉十分。男人最痛恨女人对他们的鄙薄。你挑战他的妈妈，在某种程度上就是在挑战他的尊严，鄙薄他的能力。

小诺说：我家家琪不是那种愚孝的人，他讲理。

晓梅说：我说不过你，你的战争，你自己去搞定。我只同你说，家庭战争里，你最起码要保住家琪，你不能输掉你的老公，你输掉了他，再赢也是输！

……

○ 66

家琪爸妈回来了，珊珊的问题也基本搞定，婚礼也将照常进行。

家琪妈在餐桌上说起珊珊未来婆婆的一些话语，带着不屑的口气说：那个张斌的妈妈，真是当面一套背后一套，对着我们说，我们就一个儿子，疼儿子儿媳都疼不过来，这一大套房子不留给他们留谁？可是，她死硬地要求珊珊签字，这不是严防着珊珊吗？我毫不客气地对她说，我就没让小诺签什么字，我儿子也不会让他老婆签这样的字的！

小诺听得心里直冷笑，想，让珊珊签字的待遇还比她不签字好，所谓明人不做暗事，珊珊一签字，心里还有底了，也硬气了，我这儿媳没拿走你家一分钱，你也别来干涉我家的事情，我们井水不犯河水。这样也蛮好的啦，不像自己，整个被婆婆忽悠了，一会儿说给了孩子大婚房，孩子们多幸福呀，一会儿又说，这是我的房子，不是招待所，你们没有权力打它主意，也不要叫乱七八糟的人来住！

小诺还在愤懑中，旁边家琪爸说：我们多体谅对方吧，张斌妈想的也没错，房子问题，老人总想弄得保险点，毕竟是一辈子的积蓄……反正，珊珊也同意签字了，婚礼也照常进行，这样不就行了。家和万事兴，家里嘛，矛盾越少才能越来越兴旺。

小诺想：公公的做法又是在掩盖矛盾！张姝说的真对，让老人来办这件事，确实是成事不足败事有余，眼下情况的实质是，珊珊已经明显与婆婆有了矛盾，甚至对未婚夫也有了看法，这时候要把矛盾深挖出来，看看能不能沟通解决。若不能沟通解决，这样的婚姻以后免不了要有很多麻烦，不如直接歇菜！但是，按他们的做法，就是拿床漂亮的被子把已显露出来的矛盾掩盖起来，然后看着华丽的被子说，这婚姻很好很不错！瞧，说动珊珊签字了，婚礼照常进行了，于是他们的任务圆满完成了……至于珊珊结婚后过的是不是顺利，他们就不管了，若以后小两口以及婆媳之间再出事，他们依旧会担当起一个拿床被子掩盖争吵和矛盾的和事佬，还当仁不让地认定自己是有话语权的资深老前辈！

没共同语言，小诺懒得和他们谈，说了句"坐车很累，你们多歇歇"，就带了阳阳去卧室里看动画片。

家琪爸说：现在身体越来越不行了，坐个大巴也感觉累了。

家琪赶紧给老爸的水杯里添水，陪着爸妈说：那你们过几周还要再去一趟老家？

家琪爸：喜酒总要去喝的啰。

家琪问：珊珊真的愿意签字吗？

家琪爸说：所有人都在劝她签，她想想，也就签了吧，反正从法律上来说，她也没有分房子的权力的，因为是婚前财产。

家琪说：那你们不是给她压力吗？会让她带着不好的心情结婚的。

家琪爸说：互相体谅吧，珊珊是个好孩子，也不会太计较，情绪一发泄掉，也就很好说话了。这一点，她的性格脾气比小诺好。

家琪干笑一阵,然后赶紧转移话题:那你们说到时候我们也需要去吗?

你们去干吗,你们结婚时,你表妹没成家,是同你姨妈姨夫一道来的,一家人只开一个红包,你已经成家了,若去了,你不是也得开个红包啊?家琪妈说。

那你们帮我们带点小礼物给新娘新郎吧,比如香水啊领带啊什么的。

那也行,你们挑些人家送你们的而你们自己又不用的小礼物吧。家琪妈关照。

……

卧室里,阳阳在看动画片,小诺与张姝煲电话粥。

问起珊珊的情况,小诺详细汇报。末了说:看见没,我那婆婆呀,就喜欢搞两个标准,最看不惯这样了!

张姝说:老人,都是这样的。可真是奇怪,他们明明已经不合时宜了,可是还能占着话语权,四处指指点点……

小诺说:你不是说了吗,就因为他们是老辈!老辈的思维和规矩可不是那么容易就被颠覆的!

张姝无语,然后说:同你说,我一点都不看好他们的婚姻!那老太是这样的态度,再加上儿子的阵营方向,我预言,他们的日子可有的折腾了!

小诺听得头大:人家的事情,我们也管不了了,我管管自己的那点事情,都要整天忙得上蹿下跳呢!

张姝羡慕:你现在是大忙人,别忘了电视里需要什么角色,叫上我……

家琪进来,见小诺半天了还捏个话筒,就说:今晚还回去吗,今天冷,要不就睡这儿吧?

小诺终于搁下电话,说:还是回去吧,我还没完成论文呢,还得回家写论文去,争取早点结束。

一听小诺说论文,家琪不语。他连论文的头都没起。

怎么回事,一年了,小诺的状态翻了几个番,可自己,却依旧没回过神来?

圣诞就要来了，杭州街头到处是商业气息，什么买400减200，什么订圣诞晚餐送圣诞礼物，什么本店一切商品6.8折……铺天盖地的广告让人感觉，不买东西就不是圣诞节。

在延安路的商业中心，进口原装的巧克力已经放在店门口卖，买一盒巧克力送一朵玫瑰，漂亮包装吸引了很多年轻人，家琪路过，于是也买了一盒。

不过就100来块钱的礼物送老婆似乎有点不够，家琪又进了商场，在首饰柜台里挑了好一阵，然后叫服务员摆出两对耳坠，让柜台美女帮他选。

柜台美女自然选贵的推荐，一番甜言蜜语的公关后，家琪心情愉快地要下了一对价格1000多的很精致的白金耳坠。

不是有专家说了嘛，若要夫妻之间有轻松和充满情趣的气氛，小礼品小惊喜是不能少的。

柜台美女问他配不配条项链去，有耳坠当然得有项链。家琪说，等两个月后的情人节再来。

美女替他包装了小首饰盒，家琪装进大衣口袋里。

单位办公室，家琪一进门，就发现自己桌上放了一个被彩纸和蝴蝶结包装好的盒子，好奇地拿起，发现还很重。是谁送的？

办公室就两人，但是对面坐的同事是个男生，显然没有这样的心思。

家琪疑惑地拆包装，撕掉装饰纸后，赫然发现是一款相当不错的闪光灯，家琪知道，那款闪光灯价值约3000元。

是谁？

家琪马上想起了一个名字：乔牧兰。

家琪立即给乔牧兰打分机电话，牧兰在那边笑着说：家琪哥，有事吗？

家琪发现自己在这个小丫头前总不能有语言主控权，他不自然地问：我桌上的一个闪光灯，是不是你……

家琪哥啊，你不是答应要给我拍夜景吗，你什么时候会有空呢？

对，这丫头上次是缠着自己给她拍夜景，然后家琪说没好的闪光灯，拍出来效果不好，没想到这话乔牧兰一直记着。

家琪哥啊，你拍的照片真可以比上什么摄影工作室的了，而且你又耐心，知道顾客需求，你再帮我留下点青春小尾巴，让我好臭美臭美，行吗？我若拿你拍的照片去相亲，然后钓上一个金龟婿，那你的功德不是胜造七级浮屠了么？

小姑娘继续甜言蜜语。

显然那相机闪光灯就是乔牧兰送的了。这丫头片子出手阔绰呀。

牧兰，你才工作呢，钱包里的钱就开始不耐烦了……家琪想训训她。

家琪哥，我们是同事呢，你就这样与我有代沟了？这样教训我，会显得你很老的！

家琪哭笑不得。

家琪哥啊，你以后就搞个兼职吧，专门给职业美女拍知性照，我问了价格了，一套30张的照片，找工作室拍的话，起码1500块，你就开价1200好了，我就在你后面当个小跟班，给你拿拿衣服拿拿矿泉水，你开我200块的小费，好不？

今天连续听了几位美女的恭维和赞赏，家琪有点晕。不过还好，他还能沉得住气。乔牧兰这里，他若收了她的圣诞礼物，那他要拿出不低于这个价格的礼物还给她。

家琪把价值3000元的杭州大厦电子货币卡塞进一个漂亮的小纸包里，再把小纸包夹进一本书里，然后去牧兰办公室，没事一样把书送给她：送给你，据说是今年最热门的小说。

刚回到自己办公室，牧兰的电话就追到了：家琪哥，我看到你送的电子卡了！

嗯……家琪不知道该怎么说。3000块对3000块，很显然，他不想欠人家小姑娘的情，但不知牧兰会不会多想。

真想你多送我几次这样的大红包！牧兰在电话里嚷嚷。

家琪更不知道该怎么回答了，只好干笑。

家琪哥，今年新年杭州大厦有很多活动，什么限时打折之类，报纸上的广告已经让人按捺不住了。不过那天肯定会有很多顾客，经验告诉我，那天没两个人合作根本不行，你若没事的话，能不能那天帮我排队啊？我请你吃海鲜！

家琪不知道是不是该答应。

乔牧兰是个开朗的姑娘，同她在一起，蛮快活，虽说同事在一起吃吃喝喝或者互相帮点什么也都正常，但是，家琪不想太经常地与牧兰单独在一起。

牧兰，我不知道那天走不走的出来……

家琪哥，你能出来的话，我找你帮我拎包，你不能出来的话，我再让其他同事帮我，好吧？反正，谁帮我拎包，我请谁吃宵夜！

牧兰的话似乎在打消他的顾虑：瞧，家琪哥，我反正是要找个同事当我新年的扛包小时工，薪水是一顿宵夜，我不过是首选了你，你若觉得不方便的话，我再找其他男同事了……

053

小诺开了辆崭新的奥迪 A4 去宁波做兼职，这是刚刚提到的车。公司在宁波有个新年酒会要她主持，小诺提早一天去，以便做些准备。

车子上了高速公路。虽说是冬天，但两旁仍有绿意的江南风光依旧让人有种生机勃勃的感觉，看着窗外，小诺的脸上忍不住露出笑容。一年很快就要过去，在这一年里，小诺有起有伏。但眼下，她的精神面貌很好。经历过失意的人更珍惜得意时的幸福感觉。

奥迪车子宽敞，平稳，隔音效果相当不错，锃亮的黑颜色，显示着一种成熟与高贵的风范。小诺在车里只穿一件紫色的高领薄毛衣，刚刚做的大波浪卷发松松地搭在双肩上，透着年轻妈妈特有的成熟气息。

小诺非常喜欢她现在的状态：当了妈妈后，身体的一些部位和细节都有所变化，有一次小诺妈还说，小诺你的屁股怎么比以前大了？后来小诺照了镜子，果然发现她的臀部是比以前浑圆，鼓鼓的，翘翘的，像苹果一样，但不下垂，线条很性感，尤其是穿上一条皮裤后，更是容易让人有种联想的冲动。对了，当了妈妈后，她的胸部也更丰腴了，挑选胸罩都要选比以前大一码的号。因为不哺乳，乳房依旧玲珑，好几次张姝盯着她的胸部说：你生了孩子，怎么身材反而越来越火了？这话让小诺很是得意。小诺以前就对内衣比较讲究，现在更加，每套内衣都透着精美的设计，让女人的身材最大限度地逼近完美。

当然，比起以往，她的眼角多了点岁月的沉淀，那是女人最容易暴露年龄的地方，不过不要紧，快 30 岁的女人了，若还想着没一点小细纹，那也太不真实了，难道要当妖精不成？

刚结婚时，小诺喜欢别人用时尚和青春来赞美自己，但现在，她更喜欢用"风情"和"成熟"这两个词，觉得这才真的透着女人的美。

晚上住宿当地最好的宾馆，公司的其他人员也陆续到了，大家一边吃商务套餐一边商谈第二天的安排。对于主持，一切都是熟门熟路了，小诺不担心，但是她想有个充足的睡眠，以让第二天精力充沛神采飞扬，于是早早就上电梯去自己房间。

在铺了地毯的走廊上，小诺看到一个很熟悉的身影，搂着一个女孩走在自己十米开外的前面。小诺一时想不起来那是谁。

第二天吃早餐，小诺遇到了一个熟人，苏茜的先生，这时小诺猛然想起，昨晚走廊上的貌似熟悉的身影就是他！

苏茜呢？小诺随口问。她有点责备自己眼神不好使，连苏茜的身影都辨不出来。

哦，她在家呢，我一个人出差。苏茜的先生说。

小诺有点敏感地抬头看了他一眼。其实，她不确定昨晚他身旁的女孩子是不是苏茜，因为隔的有点远，她刚才还责怪自己认不出苏茜，但现在可以肯定，那个被苏茜老公搂着的女孩不是苏茜。

新婚一年不到的苏茜老公出状况了？

家琪终于决定去帮同事乔牧兰血拼拎包。因为新年前一天，牧兰再次给他电话，郁闷地说，本来答应帮她拎包的同事要去参加相亲活动，结果帮不成她了。虽然牧兰没有直接提出让家琪陪她逛商场，但是小姑娘肯定有这个意思，家琪想想后，就说：那我帮你去排队拎包吧，我新年夜反正也没安排。

乔牧兰在电话那端雀跃。

武林广场一带的商业圈已经热闹了好一阵了，几家商场的各种促销活动从11月底开始就没消停过，什么店庆活动，什么圣诞打折，什么冬季特卖……本地的一份商业报纸曾以很出彩的标题让人感觉到杭州人的惊人购买力：昨天，杭州惊动全国！第一感觉是杭州出了特大刑事案件，结果一读下来，原来是某商场在24小时内的交易额又破了全国纪录。

眼下是2005年的最末一天，按惯例，自然会有本年度最大幅度的降价和促销活动。家琪发现，数天前，同单位的女同事们就开始用各种通讯方式互相探讨各商场的行情，食堂吃饭时女人谈论的话题也是满多少送多少，看到女同事们眼神中的那种渴望在非常时刻里赤手拼搏奋力血拼的灼灼光芒，家琪感觉女人的生活真是幸福！

家琪帮助小诺血拼过几次，知道血拼所需要付出的代价。那时候的女人绝对需要至少一个的忠实苦力来配合，从而完成排队、买单、扛包的一条龙服务，因为此时此地的女人完全失去了理智，她们说的最多的一句话就是：服务员，给我开票！而此时的服务员就用快抽筋的手开好一张小票，然后用半僵硬的笑应付着顾客：美女，给你小票！

开票需要排队，付钱更需要排队。家琪帮小诺排过的一次队，至少20米长，整整花了他半个多小时，而那时小诺还不停给他电话：老公，好了没，你再不拿赠券过来，我看中的那衣服就要被别人抢了……

那种人声鼎沸，那种抢购狂潮，简直把家琪逼疯了，他拎着大包小包，像灰鼠一样跟在小诺后面。但他没办法，小诺疯，他就得奉陪。这是女人们最大的人生乐趣呀，家琪是个公认好男人，为了让女人多享受乐趣，自己吃点苦，也是应该的，而且还要学会甘之如饴。

所以，听着牧兰电话里的欢呼声，家琪想，新年晚上脱层皮，也值了。

新年钟声敲响的时候，爷爷奶奶在看电视里的晚会，阳阳在爷爷奶奶的身边像只小虾一样睡着了，小诺与宾客们在跳舞，家琪在商场给牧兰排队当劳动力。

这个新年，大家都过得比较愉快。

新年后小诺开着新车去看自己的老妈。

一见面，小诺就问老妈身体好点没。上次老妈感冒，小诺一直没时间来，心里有愧疚。小诺妈穿一件棉睡衣，神态比以前老了些，没办法，上了年纪的人，禁不起生病，尤其是一个孤零零的人。一场病，犹如一次霜打。

小诺妈很高兴女儿来看她，说，感冒早就好了，就是现在很容易累,不敢再像以前那样,可以随意透支。以前的话,爬山呀旅游呀,很累也不怕,睡一觉,第二天就补回来了。

小诺拉着老妈的手,说,你在办退休手续了吧?明年和我们一起住杭州,这样可以关照到你了。

小诺妈说:我也不想长住杭州,这里是咱老家,我习惯了,死也要老死在这里。

小诺说:妈,你好端端的说什么死呀死的,你还没享过我的福呢!过来看,这是我挣的新车,是奥迪呢,待会儿带你出去兜兜风,这车比以前那个车,高级多了!以后你去杭州,我就开这个车接你!

小诺像个孩子一样,一定要老妈围着奥迪看一圈,然后把老妈按进副驾驶室,让她体验一下宽敞的空间。

小诺妈看着新车子,说:小诺,你这样能干,妈就放心了……

妈,以后我就是你的顶梁柱了。小诺自豪地说。

听了这话,小诺妈流下眼泪:小诺你终于成为妈妈的顶梁柱了,我再也不用为你担惊受怕了。

老人,年龄大了,再加上孤单一人,所有的希望和寄托都在孩子身上,就怕孩子出事,只祈望孩子平安健康,现在孩子事业有成生活愉快,就卸下了母亲一直以来的担心和害怕。

小诺伸出手,替老妈擦掉眼泪,摸摸老妈好长时间没染过的花白的头发,挺了挺腰。

为了母亲的微笑,为了孩子的骄傲,也要追求事业的成功。成为顶梁柱,那就要分担家庭责任,承担家庭压力,让家人放心和安心。现在,小诺,她能了。

一家人在探讨房子问题。

关于新房的装修,小诺从没在餐桌上与公公婆婆谈起,自从小诺拒绝了他们的装修赞助后,家琪爸妈在小诺面前也没怎么问装修的事情。看来,谁出钱,谁有发言权,人人都知道这个规则。

小诺请的是包工包料的装修队,为此家琪还同她说过,为什么材料也让人家包了?人家买的材料哪有自己买的放心?反正自己老爸老妈都空闲着在家,她若没时间的话,可以让他们代办。

小诺想,肯定是婆婆在家琪面前嘀咕了什么,虽然小诺也知道老人的好心,但是,她绝不会把装修的活交代给他们的。老人好心办坏事的先例太多了,而且,婆婆向来自负,买什么东西都要自己做主，还不让人家说她买的东西不好，小诺才不会把买瓷砖买地板买面板之类涉及审美方面的大权旁落一丝呢。何况，现在市场上新产品像走马灯似的换，老人因循守旧，根本不能与时俱进，同他们沟通新产品信息的难度太大了，两个落伍的人，怎么能买到让人放心的产品呢？还期待他们能与店家讨价还价？算了吧，现在的讨价还价完全是个技术活，要一二三四五摆出各方面的实证，来说明这产品只能值多少价，而不是像他们那样盲目地一刀砍一半，人家看了要笑话的！

现在的状况，多好，装修公司只对业主负责，所有的产品全部按照业主的口味购买，所有的设计完全按照业主的意思完成，而且，态度热情，微笑服务，不满意就重来，这才是真正的商业操作！在这样的合同规则下，根本不会像婆婆那样，高兴了就义务干活一整天，一不高兴就板个脸，一副"我给你们办事你们还不满意"的神情，家族人员掺杂在里面的半商业半作坊模式，会让小诺郁闷死。

于是，装修大权依旧全权委托给装修公司，在不劳老人操心的境况下，很顺畅地进行。

装修不用大家操心，现在，一家人探讨的是：新房子装修好后，怎么处理另两套旧房子的事。

家琪爸妈的意思是，小诺和家琪搬到新房子里后，她和老伴就搬到儿子儿媳现在住的两房一厅福利房去。那里地段好，出门就是闹市区，而且又是地面层，最适合老人居住。他们平日带带孙子，晚上若家琪小诺回家吃饭，那最好不过，若两人因为工作忙不能过来吃饭，那么就周末时间给儿子儿媳烧点好吃的，平日分开，周末团聚，这样的生活，也蛮幸福。至于那三房两厅的婚房，可以出租，因为家具电器都配备好的，非常适合拎包入住的房客，每月拿个3000块的租金，可以很好地补贴日常伙食了。

家琪也觉得这方案不错。

但是小诺说：新房与现在住的大房相隔不远，爷爷奶奶白天可以接送阳阳，但是孩子晚上一定要与父母一起住，至于那福利房，她要当闺房，或者娘家房，想一个人安静时就去住。

小诺的这个想法不是突然产生的，上次她和张姝聊天时说起"婚后闺房"的话题，小诺就打定主意，她要为自己留个婚后闺房。她已经与家琪有过一次离婚风波，那时候她就很期望有个单独的空间，能够让自己静心想一些事情，现在，这条件不是没有，那她就要为自己留下个只属于自己的空间,她称之为"心灵后花园"。再说,那福利房虽然旧,但是地段好,离她做节目的电视台仅一墙之隔,有时候她做节目晚了累了,就在那里休息看书,不是很好吗?

什么什么什么?家琪妈不相信似的看着她。"想一个人安静的时候就去住?"这是什么话?也就是说平日大部分时间空着,只在偶尔需要安静的时候去住住,她知道这样制造出一个空房的成本有多高吗?她活了快一辈子了,还没见到过那么金贵的人,而她的儿媳,李小诺,不过是个编外主持人,就开始处处要享受特权,住个房子除了"主卧""次卧"外还要分出个"主公寓""次公寓",就为了想"一个人安静"的时候住!

小诺看着家琪妈在一瞬间变了神色的脸,觉得又有一场舌战要开始了。

070

小诺挺挺腰,准备迎战。

小诺觉得真是不明白自己的婆婆,她就是喜欢把钱死死地握在手里,瞧,让他们搬去新房子,腾出小房子给老人住,然后空出大房子出租,为的是挣3000块的租金,可是,她有没想过,他们一家三口要去住的是90平米的中套,不是140平米的大套,而且自己妈妈年底退休,退休后很可能时不时来杭州小住一段时间,那时候,叫一家三代都挤在两房两厅里?那么阳阳的睡房呢?玩具房呢?钢琴房呢?婆婆肯定会说,他们那个时代那么艰苦也过来了,好,他们那个时代是没有条件,可是现在,明明有条件了,可是有条件又偏偏不用这条件,为了3000块钱,就要一家老小挤一起?

……

一些事情不能多想,一想,脑袋就大,当初想买大套的时候他们不支持,好,现在问题出来了吧?如今他们可知道后悔了吧?

家琪爸妈在一会儿的沉默后,明白了小诺的意思,现在,小诺的想法与他们有两个分歧:一是阳阳的带法,原本爷爷奶奶是想从周一带到周五,周末交还给他们,现在小诺是只想白天让爷爷奶奶带,晚上他们自己带回家。他们觉得这样的带法会让阳阳太累了,他们自己不在乎,反正俩老人没什么事情,所有时间都可以花在孙子身上,包括幼儿园的早上送晚上接。可是,现在天冷,每天晚上

197

让阳阳再坐车折腾一次，他们舍不得。第二个分歧就是是否出租大房子的事，家琪爸妈觉得，现在房子已经够用，就单单为了"安静的时候想有个自由空间"而同时占用两套房子，是不是太奢侈了？都是普通人，生活那么忙碌，基本不会有特意要安静的时候，平白空了一套房子，那不是浪费吗？3000 元一个月的租金，那也是相当可观的呀，小诺她挣钱是比家琪多，但也不至于多到连每月 3000 元的净入账都熟视无睹的地步吧？3000 元，可以让一家人的伙食提高两个等级了！……

所以，一家人僵持着。

反正，我妈过年后要来杭州，一套 90 平米的房子，住三代人，太挤了，阳阳大了，我得给他单独留个睡房，我让我妈去福利房住！小诺说。

阳阳才三岁，就让他一个人睡觉？他蹬被子怎么办？冻着了怎么办？家琪妈没好气地说。

阳阳已经三岁，他早就应该自己一个人睡觉，要让孩子尽早学会独立，而不是老在大人身边被关照着，你看国外的孩子，从小就是有自己的独立房间。小诺说。

我们是中国，不是什么外国！家琪妈更加不高兴。这儿媳，仗着自己会看外语书，事事都拿什么人家外国来显摆，似乎在嘲讽她的老土和没见识。

小诺看了她一眼，懒得理。她现在努力在修炼充耳不闻神功，对一些话语进行选择性过滤。

家琪爸说话了：小诺啊，你妈妈过来住，会是长住还是短住呢？

也不会长住吧，每次来住个十天半个月的，因为她说了，还是习惯她自己那里，但是杭州很适合老人来玩玩什么的，她想来就可以随时来。

既然短住，那也不至于要专门空个房子出来吧，再说，我们住这样的大房子，也浪费了，3000 元的租金啊，也不少了……家琪妈不顾家琪爸的眼神，赶紧说。她还是想把房子租出去。

小诺觉得很无语。她刚才已经说过了，那套小房子，她要当作"婚后闺房"或者"娘家房"，是为了给自己一个自由空间，房子功能更多是出于精神方面的需求，不是从实用角度考虑。她需要一个人安静时去住住，或者老妈过来时去住住，她不稀罕那 3000 块的房租，她觉得有这样一个"闺房"，心里舒适和踏实。这样一个空间，是女人的需要，她若与家琪吵架了，就不会没地方可去了，而婚姻中小夫妻吵吵闹闹的情况还少吗？若没这样一个后备空间，让她去哪里？像上次一样，又去酒吧？酒店？唉，家琪妈也是个女人，就算她不懂小资情调，但也得知道婚后女人与男人吵架后的处境吧，她怎么就是不懂女人呢？

于是小诺淡淡地说：那是我的房子，我已经这样决定了。

家琪妈噎在那里，说不出话来。

半天后，家琪妈说：老何，那我们回老家吧。

小诺冷静地说：若你们要回老家，那也随便。

家琪妈气哭了。

在福利房的卧室里，家琪苦恼地对小诺说：你就不能让步一下吗？这是何必呢？

小诺一脸无辜：那是我们的房子，不是你父母的房子，我有权力处置我们自己的房子。

那你也得问问我的想法吧，那房子还有我的份呢！

小诺坐到家琪旁边，扳着手指对他说：第一，你爸妈事前有没有问过你的想法呀，他们真若有想法，首先要问问你的意思，说他们长住我们那福利房可不可以，这时你肯定会又来问我的想法，这样我们都会有个数了。但是，他们就是直接提出了一个要求，说要搬到我们那房子里去，然后那个大房子出租，美其名曰是为我们考虑，可以多一笔收入。可是我不需要这样一笔收入！所以，首先是他们提出想法的方式不对，不尊重我们。

第二，我想有个婚后闺房，这个我以前就同你提过，你看杭州现在很多白领女孩子，她们结婚前自己买个单身公寓，结婚与老公一起住进大房子后，那单身公寓就成了她们自己的闺房，舍不得出租，说万一和老公吵架了什么的，就有一个藏身之地了，这不是没道理的，上次我与你吵架后不是很委屈地跑酒吧了吗，你舍得下次吵架后再让我去那些地方啊？

第三，他们这样换房的一个目的是为了拿租金，但是我说过了，我不稀罕这3000块的租金，为了我自己有个喜欢的闺房，我可以额外给他们3000块钱。但是我知道，他们的另一个目的是为了占住阳阳，因为新房离福利房远了，我们不可能每天去那里吃晚饭，阳阳自然要同他们一道睡觉，可是，你不觉得让阳阳老是同祖辈在一起是很不好的吗?

第四,他们夫妻恩爱,老来有伴,那他们有没考虑过我的妈妈?我妈妈很快要退休,她在季节气候好的时候多来几趟杭州与我们一起玩玩,这不过分吧?但是,他们也知道,老辈与小辈住在一起很容易有些拌嘴的话题,毕竟生活习惯思维方式不一样,我都不能保证我与我老妈住一起肯定不拌嘴,更何况你了。虽说不会吵架,但肯定心里有想法,所以,我妈来杭州,我肯定要让她有自己的房子,这样她也自由,我们互相串门也方便……

好了,家琪,到现在为止我共提出了这四点,你自己想想,我说的有没道理?

小诺当了主持人后,越发变得伶牙俐齿,家琪一点插不上嘴。想起刚才老妈一脸泪水对着自己哭诉的理由,就是3000块钱的租金,说什么家琪的病她一直放不下,她就是要多存点钱,五个人住三处房子,说起来也真是太浪费了吧,总不至于有钱到那个程度吧……家琪虽烦厌老妈老是拿他的身体说事,但是总的来说还是站在父母那边,觉得父母的想法更切实际一些,于是想对老婆好好谈谈话,最好能让老婆改变想法。可是现在,小诺一二三四几点一说,家琪顿时不知该从何下手来做老婆的思想工作了。

终于,他找到了小诺话语里的一个破绽,于是赶紧说:老婆,家里不是时时要讲道理的地方,你看,情理情理,从来都是情在先而理在后的。我家很多事情,都是我让着你,而从来不同你讲道理的,对不?

小诺冷笑一声说:家琪,别把你老爸那一套学得那么好!他们夫妻之间可以不讲道理,只要他情她愿,我们夫妻之间也可以不讲道理,只要你情我愿,但是,婆婆媳妇之间必须要讲道理,婆婆媳妇可不是一家人!

家琪又没话了。

还有,这房子的事情,我也真是奇怪了,他们就可以觉得很理所当然地住在这里,别忘了当初他们答应是给我们当婚房,后来又答应让我们卖了买精装修公寓投资的,现在,他们就当作自己的房子一样安安稳稳住着,然后自说自话要出租,要拿租金当做伙食费,再理所当然地去住我们那福利房……我真的奇怪啊,奇怪他们怎么就一点所有权观念都没有呢?是不是儿子的就是自己的?是不是说过的话可以当放屁的？

听自己老婆的话越来越过分了，家琪忍不住说：你别忘了都是他们在帮我们带阳阳呢，不然你这当妈的哪会那么轻松？

小诺说：我可以不需要他们带，你看看，阳阳现在说的是什么普通话？我都担心再这样下去，都纠正不过来了！还有，不知他们是天天带着阳阳看新闻联播的原因，还是当官时间长了总说官话，害得阳阳现在说话用词都老声老气，什么"妈妈你今天有会议吗"，"妈妈你辛苦了"，我听得头皮都发麻了，一个三岁不到的孩子，怎么说出这样的话来？！

你看你看，帮你带孩子，你还有意见，若请保姆带，你更不知道会怎么挑剔，一个人，要懂得感恩，要有良知……

好了好了！小诺不耐烦地抬头瞪着他：我还要写论文呢，到处兼职结果到现在论文还没写好，都被导师催了好多次了，你看我又要挣钱又要拿学位还要与你们一家人斗争，而你这么闲，还要与我对着干，你有这样的闲心，干吗不好好做做你自己的文章？

家琪一听，顿时一股血往脑门子冲。没心思写文章，是他最烦闷的事情，平日小诺都帮他维护着，尽量不提这壶不开的水，可眼下，她一时恼怒，也管不得那么多，脸上分明是一副恨铁不成钢的神情，再加"我这么忙你不帮我你还来烦我"的愤怒。家琪尽管也郁闷，但是，他没办法。他现在最大的难题是：在家里他没发言权。也许小诺不是这样想的，但是他感觉就是。

一个男人，呆在没有发言权的家里，什么意思？那还不如不呆吧？

家琪这几天晚上都去办公室。

自从上次与小诺因为房子问题话不投机后，家琪不想与老婆多说话，老婆现在越来越强悍，他不想去惹。所以他宁愿去办公室工作，看书，或者打电脑游戏。

这天照例在办公室里磨蹭，觉得有点无聊，游戏打多了也不好玩了。想想还是家里好，可是回家要接受老婆的教训式言论，两害相权取其轻，决定还是再在办公室里呆会儿。

家琪在整理抽屉里和办公桌上的东西。说句实在话，家琪的抽屉是有点乱的，都说妈妈太能干的话孩子都是很不会打理自己的，家琪妈和小诺都是爱整理收拾东西的人，平时家琪根本插不上手，也没整理的心思和习惯，结果自己办公室里的抽屉就一塌糊涂了。家琪把所有东西都摆出来，有书，笔记本，券，饼干，巧克力，手机套，领带夹，几乎可以开杂货铺。

这时候有敲门声。

谁呀？家琪边问边去开门。

门口是乔牧兰的一张笑脸，手里捧着一个糕点盒。

你怎么不回家呀？

牧兰说：我回家干吗，家里又没男人等我，我吃完晚饭后就去商场逛逛，然后在办公室看书，还可以节省一点家里的空调费呢。

家琪说：真是精明！

牧兰看着家琪桌子上的杂物，夸张地说：哇，家琪哥，摆摊呢？

家琪脸一红：不许消遣你哥！

牧兰扮个鬼脸，偷笑，然后把糕点盒放到家琪桌上，说：刚烘焙出来的蛋挞，还热着呢，吃吧！

家琪看了盒子一眼，他记得有次他买过这个店里的蛋挞，还说杭州就这个牌子的蛋挞最正宗，现在这家伙就买了这牌子的，不会是特意给他买的吧。

这么一想，家琪就有点不安了。家琪不笨，牧兰对自己的热情，他能感受，而且，这种热情绝不只是因为他是给她拍过照片的同事。这种热情，更多的，似乎是种与爱慕有关的东西，因为，她总能在他一个人的时候适时出现，那只有一个解释：她始终在关注他，在留意他，在寻找机会与他在一起……

家琪想，他待会儿得赶紧找个理由回家了。

家琪哥，上次你替我拎包，我还没谢过你呢。你看，这衣服就是上次买的，你说最好看的那件。

牧兰说的上次就是新年夜。那天，家琪帮助女孩子穿越人肉森林，排队付款，然后又全程拎包，服务非常到位。待牧兰的购物结束，都已经过了12点了，错过了听钟仪式。牧兰很过意不去，想邀请家琪去吃宵夜，但家琪说太迟了，坚决谢绝了牧兰的邀请，于是把大包小包的牧兰赶上出租车后，他自己也打了个车回家了。

新年大血拼里牧兰总共买了三件外套，外加用赠券买的一堆东西。现在她穿的是件粉色皮质短大衣，有毛绒绒的白色领子，当时她只是套了一下，结果家琪就说好看，很配她的肤色，一听家琪这么夸，她就立即让服务员开票了。她的另两件外套一件咖啡色，一件灰色，家琪说款式是好，但太老气，家琪让她穿年轻一点。

家琪看着牧兰，真心赞美：是挺好看的，很青春的！

牧兰有点害羞地笑。

家琪哥，你为什么这些天总是呆在办公室里啊？牧兰打开糕点盒，取出一个蛋挞递给家琪。

我……想写点东西。

年终总结啊？我来帮你写吧，我大学时可会写这类东西了，因为我在团委担任过小职务，看多了人家写的八股文！

家琪一听笑了。

你别说，年终总结写得好的话，是很有水平的！我至今复印下了好几篇写得很有水准的八股文，稍微改几个词就可以用上了！

家琪把蛋挞送进嘴里，说：你哥哥要被逼着写论文啊，专业论文你也能帮我写？要3万字哦！

牧兰一听，吐吐舌头，说：我只有毕业论文写过3万字，要不把我的毕业论文给你？

家琪说：你那是学士论文，我现在是硕士论文，你那学术水平，不够！

牧兰不服气：指导我的论文的是位资深教授呢，连他都称赞了我，你却看扁我，罚你！说着，牧兰又取了一块蛋挞，直接送到家琪嘴边。

家琪没防备，推辞又显得太不礼貌，只好装出很自然的神情被女孩"喂"了一把。蛋挞在嘴巴里什么味道都没感觉出来，所有心思都在脑海里推着挤着变成一句话：不行不行，再这样下去，真变成办公室里的暧昧游戏了，得赶紧撤了。

牧兰，我要回家了，现在天冷，你也早点回去吧，不然让人不放心的。把蛋挞强咽下去后，家琪说。

家琪哥，只有你不放心我，其他人才不会呢！

是的是的，我们是同事，我是不放心你太晚回家的，要不我打车送你回去吧？

牧兰一脸委屈地站在家琪面前，挡着家琪的去路。

家琪哥，你是不是不喜欢我？我一来你就走，连话都不愿多与我说？

牧兰，谁说我不喜欢你啊？每个同事都很喜欢你的！

其他人喜不喜欢我我才不管呢，我只要你喜欢我！

牧兰啊，我和其他同事一样地喜欢你的……

我不要你与其他同事放在一起，我要你说你喜欢我，因为我喜欢你，家琪哥！

家琪心里一震，这女孩，真的很大胆，可是自己没胆量接受。

牧兰啊，我没资格让你喜欢我的，我有孩子，我有老婆，而且，我身体不好，少了一个肾一个脾……

家琪哥，我没办法让自己不喜欢你啊……我知道你有老婆，有孩子，可是，我没办法啊，我一看到你就喜欢你，就喜欢与你在一起……我可能遗传了我妈妈的基因，我妈妈喜欢一个男人后，就是一辈子的喜欢，根本不能停止，我也一样……

家琪一听，吓坏了：牧兰，你千万不能像你妈妈一样，生活的选择很多，人生是非常丰富的，你妈妈的悲剧，一个是性格悲剧，另一个是时代悲剧和社会悲剧，但是现在，时代在进步，社会也更人性化，你可以用各种技术层面的东西来帮助你弥补你的性格缺点，比如可以去听一些心理上的课，可以多一些爱好。牧兰，你还年轻，你千万不能像你妈妈那样，你要自己去追求幸福的……

我现在就在追求幸福！乔牧兰说着，大胆地看着家琪。

家琪躲闪着她的眼睛：我不能给你幸福的，真的，听话，牧兰，你还小……不，不是，你不小了，你该为你自己考虑……

能同你在一起，我就觉得很开心很幸福，我不去想其他的，你有老婆就有老婆吧，你要回家就回家吧，你只要知道我喜欢你就好了，当然，我要你也喜欢我，这样我就会更开心更幸福了……

不要这样，牧兰，你这样，会让我有压力的，我承担不了你的喜欢，太重了……我不想当一个不负责任的男人，我不能接受着你的喜欢然后像没事一样，这对你不公平，但是我也不能因为你的喜欢而与我的老婆分开，不然对她不公平……牧兰，你若真的喜欢我，那就把它当做一种生活调剂的下午茶的感觉，这感觉不是你的主餐，但是可以让你不开心的时候，用这个感觉来帮你找回一些开心，好不？但是，你的幸福，你还是要在你的主餐里去寻找，好吗？

家琪循循善诱，努力帮助女孩子找回迷失的方向。

牧兰依旧热切地看着家琪：你是说，我不开心的时候，你可以陪我？

家琪想了想说：是的，我可以陪你，在你需要我陪你的时候陪你，直到帮你找到你的主餐。

牧兰很满意。

看着她的表情，家琪也暗舒了一口气。

两个人的目的都达到了，牧兰在家琪这里得到了陪伴的承诺，家琪把牧兰的追求暂时挡在了一米之外的黄线后。

家琪帮牧兰挡下一辆出租车，并先付掉了车钱。然后他自己也拦了个车。车上，他想，完了，以后家也没法呆，办公室也没法呆……

072

春节前夕，小诺的论文顺利通过答辩，学位本子指日可待。尽管比同事张姝他们相差了将近一年拿学位，但是，结果还是一样，都是英国语言文学硕士，而且，小诺拿的还是国家名牌大学的文凭！

苦尽甘来啊。

小诺想出血庆贺，就叫上了瑶瑶他们一起吃日式料理。瑶瑶已经怀孕4个月，正是心情大好胃口大开的时候，一听吃日本料理自助餐，便说：这次可以赚回来啦！

黑色的餐桌，白色的靠垫，小花瓶里的腊梅，轻缓的日本歌曲，还有细声慢语的服务员，看来这硬件是对得起200多块钱一位的价格了。瑶瑶说她喜欢。

小诺得意：我推荐的地方，错不了。

瑶瑶问小诺是不是经常来，小诺说也就一两次吧，人家请的。

瑶瑶说：肯定是男人请的！

见家琪的神情有点尴尬，瑶瑶又说：我家老马想让男人请我，结果等到大肚子了也没等到！

服务员拿来了精致的菜本，小诺说：这里的自助餐都是现点现做的，你们自己随意点吧，尤其是两位男士，别出门时还说吃不饱。另外，清酒是免费的，男士就尽情喝吧，瑶瑶怀孕，我要开车，我们就喝茶啦。

小诺像主人一样的招待着。

第一轮点的烤鳗、刺身拼盘和各色寿司很快就上来了，松茸汤也上了,四个人开始碰杯,然后大快朵颐。都是老朋友,不用顾及吃相问题。

一阵风卷残云后,瑶瑶说:天啊,突然想起来,小诺刚考上研究生的时候,我们也是一块聚餐的,现在一下子3年过去了!

小诺说:不,快4年了,我读这个学位读了3年半呢。

老马说:挺好挺好,学位拿到了,孩子也有了,家庭事业双丰收啊。

家琪说:4年前,还是在你家聚餐的,吃大闸蟹,吃老马烧的红烧肉和生炒鸡。

瑶瑶说:那时住的还是出租房!

小诺说:那时都没孩子!

家琪说:那时骑自行车!

老马说:那时还真舍不得外出吃大餐,都在家里自己做!

小诺说:那时候真开心!

瑶瑶感慨地说:时间真是快啊,真是不敢想……不过你们变化蛮大,房子又多,车子又好,我们,却没什么起色,就在单位里混混……

小诺说:我们变化是大,车祸也经历了,连离婚浪潮都有过一轮!

瑶瑶斜了她一眼:扯什么扯呀,还想丢脸丢到日本去啊,你们要离婚,得了,那杭州90%的人要离婚。别忘了结婚时候,家琪是对着西湖发誓的!家琪,你说的话,忘了没有?

家琪默默地笑。

问你呢,家琪,现在还敢不敢跑去西湖边对着西湖大喊"小诺,我永远爱你"?瑶瑶问。

家琪很老实地回答:现在年纪大了,不敢了,再喊的话,觉得自己好傻的。

瞧瞧,这是什么话?小诺听了,很不客气地用筷子顶老公的头。

你们难道没感觉吗,结婚这么多年了,再说爱你啊永远爱你啊这样的话,肉麻,说不出口,但是,心里的牵挂,却更多了。瑶瑶替家琪解围。

老马说:我似乎也多年不对老婆说我爱你了,尤其是要带着情意绵绵的神情。过了那个阶段了,再说我爱你,真的觉得很傻,但是,爱情变亲情了,离开她,会很舍不得,宁愿没有激情地在一起生活，也不想离开……

这时瑶瑶扯住老马的耳朵：喝了两杯清酒，终于说真话了，与我生活在一起，没激情了，是不是？

你们女人怎么回事？老马大叫：只允许你们说真话就不许我们说出心里话啊？

……

小诺突然想起来，这一年，2006年，是他们四人结婚5周年的日子。

结婚5年叫木婚。

073

比起一年前，李小诺何家琪家的这个春节过得算是相当顺利了。

小诺开着奥迪车，一家人回了趟老家，上坟祭祖啦，拜年啦，走亲访友啦，甚至买了几万响的鞭炮，在老家的家门口，噼里啪啦炸了很长时间，说要把上一年的霉气全部赶走。

家琪妈在这次回乡过程中显得尤其激动，她是个要强的女人，以前在兄弟姐妹以及亲朋好友中她觉得自己是最成功的，但是家琪的事情发生后，很长一段时间来她都觉得自己家的境况甚至比不上一般的家庭，别人家最起码还没发生这样的祸事吧。所以，这一年很多与亲友碰面的机会她都躲避了，能不见就不见，只除了不得不参加的晚辈的婚礼。

在与亲友碰面的场合中，她都是穿得精致体面，显露的是坚强和坚定，她知道，很多人想问她的近况和感受，但是，她从来都说挺好的，她不会显示出任何一丝的苦楚和颓废。这是她一贯的做法，她能扛得起来，她也一定得扛起来。她不会让外人看到她哭泣软弱的一面。她是一个家的主心骨，她是家人的顶梁柱。

这样做，当然有点累。尤其人家问起儿子家琪的情况，她说挺好的时候，她能看到其他人眼中的怀疑神情。那时，她有点悲哀，也有些愤怒，她想说，她的儿子，在她的照顾下，当然恢复得很好，一点问题都没有，完全是正常人！可是，人家总是不相信。她觉得，在别人眼中，他们肯定认为这一家子要倒下了。

不，她绝不会承认自己这个家倒下的！

眼下，这个显示事实的机会来了。

家琪很健康,孙子很可爱,儿媳很有能力,儿子儿媳很恩爱,他们一家在杭州很开心很快乐,这就是他们的情况。很多想了解他们情况的亲友,看看他们开着奥迪车回老家过年的情景,就可以相信,她,许安淑,绝不会倒下!

在老家县城的最大饭店,他们订了5桌,宴请了娘家婆家的所有亲戚,共聚一堂,说是感谢所有亲友们这一年来对他们的帮助,也为了弥补去年春节没有回乡看望大家的遗憾。现在,家庭境况好转,一切都往良好方向行进,他们,两个家族的长子长女,就特别向在座的亲戚们敬杯酒,感谢大家,感谢生活,也祝福所有人一切如意,平安幸福!

听请客人这样说,所有人都齐齐站起来向家琪爸妈敬酒,一时间,如众星捧月,家琪爸妈成了核心人物。他们俩一个穿着紫色唐装,一个穿藏青色唐装,面色喜庆红润,犹如老寿星一样接受着众人的祝福,穿红色大衣的阳阳则被数不清的长辈们抱来抱去亲来亲去,口袋里塞满了压岁钱,晚宴气氛热烈而愉快。

小诺这次很配合,她穿着时髦的衣服,脚上是长筒靴子,大波浪长发雅致地披在肩上,拉着家琪的手逐一向长辈们敬酒。年轻人都知道杭州有个亲戚在电视上当主持人,现在看到了真人,果真漂亮时尚,于是围着家琪不停说着赞美和羡慕的话,还开一些年轻人的玩笑,让家琪哭笑不得,对这些堂弟堂妹表弟表妹骂也不是恼也不是。

为这一次春节回乡,家琪妈花了一万多块钱,但她认为,值。因为她赢回了人家的敬重和称羡。

春节结束了,该回家了。小诺催着家琪回杭州,说她还要把老妈接到自己家来过正月呢。家琪说,他爸妈好不容易风光回趟老家,就让他们多享受点荣耀嘛,这也是生活的一部分。

小诺撇撇嘴,说,当过官的就是好面子。

家琪说:每人活着的意义都不一样,若人家的意义与我们的不一致,我们不能指责,相反,若能给人家一些方便,岂不是更能显得你的涵养?

小诺不说话了。她现在也喜欢听涵养这个词。

家琪陪他老爸去老家的乡间田野散步。

这几天天气很好,乡下的天空比杭州的蓝多了,通透多了。家琪爸说，等阳阳上学了，不要他们操心了，他们就要搬到乡下住段时间。

家琪说，爸，你现在就可以搬到乡下住段时间，不要老是操心别人，多操心你们自己。你们不带阳阳，我们也能想出办法，你们一手包办了阳阳，我和小诺反而有惰性了。

家琪爸说：习惯了，我们这一代，做不到甩手不管的，总想什么都安排好，不像你们，可以那么潇洒。

爸，你过得开心吗？过了会儿，家琪问。

你是说这个春节，还是我的家庭生活？

两者吧。

这个春节算是蛮顺利的，我看你妈心情很好，她也是很难得这么愉快的了，她愉快了，我也就轻松了。

爸，你看，你又是在为别人活了。

家琪爸一笑，不说话。

我妈就是好强，只要当她展示她比别人好的时候，她就很愉快，但是，这样累啊。你要多劝她，都退休了，不要事事逞强，你要设法改变她，而不是处处依顺她。

家琪啊，我的婚姻那么多年，我是发现了，我处处依顺她的成本最低啊！若是设法改变她，那样的代价才大呢……

那你觉得你的婚姻幸福吗？

幸福，什么是幸福呢？家琪爸倒是问起了儿子。

幸福就是很轻松，很自在，很快乐吧，就是非常满足……你满足吗？

唉，我们这一代，是不考虑自己满足不满足的，总是在想着责任，义务……不过，我比较容易满足的，像现在，出来散散步，与儿子一起聊天，很轻松，我就觉得很满足。

那你在婚姻家庭里，这样轻松的机会多吗？

儿子，我的生活，你都看在眼里的，你妈妈那么高要求，你觉得我有轻松的机会吗？

家琪无语。

爸，我感觉小诺有句话其实也有道理，她说，你对妈妈，不是爱，而是责任。我有时也觉得，你可能没享受过爱……爱是为了一个人，会做出有悖常理或超出世俗观念的事情，而责任，是为了让别人，第三方，看起来你们很好，很恩爱，很照顾妻子……我不知道我说的对不对。过了会儿，家琪说。

那你说，你爱小诺吗？

我想我是爱的吧，因为前几天，我做了一个梦，梦见你们和小诺吵架，你们要我决断，是要你们还是要小诺，后来，我对你们说，我不能离开小诺，你们一定逼我选择，我放弃你们……我当时是哭醒了，醒了后，我自己也呆住了，我会为了老婆而放弃父母，这是多么不合常情啊！但是，我就是那么对你们说了，一边哭一边说的……爸，原谅我那么说话，虽然是个梦，但是，也确实是我的决定……所以，我想，爸，我还是很爱小诺的。

家琪爸有会儿不说话。

我想，对你妈，我肯定是爱的，只是，我们那一代的爱与你们这一代的爱的方式不一样，我们以承担责任为爱，你们以内心快乐感受为爱，按照你们的标准，我就是不爱你妈，但是按照我们的标准，人人都会觉得，我是爱我的妻子的吧。家琪爸说。

家琪点点头。

可是，爸，你有没有觉得，在婚姻里面，有时很累呢？我是爱小诺，可是，我也常觉得累，累得甚至想逃啊……

当然累啊，但是，没有婚姻，那是不负责任的，总不能只谈恋爱不结婚吧，一个不负责任的男人，还能算是个男人吗？

我只是奇怪，为什么不能快乐地担负责任，而总是要很累地担负责任。我也愿意负责任，但是，让我负责任时又觉得很快乐，那不是最好了吗？

家琪爸听了儿子的问话，拍拍他的脑袋：所以我说了，在一个家庭里，依顺一个女人，其实成本是最低了，你就尽可能依顺你的妻子，这样做可能没有快乐，但最起码不会有烦恼了，是吧？

……

春天田野里的清亮空气里，留下一对父子关于家庭关于婚姻关于生活的不算深入的男人探讨。

探讨没结局，生活在继续。

电视台给小诺分红包，5万。

小诺明白了为什么很多女孩子拼了命地要去电视台，这里不仅可以让人出名,也可以让人获利。

在电视台工作少不了"第三收入":红包。去哪里采访,通常会有"车马费",少则500,多则上千。参加一个新闻发布会,诸如某某酒店被评选到什么什么上榜名单,去取几个镜头时,对方也会塞过来一盒礼物再加一个红包,就是希望播出时能多几个镜头……当然,这些红包钱都是小钱。

小诺这5万来自她拉来的一个广告。那还是过年前一个月,小诺兼职的葡萄酒公司要在她主持的美酒美食栏目中冠名做广告,要求效果出彩一些。小诺那栏目开始时都会有些本地美酒美食方面的新闻资讯,然后会有些与气候时节相配合的酒类以及食物菜肴的建议,小诺主持时,就把公司的几支酒放入春节时节适合选的一些酒类名单中,并与杭州人常吃的几道杭帮菜做了个美酒美食配对,再说几句喜庆和养生的话,这样看起来就像是实用类的资讯,效果很好。公司一见市场反响不错,就延长了广告播出时间。小诺那5万元的红包,名曰奖金,其实就是广告佣金。

小诺在大学一年辛辛苦苦上课的收入也就五六万,现在,就因为联系了一个广告,单佣金便是5万。小诺很快就知道了今后她挣钱的方向。

能挣钱就是实力,实力就是硬道理,掌握了硬道理就可以当家做主……

房子的分配法,终于按照小诺的意思进行:家琪爸妈继续住大房子,小诺家琪搬去新房子,福利小套房空着。但是,阳阳的晚上睡觉地点,折中了一下,天冷时候依旧同爷爷奶奶睡,待天气暖和了,再让小诺家琪带回他们的新房去。小诺同意了,毕竟,刚装修好的新房子都有味道,对孩子的健康不好。

小诺带回了一叠房产资料,是今天做完美酒美食的节目后,一位房地产界的嘉宾顺手给她看的。

那嘉宾很有意思,自称他一生只好美酒美女和靓房,小诺笑着说:那你的欲望是不是太多了,当心欲望太多会不幸福的。

嘉宾说:我的欲望刚刚好,当我没有美女的时候,肯定有美酒,当我没有靓房的时候肯定有美女!

小诺对后半句不懂。嘉宾狡黠一笑:我的靓房都没了,都销售光了,美女销售员都排成队等下面的靓房开盘了呀。

211

小诺笑着说：你的生活应该是这样：有美酒的时候肯定有美女，有美女的时候，肯定有靓房，这三者缺一不可，不然枉过这一生！

好，主持人说话有气势！我喜欢！

……

节目前的调侃归调侃，但是节目中嘉宾交谈美酒美食感受时，小诺觉得这位地产老兄确实有些自己的看法，而且，说话风趣幽默，属于个性嘉宾，与他抬抬杠，让节目的趣味性增加不少。

节目录完后，栏目组送嘉宾最新出来的苹果 iPod 作为礼物，白色，很小巧的设计，那嘉宾看了一下，说，这明明是女孩子用的嘛！随手送给了小诺，然后又给小诺一叠资料和一张名片，说：美女主持人，想喝好酒，找我，想买靓房，也找我，我给你打折！

就这样，小诺拿回了一叠资料，吃完饭后就躺在沙发上随便翻看。当然她没忘记把白色苹果 iPod 给家琪，她知道家琪喜欢最新的电子产品。

房产资料做得很漂亮，有实景图也有效果图，有公寓楼也有别墅区。若干年前小诺看过不少类似的房产广告手册，她至今还记着当时的感觉：很想很想买房，但是没有钱，求助无门，公公婆婆紧捂着钱袋死活就是不肯答应。那种焦急，那种无奈，那种心酸，那种委屈……回忆起当时的感觉，小诺忍不住有点歇斯。唉，房子，谁让自己当时没能力呢……这次是多年后第一次翻房产广告，很美的居住环境，越来越有诱惑力的设计，翻着翻着小诺突然又有点心动的感觉。

家琪在旁边专心地试用着 iPod，阳阳在看动画片，家琪爸在书房里，家琪妈在给阳台上的花浇水。

家琪，我们的 5 年计划是小别墅。小诺说。

小诺的声音不大，但是家琪和家琪妈同时转过了脸，神情迷茫地看着她。

你，说什么？家琪问。

我说，我们的 5 年计划是小别墅。

家琪一笑，没说话。他当她是开玩笑。

你们才装修完新房呢，还没开始入住呢，又开始想着另外的新房了？家琪妈不理解，这儿媳，实在能折腾。

那房子小，迟早要再买房的。小诺说。

家琪妈说：你们又不是老板，住别墅干吗？

难道只有大老板才能住别墅吗？小诺悠闲地说。

你们买得起别墅吗？家琪妈不屑地问。

只要有才能，只要有欲望，只要敢进取，当然能买上别墅。

别墅？我是想都不敢想的！那要多少钱啊？要还一辈子的债吧，累不累呀……家琪妈以低调的态度来嘲讽儿媳的异想天开。

小诺鄙夷地一笑，说：连想都不敢想的人，当然永远住不起别墅！

这话有点厉害，家琪妈想回击，但不知道如何回击。终于她说：现在的年轻人，什么都不会，就会好高骛远，做人啊，还是踏实点，能挣多少钱就做多少事……

小诺立马答应：是的，有的年轻人，什么都不会，连最后一点积极进取的想法都没有，也不知道那些父母是如何教育出来的！

小诺知道自己说话越来越冲了，但是她管不了，因为回想往事，她就痛苦，她认定一个事情：她要出头，她必须要出头，只有她掌管起这个家，她才能排除和扫荡一切保守派的阻力。以前她因妥协付出了惨重的代价，现在，她绝不能再失败，所以，她不能软弱，在保守派最大势力的代表面前，她必须要挺直她的腰！

家琪抬起头来，眼神复杂地看着面前的母亲和妻子。他的妻子，他的老妈，正毫不示弱地互相看着对方。

对上了，又对上了！

该自己表一下态了。家琪咽了口水，慢慢说：老婆，你想买，你有能力买，就买吧，能住别墅，当然好！但我是普通公务员，我是依靠不上的。

小诺说：我从没想过要依靠你，我也没想过要依靠你父母，我只依靠我自己，你们，不拖我后腿就行！

家琪无语。家琪妈哼一声，但说不出话来，她觉得这儿媳，已经越来越不像儿媳了。

○75

家琪现在有点怕小诺。小诺太强悍了，他根本控制不了她。尽管她外表苗条而柔弱。真的，小诺不仅强悍，而且强悍得有理由，任何人说起他们这一对，都会用羡慕的眼神对自己说：瞧你娶的老婆，多能干！这让他无话可说。

家琪有时候在暗暗观察小诺，她真的是精力充沛，她可以很早出门去大学上前面两节课，然后去录制节目，然后与朋友吃饭应酬，然后穿着高跟鞋逛街，然后去图书馆看书充电……她很性感，她的衣服都很火辣，当然，是得体的火辣，考究的紧身上衣让男人看得怦然心动，外面再套一件款式优雅裁剪合身的时尚大衣，虽然是冬天，但一点都不臃肿，裙子衬得臀部很丰满，靴子让双腿很修长。作为一个妈妈，她的身材真的塑造得很成功，怎么看都有一种舒适味道。

也许是品尝过失意的苦果，所以现在她绝不放弃任何一个机会，她几乎像饥渴症的人一样，虎视眈眈地注视着她身边的每一个机会并把它们牢牢掌控住。这一点，家琪真是佩服她。他是个男人，但是他在事业上的拼搏精神不足她的零头。

一个美丽的女人，一个性感的女人，一个成熟的女人，一个职业的女人，一个在社交上会让人感觉如沐春风的女人，一个绝不想成为家庭小女人的女人，一个有着明确事业目标并有掌控欲望的女人……这样的女人，怎么可能不强悍？

有时候他突然会想：乔牧兰是不是比小诺要温柔可爱一些？

家琪发现自己有点偏离轨道了，不知何时，他会时时想到乔牧兰，乔牧兰成了他在郁闷时候的一个精神逃避站？

卧室里，小诺铺了一大张报纸躺在床上吃小核桃，电视上播的是个古代的破案片子，有点悬疑的气氛，小诺一边吃零食一边看，看到紧张时候拿家琪的手挡住画面，这时家琪觉得自己总算有点像男人了，自家老婆终于给了自己保护女人的好机会。家琪一手替小诺挡住不算恐怖的电视画面后，一手搂住老婆的肩膀，心里简直要被这样的温馨家庭场景感动了。瞧，这样才是他心目中正常的家庭男女角色！

电视暂时结束，小诺舒了口气，对家琪说：这电视明明是故弄玄虚嘛！拿点瘆人的背景音乐吓唬人，刚才简直把人吓死，其实又根本没什么可怕的嘛。

那以后你都自己看电视，我就去书房看书写论文了。家琪故意说。

不行不行的，你不在身边，我还是不敢看的！小诺边说边紧抓住家琪的手。

吃完核桃要水喝，家琪很主动地去拿矿泉水。小诺奖赏了他一个亲嘴,说,老公真体贴。

见小诺高兴,家琪趁机说:老婆啊,我会对你体贴,那你以后能不能对我妈妈别太咄咄逼人啊?

小诺不笨,知道家琪的意图。

她直起身子,对家琪说:老公,我不是不讲道理的人,但是,我实在看不下去,也实在不能明白,为什么,一个不能与时俱进的人,却总是想着要掌控这个家庭的权力核心?若她是个精明能干的明白人,OK,我也愿意接受她的领导,但是你看看,她现在是种什么样的表现?整个一目光短浅,一门心思都在那点蝇头小利上!她恨不得抓住整个家的财务大权,然后把钱死死捏在手里,美其名曰为你存下一笔钱,但是,这样的做法有用吗?存钱在她心中成了最重要的东西,比生活本身还要重要,为了存钱,她看上了我的福利房;为了存钱,她希望你放弃爱好;为了存钱,她整天处心积虑;为了存钱,她与这个吵那个闹……这才只是她偏执固执以及保守愚昧的一面,另一方面,她坐守老本,不懂得人是随时要学习和更新的。她思路僵化,没意识到她在社会里已经被时代大潮抛弃,到现在还在用她那个时代的最老土的东西教育晚辈,她心胸不开阔,甚至没意识到她已经不得人心,她连对你的老爸都不信任,她四处吵闹到处树敌,对这样一个情商智商都那么糟糕的人,我怎么可能去愿意听从她?不,我绝不愿意的!

我明白她的心思,因为她当过领导,于是总想当领导,当不成领导了就心里失落,不能在单位里当就在家里当,但她根本不去掂量,凭她那点能量,能当领导吗?我第一个造反!

家琪,一山只能有一个老虎,以前我能耐不够,你爸又任着她指手画脚颐指气使,她力量比我强大,我没办法,但现在,我能力增长,我比她更适应社会,我内心比她强硬,我实力远超出她,我不能忍受一个才能不及我的人对我发号施令,我不干,对,我就是要分个高低了。晓梅说过:不是东风压倒西风,就是西风压倒东风,东西风并存只能带来没完没了的战争,现在,该是我压倒她的时候了,这样才能彻底解决我们家的矛盾,才能一劳永逸!

你放心,我不会跟你妈妈永远为敌。只要她承认了她的落伍和不合时宜,只要她摆正了她的位子,只要她明白这社会这家庭只能由最能干的人来担当重任并明白她实在是该放权了,那时,我会好好关照她的,因为,她是一个没有能力的老人了……

家琪，这一天，不会太远的！

小诺说着这话时，言语铿锵，神态坚决。

小诺的新房子装修好后，一直没请朋友们去，现在，张姝是第一位客人。

上完课，张姝陪小诺去布艺市场订了窗帘，又挑了一些餐桌布和相配套的坐椅靠垫布，让店家加工。

张姝带了一套小茶具，宜兴的紫砂壶，当作礼物送给小诺，小诺说，正好我们可以烧壶水泡茶喝。

小诺带张姝参观了新房，两房两厅，清雅简约装修，主色调是淡绿，很清爽。

张姝看了，说：很好，这装修显得你的心态还比较年轻，我最烦那些什么复古式啦欧洲王室式啦洛可可式啦，把好好的房间当王宫或者教堂，多恐怖啊！

小诺用电茶壶烧了水，拆了一包腰果，然后两人围坐着阳台上的一个小方桌试用紫砂壶，像模像样地喝茶吃点心。

告诉你一个故事，我家美娜的最新经历——俩女人没事干，就自然说起了女人话题。

美娜就是被张姝称为"把第三类情感发挥到极致的上海白骨精"的80后表妹，小诺和美娜见过面，还探讨过第三类情感的问题。小诺很好奇，不知道那位承认自己"虽然自私但不虚伪"的小女郎现在怎样了。

她当三了！张姝愤恨地说。

小诺吓一跳，说：上次不是就找到如意郎君了吗，还说很快要结婚的？

张姝说：她这种人永远不会满足的，我简直以有这个表妹为耻！她那男友被派去另外城市一段时间，她就耐不住寂寞，她是什么都要利用起来当资源的人，自然不会浪费好时光。公司后来来了位海归老板，她当了海归老板的助理，一来二去就好上了。我当时还劝过她，说人家有家室，别做过分了，她说知道，她和老板只是玩玩，互相排遣寂寞。但是后来，玩玩就过了线，可能觉得老板比男友更

有资源吧，她竟然想来真的了，说要叫老板与美国的原配离婚……虽然美娜是我表妹，但是，站在女人的角度，我绝对希望她在与大奶的战争中输得一塌糊涂！张姝义愤填膺。

那后来呢？小诺也非常关注进展，这绝对是个与自己今后利益有关的话题，从中要么吸取教训要么得到经验。

我怀疑那美国海归真没见过世面，要不就是我那表妹太有手腕，不知怎么回事，那上司竟然也黏糊上了她舍不得放，我那表妹很得意地向我汇报进展时，我就说她那上司太笨，喝口水还要去打井吗，为一个小三真还要抛家弃子？

小诺说：你真当面对美娜这么说啊？

那当然啦！我就对她说，人家原配现在还没找上门来，对方若是个比你更厉害的主，你可有苦头吃了！有些事情是不能做的，你做了，遭报应了，到时候我绝对是要幸灾乐祸的！

小诺看着张姝，觉得张姝的一些观点就是与众不同，她可以很新派，但也可以很老派，而且不论哪一派，都立场坚定，喜怒分明。

我讨厌小三，她们就是明目张胆的抢劫犯，利用自己的年轻，专门叮有缝的鸡蛋，抢夺人家女人的成果，对于小三，我会像痛打落水狗一样痛打她们！对那些被小三啃蚀的家庭，我除了对大奶喊加油外也没办法，但是自己的家庭，我一定坚决捍卫，往死里痛揍小三，决不会让小三得逞的，宁愿三个人同归于尽，也不可能让小三享受胜利果实！

听着张姝发狠的话，小诺不由得笑了。才结婚几年哪，就开始防小三啦？

小诺，你可以不防，你家家琪厚道，对你好，又依赖你，另外，别嫌我说得不好听，毕竟少了个肾，其他女人估计也不一定要他，担心他不够生猛。但是，我家刘常，虽然没钱，还有点相貌，而且大学里女生又多，他不主动人家女孩主动，我可不想与其他女人分享他！这世道也怪了，现在的女孩，一个个怎么痛快怎么来，一点妇道都不放心上，去论坛逛一圈，一见模样好看点的男生都在流口水，个个都承认自己是色女。天啊，我当然要严防死守啦！

没那回事啦，论坛里的人，都是有色心没色胆的，我也取个化名上去花心过，不过，生活中不照样还是良家妇女一个？

小诺，预防小三，从婚后第一天做起，你家家琪出事了，可以不防，但不能麻痹我不防！

小诺生气地揍张姝：什么我家家琪出事了？他能干着呢，就算给他个小三分享，他那方面也没问题！

春天了，新的季节，新的心情。

瑶瑶已经大腹便便，小诺担当起未来干妈的角色，去商场买一些童装。瑶瑶已经向她透露过，说是个儿子，好了，这下阳阳有个小弟弟当玩伴了，想象着两个小兄弟一起玩耍的情景，小诺很开心。

小诺穿深蓝色紧身针织衫，领口处的黑色亮片衬得颈部很细滑，一手挽着一件咖啡色带白圆点的短风衣，另一手拎着小包包和几个购物纸袋子，穿咖啡色短靴，在杭州大厦闲逛。

077

小诺听到背后有人喊她名字，回头，是梁昊。

很惊异与梁昊在这里邂逅。尽管对梁昊不待见，但是，偶然邂逅，还是要表现出一些风度来的，不能做出扭头就走这样只有小姑娘才会做的事情。

你怎么逛起商场来了？小诺问。

你都能逛，我为什么不能逛？梁昊问。

小诺撇撇嘴：逛商场是女人的专利啊，一个大男人逛商场很傻的呀。

梁昊说：反正我在你面前都是很傻的。

小诺接受梁昊的自我嘲笑。

梁昊向她解释，他过几天去欧洲，想带两只名表回来，就先来杭州大厦看看款式型号和价格，到时候买表就比较有目的了，挑个与国内价格差距最大的，会比较有成就感。

小诺点点头：嗯，浙江的有钱商人一出国就爱买手表，像买大白菜一样地买手表。

你总是嘲讽我，反正我也天生就这个命！梁昊笑呵呵地说。

梁昊邀请小诺吃饭，反正没事，小诺答应了。

在附近的一家商务餐厅，两人选好靠墙的沙发座位，那位子清净，没人打搅。小诺放下衣服和袋袋，然后去洗手间，等她出来时，梁昊已经替她点好了餐。

梁昊望着小诺，刚才小诺在洗手间换了一下发型，把披肩的曲卷长发用一支漂亮的发夹随意绾起，露出精致的耳垂，以及耳垂上的珍珠耳坠，随着小诺的左右盼顾，耳坠轻轻晃动，不停挑拨着梁昊的心。

梁昊有点看呆了。商务西餐厅的灯光总是设计得很到位，真是要命了，那笑容，那随意的几缕垂发，那洁白细滑的颈，为什么，为什么她总是在自己心里消不去？

小诺，你现在的状态很好啊，很漂亮，很有女人味，事业也很顺，我经常在电视上看到你。梁昊赞美小诺。

比不上你，我们的开宝马的大老板！

梁昊赶紧说：什么呀，我是躲在父辈的庇荫下，听着他的话，当着他的手下，总算有口饭吃，不像你，都是靠自己的才能闯出来的，真的，很佩服你！

小诺听了，有些小小的得意。

你的新婚太太呢？

她在家。

她工作吗？

不工作，当全职太太，在家吃吃喝喝，打打麻将。我们那边的很多女人，买几个商铺，然后靠商铺的租金，就可以过得很好了，何况，她老爸，生意做得很大，根本不稀罕她工不工作。

工作会让生活充实，不仅仅是为了挣钱，还是为了体现价值。

是的是的。梁昊表示赞同。

然后两人有短时间的沉默。

小诺吃完了饭，在喝一杯奶茶。虽然眼睛没看着梁昊，但她能感觉到，梁昊正目不转睛地看着她。这梁昊，总是想出点格。

你看什么呢？她低头继续喝奶茶，淡淡地问。

我在看你，总是看不够。梁昊毫不隐讳。

小诺一笑。

真的，8年，抗日战争都打下来了，我喜欢了你8年，却什么收获也没有。梁昊无奈。

我自己也觉得很奇怪啊，没有一个女人说我是专一的，可是，我就是喜欢了你8年，到现在，我还是喜欢你……

因为你没有得到我，没得到的总是最好的。

谁说我没得到过你？梁昊火辣辣地盯着她的眼睛看：那晚，我得到了你两次！那是我最难忘的一个晚上！

小诺脸一红：你胡扯什么？

小诺，你为什么要掩饰自己？你肯定是喜欢我的，你那天很销魂，销魂得让我震惊！真的，我可以让你非常开心，我真的喜欢你，我从没像喜欢你这样地喜欢过其他女人！让我爱你好不好？小诺，你是自由的，你除了家庭，还可以拥有情人，我会是你最好的情人，你会得到很高质量的情欲满足……你不要否认，我是不是带给你一次又一次的高潮？

小诺愤愤地看着他：梁昊，你是不是整天在性幻想？

我要性幻想，也只对你性幻想！梁昊说得很露骨。

别忘了你还是个新婚的老公……

没用，我就是喜欢你，我的太太是我老妈算七算八后根据门当户对挑给我的，我只能接受，生活就是那么一回事，婚姻里面不可能各因素都完美，所以很多快乐都只能在婚姻外去寻找，去弥补……小诺，我不相信你的老公会给你好的性生活，但是，你有权力去追求性满足，这是你的自由，你的身体属于你自己……

梁昊，很抱歉，我不喜欢你。我听你说了那么多，说白了就是一句话，想同我上床，对吧？告诉你，是的，我承认，我的身体是属于我自己，我也有权力追求性满足，但是，我只与我喜欢的人上床，而你，不是我选择的对象！

小诺，我不是只想同你上床，小诺，我还想经常能见到你，能同你在一起，想多陪你玩。小诺，我想做你的亲密朋友，若你愿意，若你需要，我们再上床……

对不起，我做不到。到现在为止，我还没想与我老公以外的男人上床，我也没需要……

小诺！梁昊突然紧紧抓住小诺的手：你已经同我上过床了，你已经是我的女人了，说难听点，你已经出轨了，一次出轨，一生出轨，而且，我知道，你很需要……

啪——小诺把半杯奶茶掷向他，梁昊的毛衣上顿时溅满奶茶。好在他们选的位子偏僻，商务西餐厅里的灯光又偏向昏暗，一时还没有人看到梁昊的狼狈样。

梁昊赶紧拿餐巾纸吸奶茶。

小诺冷冷地看着他，说：是的，我是出轨了，但是，别忘了，我是把你当我老公的替身，或者，更刻薄地说，我是把你当橡胶人，把你的棒棒当橡胶棒，我出轨，但我不背叛！我不像你，心里根本

没有婚姻的原则,你纯粹就是一个不靠谱的男人,你的太太真是瞎了眼嫁给你!

说完,小诺拎起包包,转身出门。

梁昊望着小诺的背影,目瞪口呆。小诺说的出轨但不背叛的观点,令梁昊自叹弗如,他好像连最后一点游说或要挟她的理由都没了。

小诺拎着包包,游荡在热闹的大街上。夜幕下的杭州市区,有种像怀春女人的眼神一样暧昧的温柔。

小诺有点茫然地穿过一条街,看着路边行人的匆匆神情,想,我们都是往哪里去呢?

一次出轨,终生出轨。她以为她早就忘了,但是该死的梁昊不怀好意地提醒了她,让她像吃了苍蝇一样不舒服。梁昊,她以后再不要见他的面了!

出轨,出轨怎么啦?小诺有点示威似的为自己辩护,这城市里的一夜情那么多,她不过一夜释放而已,管他是梁昊李昊张昊钱昊,反正,那晚,有个男人让她释压了,然后她就再也记不起那个男人了!所以,她不需要有负罪感。

但是,小诺隐隐又有点头皮发麻:这事儿,绝不能让老公知道,决不能让儿子知道,这保密工作,她还得好好地做,别说梦话时泄了密……

小诺终于上了车,发动了车子。黑色奥迪慢慢地游进繁星闪烁的都市夜色中,也成了一颗小星。

电台在播放都市暧昧故事,关于两个男人和一个女人的话题,背景音乐是首爱情歌,小诺曾非常喜欢那首歌。现在这类故事充斥着城市的角落,两男一女或者两女一男,带着爱情也带着情欲,版本不停翻新。

电台主持人磁性的声音缭绕在车子小小的空间里,与小诺眼下的心境非常相配,小诺突然问自己:若自己喜欢梁昊的话,今天会不会拒绝他呢?

小诺叹口气,过去的这一年里,她对一切努力的成果都表示满意,但是,与家琪的性生活就是不好,她没法同朋友说,一年里他们连两盒避孕套都没用掉……真的啊,若她喜欢梁昊的话,这样的诱惑,她能抵挡吗?

不去想,不去想,她换了一下电台频道,是采访一位企业家的。嗯,她宁愿多想些挣钱的事。她现在喜欢听企业家的创业故事,充满拼搏和抗争,充满挑战和冒险,也充满机会和回报。

实力才是硬道理,她想。

有实力了,就硬气了。这是这几年的最深刻教训。当年所有的据理力争,所有的苦苦相劝甚至相求,都在家琪父母那里成为气球碎片,而后来的事实又证明,小诺的眼光就是比他们看得准。小诺的嘴角掀起一丝冷笑,没办法,思想保守的一代,不肯放权的一代,曾经占据着家庭的最大资源和话语权,但是现在,小诺要用实力来证明,你们,必须让路了!

家琪爸要回老家一趟。

大学现任领导给他打电话,要他发挥余热,编写大学校志,说他这位几乎把一生都贡献给了大学、并经历了大学很多大事记的老领导,是编撰校志的不二人选。现任领导考虑周到,给老何校长配了两位助手,除了第一次可能回去时间长一点外,平日他只要每两周回去两三天,主持一下大纲,指导一下助手怎么写,核实一些校史,进行一下润色就可以。这样,老校长的工作量也不算重。

以大学为家、以工作为乐趣、以事业为精神菜园的家琪爸一听,很开心地前往。家里带阳阳的人只剩下奶奶一个。家琪担心老妈累,说他们下班后会早点回来,菜就不要烧了,就去外出吃点什么,孩子也由他们接。

第一天是小诺接的。

因为平日绝大多数时间都是爷爷奶奶一早送下午接,小诺回到家看到阳阳时,都是阳阳换好家里的宽松衣服,穿得随便一点也没什么别扭的。这次小诺开了车子去接阳阳,发现阳阳穿了件镶亮片还带喇叭口的蓝色灯芯绒裤子,那分明是偏女孩风格的裤子嘛,小诺越看越别扭。

这时候幼儿园老师看到小诺来接孩子,就上前给小诺一本阳阳在幼儿园一个月来的表现记录,幼儿园老师很勤快,每天都记录孩子的成长小事情,每月一次给家长过目。

小诺就与幼儿园老师谈了谈阳阳的表现。

老师说，阳阳挺乖的，也蛮聪明，但就是同小朋友的交往不是很好。

小诺忙问怎么回事。

幼儿园老师说：你们给孩子选衣服的时候，还是按照他自己的性别来吧，阳阳已经快3岁了，有点知道性别了，但是，你们常给他穿一些不大分性别的衣服，这样，有些大点的小朋友会笑话他，他就会很难为情，笑话他多了，就会自卑，不爱同小朋友说话。你看，他今天穿的裤子，又有人笑话他了，结果他的神情很尴尬，就躲起来了。

小诺一听，急了：他经常穿女孩子的衣服来幼儿园吗？

老师看了她一眼。

小诺不好意思，赶紧解释：阳阳一直同爷爷奶奶住，早上都是他们送的，所以她也不知道爷爷奶奶给他穿了什么衣服。

老师说：我知道你们当父母的都很忙，不过，孩子才是最重要的，还是多花点时间在孩子身上，别动不动就把孩子扔给爷爷奶奶。以我们的观察，爷爷奶奶带孩子，总是在思路上有问题的，他们总是带着他们那一代的想法去教育孩子管理孩子，这样，损失最大的还是孩子！比如，他们会很宠爱孩子，孩子要什么就买什么，这样会让孩子从小就什么都以自我为中心，在幼儿园里也总想得到老师的专宠，一不顺心就大哭。但是另一方面，他们在孩子的衣服上又大多是不讲究的，基本没什么审美可言，可是，孩子的服装常常可以潜移默化地影响孩子的性格，你看，爷爷奶奶买的偏女性化的衣服可以让阳阳害羞，而其他男孩的很运动型的衣服可以让孩子看起来阳光……有一次午觉醒来，阳阳尿了裤子，我给他换裤子，竟然发现阳阳没有穿小内裤，若这让其他小朋友看到，又会笑话他了，在幼儿园里被其他小朋友笑话其实是件很伤孩子自尊的事情……你回去同你公公婆婆说一声吧，别让阳阳再被笑话了！我是好几次同你那婆婆说了，但是，我说了没用，她依旧给阳阳穿这样的衣服……

小诺明白了。

其实小诺喜欢给阳阳买衣服，而且给阳阳买的衣服都不差，都是大牌子的，这些衣服都放在爷爷奶奶那里，但是，家琪妈显然给阳阳挑衣服时做了过滤，只挑她自己给孙子买的，而不让阳阳穿小诺给他买的。小诺和家琪妈买的衣服风格是不一样的，小诺买的大多是眼下流行的成人式的童装，比如牛仔衣牛仔裤，马甲，小西装，运动衣，棒球帽，式样比较有款有型，颜色也偏深色，而奶奶买的都是卡通化的，面料也是偏软的，颜色也是偏粉的，装饰比较多，什么兔子形状的帽子，绣着小动物的开裆裤，家琪妈觉得那样才可爱，适合3岁的小男孩。

幼儿园老师很直爽，在小诺面前说了很多关于阳阳性格和表现的事情，很多是小诺第一次知道。因为爷爷奶奶从来都是说阳阳在幼儿园里很乖很聪明很受人喜欢，小诺现在才知道，事实完全不是那么一回事！连衣服都要被过滤！小诺顿时一肚子的火，这爷爷奶奶，怎么回事？以前听报假新闻太多了，现在连对自己的孙子，也开始透着虚假！

小诺压住内心的不愉快，脸上还是充满感激地与幼儿园老师告别。把阳阳带上车子后小诺想，明天该给老师买点什么礼物，以后要阳阳在幼儿园里不被其他孩子嘲笑，还是需要老师的帮助的。

然后，小诺把阳阳带去商场，先买了一打小内裤，然后又让阳阳自己挑了两套男孩童装，当即换下他身上的衣服，把那身她觉得不女不男的衣服扔进商场的垃圾桶，然后给他穿上运动装，回家。

小诺把阳阳带回家，家琪已经在家了。

小诺去换鞋，看到鞋柜里一双镶亮片的小布鞋，红的绿的绣着花，那分明又是偏女性化的鞋子嘛，小诺越看越别扭，拎了鞋子就把它们塞进一个垃圾口袋里。

家琪妈上来迎接孙子，刚好看到这一幕，不高兴地问怎么啦。

小诺说：妈，你是不是从来不给阳阳穿我买的那些衣服啊？

家琪妈说：不是也穿的吗？

小诺说：今天幼儿园老师说了，你经常给阳阳穿一些不分性别的衣服，有的甚至还是女孩子的衣服，你这样对阳阳性格培养很不好的知道吗？

家琪妈说：我给阳阳穿的衣服都是他喜欢的呀。

小诺说：阳阳现在还小，他知道什么？你经常让他穿，他也就说喜欢了。可是，人家小朋友在幼儿园里要笑话他的，说他穿粉红衣服，带亮片的裤子……你以为把孩子打扮成这样是可爱啊？还有，幼儿园老师说，阳阳不穿内裤，我今天给他买了一打，待会给洗一下,阳阳3岁了,不穿内裤,要被人笑话的!

家琪妈说:我没不给他穿内裤啊……

小诺说:妈,你那是什么内裤,那是大裤衩,街头小摊上买的裤衩!但是小孩有自尊的,人家都是穿棉内裤,就我们阳阳,穿个裤衩,尿了裤子老师给他换,竟然发现没小内裤,真是丢人啊!

家琪妈生气地说:什么丢人,穿宽松的裤衩就丢人啦?最起码,我每天给阳阳洗澡,让他的小屁股干干净净,这穿裤衩算什么丢人啊?

小诺努力静下心来同婆婆理论:妈,你是喜欢穿裤衩的,你给家琪爸也是买裤衩的,你以前给家琪也是买裤衩的,但是,裤衩在家里穿穿也就算了,若到外面,不换成合适的内裤的话,要被人笑话的!是的,你们老了,人家会宽容你们,但是,家琪是年轻人,阳阳是孩子,他们要有正常的衣着,这是礼仪,不然要被人笑话的!我第一次看见家琪穿宽松裤衩外面套个牛仔裤的时候,简直震惊极了……现在,你又把你的那一套放到阳阳身上,这是很不合适的,实在太土了!

我穿裤衩穿了大半辈子,没觉得土,小孩子就是要舒适,那些小内裤,那么紧地包着屁股,小孩子会舒服吗?你自己去问问阳阳!

小诺觉得家琪妈无可理喻,而且那脑袋固执得简直要让人发疯,她的声音里开始透着恼火:妈,你当年给家琪买的都是5块钱的裤衩,后来我接你的班,替你置办家琪的内裤,买的都是50块一条的弹力很好的内裤,现在你自己问问家琪,他觉得哪种裤子舒服?男人,就算是阳阳这样年龄的小男孩,他们的底裤也要有他自己的底线,他要交际,他要受尊重,他不能感觉难为情……

——条短裤,哪有那么多说法?还不是你自己作出来的?!

作,是家琪妈最近从电视里学来的一个词,她觉得这词很适合儿媳,造作,没事找事,扮时尚,扮高贵,其实呢,也就是个图书管理员的女儿。

小诺一听,愤怒了:你是什么意思?叫他们不穿裤衩穿内裤就这么让你难受啊?你是老了,根本不在乎形象,一条裙子里面也会穿个裤衩,风一吹让薄裙子里露出裤衩的形状,但是,家琪不行,他有尊严,办公室里弯腰时,他的低腰牛仔裤里露出内裤的边,绝不能是橡皮筋的花色大裤衩,而是黑色的弹性很好的纯棉加莱卡,这关呼他的健康和魅力,关乎他的形象和信心。阳阳也一样,从小就不穿内裤的小男孩,若被小朋友嘲笑几次的话,会留下心理阴影的!

家琪妈辩不过小诺,但是她实在觉得她自己没任何错。她都这样做了几十年,给老伴添置的衣服内裤,老伴从没说过不好,但是,到阳阳这里,就可以被儿媳挑出那么多的不是!

她眼望着家琪,希望儿子帮她说几句,但是,家琪的反应令她失望。家琪说:妈,你以后都让小诺买衣服不就行了?

家琪妈坐在床上,一动不动,这个姿势,她保持了好几个小时了。她就是坐在那里,看着窗外的天逐渐变暗,然后漆黑一片。

小诺把阳阳带走了,说他们今晚没事,就由他们带孩子,美其名曰让奶奶休息。

没有阳阳在身边,她感觉非常孤单。有个孩子,平日虽然忙累点,但绝不会有空落的感觉,但眼下,心里就是空落得慌。

自己是怎么啦,真的老了吗?老是会感觉孤单,老是希望旁边有很多人围着……

但是,自己的孩子,她是不指望了。那时候,她被儿媳用言语逼到了角落,期待着儿子替她说两句,可是,儿子却让她深深失望。她辩不过小诺,小诺从来都是伶牙俐齿的,仗着有点歪理,就毫不客气地用言语把长辈逼得毫无招架之力,她还以为这是她的能耐?其实在家琪妈看来那根本就是没修养没规矩!可是,她却又无可奈何啊!她不是5年前的她了,那时候,她有权威,有话语权,在单位里,她用目光冷冷一扫,那些下属哪个敢这样放肆?对,她是能干的,她是靠她自己挣得别人尊敬的,她是有条件摆资格当长辈的!但是,眼下……

以前她还有老伴,有家琪爸在,小诺不至于嚣张到这个程度,家琪爸虽然从来都是温和随意的样子,但他的阅历和经验让他说起话来不怒自威,小诺再挑衅,但是在公公面前还是依旧不得不服服帖帖守规矩,因为,她不敢在家琪爸面前造次!因为,家琪爸比她更讲理,在家琪爸面前,她的那些歪理不堪一击,她根本不能用她的歪理来自圆其说!可是现在,老伴不在,所以小诺更加肆无忌惮,拿个短裤的话题,咄咄逼人,与她争得面红耳赤,让她一点长辈的权威都没有。

家琪妈不明白,凭什么,小诺就可以这样把自己摆在一个当家做主的位子上？她以为她是谁呀？她不过能多挣点钱而已，但是，这绝不能成为她在长辈面前大喊大叫毫无敬意的理由！什么是长辈？什么是晚辈？若晚辈对长辈连这样的尊敬都没有的话，这个社会将乱成什么样子？

可是，最让家琪妈痛心的，是儿子家琪的态度。自从儿子出事后，他变得越来越软弱，越来越对小诺言听计从。家琪妈也知道，自己儿子是没有办法，因为小诺在各个方面都超过了家琪：收入，能力，健康，社会关系等等，可是，儿子啊，在你自己的老妈受欺负的时候，若依旧保持着这样的懦弱，那么，这样的儿子是多么令母亲失望啊……

家琪妈坐在床上，盖一床毛毯，冷清地坐在黑夜里，有一滴眼泪从眼角流下。

那一刻，她特别想念老伴。

○８○

门铃响，接着家琪妈听到有钥匙插入锁孔的声音，然后是家琪的问话：妈，你在吗？

家琪妈赶紧擦干眼角的泪，开了床头灯。

妈，你这么早就睡了？家琪奇怪地看着她。

嗯，今天你们自己带阳阳，我就早点睡觉了。家琪妈掩饰。

家琪进了卧室，手里是个糕饼盒：妈，我买了些元祖的糕点，你不是爱吃些松软的点心吗，我挑了不同的，你饿的时候吃点，这星期老爸不在家，晚上你肚子饿的话，也没人给你烧面条吃了。说着，家琪把糕饼盒放到床头柜上，然后，他自己也坐到床上。

看到老妈的神情有点不自然，家琪知道她还在为下午的事情耿耿于怀，于是说：妈，你别去想小诺的事情，她现在当主持人后说话越来越厉害，我是怕她的，对她的一些话，左耳进右耳出，还是这个办法好一点。怎么说呢，家务事，每人都有一点道理，每人都会把自己的那番道理夸大，这就要看口才了，老妈你的口才是比不上小诺的，加上我，我们两个人也比不上她一个人，所以，还是打个免战牌，早早歇战，好吧？什么短裤不短裤，她叫我穿什么我就穿什么，这个传统还不是从你和老爸那里继承的吗？好啦，妈，别自我烦恼了，等老爸回来后，刚好阳春三月，我们一家人去哪个地方玩玩，好吧？生活呀，多往好的方面想，别一个劲钻牛角尖，知道吗？

听了儿子的劝，家琪妈脸色终于好了些。她知道，儿子是担心她的心情，所以特地单独回来看看她的。

这么想着，家琪妈心里一阵温暖。算了，儿媳不可人，儿子知道自己的心也就行了。

家琪妈抓住家琪的手：家琪啊，跟你妈说，小诺对你好不好？她关心你的身体吗？

家琪笑了笑：都老夫老妻了，又有孩子了，还怎么不好呢？反正，我们是比上不足比下有余吧。有的人的婚姻很痛苦呢，我们虽不是很甜蜜，但是也还算不错吧。

她在那方面对你要求高吗？

家琪明白老妈的意思。

还好啦。他含含糊糊地说。

女人到了30岁，就开始要求多了，你别由着她来，要多点克制，为你自己的身体着想，知道吗？

好的好的，知道了！家琪不想与老妈谈这个话题，难为情。

家琪啊，妈有时候会想，妈要写个遗嘱下来，一旦我死了，就把我的肾留下来，冷冻起来，一旦你需要，就可以派上用场了……

妈，我现在不是好好的嘛，你说这个干吗呀？家琪不高兴。

家琪，我唯一牵挂的就是你啊。

妈，你要牵挂的是你的老伴，是我老爸！

你爸他好端端的，我牵挂他干什么？

不是吧，像刚才，你一个人躺着，肯定心里很想他的。等他回来了，我带阳阳几天，你们两个人好好享受一下二人世界，好吧？家琪握住老妈的手，说。

别看小诺当上了编外主持人，可以拿个工作证随时进出电视台大楼，但是，电视台依旧是电视台，这个大楼里除了可以让人风光外，还有很多很多内幕。在这里，有它特定的规则，这规则让有的人觉得不公平，让有的人非常郁闷，让有的人宁愿辞职……

小诺在与晓梅电话聊天，诉说工作上的不愉快。

利益冲突哪里都有，就算是他们那个小小的美酒美食栏目，也照样有。小诺在栏目组里受了委屈，不想在家琪面前发泄，反正同他说也没用，还让家庭气氛变沉重，所以，倾诉的事情，还不如找这个70后姐姐，在她面前诉诉苦，发泄一下。

晓梅姐，这年头真的没道理可说的，就是谁更出名谁就有话语权，怪不得现在的人，想出名都要想疯了！

晓梅问怎么回事。

小诺委委屈屈地说：今天与一个出名的主持人一起做节目，那主持人个子比她矮，但很傲慢，她让小诺脱了靴子赤脚站着，镜头只切小腿上的，这样她不会在镜头前看起来比小诺矮了。听到这个无理要求，小诺呆了，但是，更让她郁闷的是，栏目主任同意了那主持人的要求。这样，小诺赤着脚，做了一期栏目……

小诺，你就调整好心态，把它当个搞笑插曲，哈哈笑两声就过去了，而不是一件严重到伤害你自尊的事情，这样，就可以让你心情平静一些了。晓梅在电话里劝着小诺。

我就是有些气不过嘛，那主持人，其实根本没什么才，成了名的人，真的个个都有实力吗？不是那回事的！

是的，她可能是没才，但是她成名了，我们这个社会就是这样，对成名的人百般阿谀，宽容得不得了……其实，这样也好，可以催你奋发，你毕竟比更多的主持人有潜力。但是，你自己的心态一定要摆正，你看周星驰的电影，都是小人物的故事，都是被欺负受不公正待遇的，难道他们就要寻死觅活，整天找不快乐不自在折磨自己吗？他们不也在最卑微的地方找到了可以自我满足和陶醉的美丽野花？晓梅想法子让小诺尽量不郁闷。

小诺不语，过了会儿，她依旧愤愤不平：真的是太不公平了！只要成名的，臭的也是香的，普通话不标准那叫有风格，乱说一气英语那叫有创意，抄袭别人那是很正常，态度傲慢那是有个性，反正，收视率第一，名人第一！名人的一切行为都是被包装好了放在公众面前的，只要保证名人的完美无缺就行，其他人都是可以垫在脚下的，普通员工的一切努力都是可以忽略不计的！这个社会是多么的滑稽，光鲜的名人外衣里面其实就是一堆垃圾！

晓梅听着小诺的不平，叹一口气。

我知道了，仅仅冒出来是不够的，还必须要成名，要用一切方式努力成名，要设法不停地去获取，利用一切机会去争得资源，争得能量，这样才能让自己变得更强大！才能不被别人垫在脚下！

小诺，成名了不一定就开心的……晓梅设法消她的气。

晓梅姐,你肯定会说我浅薄,可是,在这样的工作岗位上,我不得不浅薄,我是为我自己的权益而努力争取啊,真的,你到电视台转一圈就知道了,这里绝对是个名利场,我要在这里继续工作,我就得遵守这里的规则,而这里的规则,就是最赤裸的名利规则!

我只是想提醒你,若不开心的话,成了名又怎么样呢?而成名的人就像金字塔的最顶端,更多的人是塔的底部,你若一心想成名,却成不了名,那会很让你失落的。晓梅说。

不,我现在就很享受要把我的对手一个个都甩开的过程,超过她们,打倒她们,是现在我的最大乐趣!你看,我现在很独立,我是家庭的主要收入者,我比以前强大多了,我可以藐视一些与我作对的力量了,我有能力抗争了……这种能力,让我觉得生活有目标,很充实!

听了这话,晓梅不知该说什么才好。她觉得小诺进入了一条越走越窄的胡同,也许那条胡同能通向目标,但是,那胡同里,没朋友,没同伴,没风景。

咦,晓梅姐啊,我突然发现,这种克服一切困难最终达到目的的过程,与我和婆婆互相争夺话语权的过程,很像哦!你看,最先都是我处于萌芽状态,我是新生力量,但是,我有潜力,我有才干,我会慢慢变成熟,我会越来越多得到机会,然后,力量在变化,我会从弱势逐渐转化……当然,期间需要坚韧不拔的意志和目标明确的决心,关键时刻还需要机遇,这样,我才能在跑道上一个个地超越,直至她们为我让位!

小诺为自己的丰富联想而感到惊异,她自己也不能解释,怎么火花一闪,一下子就能从工作上联想到婆媳关系上?这样的想象力,真是神了……

○81

老爸回来了,似乎因为工作的关系,家琪爸看起来容光焕发。看来这男人啊,真是离不开事业。

家琪爸一回到家就去书房打开电脑,小诺对家琪说:你爸越来越用功了。

家琪说:人是该经常换换角色的,以前老让他当爷爷,都当烦了,现在要让他回来继续当老校长!

小诺一嘟嘴：别把官僚气带进我们家来哦！

为给老爸接风洗尘，一家人去外面吃饭，小诺有饭店的贵宾卡，能打折。小诺现在皮夹里的卡特别多，饭店的，咖啡吧的，西餐厅的，都是广告客户给的，源源不断，已经送了几张给好友了，还能再继续派发下去。

家琪问老爸工作累不累，老爸一脸轻松：不累，挺好的，以后每两周回去两天，去大学指导指导年轻人写校志。

家琪放心了。然后说起，现在春天了，叫老爸老妈外出旅游几天吧，过过二人世界的日子，孩子由他和小诺自己带，旅游钱也由他们来出。

家琪爸犹豫一下：去哪呢？

现在天气好，什么地方都可以去，远一点的话，云南丽江，近一点的话，黄山，千岛湖，反正，短至一周，长至半月，想去哪就去哪。

听着家琪的游说，家琪妈脸上有点神往，但是家琪爸却貌似不愿意。

算了吧，我刚刚接手学校的这个活，这段时间肯定常要找我问些事情，还是等些日子以后吧。

老爸这么说，家琪妈也附和说：那算了，旅游有的是机会，反正退休了，天天闲着，以后随时可以去，等明年吧。

小诺在一旁说：这机会都是要随时争取的，不能等的，一等就没完没了，以后也许没有现在的好天气，或者没有现在的健康了，或者没有旅游的好心情，再说，现在夫妻恩爱呢……

小诺话没说完，家琪就在桌子下踢了她一脚，说：乌鸦嘴，老爸今年有事，那就明年吧，他们身体那么好，你担心什么！

家琪是担心小诺没遮没拦的话让老妈回想起她的身体，老妈毕竟是得过癌症的人，同普通人不一样。

吃完饭，小诺刷卡买单，然后向饭店要了发票。现在小诺的饮食发票都能由公司报销，手机话费也是，这些小福利算是公司给她的小恩小惠。

晚上，家琪妈在铺床，知道老伴回来，特意晒了晒被子。不过，家琪爸还在书房里的电脑上忙活，直到家琪妈喊了他两次睡觉。

在床上，家琪妈对老伴发着牢骚：我呆在这里越来越没劲了！

怎么啦？

小诺越来越容不下我,而家琪,已经越来越没有能力了。

家琪爸不说话。

你看刚才,她说要出去吃饭,有没有征求我们的意见?我都买了你喜欢的知味观卤味回来了呢。

他们觉得买的东西放冰箱,明天我们也能吃吧。

还有,去哪家饭店,也不同我们商量,就直接去了什么川味火锅店,我最讨厌火锅店里的一股煤气味道了。

那个火锅店,还好吧,里面东西选择也多,似乎是杭州最大的火锅店了。

反正现在她越来越做主了,仗着有车,她开车,说也不说一声,就拉着我们到那里去,一点尊重的态度也没有!

好了好了,你没看小诺有打折卡嘛,她选这个店,是因为能便宜一些嘛,你就少操一些心,现在孩子大了,能干了,你高兴才对,少管些事,乐得多些清闲,这样不好吗?

哼,你不知道,你不在的时候,她对我的那个态度,哪像我是她长辈,倒像她是我长辈一样地教训我!我那天气得心脏病都要出来了,后来家琪回来陪我说说话,总算心里好受一些了,不然,我跳楼的心思都有了!

家琪爸愕然:她又怎么招惹你了?

家琪妈就一五一十告诉老伴事情的经过。

听了老婆的描述,家琪爸长叹口气,说:我们都老了,都要退下来的,这是规律,小孩大了,懂事不懂事,看他们自己了,我们反正也不奢望他们什么,都有自己的退休金,怎么都能过好日子的……一些事情么,你放开一些,你自己心里也会愉快一些,别老像以前,当自己是领导,人家烦的,知道吗?现在我去一趟学校,都是很低调的,不然人家会说老了不自重的!

家琪爸的话里,说不清他的态度是站在哪一边。

家琪妈不服气:我没想当《红楼梦》里的老祖宗,但是,必要的尊重,他们总要给的吧,必要的顺从,也是应该的吧,不然,这么多年为家庭默默奉献,图什么呀?不就是有孝顺的儿女,老了的时候有人在旁边照顾着,关心着,听听老人的唠叨,让人看着觉得一家人团团圆圆很热闹很温暖,对吧?

好的好的,有空时我就与小诺谈谈……

小诺接老妈来杭州住。

本来春节就想接老妈的，后来说太冷了，没来，现在天气正好，西湖边的各种花开得最艳，于是小诺跑了趟老家，把老妈接来住了。

按原来的计划，小诺把老妈安排在福利房，那是闹市区，适合老人进出，但是小诺妈说她宁愿与他们挤一块儿，热闹，单独把她放一个地方，不就是与在老家里一样吗？

小诺一听，没辙了，只得按照老妈的意思。这样，三代四口一齐进了新装修的两居室，阳阳和外婆共住一间。

可是，小家伙一直以来都比较多与爷爷奶奶在一起，外婆对他来说还真有点陌生，阳阳不想与外婆睡，于是，小诺只好把阳阳抱进他们的卧室，让他同爸妈一起睡。看着老妈有点尴尬的神情，小诺说：你多陪陪阳阳，去幼儿园多接送几次，小孩子很快就会黏上你了。

平常小诺有些应酬，没应酬的话就去家琪爸妈那里吃饭，现在，小诺妈来了，小诺妈自然想自己在家做饭，不愿去亲家那里吃饭。于是，小诺就叫家琪回自家吃晚饭，她也会减少一些饭局，尽量每天回家陪老妈老公吃。

几天下来，家琪妈那里就显得冷清了，儿子儿子不来，孙子孙子也不来，全部都被引到亲家那边去了，家琪妈向来是个闲不住的人，现在一空下来，就格外不习惯。

下午接到儿子一个电话，单位里发东西，什么鸭舌啦笋干啦海鲜啦之类，家琪说要搬一些过来。家琪妈立马留儿子到时在家吃晚饭，家琪说不一定，叫老妈不用特意准备，很可能晚上和小诺她们出去吃饭。

下班后，家琪打车过去，分了一半的东西给老妈。家琪妈端了杯泡好的参茶给儿子，说你老爸去书店了，他这段时间不是书房就是书店。家琪说：你看，若不是老爸忙，你们这段时间出去旅游，多好。

家琪妈说，旅游啊，也就是花钱买累，我可不想乱花钱，在家休息也好的。

这时候家琪的电话响，是小诺，小诺刚从幼儿园接到了阳阳，说要过来拿走些阳阳的衣服,因为衣服大多都放在爷爷奶奶家。家琪说那正好,他们一道回家。

小诺很快到了,阳阳从车上跳下来,小花狗一样地欢蹦向爷爷奶奶的家,家琪妈高兴地一把搂住他,好几天不见,想死她了。

阳阳,想不想奶奶?

想。

阳阳,这几天晚上和谁睡觉的?

爸爸妈妈。

那晚上有没做梦到爷爷奶奶?

有。

家琪妈疼爱地在阳阳脑门上亲一下,这个时候,是她最有成就感的时候。

外婆呢,阳阳?

外婆在家。

外婆好吗?

好。

外婆给阳阳买礼物吗?

有。

阳阳这两天不跟外婆睡觉吗?

嗯。

外婆好还是奶奶好?

奶奶好!

……

小诺听到家琪妈这样带着"诱导"性的问话,不高兴:妈,不要问孩子这样的问题嘛!

家琪妈看了儿媳一眼,把阳阳带进房间,往他手里塞了一个没打开包装的汽车玩具,阳阳一阵欢呼,抱住奶奶又是在她脸上一阵猛亲,亲得家琪妈眼睛都闭上了。

小诺在卧室柜子里翻阳阳的衣服。阳阳的衣服不少,但她发现,穿得洗得比较多的,都不是她买的,她买的,都比较新,有很深的折痕,甚至,一些她买给阳阳的童装连价格标签都还没撕掉,显然没穿过一回。

小诺越翻越恼火,她拿着一些衣服去找家琪妈,问到:妈,小孩子衣服要穿的,不穿很快就会不合身,你为什么不给阳阳穿我买的衣服？

家琪妈说：你买的衣服，只是好看，设计一点都不舒服，你看那牛仔裤，布料已经够厚了，还在腰边那里轧进去两三层，阳阳穿着根本不舒服！你们年轻人，只顾着洋气呀，帅呀，却丝毫不考虑实用效果，阳阳不舒服，我心疼！

小诺说：这衣服是好牌子，都是经过设计的，幼儿园里男孩子穿牛仔裤的多着呢，怎么就阳阳穿着不舒服啦？你看你买的裤子，一点男孩的阳刚之气都没有……

家琪妈说：我把阳阳带得好端端的，怎么你才带两天，就发现有很多的不舒服呀？

家琪一听房间里有女人的吵闹声，赶紧过来劝。

你妈根本不给阳阳穿我买的衣服，这是什么意思？小诺抖着手里还有标签的衣服，继续说：我知道你妈的想法，她就是想占着阳阳，她就是看不上我买的衣服，总是有理由说我买的衣服不好，她的目的就是一个：独揽阳阳的教育权！

家琪妈一听气倒不过来，带着哭腔说：家琪，我辛辛苦苦给你们带孩子，而且带得很不错，怎么你的老婆对我们一句感谢的话也没有，却全是指责呢？

小诺说：妈，你不要矛盾升级！对于你们帮我们带孩子，我感谢的话说了很多了，我也尽量给予了回报，但是，我们就事论事，刚才我们在谈论孩子衣服的事情，我在柜子里找衣服时发现了很多我买的衣服你不给阳阳穿，就这个事情我们要说清楚，你为什么不愿意让阳阳穿我买的衣服，你心里是不是对我有想法，难道就是觉得衣服不好的问题吗？

衣服，不就是衣服吗，小孩子穿什么衣服也值得这样争吵吗？家琪不明白，这不是以前争吵过的话题吗，怎么又拿出来了？但他还是努力让两方熄火。

小诺说：第一，你妈不让阳阳穿我买的衣服，不是因为我买的衣服不好，而只是因为是"我"买的，她不喜欢的一个儿媳买的。第二，她老是给阳阳穿没有男性化的衣服，这个幼儿园老师已经说过了，穿性别不明确的衣服会对孩子的性格脾气有影响，但你妈，就是不改！家琪，这两个问题，你看着怎么解决吧……

就在两个女人吵闹的时候，家琪爸回来了。

怎么回事？家琪爸尽量平和地问。

让她自己说吧……反正，给有的人做事，做的再多也是白搭，没用的！到头来还是我们带孩子没带好，孩子性格脾气不好的原因全在我们！家琪妈铁青着脸，坐到了床上。

小诺定了定神。公公回来了，公公回来，显然婆婆有撑腰的了，自己更要做好打硬仗的准备了，说话一定要有理有据有节。公公是块硬骨头，不像婆婆那么容易攻破，自己一定要小心，特别不能进入他设定的圈子，更不能被他的话题拉得团团转然后被扯进他的理论里去，公公绵里藏针以及化骨绵掌的功夫都很好的，多少年官场里修炼出来的，一定要小心了！

我刚才只是与婆婆谈论孩子的衣服的事情，本想就事论事的，结果婆婆无缘无故就把它定性为"给有的人做事做得再多也是白搭"这么一个说法，我也纳闷着。既然要解决问题，那我们还是回到就事论事的层面上来，尽量不要夸大，夸大以及乱定性对于解决问题没任何意义。

家琪爸点点头。

在说事情之前，我要先提个建议，我有提建议的权力吧？刚才妈说了一句，家琪在旁边也听得很清楚，说你们辛辛苦苦帮我们带孩子，但是我一句感谢的话也没有，却全是指责呢。我觉得这话一方面不尊重事实，我没有全是指责。另一方面，没有一个人敢保证自己做得是十全十美的，你们在带阳阳的过程中，我知道已经是够尽心了，但是其中也会有不科学的小角落遗漏下来，就算是育儿专家也有不尽如人意的地方，那么我们一起来探讨还可以做得更好的一些事情，这样可以吧？

家琪爸又点点头。

上次我去接阳阳时，幼儿园老师已经同我说了，阳阳3岁了，有性别意识了，不要总给他穿花花绿绿显不出男性化的衣服，要影响孩子的心理的，这一点，我是赞成幼儿园老师的说法。而且幼儿园老师也同我说了，她们已经转告过阳阳奶奶几次，但是，阳阳奶奶一直没改这个习惯。所以，那次回家时我就同妈说了，叫她注意一下这个问题。当时就引发了争吵，妈的意思是既然让她带孩子，我就不应该操心，不要多管，她能管好一切，我提意见，就是对她的不尊重，是看不上她。但我觉得，幼教不是这么回事，有更好更科学的做法，就要改掉从前的做法。

看家琪爸的神情，他在很认真地听。

今天，我回来拿阳阳的衣服，发现一个事实，这个事实让我很伤心：我给阳阳买的很多漂亮衣服，都被妈过滤掉了！一些衣服，连标签都没拆，就让它们在柜子里躺着，直至太小穿不上，而穿到幼儿园里的衣服，又被其他小朋友笑话……我不知道妈这样做是什么意思，我怀疑她是故意的，她就是不想让阳阳穿我买的衣服，那样的话，妈的心态就有问题了！

刚才，你还不在的时候，我向家琪向妈提出这个问题，想得到一个解释，但是，妈的反应立即就是说我看她不顺眼，没把她放在眼里，不尊重长辈，然后又说她所做的事都是白搭，说我一贯是用指责对待她的努力和好意，整个是以怨报德……我没想到一次就事论事的关于孩子衣服的探讨，在她那里就可以上升到那样的高度，那简直就是上纲上线，"文革"遗风！

好的，关于刚才争吵的事件描述就到这里，家琪可以作证我所说的一切都是客观事实，没有任何添油加醋。

说完，小诺平静地看着公公。

家琪睁大眼睛看着老婆，他第一次发现，小诺有着非常缜密的思维，还有很冷静的表述。

这时，家琪妈从床上坐起来，指着小诺的鼻子，说：不是的，她不是的，她在与我争吵的时候，厉害多了！她现在在你的面前是一副很讲理的样子，但是，事实上，她对我真的很不尊重的，老何，你不能相信她的话！

妈，请你把你的手指从我的面前移开。小诺冷冷地说。

安淑，你不能用手指对着别人的脸，这样不尊重人家。家琪爸用手挡住了老婆的手指。

家琪妈觉得连家琪爸也是在替儿媳说话，她觉得自己越来越没说话的分量了。那一瞬间，她简直有死的心思了。

我说不过她，我辩不过她，她什么都有理……家琪妈喃喃地说，把求助的眼神最后转向家琪。

家琪上前，把老妈扶进卧室，边走边说：妈，好了，清官难断家务事，家务事里哪有那么清楚的对和错，爸也没辙了。真的，你没错，你做得很好了，小诺也没错，她想做得更好，你们啊，以后就少打些照面，好不？弄得这么不愉快，你也不好受呀！

家琪啊，你看见的，刚才，你的老婆，是不是对我不尊重啊？

妈，我会回去说她的，好吧？

家琪啊，我被小诺欺负也就算了，我担心你以后也被小诺欺负啊，她是越来越厉害，也越来越不像话了呀……家琪，你要有点主见的啊！

家琪听了老妈的话，有点哭笑不得。他知道老妈对自己好，好得掏心掏肺，可是，这方式……老妈要他防着小诺，简直像防着一个处心积虑要窃取家产的小偷一样。可他的家产，还不就是小诺的家产？

但是，家琪还是要安慰老妈，说他知道的，他会回去教训老婆的。

家琪妈紧拉着家琪的手，再次叮嘱：你不能被她欺负了……

当家琪妈一遍遍地说着这句话时，突然，半年前那个梦境出现在家琪妈的面前，那个梦里，有个娇艳又极有心机的小宫女，她吸引人的外表下，包藏着夺取权力的祸心……

终于，家琪带着阳阳和小诺走了。

这次，家琪爸没说小诺什么，他只是说，你妈啊，老了，不合时宜了，这个时代，要你们年轻人来掌控了，你就让着她点吧。

回到卧室，家琪爸对家琪妈说：别太争了，为了个面子，为了所谓的尊严，累不累啊？你越强势，小诺越不让步，你越弱势，小诺越会关照你，知道吗？我现在终于有点明白如今的年轻人了，还有他们说的"狼的精神"。

家琪妈尽管被小诺折腾得疲惫不堪，但依旧撑着最后的一股气，说：我还需要她的关照？我有我的位子！我要得到必要的尊重！我不会被她打败的！

084

家琪也感觉到了家里来了老人后是有诸多不便。

比如，每天晚上，小诺妈都要到他们卧室来，与阳阳玩，与小诺聊天，一聊就是好半天，家琪是加入她们的女人话题呢？还是自己看电视？而且，那时家琪一般都换成睡衣了，小诺妈没觉得怎么样，家琪却感觉不方便。

比如，家里就一个卫生间，小诺妈可能习惯了上自家卫生间时不关门，结果有两次被家琪碰到，非常不好意思。

比如，小诺妈喜欢一大早起来用高压锅做稀饭，说那样香，可是高压锅的气流声响会吵醒阳阳，阳阳晚上就入睡迟，若早上还早早醒来的话，孩子的睡眠时间会不够的。家琪同小诺说，小诺还嫌他烦。

比如，小诺妈的一些说话方式家琪也不喜欢，家琪是不愿意在背后说别人的，尤其是别人坏话，但是，同大多数老人一样，小诺妈喜欢在小诺面前说些亲戚间的琐碎事情，当然，都不是太好听的琐碎事。

比如，在钱方面，小诺妈其实分得很清楚，什么娘家婆家，有次对小诺说，你不要你们婆家的装修款，他们有没给你们新居红包呀？家琪明白她的意思，不要装修款，是省得自己老妈以后说这笔钱是他们给的，但是，新居红包钱，那是理所当然要的，所以，小诺妈向小诺传授的，什么婆家钱一分不要，也是说说的，最终还是想要的。其实，家琪并不觉得自己爸妈会在那10万装修款上有特别的心思呀，唉，老人，一个比一个心思多……

还有，小诺和小诺妈，其实都像小孩子似的，好的时候能说一整晚的话，可是，互相怄气的时候也有。有次小诺和老妈约好一个地方见面，说要逛街，结果交接地没说好，让两个人白等半小时，而且，小诺妈是节俭的人，一到杭州说手机要漫游，死活不肯开手机，小诺打死了手机都是关机，小诺气得说了老妈两句，小诺妈不高兴了，嚷嚷着要回家，家琪赶紧劝，边劝边说小诺脾气不好什么的，结果晚上时候，两个女人又好了，小诺还怪家琪在她老妈面前说她坏话，家琪一听，感觉自己里外不是人，郁闷死了。

最终，家琪不大爱去那新房子住，他宁愿多往老爸老妈那里跑。最先是下班后在老妈那停留半小时，然后在老妈那吃饭，后来索性在老妈那睡觉，反正房间多着。小诺有老妈陪着，儿子老妈带着，老公游离出视线，她也没意见，只要每天电话汇报就行。看儿子回归，家琪妈当然更是求之不得。亲家来杭州，虽说孙子离她远了，但儿子近了，一样的，只要有孩子在身边，她就满足。

家琪终于开始写论文。因为身体原因，导师让他休养一年，现在一年过去了，系里的老师也开始关照了，家琪的几个全国性考试都通过了，就差个论文，不坚持到底，可惜呢，好歹也是个浙大硕士学位啊。

好久没看专业书，脑子都有些锈，写论文又不是件容易的事，家琪只能耐着性子慢慢补课。

于是，家里的场景常常这样：老爸在书房里用功，儿子在客厅里翻书，老妈给两个男人烧好吃的，倒也安静祥和。家琪妈天生就有侍候和服务孩子的热情，吃晚饭时，她总喜欢往儿子碗里夹好吃的菜，晚上家琪看书的话，她就左边一包核桃肉右边一杯热牛奶，她甚至替儿子准备好洗澡后的换洗衣服，一切服务得无可挑剔，就像家琪没结婚的时候一样。有天家琪说，在老妈这里比在自己家里舒服多了。家琪妈一听，特有成就感。

可能太过舒服安逸了，家琪的论文效率一般，相反，家琪爸每周都有成绩，有次家琪问起老妈，怎么老爸越老越用功呢？老妈说：学校那点破事，他真当事业了！

老爸那么老了，还有事业心，家琪听得很惭愧。

这期间，家琪谢绝了同事乔牧兰的两次邀请，一次说喝茶，一次说喝咖啡。家琪的推辞理由是要写论文。

在单位食堂里，家琪遇到牧兰，这丫头明显瘦了。家琪有点不忍，想端着午餐盘去牧兰的饭桌吃，可是又怕太热情了惹起误解。于是，默默擦身而过。

下午，家琪收到一封电子邮件，打开，是这样一段话：

人生吧，0岁出场，10岁快乐成长，20为情彷徨，30基本定向，40奋力拼闯，50回头望望，60告老还乡，70搓搓麻将，80晒晒太阳，90躺在床上，100挂在墙上……所以，能牵手的时候，请别只是肩碰肩，能拥抱的时候，请别只是手牵手，能在一起的时候，请给自己一个机会！

当大部分人都在关注你飞得高不高时，只有少部分人关心你飞得累不累——这就是真心爱你的人。朋友请你记住啊，新生活新概念是这样，一个中心：一切以健康为中心。两个基本点：遇事潇洒点，看事糊涂点。三个忘记：忘记年龄，忘记过去，忘记恩怨。四个拥有：无论你多强或多弱，一定要拥有真心爱你的人，拥有知心朋友，拥有向上的事业，拥有温暖的住所。

别忘了，自己也是自己的朋友，在你不停告诉自己要负责任时，也给自己的朋友一种更宽松的愉悦。爱不是用来束缚的，责任不是用来禁锢的。

对了，还有六个不能：不能饿了才吃，不能渴了才喝，不能困了才睡，不能累了才歇，不能病了才检查，不能老了再后悔！

电邮没署名，但家琪知道是乔牧兰发来的。
家琪想回信，可是不知该怎么写好。

小诺打电话叫家琪回家，说他好几天不回家看儿子了，儿子想老爸了。

家琪一想，是的，连续三天呆在老妈这里，以写论文为理由，其实是为了逃避老丈母娘带来的琐碎烦心事，想想自己没尽到女婿应尽的责任，心中有些惭愧。

回到家里，小诺把他拉进卧室，沉着脸问，是不是故意不想回家。

家琪说：这里有小孩有长辈，静不下心写东西。

小诺说：骗谁呢？今天老妈说了，是不是她来了，你就走了？再这样的话，她就回家了。

家琪说：我也偶尔回回娘家嘛，生活时时要换换角色的，这话你说的！何况，每次回家都是经过你同意的。

小诺说：你没尽到女婿的义务知道吗？

家琪说：知道了知道了，不过，我还不是为了让家里方便点，不然，你们两个女的，加我一个男的，连个洗手间都不够用……

小诺说：你的理由还特别多呢！

家琪说：我也确实理解了，家里多个老人，对原来的一家子来说，是有些文化冲突……

小诺白了他一眼：你终于知道以前我在你家受到的文化迫害了？

家琪说：老婆，文化冲突也就够了，文化迫害还谈不上吧，我都没说你妈来结果我受迫害嘛。

小诺说：我妈和你妈，能比吗？见你三天不回家，她是担心我们家庭搞分裂，硬逼着我把你叫回来，不像你妈，巴不得我们离婚！还有，她对你，根本没有任何仇视和敌对，今天还买了些白毛线说要给你打件背心，我说得了，去商场买吧，不贵的，她说自己打的和买的不一样,我一听服了,现在什么年代了,还织温馨牌毛衣……但你妈呢,天生就把我当敌人当靶子,还幸福毛衣呢,想都别想!还有,我妈走到哪里,都是把你挂在嘴上,到处称赞你懂事,性格好,疼老婆,但是你妈呢?你妈何曾这样在亲戚面前称赞过我?!

家琪刚回到家,小诺就一阵密集的雷阵雨,浇得家琪晕头转向,家琪好容易逮着点机会替自己辩驳:小诺,我们相比,也确实是我脾气比你好多了,会容人,是不是?所以我和你妈不会有冲突,若你能像我这样容忍的话,你怎么会老是与我妈作对呢?

小诺一听,似乎家琪的话也有点理,但是她还是嘴硬:你那妈,是什么人啊,再贤惠的儿媳,她照样是不满意的,你知道核心问题在哪吗?原因是她潜意识里根本就是把人家儿媳当敌人,所以怎么容忍都没用的,所以还不如造反!

家琪举双手投降:我们不扯开话题,你说吧,我没尽到女婿责任,今天我该怎么做你才满意?

小诺气鼓鼓地说:陪我们逛街,妈替你看中了一套名牌西装,让你去试穿一下!你去穿吧,喜欢就不要客气,我妈有钱!

035

小诺妈要回去了。

家琪终于舒了口气。一个老人就够呛,何况两个?

不是说小诺妈对他这个女婿不好,只是,老人就是老人,总有些想法无法与年轻人同步的,小诺是她自己女儿,互相抢白几句没关系,但是,他这个女婿总归像是局外人一样,不能当真地加入某些掏心话的辩论中,不然要留下话题把柄的。

而且,老人都有一个通病:愿意给对方买东西,但是又要讲条件。像上次,老丈母娘给家琪买了套几千块钱的西装,付了钱后对他说:只要你对我家小诺好,我什么好衣服都给你买!

当时家琪听得很郁闷。若一套衣服就能改变他对老婆的态度,那他也太好收买了吧!

还有,自从老婆把他喊回家后,他就很少能再回自己老妈那,因为"要承担女婿的责任陪丈母娘",他知道那是小诺要求的,要让他表现得比较让老人满意,这样小诺妈才会放心,认定女儿的婚姻比较牢靠。但是,这样的代价是,自己老妈来了好几次电话叫他去吃饭,但他苦无分身术,无法令自己老妈满意。

现在,小诺妈走了,一些特意为小诺妈安排的日程节目可以取消,日子又能回到原来的样子:阳阳幼儿园回来让爷爷奶奶接,小诺四处赴约,自己晚上在老妈那吃饭,衣来伸手饭来张口家务能不做就不做……

小诺在联系一单广告,若能签下,她将得到不少于5万的奖金。

客户对小诺言语很好听,貌似能一口答应,但她知道现在的广告客户,头口承诺都是没用的,一定要签下合同才算数。小诺在做最后的努力。

客户来了位贵宾朋友,是北京文化界的,文化人见的世面不少,要请位漂亮有涵养且说话风趣的年轻女士相陪。客户来找小诺陪酒,并暗示,若让那远道而来的朋友满意而归,下周就签合同。

晚上又有应酬了,小诺打电话告诉家琪,叫他去接下阳阳,她可能会晚一点回家。

家琪妈见又是儿子一个人带阳阳,很不满意。算算这一周,小诺自己带儿子的时间才一天,这算什么妈妈呀?当初还说得很好听,天暖和了,就不要爷爷奶奶带孩子,要当父母的自己带,说起来教育得更好更科学一些,结果呢,几乎所有带孩子的活都推给了家琪!

见老妈又开始在背地说自己老婆,家琪赶紧熄火:小诺在挣钱呢,要挣钱就得四处应酬呀。

家琪妈说:我才不要儿媳这样挣钱呢!怎么挣钱不是挣啊,一定要打扮得花枝招展出去挣钱啊?当初让她把房子出租掉,每月能拿3000块的房租,她就是不听,什么要留下个房子给她妈妈住,结果呢,她妈妈来,也不见得去住啊,不是空着吗?哦,她这个房租钱就不要挣,偏偏去挣那些什么广告客户的钱,那都是些什么人啊,不三不四不清不楚的男人!对女人来说,房租钱既轻松好挣又没人说闲话,她偏对着干,我也真是不明白她脑子里怎么想的了!

家琪不说话。

气氛不好,家琪在老妈那吃了晚饭后就带着阳阳回家了。

家琪妈也早早地洗洗睡了。这两天,老伴不在家,回老家大学继续他的老校长的事业去了。

不知是什么时候,可能是半夜了,家琪妈被一阵刺耳的电话铃声吵醒。不会是家琪出了什么事吧,赶紧接了电话,话筒中有很强的音乐声，家琪妈喂了两声，这时，电话里传来一个男人的声音，带着一种玩世不恭的醉意：小诺，打你手机你怎么老不接呢，我只好打你家里电话了……上次你喝酒，我陪你，这次我喝酒，你得陪我……小诺，喝完酒，我们再去开房间……你一定要知道，我真的喜欢你，真的不能忘记那一晚，你，你那么迷人，你这妖精，诱惑死人了……

家琪妈一听，头皮都发麻了，天啊，这李小诺，究竟在外面做了什么荒唐事情？

喂，你是谁，你是谁？她冲着话筒使劲喊。

小诺啊，我是梁昊，你听不出来了吗？你这小妖精！

告诉你，我不是李小诺，我是李小诺的婆婆！

顿时，电话那边没声音了，似乎那边的人一下子酒醒了，然后，电话被搁上了。

接了这个电话后，家琪妈再也无法安睡。

一大早，家琪妈就给家琪电话，让他下班后火速到家里来一趟。家琪不明就里，不知发生了什么，于是利用中饭午休时间就打车过去。

家琪，你家小诺不对劲，她外面有人！一见儿子的面，家琪妈马上就说。

家琪一脸茫然。

家琪，昨天晚上我接了个电话，都大半夜了，是个喝醉了酒的男人，他以为我是小诺，对我说：小诺，我们喝完酒，再去开房间……家琪啊，昨天妈听到这样的电话，简直要气炸了，我们家的儿媳，怎么能这样不检点的？告诉你，家琪，若李小诺不清不白，这样的儿媳我是不要的，你不要再替你媳妇说话了，若真发生了什么，我和李小诺之间，你只能选一个！

家琪妈脸色潮红，态度决绝。

妈……你还没搞清楚事实呢！在没调查清楚前，你别乱说啊。

家琪！见儿子不信自己的话，家琪妈急得要发誓了：我知道这种话不能乱说的，儿子啊，若当妈的敢乱说这样的话，妈妈被大卡车轧死！

家琪听了，知道电话的事老妈是没乱说，但是，这种事情，从人家那里听来的与真相之间，总是有些距离。万一有人开玩笑恶作剧乱打电话呢，万一人家打错电话呢，万一——

对了,家琪,妈问了打电话的那个人是谁,他说他是……是梁浩,不知还是杨浩。家琪,你认不认识一个梁浩或者杨浩的男人?

梁浩?家琪在想。

想起来了,是的,梁昊,小诺的同班同学,半年前刚订了婚,还请了他们去香格里拉酒店吃了西餐。

家琪冲老妈点点头,说:认识的,小诺的同学,我们见过面。

他是怎样一个人?家琪妈赶紧问。

不了解,是个富家子弟吧,开厂的,挺有钱的,好像是义乌那边的人。

家琪妈一听,立即说:李小诺肯定傍上有钱人了!你看她平日花枝招展的样子,还不是喜欢招引有钱人,家琪啊,你要钱没钱,现在又身体有病,她早就看你不顺眼了……

妈!家琪气恼地说:你以后别拿我的身体说事好不好?

家琪,妈是为你着想,选老婆,就要选贤惠的,能吃苦的,愿意陪着老公受苦的,这样,我这当妈妈的才放心,可是,人家小诺,你认为她会愿意陪着你过普通日子吗?

好了好了,妈,这事情,我自己会解决的,你就别掺和了……

家琪下午上班时间要到了,他心乱如麻,出门去打车,忘了把随身小包带走,家琪妈赶紧追上,把装有笔记本钥匙手机钱包的男士小包送上去,然后,一脸担忧地看着出租车离开。

○ 35

下午,家琪给老妈打电话,语气似乎比较轻松。

妈,没事的,关于梁昊和小诺喝酒这件事情,小诺以前就同我说清楚了,刚才我心里乱糟糟的,都没回想起来,现在想起来了……是这样,差不多一年前,小诺有次和我吵架后,很生气地出去找朋友喝酒,但是朋友没找到,就打电话叫梁昊去陪她喝酒……那天小诺心情不好,喝酒是喝多了,结果梁昊替她去酒店开了个房间,然后梁昊他自己当晚开车回义乌了……妈,梁昊是她同学,又是刚订了婚的,而且,也是家族比较保守的那种,不会乱来,何况这些事情,小诺都同我说清楚的,再说了,她那天喝酒,是借酒浇愁,一半也是我的责任,我相信小诺不会背着我乱做一些事情的,我估计这次梁昊来杭州,也是碰到什么烦心事,于是跑去酒吧喝酒,喝着喝着就想让小诺陪他……陪朋友喝酒,在年轻人里还是蛮多的。妈,你别乱猜想,一些事情,是不能猜的,越猜越会生疑……

家琪妈在电话里听着儿子的话,简直气倒不过来,听儿子这么说来,似乎是她这个当妈的在挑拨离间!家琪妈对着话筒大声喊:普通朋友?普通朋友会称小诺是小妖精吗?家琪,你好好用脑子想想,电话里那人都明明白白说了,什么小诺,我喜欢你,我不能忘记那个晚上……天,我现在重复说那些话,都觉得恶心死了!

家琪在电话里愣了愣,但最终还是说:老妈,你别管这件事了,好吧?我要工作了。

然后,家琪挂了电话。

家琪妈呆呆地听着电话里的忙音,只有一个想法:儿子已经完全被小诺洗脑了!她这当妈的再不出手,儿子不仅生生被老婆欺负,还帮着老婆说好话,这儿子也太愚蠢了吧?家琪妈放下电话,好一会儿后终于恨恨地说:李小诺,我才不信查不出真相!

家里的电话有来电显示功能,家琪妈调出昨晚的那个电话,抄下来,然后,她给小诺打了个电话,心平气和地叫她过来一趟,说有事。

小诺上完课就去婆婆那里。她今天心情很好,因为昨晚的应酬很愉快,客人虽然是从未谋面的人,但是说话举止都不低俗,从第一眼见面,就有种一见如故的感觉,整个吃饭喝酒的过程都是相谈甚欢。后来,客人索性喊着她的名字说:小诺,到北京去,我请你!你想认识文化圈什么人,我带你去!

小诺没想要去北京发展,她只想早点签下合同。广告客户今天打来电话,说这周可以把合同搞定。然后广告客户笑着对她说:小诺啊,你就是能让男人一见你就喜欢你!你知道这是多大的财富吗?以后我也要多多讨好你了,因为你一顿晚饭的能耐比起我一整年的公关还靠谱,妈的,不公平啊,这世道,真沦陷为女人的世道了!

小诺在电话里美美地对他说:好的,你多讨好我,多给我广告单子,我来者不拒!

……

小诺在车上想着,5万的奖金,可以拿出1万给家琪爸妈去东南亚什么地方旅游一趟,他们在阳阳身上花的精力和钱物不少,自己就用钱去回报一下吧,再拿1万给自己老妈,去年她的55岁大寿都没给过红包，现在补给一下，把不孝的名声给弥补回来……上次的5万奖金，小诺全部投入到了阳阳的"宝贝基金"里，那个基金已经快空了，再不填补进去，真的就剩一个空架子了。拿婆婆的话说，以前小诺老是在打宝贝基金的主意，好，现在，她要让她明白，往基金里注入最大股的新鲜血液的，是妈妈小诺！……

小诺的眼神里有丝得意快乐的笑，对了，以后再有佣金啦奖金啦，就要多投资了，已经夸出海口5年计划是小别墅，那么肯定要抓住一切挣钱机会啦，好在现在挣钱的机会真不少，努力，加油，为梦想而奋斗……

小诺到家，问家琪妈有什么事情。

家琪妈给小诺一张纸片，说：昨晚，一个叫做梁昊的男人专门给她打了电话，说了一些事情。

看到纸上的那个号码，小诺粉粉的脸一下子白了。

家琪妈不愧是多年坐办公室的，机关经验让她的眼睛亮着呢。

一见小诺的神情大变，家琪妈就知道她猜的十有八九是真的了。只可怜她那儿子，被这妖精蒙着，还傻乎乎地叫她这个老妈不要多猜疑。

家琪还不知道怎么回事，你就同我说说吧，这是怎么回事。我们能不让家琪知道，就尽量不要让他知道，不然会伤他的心。家琪对你好，你也承认的吧。家琪妈尽量冷静地说，可其实她的心在扑扑地跳——只有她知道，她在客厅一堆报纸杂志下，放了一个录音机：她要为家琪取证。说真的，这样玩"证据"的事情，她也是第一次干。

但小诺努力在最快时间恢复了冷静。小诺看着那纸条，冷冷地说：这事和你没关系吧，我为什么要同你说？

你不是我家的儿媳妇吗？

小诺一笑：这只关我自己的事，你爱同家琪说，就说吧，看你会怎么说。

家琪妈生气地指着小诺的脸说：我没见过你这么无耻的女人！

小诺"啪"地打开家琪妈指着她的脸的手：我没见过你这么没有修养的婆婆！

说着，小诺去拿电话机，啪啪啪摁了一串键，接通梁昊的电话，大声说：梁昊，你现在给我说清楚，你昨天给我婆婆说了什么？

家琪妈没想到小诺直接给梁昊打电话，这可完全出乎她的意料，按照她的设想，因为小诺不知道梁昊昨天同她讲了什么，她社会经验不足，肯定阵脚先乱，那正好了，自己先安抚好小诺，然后趁着她阵地还纷乱的时候直接来个攻心术，以把这件事情不告诉家琪为诱饵，从小诺嘴巴里套出整个事实真相，然后把证据给自己的傻儿子，这样，她就完成了整个调查过程，那时看小诺嘴巴还能不能再硬下去！

可是，没想到，小诺的做法，首先就是来个"透明解决"，让一切都摊开来说话。这样，她的"兵不厌诈"的做法就失效了。

电话是免提。电话里的声音有些不情愿：小诺，我现在在开会呢……

梁昊，开会重要还是人命重要？告诉你，现在不给我说清楚，你没好日子过！

那边有走动的声音，然后有关门的声音，然后感觉梁昊到了一个偏僻的地方继续接电话：小诺，对不起，我昨天喝多了……

你现在就直接告诉我，现在我婆婆也在，你说，昨天你对她说了什么？

我没说什么……我就是想找你出来喝酒，我以为是你接的电话……我昨天喝多了，如果对你婆婆乱说了话，我道歉，但是，我不是想故意冒犯，我真的是有点喝多了，我今天还头疼，被我老爸臭骂……

你说了我们做了男女龌龊之事了吗？小诺打断他的废话，直接问。

没有啊……哪有呢。

骗人！你明明说了开房间的事情！家琪妈在旁边大声说。

开房间能说明什么呢？小诺冷静地回头一问。

连开房间都没事的话，你们……我真要被你气死了，不要脸啊……

说着，家琪妈跟跟跄跄走去房间，拿起自己的手机，给家琪打电话：家琪啊，你快回来吧，我快要被气死了，怎么能这么无耻啊，不清不白，而且还死不认错……这世界还有讲理的地方吗？

……

家琪回家，见小诺冷了个脸坐在那里，家琪妈在房间里，气得浑身打战。

妈……小诺怎么过来了？

你妈把我叫过来的，她想从我的嘴巴里掏出她想知道的话来。小诺说。

妈，我不是同你说了吗，这件事情，你不要管，这是我和小诺之间的事情。

哦，你是知道的？你妈刚才还骗我，说你还不知道……好老土的手段！小诺不屑。

家琪妈听得更加生气，满脸通红，可两手几乎要冰冷了。

家琪赶紧扶住老妈：妈，这件事情不想你来管，因为我们是两个时代的人，不同时代的人，想法不一样，像年轻人喝酒，用你的标准来衡量，会是一件让你很想不通的事情，但是对我们来说，是很容易理解的。我不想让你进入到我们的生活评判中来，你有你的世界观，有你的看法，若把我们的看法强加于你，这对你不公平，所以，不希望你牵扯进来，我是这个意思，好吗，老妈？

家琪，我，我想，这世间总得有个讲理的地方，对不？你老婆和其他男人勾勾搭搭，我问她几句，她立即就说不用我管，家琪啊，我也是个长辈，晚辈有不对的地方，还不允许我管吗？家琪妈瞪着眼睛看儿子，这个儿子啊，实在太不争气了！

不，首先不讲理的是你！小诺在客厅里冷静地辩驳：是你的方式侮辱了我，你要讲理，好的，大家坐下来心平气和地讲，把整个事件讲清楚。这件事我能讲清楚，我心中没鬼！但是，你有鬼！你目的就是想从我嘴巴里套出一些话来，来疏远我和家琪，以达到你一贯的目的！你说昨天晚上有个叫做梁昊的男人同你打电话，告诉你一些事情，你要我把与他的事情说清楚，但刚才我当你的面给他打电话，你也听得清清楚楚，他是误打了电话给你，并没存心要告诉你一些事情，而且他说得很清楚，昨天他喝多了，若有说错话冒犯你的话，请你原谅，但是你呢，抓住你认为的尾巴不放，就是想要我承认我做了无耻的事情，是吧？你的目的就是这样吧？你觉得你做到了这个，你就彻底打败了我，是不是？！

家琪妈说不过小诺，但是她绝对不想败在小诺的伶牙俐齿下。她认定，这件事情，小诺绝对让自己儿子戴了绿帽，按照她的标准，这是一件非常严重的事情，严重到可以对儿媳进行驱逐离家的地步，但是，没想到，儿媳反而说她不讲道理，这种黑白颠倒，令她不能承受，这样的儿媳，她拼死也要好好教训教训！

她挥舞着双手，几步跑到小诺面前，声嘶力竭地喊：李小诺，你晚上与别人去开房间，你还好意思为你自己辩白？你太无耻，我的儿子娶你，是他最大的错，我绝不能让我儿子蒙受这样的耻辱，我现在恨不得撕烂你的脸……你还不承认，你等着，我要你亲口承认，你就是与别的男人上床了……我以我的下辈子打赌，你绝对与其他男人上床了……

家琪妈说着，想挥手去抓小诺的脸，小诺见婆婆发疯，赶紧抓起茶几上的杂志去挡，这时候，"啪"地一声，一个老式的随身听掉到地上，磁带还在转动。家琪妈一看那藏着的录音机掉下来，一愣，要打小诺的双手停在那里。

家琪把老妈拉开，然后捡起随身听，说：怎么在录音呢？

小诺也一愣，然后明白过来了，看到婆婆拿这样的武器对付自己，小诺一股气直涌上来，感觉脸上要喷血。几秒钟的沉默后，她接着嘿嘿冷笑：我们家出私家侦探了呢！家琪，你看看你家的人是多么信任我？！这就是我做你家儿媳妇可以享受到的待遇！好吧，婆婆呀，难为你这么处心积虑，你不就是想听我说我和别的男人上床了吗？好，家琪，你别停止录音，我现在就告诉你妈，我亲口向你承认——我，李小诺，确实与别人上床了！

李小诺的话终于被录进了带子里。

一家人呆坐在那里，崩溃了一般。

一定要说出这样的话来，有什么好处呢？家琪喃喃地说，他一点表情也没有。

小诺看着家琪，好久好久后才说："家琪，对不起……但是，我心里没鬼，我没背叛你，你听我说……"

说什么说，你给我滚出去！家琪妈大声怒骂。

小诺接了孩子，独自回家，回家后给阳阳放动画片，自己一个人发呆。

晚上，家琪也回家了。

两人闷声不响地相处了两天。

小诺给晓梅打电话，告诉她，那事，终于被家琪知道了。

晓梅着急地说：怎么搞的？

小诺说：若要人不知除非己莫为呗。

那你们现在情况呢？

冷战，不说话。

他什么态度？

没态度。

你什么态度？

我能有什么态度，等待发落呗。他那个妈妈在背后兴风作浪，我又没办法的，大不了离婚吧。小诺一脸无奈。

小诺，你想离婚吗？晓梅认真地问她。

我怎么会想离婚的，家琪对我真的算很好了，我离婚了去哪找对我那么好的男人？

那你怎么不积极一点呢？晓梅帮她想办法。

我能怎么积极呀？说起来现在我是过错方……可是，我真没认为我背叛了家琪啊，我也没同别的男人搞暧昧，我始终没有负疚感，真的！

那这样离婚，不是很冤？

是冤啊，可有人巴不得我和家琪离婚呀。

小诺，一些话不要乱说，人家有人家的约束和标准，人家那个时代熏陶出来的人生观，怎么受得了你这样新潮人的折腾？告诉你，连我也没觉得你说的是完全有理的！

小诺不说话了。

要不，我去同你家家琪聊聊？晓梅在为小诺想对策。

小诺想想说，好吧。眼下，晓梅是唯一能解开她和家琪之间僵局的人了。

第二天，晓梅和家琪坐在一起。

家琪，这件事情，我一开始就知道了，小诺是个没心眼的女孩，这是她的一个无心之失，她从来就没想要婚外恋啊一夜情啊什么的。我是她的好友，或者年龄大一点的闺密，看在她对我无话不说的分上，我可以很认真地对你说，她从没想要背叛你。

说真的，当时我还当她是妹妹一样，很是责骂了她一顿，不过她与我探讨的一些话，我也不妨与你探讨探讨。不过，首先我们要在冷静理智的基础上，不要从恶意角度去揣度别人，这对探讨和解决没任何好处，是吧？

我们先这样打个比方，有个女孩子很喜欢你，喜欢了你很多年，然后向你表白，你拒绝了。但是后来有一天，你在一种喝醉酒的状态下与她邂逅，然后，在不能清楚意识的情况下，你把她当作了小诺，你们上床了。第二天清醒过来，发现做错了事，于是与女孩子说清楚，你的心里没有她，以后也不想再让错误延续，希望不要再见面……但是，这样的一次无心之失，还是在一年后被你的妻子发现，这时，你希望你的妻子是怎样一个态度对待你？

我当然希望她原谅我，因为，我心底里，没有任何背叛啊……

现在，小诺的情况就是这样。我向你讲真话，小诺第二天就找我，告诉我发生的事情，以及这件事情的原委。我当时只问了一句：你和梁昊还会再联系吗？她当即说：我对他一点感觉都没有，心里一点暧昧的影子都没有，当然再也不会想联系他！她这么说的时候，我知道，她心里坦荡荡的，她真的没有任何要背叛你的阴暗想法。只是，那晚，她喝醉了，酒，真是害人啊……但是，家琪，我也说句真话，她喝酒，是因为她心里苦闷，她觉得生活很没乐趣，你的病，她的工作，还有婆媳关系，都让她充满压力，她原本是带着释压的目的去喝酒，你是她丈夫，对她出门喝酒之前经历的家庭纷争，你也应该了解的吧？

家琪默默地听着。

家琪啊，婚姻很长，生活很丰富，这个过程中，谁能担保自己不犯一点过错呢？你的父辈那一代，他们活得谨慎，犯错可能少，但是，思路也窄，你不希望你和你的妻子去重复父辈的生活方式吧，那么，你为什么不对一些过错多一些宽容呢？

我知道……我本来都没想深究这件事……只是，觉得生活中又多了些烦恼和痛苦，我本来只求顺顺利利的……

家琪啊，生活本来就不是顺利的，生活说到底就是不停地在解决烦恼问题,你不能害怕烦恼的……再说,你想想看,这真的算烦恼事情吗?若你认为这是痛苦的,那只能说你被人暗示"你戴绿帽子"了,所以这才让你心里痛苦,但是,就这事情的本质,你应该知道的,你根本没戴绿帽子,小诺应该被原谅的!人要看重于自己的主见的,而不能随意被别人影响和动摇的,对吧?

家琪脸上一动。晓梅这话切中要害,他确实被自己老妈一遍又一遍的"小诺不要脸"而认定自己是个被戴了绿帽的男人。这想法让他心里抓狂。

当时,小诺还有一句话,曾经很让我震惊,但是,现在,可能开始更直面关注一些两性话题,我愿意更多地对她那句话表示宽容。她说,两性是释放压力的很好办法,她后来就是把那次无心之失当作一次释压,家琪,我们都是成年人了,不要太过拘泥于我们自己对身体的约束,夫妻之间本来就是要尽情享受性爱幸福,包括用各种各样的方式,而不是所谓的"约束情欲才是高尚的",那种"婚姻在没有性爱的情况下也可以幸福"的理论在一定的时代下有很多的追随者,但在新的时代下会有更多的质疑者。在这方面,老人有老人的想法,我们有我们的想法,我们互相尊重各自的想法,这是我的一个建议。以前谈这样的话题可能我会羞涩,但现在连我都学会正视了,我想,可能我比以前更多从人性角度考虑,而不是从道德角度考虑,毕竟,以我的经历,我清楚,道德的标线在不同时代也在变化。

我的一个想法,以后少让老人掺和到你们的家庭中,这是一个社会转型的时代,许多东西都在变化,很多标准都在改变,别说老人,有时候甚至我这样才进入中年的人,就感觉自己的落伍和不适应……像刚才我们探讨的一些内容,你能接受,我能接受,但是说给你妈妈听,她肯定不能接受,说不定要当场与我吵起来,但是有什么办法呢?不同观点总要并存的,不能只搞一个标准答案。而要和睦共存,就尽量少交集吧,这也算是不是办法的办法了。

……

晓梅是个很称职的老师,为了好朋友一桩姻缘的缝合,她做了很多努力。更配合的是,家琪是个很称职的学生,一直很有修养地静心倾听。当晓梅起身要告别的时候,她真心地说:你和小诺,其实可以很幸福的,姐不想看到你们分开!

家琪和小诺的冷战关系结束了。

家琪妈很不满家琪对小诺的轻易原谅,她认为,这种事情,对女人来说,是一辈子都洗刷不掉的耻辱。小诺做这样的错事,要受到大家的鄙薄,最起码要惩罚她,要让她牢记教训,要让她以后知道夹起尾巴做人。

家琪说,这是他们自己小家庭里的事情,叫她别管。

家琪妈百思不得其解,说:若此事发生在她身上的话,周围人的唾沫星子都要把她淹死了,娘家人婆家人会一辈子不理她,她一辈子都会生活在没有阳光的谴责和悔恨中……

家琪说:生活应该是快乐的,阳光的,为什么动不动要让一个人生活在不开心中?

家琪妈说:因为有的错误是不能去犯的!若犯了错误,不对其进行惩罚和谴责,会导致全民道德的沦丧!

家琪说:妈,我们已经生活得够累了,我们不想把道德的标准拔得那么高。

家琪妈说:我们那一代都生活在道德约束中,社会安定,没有乱七八糟的事情,为什么你们就不能遵守道德?你们不能遵守道德反而还显得特别有道理?

家琪闭了嘴,不想再去与老妈辩论。每人都有理,每人都没错。

家琪爸从老家回来后,家琪妈向他进行了汇报,可能汇报时事件已经趋向平静,所以,家琪爸没就这事当着小诺家琪的面发言。

苏茜给小诺电话,说她和海归男离婚了。

小诺愣在那里,半天没回过神来。这年代,是不是婚姻像陶瓷做的碗啊?是开玩笑吗?小诺小心地问。

不是。两周前。

苏茜,怎么回事,你可不是不成熟的80后吧,这么大了,也赶新潮要学闪婚啊?有什么事情不能商量解决的?

没法商量,触犯了原则,我知道他有小情人后,警告了他,告诉他我只给他一次机会,但是,后来我把他和小情人堵在了床上,没办法……

小诺无语。

我不是不给他机会，但是，每个人的机会都不是无止境的。

小诺不知道该说什么好。她这段时间，也被一些男女艳史搞得说不出的郁闷。

好一会儿后，小诺讷讷地说：苏茜，大概半年前，我在外地的一家宾馆，看到过你的前夫，他搂着一个女孩……对不起苏茜，我没及时告诉你这件事，怕你伤心，觉得自己多嘴，其实，若真是好朋友的话，我应该立即告诉你的，哪怕让你觉得我是乌鸦嘴……

无所谓了，都过去了……不过，以后再遇到其他朋友的这类事情，还是坦白说出来的好，防范终究比较容易一点，杀死在萌芽状态是比较小成本的，待到对方发展壮大了，再除之后快就比较难了……你看，我不过结婚一年多，倒三的理论却收集了一大堆，不过，最终还是败在小三手里！苏茜在电话那边自嘲地笑。

那你现在……单身了？小诺问得很白痴。

当然了，一人住一栋小别墅，很单身，很贵族，但不快乐。

唉……苏茜，你说，你也是个成功的职业女性，若连你也不快乐，那么，那些不成功的女人，该怎么办呢？

对于幸福和快乐来说，钱不是最重要的。我所在的这个职场，见到的有钱人很多，看到的幸福的人却不多，所以，有钱和幸福，还真不是同一回事。……

听着苏茜的体验，小诺不说话。

"对于幸福来说，钱不是最重要的。"那什么是最重要的？小诺有点茫然。这一年，她那么忙碌，那么充实，不就是因为有挣钱的动力吗？挣了钱，就独立了，独立了，就可以自由了，自由了，也就幸福了，不对吗？

从打车要计算路程到开奥迪 A4，从没钱给老妈大寿红包到能随时请她出国旅游，从买房怎么也凑不够首付到有目标有信心买小别墅……这难道不幸福吗？而这些幸福难道不是在挣到足够钱的基础上吗？

小诺觉得苏茜是有钱没用到好去处，所以不幸福。她没看到用钱换幸福的好处呢。她的不幸福只与遇人不淑有关，若她能找到满意的人，再有成功的事业，想不幸福也不行啊。所以，正确的说法应该是：幸福需要很多方面的结合，其中钱是最重要的。

所以，小诺依旧坚定地认为：要挣钱，要独立，要自由。

○●○

小诺和家琪的5年婚庆要来了，刚刚过了一道劫，两个人都想低调安静，于是把阳阳交给爷爷奶奶，没请任何朋友，两个人去了一家环境不错的饭店吃饭，就算是5年婚庆的纪念了。

小诺给家琪倒酒，然后拿自己的酒杯与他的相碰一下：干杯。

在家琪放下杯子的时候，小诺突然低声说：我以前一直没觉得心里有鬼，与晓梅争辩时也没觉得有愧……但现在，我想对你说声对不起，因为，伤害了你，让你难过……我本来还想这事瞒你一辈子……

家琪一时没说话，好一会儿后，说：其实我一直没想要与你离婚的，因为，我一直爱你的……我想了，就算你真的想一夜情，只要你心中还有我，我还是不想放弃你，我觉得，因为爱你，所以离开你很难，舍不得，再错，都舍不得……

小诺哽咽：家琪，我没想要什么一夜情的，你别把我想得那么不堪，我可以当你的面，同梁昊打电话断绝一切关系……但这些，都是表面的，实质上是，我心里根本没有过他，根本就把他排除在外了。

家琪说：你误解了，我只是想说我给你的宽容尺度……我知道我很不男人，我当不了家做不了主，但是我就是不想放弃你……我只想好好生活，与自己喜欢的女人和自己心爱的孩子。

小诺抚摸他的脸，说：不，家琪，你很男人……你虽然不强悍，但是爱女人，爱家，爱孩子……强悍的男人不一定爱女人，也不一定让女人感动，他们只适合让女人一时心动，但是，爱家爱女人的男人肯定会让女人感动，并让女人得到安全感。

我同我爸说过，爱可以让人做出常理不认同的事情，我觉得，就是因为爱，我妈总说我不像男人。我也知道，我这辈子当不成大男人的……家琪低头说。

小诺抚摸他的手，眼泪刷刷地流下来。

这世上，什么是大男人？

大男人是一言九鼎的，大男人野心勃勃，大男人毫无疑问是要权威的，大男人充满征服欲，大男人需要女人的顺从，当然，大男人是强势者。

是的,大男人容易让女人着迷,那么,最长久地让女人依赖的是什么男人?是不是一种叫"软男人"的人——因不强势而温和,因贪恋幸福生活而宽容,因少有野心而让人放松,因心里有爱所以愿意妥协……

家琪,世界杯要来了,我们一起看足球?叫很多朋友来,喝冰啤酒,吃小龙虾,啃卤鸡爪……这样的生活不是很快乐?小诺抹了一把泪后,转移了话题。

生活终于安静了一些。

男人的节日来了,2006足球世界杯,德国。

家琪爱看足球,小诺看着日历上的球赛时间表,知道这段时间够家琪熬夜的了。突然想,若有钱的话,去欧洲旅游,去德国度假,然后看足球大赛,既快活又不需要熬夜看球赛,这样的日子不是很幸福吗?

这样的计划,放在下次世界杯吧。

所以,还是要挣钱。要幸福,真的要有许多钱。

小诺从幼儿园接来阳阳。

前段时间,家里事情多,有点乱,阳阳很多时间都在爷爷奶奶那,小诺想,趁现在安静下来,该把儿子接回来好好享受三人世界的乐趣了。

小诺陪阳阳看小人书,学英语。3岁的小孩,是学外语的最好年龄,小诺要自己教他。她打开一本儿童英语图画书,里面有各种日常用品的可爱图片,下面配有英文。

阳阳,苹果叫做Apple,帽子叫做Cap……小诺慢声慢语地教着。

突然,阳阳抬起脑袋,闪着有长睫毛的大眼睛,好奇地问:妈妈,为什么这顶帽子不是绿色的?

小诺一愣。

阳阳,为什么问帽子是不是绿色?

妈妈,绿色帽子才好玩。阳阳天真地说。

阳阳,告诉妈妈,是谁教你说绿帽子的?小诺问。

奶奶有天说的:妈妈不好,爸爸戴绿帽……

小诺感觉一股血冲上脑门。许安淑,她的婆婆,若现在她就在她面前的话，她会拿刀杀了她！

阳阳！记住，这不是个好的词，不许你学！下次若再听到你说这个词的话，当心妈妈打你手手，知道吗？小诺的脸扭曲着，声音也变了调。

看着妈妈突然变得很凶的脸，小阳阳吓得往后退，撇着小嘴，快要哭了。

小诺发疯一样冲向家琪爸妈住的地方，奥迪车疾驶，一路上几乎两次出差错。

到家了，小诺奋力撞门，家琪爸开门，看到脸色铁青的小诺，忙问怎么回事。

妈呢？小诺问。

妈在厨房——小诺，你怎么了，有话先与我说……

小诺不再说话，直奔厨房，看到了家琪妈，想也不想，一个耳光甩过去！

家琪妈愣在那里。

那一幕刚好被家琪爸看到，他大叫一声：小诺，你疯了？

然后，他一步上前，紧紧卡住小诺的两个胳膊，以半押的方式，把她推回到客厅。

小诺惨然一笑：爸，我是快要发疯了，你自己问问那个老太婆，她对阳阳说了什么？她竟然利用阳阳向我开炮啊，阳阳才几岁啊……你自己去问，然后你会明白，发疯的究竟是谁？

家琪爸把披头散发的小诺推到沙发上，这时厨房里爆发出凄厉的哭叫声：老何，我不想活了！

家琪爸赶紧冲去厨房，见自己老婆高举一把菜刀，吓得他赶紧抱住她，然后一把夺下菜刀，扔到地上，再强行把她半抱半推地送进卧室。

卧室里，家琪妈在哭嚎，客厅里，小诺怒目圆睁。家琪爸赶紧给家琪电话，让他过来，家琪本来已经在回自己家的路上，现在一听，赶紧折回父母家。

终于有两个冷静的男人能看护着两个不冷静的女人，混乱的局势终于被控制了。

家里，家琪在安慰老妈，家琪爸去客厅询问原因。

很多事情，都是慢慢积累的，日积月累啊，可是，你从来都是只打扫表面不解决实质……

爸，我不知道你有没看清楚，反正我是看得很清楚了，我和家琪妈的婆媳矛盾，绝不是一些鸡毛蒜皮的家务事矛盾，而是她脑子里的根深蒂固的男权思想和家族作风，她觉得我应该当个低眉顺眼俯首听话的小媳妇，但是，我不想，我觉得我与老公与公公婆婆是平等的。而且，对她来说要命的是，现在的社会越来越不看资历而看能力，我比她适应社会，我能力不错，我在社会上的位子越来越高，结果她以长辈来限制我的能耐越来越小，所以，她越来越觉得不平衡了！爸，你懂她的心思吗：她就是觉得她的家长地位受威胁了，她非常恐慌！

你知道她对阳阳说了什么了吗？她在教唆阳阳：妈妈不好，妈妈是坏女人，让爸爸戴绿帽子。她绝对知道这样教唆阳阳对家里的任何一个人都没好处，包括她最心疼的儿子和孙子，但是，她这样做，就是为了惩罚我，她觉得我应该被打到18层地狱里去，她要时时提醒我是个做了坏事的女人，甚至要让孩子学会从小看不起我……她明知这样做一点好处都没有，但她还是要做，因为，她，她对我的敌视和仇恨都已经超过了对儿子孙子的爱，她为了击倒儿媳，不惜使用伤害儿子孙子的方法！她是不是发疯了？！

她是觉得不平，以她的道德标准，她认为我伤风败俗，家法不容，对此事，我不想对她做任何解释，因为跟她是解释不通的，我只要能得到家琪的理解就够了。结果，家琪的反应令她失望，我的行为竟然被家琪理解和原谅了，这让她很不平，我知道，她本来是想利用这个机会把我打倒在地不能翻身，这样她可以继续她的核心权力位子，但是，让她失望的是，我没被践踏在地，她很愤怒，她要继续她的打击，于是，她不惜把3岁的阳阳当做一门炮，利用孩子来向我开炮，要我永远不要忘记自己身上的耻辱标志……天啊，她就不想想孩子是最无辜的？她就不想想，孩子的话传到幼儿园里，受伤害最大的就是阳阳？

爸，我毫不客气地说，这个女人是疯了，她管不住自己的欲望了，她的欲望就是一辈子掌控家庭权力，她会为她的欲望不惜一切代价……这样的女人,你不觉得她很可怕吗?

她是个可怕的女人,她是个不善良的女人,她是个会给人带来厄运的女人,我今天算是豁出去了,我都想着要同归于尽,为了给阳阳留下个安静平和的空间,我不惜与她毁在一起,不然,阳阳以后的日子,会毁在她手里的!

……

小诺对着家琪爸,几乎是声声血泪。

家琪啊,你的老婆什么话也不说,就劈头甩给我一个耳光!我做了什么样的错事,让儿媳来甩我耳光?你的爸爸都从来没有这样做过啊!

这里没法住了,你老婆的婆婆我也不敢当了,我这几年来,辛辛苦苦为你们带孩子,在你最痛苦的时候,陪着你,照顾你,掏心掏肺,但是,最后落得这样的结局,家琪啊,妈不知道做了什么错事,要遭这样的报应?

你那老婆,她越来越蛮横,妈妈只求你一件事,与她离婚吧,这样,也能让我死得瞑目一些,不然,我死都不闭眼啊!

家琪,你有没看到,自从你结婚后,我们一直在牺牲,在让步,在努力顺从,可是,怎么努力都不够,怎么让步都还有距离,怎么牺牲都还不满足……这究竟是为什么啊?

家琪啊,妈现在是心灰意冷,什么儿子,什么孙子,我都管不了了,我本来还想用自己的努力,来尽量关照好你们,多替你们留下点,可是,家琪啊,我现在没任何这样的想法了……妈妈最后还能为你留的,就剩下两个肾了,妈妈已经写好遗嘱了,那遗嘱你爸看过的,他也同意的……

家琪妈说着,老泪纵横。

家琪紧紧抱住老妈:妈,别说了,你们肯定是误会什么的……若不是误会,是小诺存心找事欺负你的话,那妈,我答应你,宁愿一辈子单身,也会和小诺离婚的!

家琪妈抱住儿子:家琪,离婚吧,找个别太好看的女人,找个真心爱你的女人,会愿意与你吃糠咽菜的女人,那样妈妈才放心……

家琪搂着老妈,安慰:好好好,答应你。

家琪妈在儿子的宽慰和承诺下,终于能平静了些。

家琪给老妈一叠面巾纸，替她擦去脸上的泪痕，回想起刚才老妈的话，傻傻地想：这世界，会有愿意与男人吃糠咽菜的女人吗？自己不是仙人，又有什么资格让人家女人跟着自己吃糠咽菜？

天暗下来了，然后黑了，然后漆黑了。

一番控诉后，小诺的双眼终于不喷火了。卧室里的家琪妈的嚎啕大哭也停止了。

家琪舒了口气。女人平静后可以慢慢做她们的思想工作了。

家琪去客厅给老妈拿杯水，家琪爸看着他的身影，感觉身边少了个人。

阳阳呢？他问。

家琪爸一问，家琪也愣住了：对，阳阳呢？两个人一起看着小诺。

小诺一阵头皮发麻。

阳阳……阳阳被我锁在卧室里，一个人看动画片……我出门时，想着家琪很快就下班回家的，后来，我都忘了，你在这里……

阳阳一个人在家？家琪爸大喊一声。

阳阳一个人？家琪也傻一样地问道。

小诺在那一瞬间，手脚开始发抖。从吵架开始，到现在天黑，有多长时间了？小诺半天没算出来。

家琪爸赶紧拔腿就出门。家琪在客厅里团团转，不知在找什么。

小诺傻了一样，半天后爆发出一阵惨叫：阳阳！

家琪终于知道了他要找什么：快给我车钥匙！

卧室里的家琪妈听到阳阳的名字，赶紧出来，对着家琪说：阳阳怎么啦？

阳阳被关在家里，一个人……

家琪妈也傻了。

越乱效率越低，小诺找了半天没找到车钥匙。

钥匙呢？家琪发怒。

我找不到啊……小诺哭着说。

笨蛋！家琪第一次在小诺面前粗口骂她。然后奔出门。

出门一看，发现车窗开着一半，车钥匙还插在里面呢。原来小诺根本没拔下。

家琪一句话不说，立即上车，发动，对着傻乎乎的两个女人说：

快上来呀!

自从出车祸后一直没开过车的家琪,快速地倒车,转弯。

家琪爸在3分钟内还拦不下车,都急得差不多要跑去新房了。家琪在他身旁停下,对老爸说:快上!然后一路疾驶。

新房离这里虽不远,但也有三四站路,车子自然要比跑步快。

家琪冷静地开车,超车,压黄线了,闯红灯了,但是,管不了了,到时候再交罚款吧。

小诺,家里钥匙带着吧?

带着。小诺的声音还在抖。

不要怕,应该没问题,我们的卧室里,没有不安全的家具……小诺,窗户关着的吧?

窗户,应该关着吧,也可能没关啊……小诺记不清楚了。她现在脑子一片糊涂。

家琪心里骂了一句,再踩一脚油门。

家琪爸沉着个脸一句话也不说,家琪妈又开始哭,边哭边喊阳阳的名字。家琪爸叫她冷静点。

进了小区,没看到孩子从高楼摔下来的迹象,没有警察,黄线,围观者这样的场景。首先排除了最大的担心。

一行人出了车,扑着赶紧去揿电梯,电梯半天不下来,没耐心等,于是跌跌撞撞上楼梯,6层楼,平时不高的楼层,现在走那楼梯,觉得遥遥无期,就是爬不到头。

越往高,小诺的心越是呼呼跳。阳阳会不会触电,会不会摔倒出血很多,会不会乱吃东西然后噎着……只要有一个可能,阳阳就算完了……

终于到了,小诺把早掏出早准备好的钥匙塞进锁孔,门一开,一家人大声喊叫:阳阳!

阳阳微弱的哭叫声从卧室里传来。

终于稍微舒了口气。

再把卧室的门打开,看到可怜的阳阳缩蜷成一团躲在一个角落里,已经哭哑了喉咙,眼神里满是恐惧和无助,那眼神,小诺一辈子都忘不了。见了爷爷奶奶，阳阳立即伸出双手，俩老人赶紧扑上去，搂住他，阳阳已经哭不出声了。

爷爷，阳阳以后肯定听话了，阳阳不要一个人在家，阳阳怕……终于，阳阳紧搂着爷爷，嘶哑着嗓子说。

可怜的孩子，他还以为自己不听话大人故意惩罚他呢。

爷爷奶奶抱着阳阳，当即忍不住哭了。

家琪小诺虚脱一样，坐到了地上。

爷爷奶奶带着阳阳走了，是阳阳要同他们走的，因为阳阳害怕那个卧室了。

除了一句"冲动是魔鬼啊"，家琪对小诺一夜没说话。

小诺当然知道家琪说的那句话的意思。她当时还想回应一句：她的冲动是被逼的。但终于没说。

一天里发生的事情太多，太累了，最终一切没事，已经是万幸了。

没事，是多么幸福的一件事啊！

小诺一周没去公公婆婆那，也一周没见阳阳了。她想儿子，但是不想去家琪爸妈那。她想，家琪爸妈肯定会把上次的阳阳事件迁怒到她头上，阳阳没事还好，阳阳有点事的话，她就是千古罪人了，再加上上次盛怒下甩给婆婆一个耳光，罪更大了。现在冷静下来回想是觉得有点冲动，更不好意思上门，所以与其去碰家琪妈的冷脸，还不如与朋友说说话解解闷。

瑶瑶生了，确实是个儿子。小诺带了些礼物去看他们。

又是一个新生命啊！小诺抱着一团粉嫩的小肉肉，像看当初小阳阳出生时候一样，好奇而喜悦。

小宝宝一身的皮皮还是皱皱的，眉头蹙着，像个小老头，瑶瑶说小婴儿难看死了。小诺说，一个月后就好了，以后，小孩的皮肤就像剥了壳的鸡蛋那么鲜嫩，怎么亲也亲不够。

瑶瑶笑。

小诺又说，等你有孩子后，你会发现，日子过得真是快，很快就会一年两年三年地过，然后你抱着孩子亲嘴的时候，对着镜子会发现：孩子是那么嫩，而自己，是那么老！

瑶瑶说，我才刚开始万里长征第一步，你就开始来吓唬我，让我没信心。

小诺说，真的，尤其是当爷爷奶奶抱着孩子亲的时候，他们两张脸的对比真是太鲜明了，孩子是粉嫩的，未经世事的，爷爷是满布皱纹的，感觉饱经风霜的……这时候，看着对比着就愈发觉得岁月可怕！

瑶瑶说：说来说去，还不是你怕老，到现在了，还臭美，希望自己永远年轻。

小诺说：那你错误理解我了，以前我是怕老，但是现在，有孩子了，我常会联想很多，比如，看到草地，新一拨的草总是鲜嫩鲜嫩的，老的草总是枯黄枯黄的，老的草后来会变成肥料滋润新的草……我想，我以后也会做老的草，去滋润新的草，心甘情愿地去做。

遥遥说：太深奥了。你现在还是鲜嫩的草呢，离老的草，远着……

小诺说：不远了，你看我的眼角皱纹……

瑶瑶问，你们现在怎样？

好友问的是婆媳关系，小诺明白。

小诺不需掩饰，说：又吵架了。

你们还没吵够啊？

我也不想吵，可是，在大局定下之前，肯定少不了吵的。不是西风压倒东风，就是东风压倒西风。现在是三国混战，等我统一江山后，局势才会重新定调。

呵呵，都上军事层面啦……你精力充沛，又有性格，还是挣钱主力，我没你的能耐，是想吵也吵不起来，最多翻起几朵小浪花，主要是觉得成本太高，太累，不划算，所以就中庸一点地过日子。

小诺说：那是因为我婆婆比你婆婆强势，我实在忍受不了她。

瑶瑶说：更主要是你比我强势，又不会忍耐，所以你总要造反，既有性格原因，又有外部条件支持。我怕的，我算是良民了，你是暴民。

小诺苦笑着说：造反是挺累的，一家子都鸡飞狗跳，前几天还害得儿子得了卧室恐惧症，不要同我们一起睡了。

瑶瑶说：你看，都是钱惹的祸，都是你太强势。你能挣点钱了，就整天想着当家做主。

小诺说：我真是搞不懂了，挣钱不好吗？女人只有独立了，才不用看别人的脸色了。

瑶瑶说：但是，你独立了，你却要让别人来看你的脸色了。你看你家家琪，若不是他爱你，舍不得离开，不然哪个男人禁得起你这样的造反？女人太强势了，不好，太争强好斗，儿子会不喜欢的，我有了儿子后，就打算要比以前温柔，让儿子觉得妈妈很温和很善良是世界上最好的妈妈……你知道吗，女人软了，就会有男人更想保护你……

小诺听着瑶瑶的理论，发现她们两个人的做法刚好背道而驰，可她们的目的却惊人地一致——都是为了当个好妈妈。

093

家琪爸想与小诺交谈一下。

小诺知道，决战的时候终于到了。她觉得自己的心脏猛地跳了几跳。交谈前，小诺在想，不知公公会有什么想法对自己说，按照她的预测，估计会让她向婆婆道歉，然后他代替婆婆为她的那句"绿帽子"的话道歉，然后说那话是奶奶无意说的，被阳阳无意学的，然后让她以后将就点，他们依旧是一家人……

这一贯是公公无懈可击的做法，表面总能被他打扫得干干净净让人觉得完美无瑕。小诺想，自己该从哪个突破口去突破公公这套中庸至极的做法呢？

谈话是在公公的书房里。

家里没其他人，估计婆婆被公公劝去公园散步了。

家琪爸给小诺开了一瓶矿泉水。小诺给公公泡了一杯茶。

小诺坐下，眼睛看着公公。

家琪爸停顿了一下，似乎在考虑开头，然后说：小诺，我这几天都在认真考虑你那天说的话，我承认，你那天，虽然在行为上有些冲动，但是，你的话，很犀利，非常有道理。

小诺一愣。

我也在反省这些年自己的态度和行为……我认为，你的话说出了我不敢去想的一面。

你说你们婆媳之间的矛盾，家庭琐事纷争是表面，实质问题是家庭掌控权的问题，更深一步，就是年老思想和年轻思想互相交锋对抗看最后谁获胜的问题。而你代表年轻一代的大致意思是这样：爸爸，不管你承不承认，我们，已经是社会的主力，是中坚力量，而你们，该休息了，不要管太多了。是这样吧？

小诺不敢贸然点头,不知道公公的话究竟要表达什么。

小诺,我觉得,你的话很正确,而你的话,又恰好是我自己内心不想去面对的,但是,这本来是应该我更早去考虑的一个问题。也许,这问题会让我没信心,觉得老了,觉得无用了,觉得被时代淘汰了……所以,忽视这个问题,是特意忽视,不让自己去想……

现在,我想通了,为什么我紧抓住话语权不肯放,依旧想保持住自己在家庭中"一言九鼎"或者"掷地有声"的地位,是因为我的贪恋,是人到老年时候对于青壮年时期那种朝气和青春蓬勃的贪恋……

你说的是对的,你们,已经是社会的主力,是中坚力量,而我们,该休息了,该让道了,该把话语权放给你们了,这样可以让你们更好地去闯。

小诺眼睛里全是疑惑,怔怔听着公公的话。

我已经同你妈谈了,谈得很辛苦,一件事一件事地谈,谈你们结婚时候的被子事情,谈要孩子的问题,谈房子的问题,谈婚纱事件,谈照相机事件,谈抚养教育孩子的问题,我也努力想让她思考,她在为很多鸡毛蒜皮的事情争吵的时候,是不是内心里有种对掌控权和说话权的贪恋,因为,她经历过相对来说比较风光的领导时代,留恋那个时代也是人之常情……

做你妈的思想工作不容易,你知道,她有一种很坚定的东西,那是她的信念,那信念基于她为时代做的贡献以及她对家庭做的牺牲,再加上她的教育背景造就的性格,若要做通她的思想工作,在她看来会是在完全否定她那种很坚定的东西,你知道你妈的性格,她在认识上,很容易从一个极端跨越到另一个极端,觉得不是支持她那就是背叛她。但是,我会慢慢做……

你的一句话让我感触很深:打扫表面是没意义的,表面和谐不是真正和谐。为这句话,我要谢谢你。

小诺不知道该说什么。

但是,小诺,我也想对你的做法说一下我的一些想法。当然,我的想法是在赞同你的做法的基础上的,没有任何阻挡你的做法的意思,只是想让你做得更好一些。

小诺抬头看他。刚才说的话,是公公的欲抑先扬吗?

这一年,你在事业上的发展,我们都是有目共睹的,你是在拼搏,是在抓住一切机会让你的事业发展,你为家庭创造了一种很积

极向上的气氛,当然,从经济上说意义更大,我对家琪说,你这一年挣的钱是他的三倍,全是来自你的努力工作,这对家琪来说,触动是很大的。

这是你们年轻人应该有的朝气和拼搏精神,你们年轻人越想创业,越有经济头脑,越注重事业发展,越积累自己的实力,这对于我们长辈来说,是件很欣慰的事情,我们可以放心地安享晚年。

但是,小诺,我发现,你在一心发展你的事业和实力的时候,我的感觉,你的方向似乎有点偏离了……你只把重心放在挣钱上,你忘记了另一件东西。

我前段时间在看一本关于国家"软实力"的书,看完后让我想了很多。说句实在话,我不觉得这个社会关于"挣钱就是硬道理"的说法是正确的,很多人,在挣钱的时候,或者,在努力积累自己能耐的时候,包括你,都忘记了一件东西:软实力。

中国很多富人,他们得不到中国平民的尊敬,因为他们缺乏一些柔软的东西,包括宽容心,道德感,善良情怀,对生命的爱,对弱势的尊重,对文化的尊敬,对公益的支持……他们没有做到以德服人,他们只看着财富排行榜,想用金钱来赢得荣耀,极少的一些甚至因为金钱而充满戾气。但是,荣耀和尊重是两回事,相距很远的两回事。

真正足够强大的人,具备一种影响他人意愿的能力,他会用他的品行和能量来吸引、同化和感召其他人,而不是通过强迫其他人而达到最终目的。这种能力不是那种用金钱等指标来衡量的硬资源,而是包括导向力、吸引力和仿效力的软资源。我觉得,这种让自己充分拥有"软资源"的能力,才是我们要追求的。

小诺,对你,我没有上升到那样的高度,毕竟,你挣的所有钱都是你的辛苦付出,你也是个善良的女人,你不会用不正当手段去寻求更多发展机会,你的性格和你的本质,让你不会做不善的事情……但是,若我们对自己要求更高一点,是否可以让自己做得更好一些呢,包括,对自己更好,对家人更好,对亲友更好,甚至,以后,对哪怕不认识的人,也更好一些呢?

同样,对生活来说,真正幸福的生活不是在硬性有形的数字上,比如每年挣多少钱,而是在每天的柔软的方面,比如轻松快活的感受,充满爱意的体贴,对家人的发自内心的保护……

你现在一门心思在挣钱上,觉得很好很有成就,觉得挣得越多你越有能力,越有能力你越有发言权,越有发言权你越可以成为一家之主让人人都顺从你……但是,阳阳更想多与你在一起,让你多陪他玩,家琪也希望你能多在家里,一起看看电视谈谈天看看书,让家庭的气氛更温暖更舒适一些,我们,也希望你有时间坐下来,同我们说说你工作上的事情,你这样奋斗肯定很累,肯定会有些烦恼事情委屈事情,我们也很希望我们能帮得上你的一点忙,若帮不上忙,听听你的牢骚也好,也算是让你发泄发泄……这些,都会让我们的家更好,更软,更暖和,更有抗打击能力,而不是在一种婆媳争夺掌控权的压力下,让家变得很脆弱,很无奈,很冰冷,很容易出事,而一出事又很容易散……

听着家琪爸的话,小诺防备的心彻底缴械,是啊,家琪和阳阳,她是不是忽略了他们……

小诺,你是我们一家的骄傲,你很能干,很漂亮,你有不错的事业,这对于一个女人来说,是幸福的一部分,但是,若你能更多一些宽容,内涵,智慧,你会在事业上有更大的突破。是的,我不会挣钱,但我知道,真正的挣钱并不是在最青春的那几年,而是在心智最成熟那几年,小诺,若你能更好地修炼你的性格,少些尖锐多些包容,少些争夺多些优雅,少些冲动多些大度,不仅在家里更是在社会上,会让你更成熟,你不仅会得到更多的幸福,你还会有真正属于你的长久的事业。

这就是你的软实力。

……

034

小诺和家琪妈和好了。小诺主动向她道了歉,并去花市买了一大盆她最喜欢的茶花放在客厅的电视机柜旁边。

阳阳终于敢回到爸爸妈妈的卧室与他们一起睡觉了。小诺说,阳阳,妈妈带你去买你最喜欢的玩具,我们要把你的房间装饰起来,以后你要学会自己一个人睡觉,好不好?

阳阳说,行,但你要给我买很多很多的汽车!

小诺妈在电话里对小诺说:她已经老了……她不是你的对手了,你放手吧,她心地并不坏,你要多照顾她,对她好一些,人老了,比年轻时候更加渴望幸福的……

小诺说知道。

还有,家琪是好人,对你是真的好,你要珍惜他……

小诺说知道。

晓梅说:看看看看,你公公已经做得很好了,他的胸襟比你的大多了,你还那么揣测他,你好意思吗?要是我,我还是要问你,这样万事都与婆婆争,就算真争出个结果来了,可是有意思吗?你真的心里愉快吗?

周末,家琪和小诺带着阳阳去爷爷奶奶那里,像很多都市里的小家庭一样,家琪买了一筐水果带上。阳阳从车上跳下来,高兴地揿门铃,然后一头扑进爷爷的怀里。

丰盛的周末聚餐后,小诺在收拾厨房间,阳阳在和奶奶玩,爷爷在书房,家琪给老婆打下手,扔垃圾。

没人再提往事。

小诺擦完餐桌,看着阳阳灿烂的笑脸,想,这样的生活,也许就是软实力中的一部分吧。

生活在继续。

家琪快完成论文了。前段时间效率不错,在哪里都能写一段,他随身带个闪存盘,抓紧时间,想写就写,在家就在家里的笔记本电脑里写,在爸妈那就在老爸的书房写,在办公室就在单位的台式机上写,如此两个月时间,论文就很快进入了尾声。

有创造力是件多么愉快的事情啊!

小诺下午没课,就去逛燕窝店。她现在迷上了燕窝,没事就在网上查资料,知道燕窝这东西对女人很好,无论是像她这样的熟女,还是像家琪妈或者自己老妈这样的老年人。只是需要时间去摆弄,小诺是没时间的,但是俩老人有,小诺想多买些燕窝,分别放在俩老人那里,教她们学会侍弄,有事没事补一补,自己也可以趁机吃到新鲜的燕窝羹。于是,买了两个包装的碎燕,价格实惠,让俩老妈先练着手。

家琪打电话给她,说,他忘记把闪存盘带在身边,可能落在老爸书房,让她去老爸老妈家一趟,把闪存盘里最新版本的论文发到他的电子邮箱里,他下午没事的时候可以改一点。

小诺答应了,她正好可以把刚买来的燕窝给家琪妈带去。

家里老爸不在,家琪妈说去书店了。小诺直接去了书房,找到闪存盘。

按照家琪的要求，小诺要把盘里的文件发到家琪邮箱。于是打开家琪爸的电脑。

刚刚一连上因特网，家琪爸的 MSN 上的一条信息就蹦了出来：老何，回家了？

小诺想回条信息，告诉对方她不是老何，老何还没回来。

但没等小诺回信，新的信息又跳出来，是温庭筠的名句：玲珑骰子安红豆，入骨相思知不知？

小诺一愣。

有人在开玩笑吗？

那里又开始发信息：你这几天累不累？想不想我？我很想念你，越来越想念你。

然后又发：我担心你累，你负担太多。老何，家家都有难念的经，你的苦，我知道，你的委屈，我能理解。下次再回大学的时候，我帮你揉揉太阳穴，希望能减轻一点你的压力。

这显然不是有人开玩笑，是有人与家琪爸在交谈。

小诺一时头脑有点被抽空。家琪爸……有个红颜知己？

她心慌地往背后一看，没人在书房里。

书房很安静，只有墙上一个钟的轻微的滴答声清晰可闻。

小诺的背上额头上有汗。小诺知道不应该，但是，她忍不住，她终于拿起鼠标，在历史记录上点击了一下。

天啊，密密麻麻的留言记录。小诺翻一下屏幕，估计至少已经有上万字的交谈。

小诺翻到最上面，粗粗扫了一下：

老何，很高兴上周在大学里遇到你，可惜当时没说几句话。

我也是。那天赶着去开会。不过，以后我们可以用 MSN 联系了。

我们一年多没见面了吧，你看起来老了一些。

是啊，总有很多操心的事情。

我理解的，尤其你，太会担责任，从大学时代，你就是这样的。

我也觉得，这样有时候很累。你的女儿呢？

已经在杭州工作了。

你还说我，你也是，为了孩子，一直单身，太不容易了。

呵呵。

工作单位怎么样？

挺好的，公务员，对女孩子是很适合的工作。

那就好，以后你经常来杭州，我们也可以在杭州见见面。对了，你女儿是研究生毕业吧。

是的，我这女儿，比较文静，喜欢看书什么的。

多好呀。

也是一堆的事情啊，找了个男朋友，是外地的，问我的意见，我能有什么意见？女儿自己喜欢的，都挑好了再来问我，我还能否决吗？可是，外地男孩，还是四川的，我真有点担心各自的文化氛围问题呢。

唉，孩子与父母的战争，永远是孩子赢的。

……

小诺有点感觉，这个女人很可能是家琪爸的那位同是教育系统的同事，她还记得，那女人自从丈夫车祸死了后一直单身。在家琪妈患乳腺癌动手术的那年，她还专门去看望过家琪妈，但是家琪妈对她没好感，小诺一直没忘记，这女人当初对家琪爸说了一句：老何，你有什么要帮助，尽管说，我们都是一家人！"我们都是一家人"这话还让家琪妈大动肝火过。

小诺往下翻。

有时候我真觉得好累好累，家琪妈性格倔强，从不认输，我固然可以迁就她，可是，每次迁就，心里的家庭幸福感就少一分，觉得婚姻纯粹为了责任而保持。

老何，这是你多年遗留的问题啊，你对你的太太是迁就有余，疏通不足呀。

我现在很少有朋友，幸好还能在网上与你有这么多的交谈，不然，有时我真的感觉孤单……

老何，我很愿意与你交谈，若能陪陪你，帮你分担一些，我感觉很快乐。

子音，我可不可以问你一个问题：你以前单身，说是为了全心照顾女儿，让女儿顺利考上大学，可现在女儿都已经快结婚了，你为什么还是单身？

老何,婚姻的事情,是要缘分的呀。

再继续翻几页过去。

子音啊,我已经是够坚强的一个男人了,可是,现在连我都常常感觉生活的无奈,我现在已经有点"混日子"的感觉了,因为,我做什么,家人都是无法理解我啊。我有时甚至想早点得个癌症什么的,这样就可以成全我自己,既尽足了责任,又可以解脱……

老何,你绝对不能这样想,你这样想的话,真要让我替你难为情。你想,我一个女人,这么多年单身过来,又该是怎样的孤单寂寞?那我还不是该寻死多次了?

子音啊,其实,女人比男人更坚强。

老何,你是我所见到过的最负责任最坚强的男人了。

子音,其实,我不是……

老何,你是的……你有什么苦的事情,说出来,我帮你扛一些,好吗?

子音,你说,我是不是很失败的一个男人,我维护我老婆,我的老婆不领情,我努力照顾好我儿子,我儿子不理解我,唉,你知道嘛,现在连我的儿媳也当面说一些让我很难接受的话……我是不是一个很落伍很顽固的人啊?

老何啊,你的一些思路也是该换一换……这样,这个话题太沉重了,我们今天先休息一下,我们一起听首歌,我们同时听,好吗?……

小诺有点不敢往下翻了,她感觉,不久后,两个在网上倾心交谈的人会进入到另一种境界。

子音,我现在有种感觉:我越来越离不开因特网了。

我知道这种感觉,因为我也是这样,我几乎整天在网上。目的就是:等你上线。

老何,我想念你。

子音,我也很想念你。

老何,这是多少年了,我又一次对女人有心动的感觉了,觉得心跳得很厉害。

可是，子音，我们不能这样……我什么都给不了你。

不是，老何，你已经给了我很多快乐了。我无所谓再要不要其他的了。

……

小诺闭上眼睛。她知道自己不能再看下去，再看下去，会有偷看别人日记的罪恶感。但是，小诺很想知道他们最后的进展，是冷静地保持距离，还是……

子音，你一定要去检查身体，要非常仔细地做个全身体检……就算是为我体检，好吗？

老何，这真是小毛病，不严重的。

子音，我不许你这样不认真对待身体，我想，我们唯一的机会，就在我们要长寿，足够长寿。

老何，我知道，我一定长寿！

老何，你也给我活得长寿点！

是的，我们要好好活，一定要长寿！

我爱你，老何，你是世界上最好的男人。

我也爱你，你给我很多的鼓励，让我重新有生活的乐趣和激情。

……

小诺看到这里，紧紧闭上了眼睛。

她当然明白关于长寿这两句话的意思。

信息栏里又有信息在闪：老何，你怎么不说话？

小诺不知道该做什么样的处理，也不能再停顿和犹豫，她以最快的速度关机，然后，紧张地环顾四周。

但在她关机前，鬼使神差地，她做了一件事情：她拷下了所有的留言记录。

小诺关机后，发现自己背上湿湿的。

一切安然。

小诺捏着个闪存盘，捏得太紧了，手心里都是汗。她要出去静一静。

经过客厅，看到家琪妈正在给客厅里的花浇水。

你找到家琪要的东西没有?她随口问小诺。

什么东西?哦,家琪要的东西?哦,找到了,找到了,我给他送去……

小诺转头,望着家琪妈的身影,心中茫然。

她手里捏着家琪爸的秘密,她不知道该怎么办。

(第二部结束)

下部预告

家琪爸和子音的聊天记录会不会引发更大的家庭危机;何家琪能否走出低谷,乔牧兰对家琪是否死心;小诺与家琪妈还会发生什么样的矛盾?在现实面前,现代婚姻的抗压性究竟有几级?这些,《婆婆媳妇那些事》第三部将会告诉你。